BLEU BLANC ROUGE

BLEU BLANC ROUGE
suite romanesque

* Mariella (1792-1848)
** Mathilde (1848-1920)
*** Sarah (1920-1999)

DU MÊME AUTEUR

voir en fin de volume

Max Gallo

Bleu Blanc Rouge

MARIELLA

roman

LE GRAND LIVRE DU MOIS

ISBN : 2-7028-5103-7

À ceux qui continuent notre histoire…

Nous porterons la France de village en village,
saluez donc bien bas sa robe déchirée,
voici le tour de France et puis tournez la page,
les cloches de l'histoire sonnent à toutes volées.

Jean Cayrol, *Et Nunc,*
in *Miroir de la Rédemption, 1944.*

Prologue

« Sur cette place,
il y a si longtemps,
on avait dressé la guillotine.
C'était il y a plus de
deux cents ans, mais
c'était hier si l'on prenait
la mesure de l'histoire
des hommes et plus encore
des choses. »

C'était une nuit de septembre, au Palais-Royal, à Paris, à quelques mois de la fin du deuxième millénaire. Il faisait froid, déjà, comme en hiver.

Dans le foyer du théâtre de la Comédie-Française, au premier étage de ce bâtiment au pied duquel commencent les galeries du Palais-Royal où, en 1789, se frôlaient putains, joueurs, aristocrates et révolutionnaires, les lumières brillaient. Elles éclairaient par les hautes fenêtres le côté est de la place André-Malraux, la rue de Richelieu et la rue Montpensier, où les voitures officielles stationnaient sur deux files. Il avait fallu dévier la circulation vers l'avenue de l'Opéra. Les chauffeurs, qui attendaient depuis vingt heures trente, s'impatientaient, arrêtant puis relançant leurs moteurs, regardant vers ces fenêtres du foyer devant lesquelles passaient et repassaient, s'agglutinaient parfois, les invités de cette soirée, leurs patrons. On eût dit autrefois leurs maîtres.

Il y avait là, allant et venant entre les sièges recouverts de velours rouge, dans l'éclat des miroirs et des dorures, des lustres à pendeloques de cristal, tous ceux qui croient ordonner les choses et gouverner les hommes, leurs pensées et leurs rêves.

Jean Chrétien de Taurignan, le directeur de *Média 1*, la chaîne de télévision organisatrice de la soirée, saluait les uns, les autres, serrant entre ses paumes les mains des hommes et effleurant des lèvres celles des femmes. Il se tenait un peu penché, déférent parfois. Des hommes politiques, comme Julien de Boissier, l'ancien ministre, étaient présents, et naturellement Xavier Dussert, le banquier, propriétaire de la majorité des actions de la chaîne, un octogénaire au regard brillant et aux cheveux noirs.

Le comte Jean de Taurignan n'était jamais obséquieux. Il réussissait même, tout en affichant un enthousiasme souriant, en multipliant les prévenances, à garder un quant-à-soi qui, selon son interlocuteur, pouvait se nuancer de mépris ou d'ironie.

Il chuchotait toujours les mêmes mots : « Je suis si heureux de vous voir parmi nous. Qu'avez-vous pensé de ce premier épisode ? *Média 1* a, je crois, fait preuve de panache, le sujet est difficile, ce n'est pas habituel pour un feuilleton, mais nous voulons être populaires sans concession, sans démagogie. Xavier Dussert est très attentif à ce que nos programmes renouvellent l'expression et la création télévisuelles. »

Quand le ton changeait, on pouvait parfois croire que Taurignan tournait Xavier Dussert en dérision. Mais auprès des journalistes, les propos étaient martelés avec conviction, comme s'il était persuadé intimement de ce qu'il disait. Il ajoutait lorsqu'il s'adressait à une femme, à peine avait-il terminé son baisemain : « L'amour est le ressort de toutes les œuvres qui comptent. L'émotion, voilà le secret du succès. Je suis sûr que vous avez été touchée. Il passe dans ces images une sensibilité rare à la télévision. Qu'en pensez-vous ? »

Il n'écoutait pas la réponse. Il se haussait un peu sur la pointe des pieds, paraissait s'inquiéter, interrogeait :

« Vous n'avez pas vu Marianne Forestier ? Elle est admirable dans ce rôle. Elle personnifie la pudeur, mais son regard exprime des sentiments intenses. C'est une découverte ! Quelle actrice ! Vingt ans à peine... C'est la mission d'une grande chaîne comme *Média 1* de faire surgir et d'imposer de nouveaux visages, de nouveaux talents. »

Parfois, comme s'il se parlait à lui-même, il murmurait, mais la voix était assez forte pour qu'on l'entende : « Marianne a bouleversé Xavier Dussert. Il a eu raison de l'imposer. C'est entre eux une amitié singulière, romanesque, sans aucune ambiguïté. L'homme d'expérience, le banquier, l'homme de pouvoir, quatre-vingts ans, admire le jeune talent, la vie qui se cherche encore mais dont les promesses sont extraordinaires. Plus d'un demi-siècle de différence entre eux. Elle est née en 1980, et lui en 20. On dit qu'ils ne se quittent pas. »

Il s'éloignait, le menton levé, remerciant d'un signe quand Yves Machecoul, l'éditeur, lançait : « Bravo, Jean, quelle idée fabuleuse ! Avoir réussi cette soirée de télévision ici, à la Comédie-Française, quel symbole ! Vous étiez le seul à pouvoir inventer cela, comme une affirmation de la continuité du spectacle et des bouleversements qu'il subit. Vous êtes surprenant, Jean ! Il fallait un aristocrate comme vous pour donner du sens à cette révolution. Une soirée parfaite, un feuilleton qui va être un triomphe ! »

Jean de Taurignan baissait la tête, une expression un peu lasse marquant son visage, comme si ces mots d'*aristocrate*, de *révolution*, lui rappelaient tout à coup qu'il était au Palais-Royal, en ce lieu où, un peu plus de deux siècles auparavant, son ancêtre le comte Philippe Chrétien de Taurignan avait fréquenté le café de Chartres ou celui de Conti, s'était assis aux tables de jeu, avait sans doute donné deux cents livres pour passer quelques heures avec la Bacchante et la Vénus, ces jeunes rouées qui prêtaient leurs corps pour toutes les fantaisies.

Il revenait sur ses pas, apercevait, au milieu du cercle noir des hommes, la silhouette de Marianne Forestier, blanche comme une statue entourée d'adorateurs.

Elle avait jeté sur ses épaules nues un voile qui ne cachait ni la carnation de sa peau, ni la naissance de ses seins. Ses cheveux relevés en chignon faisaient ressortir la perfection classique de ses traits, leur finesse, la grâce qui se dégageait de ce cou long et fin. Mais le corps démentait cette fragilité et cette impression de pureté. La poitrine était forte, les hanches larges, les épaules rondes, les bras charnus, les poignets et les chevilles épais. On devinait sous la robe des cuisses fermes, des fesses musclées et rebondies. Du corps de Marianne rayonnait une sensualité que certains jours Jean de Taurignan qualifiait d'une voix bienveillante de « primitive ». Mais parfois, lorsqu'il était choqué par la vulgarité de François Mercœur, le patron des programmes de *Média 1*, ou la brutalité de Dussert, il disait avec une moue méprisante que Marianne avait la séduction « un peu poissarde ».

Il se sentait alors lointain, si différent de ces roturiers, de cette petite catin de Forestier à laquelle on avait donné ce prénom de Marianne. Elle incarnait bien la République ! Lui était le descendant de Geoffroy Chrétien de Taurignan qui, en 1099, était entré dans Jérusalem le glaive au poing. Mais qui se souvenait des Croisés ? Ou des aristocrates qui, ici même, s'offraient les jolies poissardes ? Il n'était plus que le salarié de Xavier Dussert. Il organisait la projection du premier épisode du grand feuilleton de *Média 1.* Et Marianne n'était pas une catin, mais une jeune femme qui commençait sa carrière avec habileté, et pour qui Dussert n'avait que des attentions d'arrière-grand-père.

Enfin, c'était cela qu'il fallait croire et dire.

Marianne lui avait souri, levant le bras, faisant ainsi glisser son voile qui avait découvert son épaule droite et laissé apparaître le haut d'un sein. Les hommes s'étaient pressés autour d'elle et elle avait ri, la tête un peu rejetée en arrière, replaçant le voile. Dussert s'était avancé, l'avait prise par le bras, et les invités s'étaient écartés afin qu'ils puissent gagner l'escalier. Xavier Dussert, petit et corpulent, Marianne le dépassant de la tête.

Taurignan avait continué d'aller d'un groupe à l'autre, ne cherchant pas à se mêler à eux. Il surprenait un éclat de voix, une imprécation. Il était question de baisse des taux, de cette tourmente qui avait saisi toutes les Bourses et qui engloutissait actions, obligations, fonds de pension, comme s'il s'était agi de navires soulevés puis brisés par les cyclones qui, ces temps-ci, ravageaient les Caraïbes et les côtes américaines.

Plus loin, au centre du foyer, un secrétaire d'État pérorait, évoquait la future élection présidentielle, les chances du Premier ministre à cette première joute du XXIe siècle. Le secrétaire d'État passait familièrement le bras sur l'épaule d'un des chefs de l'opposition. « Vous n'êtes plus en phase avec les nouvelles manières de sentir, de vivre, disait-il. Vous êtes le passé, cher ami, changez d'opinion, de parti. » On riait.

Taurignan avait interdit l'entrée du foyer aux caméras de *Média 1.* Elles avaient filmé l'arrivée des invités, la salle debout acclamant Marianne quand, à la fin de la projection de l'épisode, elle s'était présentée sur la scène, avec son visage et son cou de vierge, et son corps de paysanne. Les invités étaient satisfaits, ils apparaîtraient sur l'écran. On expliquerait qu'ils avaient payé, personnellement – « N'oubliez pas d'insister sur ce point », avait répété l'un des ministres à Taurignan –, deux mille cinq cents francs pour assister à cette soirée donnée au profit des victimes des mines antipersonnel.

Taurignan avait imposé, en dépit des réserves de Mercœur, que l'on projette quelques images d'enfants mutilés, et un silence coupé de soupirs avait écrasé la salle et s'était prolongé plusieurs minutes après la fin du reportage. Taurignan avait observé les visages des invités. Tous étaient émus, révoltés, et cependant il les sentait rassurés de savoir que cela se passait loin, dans des pays perdus au fond des atlas.

On l'avait félicité comme s'il avait été un parent des victimes puis, d'un pas lent, on avait gagné le foyer du théâtre. Et tout à coup, ç'avait été la bousculade, la cohue devant le buffet, autour de Marianne, des ministres et de Xavier Dussert. On riait, on parlait fort dans la pièce illuminée.

Belle soirée de fin de millénaire.

Jean de Taurignan quitta le dernier le foyer du théâtre de la Comédie-Française. Il renvoya son chauffeur malgré la pluie fine qui avait commencé à tomber. Il longea la rue de Rivoli jusqu'à la place de la Concorde.

La chaussée brillait. Il s'arrêta.

Sur cette place, il y a si longtemps, on avait dressé la guillotine. C'était il y a plus de deux cents ans, mais c'était hier si l'on prenait la mesure de l'histoire des hommes et plus encore des choses. Et l'un des siens, dont le portrait ornait son bureau, chez lui, boulevard Saint-Germain, avait eu la tête tranchée, là, un jour de septembre 1792. Une autre fin de siècle.

Mais qui se souvenait de Philippe Chrétien de Taurignan ?

PREMIÈRE PARTIE

1. “ Si l’un de nous devait mourir, ce devait être moi... ”

Moi, Philippe Chrétien de Taurignan, ce 19 septembre 1792, j’en appelle au jugement de Dieu,

Je connais celui des hommes,

Ils sont venus, il y a moins d’une heure, lire la liste de ceux que leur tribunal a condamnés à mort et qui seront exécutés demain,

J’ai été, Dieu en soit remercié, nommé le premier.

Il me reste donc une nuit à vivre avant qu’on vienne couper mes cheveux, déchirer le col de ma chemise pour que ma nuque soit nue et blanche sous le tranchant du couperet.

Après, on me liera les mains dans le dos et je serai ainsi le premier comte de Taurignan à mourir sans que mes doigts se soient joints sur ma poitrine pour l'ultime prière, ou serrés sur le pommeau d'une épée pour le dernier combat.

Voilà ma souffrance, le calvaire que vous avez voulu que je gravisse, Seigneur. Il me faudra donc suivre, comme un vaincu, ces hommes armés de piques et de sabres qui font claquer leurs sabots dans les couloirs de la prison. Je devrai monter sans pouvoir me défendre dans la charrette des condamnés qu'on destine à la guillotine et me laisser mener, au milieu des insultes et des cris, par ces rues proches du Palais-Royal que j'ai si souvent parcourues dans la cohue joyeuse des fins d'après-midi, jusqu'à la place qui fut celle de Louis XV et qui est devenue place de la Révolution.

C'est là qu'on décapite.

Je sais que je gravirai les marches de l'échafaud la tête droite et que je ne laisserai pas le bourreau peser de ses mains sur mes épaules pour me forcer à glisser mon cou dans la lucarne.

Je m'allongerai seul sur la planche. J'attendrai les yeux ouverts et j'écouterai jusqu'au bout tous les bruits de la vie, même s'ils ne sont plus que voix de populace, cris de haine et roulements de tambour.

Mais, mon Dieu, qu'avons-nous fait pour mourir ainsi, impuissants et humiliés ? Quelle est notre faute ?

Les miens, depuis qu'il y a une mémoire, ont servi Dieu, l'Église et le roi. Le premier de notre lignée, Geoffroy Chrétien de Taurignan, est mort en Terre sainte. Mon frère cadet, Pierre-Marie, a été ordonné prêtre. J'ai pris femme devant Dieu. J'ai fait baptiser mes enfants Louis et Jeanne. J'ai distribué des aumônes, rendu, quand je le devais, la justice avec équité. J'ai combattu pour notre roi. Et j'aurais voulu, le 10 août aux Tuileries, quand l'assaut a été donné par le peuple devenu furieux, mourir sur les marches du château comme tant de gentilshommes et de valeureux gardes suisses.

J'ai été épargné, arraché par des Fédérés venus de Marseille aux couteaux des massacreurs, jeté ici, dans cette prison de l'Abbaye où les murs sont couverts de salpêtre. Mais les marques que je vois, à hauteur de mes yeux, comme des îles brunes sur une mer verdâtre, sont des taches de sang.

Dans le coin éloigné des grilles qui ferment cette salle, là où la voûte s'abaisse tant que je la touche du front, on a, il y a deux semaines, égorgé, tailladé les corps, arraché le cœur et le foie, profané, émasculé, et la plupart des prisonniers avec qui j'ai vécu dans cette prison depuis le 10 août ont péri ainsi.

Mais j'ai encore survécu. La mort, en ces premiers jours de septembre, m'a frôlé une nouvelle fois sans m'atteindre.

Alors que j'attendais immobile, sans même lever le bras pour me protéger le visage et le cou des piques, des sabres, des coutelas et des hachoirs que ces hommes et ces femmes brandissaient en hurlant, un homme s'est placé devant moi, repoussant les égorgeurs. Il a dit :

— Celui-là, il est à moi, je le connais. J'ai un laissez-passer de la Commune.

Il a agité devant eux un papier couvert de signatures.

— J'ai ordre de le conduire jusqu'au citoyen Danton.

Il y a eu des murmures, des grognements, des protestations et même des menaces. Ils étaient autour de moi comme des chiens auxquels on arrache le gibier. Mais l'homme a lancé d'une voix forte :

— Je suis un sans-culotte de la section du Théâtre-Français. J'ai combattu à la Bastille, et le 10 août j'ai pris ma part du châtiment des Suisses. Qui veut se dresser contre la Commune insurrectionnelle ?

Il s'est tourné vers moi.

— Le citoyen Taurignan, ci-devant comte, a rendu des services aux patriotes, j'en fais le serment.

Je n'ai pas eu le temps de dire que je préférais mourir sans masque, dans la fierté de ma fidélité au roi, plutôt que de survivre dans le mensonge et dans la honte de ce que je suis.

L'homme m'a poussé hors de la salle, dans les couloirs qu'éclairaient des torches.

J'ai eu l'impression d'avancer contre le flot tumultueux d'un égout. Ils venaient à notre rencontre, ces groupes d'assassins armés de haches et de piques. Ils hurlaient : « À mort les suspects ! Justice ! Justice pour le peuple ! Tuons ceux qui veulent égorger les patriotes ! »

Un orateur accroché aux grilles expliquait qu'il fallait mettre fin, dans le sang, au « complot des prisons et à la conspiration des poignards ». Qu'ici, à l'Abbaye, les prisonniers préparaient un soulèvement des « Amis du Roi » qui devaient se rendre maîtres de Paris et ouvrir les portes de la capitale aux soldats du général prussien Brunswick.

Les grilles des cellules cédaient sous la poussée des furieux, et l'on tirait par les cheveux les femmes qui se débattaient.

J'aurais voulu mourir là. Mais l'homme m'avait saisi par le poignet et me guidait d'une main sûre.

Au moment où nous quittions l'Abbaye, j'ai entendu les cris et les plaintes des victimes. Et, peu après, les chants des égorgeurs.

J'ai vu, jetés sur la chaussée, devant la porte de la prison, des corps aux membres brisés, éventrés, vidés de leur sang. Des poissardes s'en disputaient les entrailles.

Qui saura, si je ne l'écris pas cette nuit d'avant ma mort, que j'ai vu l'une d'elles mordre à pleines dents dans un cœur qu'on venait d'arracher à la poitrine d'une femme, dont la robe était bleue mais dont tout le corsage était devenu pourpre ? Qui se souviendra de cette autre criminelle qui brandissait le sexe d'un homme comme un trophée alors que le sang coulait sur ses avant-bras nus ?

Nous nous sommes éloignés, l'homme marchait à grands pas. Il portait une redingote noire aux larges revers comme aiment à s'en revêtir les avocats, les notaires et autres gens de robe. Mais il était coiffé d'un bonnet phrygien et ses pantalons rayés de larges bandes rouges étaient ceux d'un sans-culotte.

— Je vous ai sauvé, a-t-il dit sans se retourner. Mon nom est Guillaume Dussert, citoyen secrétaire de la section du Théâtre-Français. Je suis clerc à la banque Mallet.

Il me jeta un coup d'œil.

— Pourquoi moi ? ai-je demandé, je suis un ami du roi, je n'ai jamais aidé les patriotes. J'étais prêt à mourir.

Il haussa les épaules.

— Il est toujours temps.

Tout à coup, il s'arrêta, me fit face.

— Pourquoi vous ? Je sauve ceux qui peuvent payer pour leur vie. Je sais que vous avez du bien. C'est moi qui tenais le registre de la banque Mallet. Je n'en ai pas oublié une seule ligne.

Il s'est remis à marcher et je l'ai suivi.

Les traits de son visage disaient l'avidité et l'âpreté. Ses actes révélaient l'esprit de décision et même une forme de courage. Ses yeux, petits, enfoncés, rapprochés, étaient vifs et mobiles. Dussert était un renard ou un loup, un vautour ou un faucon, flairant le danger avant même que je ne l'identifie. Il me faisait presser le pas ou me contraignait à me cacher dans une encoignure. Et je voyais apparaître une patrouille de sectionnaires armés de leurs piques et de leurs sabres.

Dès qu'elle s'était éloignée, nous reprenions notre marche, longeant la Seine, vers le faubourg Saint-Germain. Il m'assura que ma demeure n'avait pas été pillée.

— On tue, mais on protège les biens. Il ne faut pas détruire les richesses, ni les principes sur lesquels se fonde la fortune.

Il s'arrêta de nouveau.

— La mort seule est pour l'égalité. Mais on ne partage pas les richesses. Elles vont seulement changer de mains.

Il me montra les siennes.

— J'ai trop compté vos pièces d'or, monsieur le comte. Ces mains-là veulent leur part du grand transbordement des fortunes qui commence. Ces pauvres gens, ajouta-t-il en montrant la foule, n'imaginent pas ce qui va se produire.

Le peuple en armes occupait les ponts, une grande partie des rues du faubourg Saint-Honoré. Il acclamait les volontaires qui partaient pour les frontières. On criait « Vive la Nation ! ». On scandait « *Aux armes, citoyens !* ». Le bataillon des Marseillais défilait, soulevant l'enthousiasme.

Je regardais ces jeunes gens qui se prenaient par la main en chantant « *Dansons la carmagnole, vive le son du canon* ». On criait : « *Mourir pour la patrie est le sort le plus beau, le plus digne d'envie !* »

Certaines femmes étaient belles comme des héroïnes romaines et les volontaires les embrassaient avec l'élan de leur âge.

Je venais d'un lieu où l'on tuait les hommes et les femmes comme des animaux de boucherie, et je découvrais cette insouciance et cette résolution de la foule, cette gaieté aussi. Et cette jeunesse.

Comment aurais-je pu vouloir survivre dans ce monde-là dont je mesurais qu'il n'était plus le mien ?

Je me suis arrêté au milieu de la foule, laissant Guillaume Dussert s'éloigner seul. Et aussitôt j'ai senti les regards hostiles. J'ai deviné les soupçons. Les chants avaient cessé. On se concertait. Les voix devenaient aiguës et tranchantes. Il était si facile de reconnaître en moi un aristocrate, donc un suspect, donc un espion de l'étranger, un ennemi des patriotes.

J'ai vu Dussert écarter la foule, briser le cercle qui m'entourait.

— Ce citoyen est sous ma protection, je suis de la section du Théâtre-Français, j'ai un laissez-passer.

Il m'a pris aux épaules, m'a poussé en avant, hurlant « Vive la Nation ! ». Nous nous sommes éloignés et les chants ont repris.

— Une vie comme la vôtre, a dit Dussert en entrant sous le porche de ma demeure, elle ne vaut pas cher aujourd'hui.

Il s'est mis à rire.

— Mais pour vous, et donc pour moi, elle n'a pas de prix.

Son assurance, cette manière qu'il avait de me faire comprendre que j'étais son otage et qu'il exigeait une rançon en échange de ma vie m'ont souffleté et j'ai eu le désir de le tuer là, au milieu de mes voitures dont les timons reposaient sur le sol.

Je l'ai pris par les revers de sa redingote, je l'ai secoué, puis soudain ma colère est retombée. On ne se bat pas avec un Dussert quand on porte le nom de Chrétien de Taurignan. On ordonne à ses domestiques de lui administrer une volée de coups de bâton.

Mais je n'avais plus ni valets, ni cochers, ni palefreniers. Peut-être avaient-ils rejoint cette foule dont les cris et les chants venaient mourir ici, contre la façade sombre de ma maison. Elle était comme un navire échoué, abandonné. Pas une lumière ne brillait derrière les vitres grises.

— Vous avez besoin de moi, a dit Dussert d'une voix posée. Vous êtes riche. Je ne le suis pas encore. M. Mallet vous tenait en haute estime. Sa banque ne vous refusait rien. Je vous ai apporté plusieurs fois ici des sacs remplis de pièces.

Il a penché la tête, souri.

— Le grand transbordement, monsieur le comte !

Je ne me suis même pas étonné qu'il possédât la clé de la porte-fenêtre qui ouvre sur le grand salon.

— L'un de vos valets me l'a vendue, murmura-t-il. Rien ici-bas qui n'ait un prix, monsieur le comte. Vous savez ce qu'on a trouvé dans l'armoire de fer des Tuileries ?

La nouvelle avait même pénétré les prisons. On avait découvert, dans le coffre du roi, la preuve de la corruption de Mirabeau et de bien d'autres, achetés par les agents de Louis XVI.

— Tous les hommes, même les plus glorieux, sont à vendre, dit Dussert en entrant dans le salon.

Je l'ai suivi.

C'était la maison des fantômes, et je suis allé d'une pièce à l'autre. Là, il me semblait entendre le clavecin et voir mon épouse Thérèse penchée sur le clavier, dans cette robe blanche qui la rajeunissait. J'avais chaque fois honte, quand je la découvrais ainsi, ses mains glissant sur les touches, de m'en aller, le soir, arpenter les galeries du Palais-Royal.

Est-ce pour cela que je suis puni, condamné ? Est-ce parce que nous, qui étions la noblesse de ce pays, avons oublié nos serments et sommes tous devenus des libertins ?

C'est vrai que, dans l'ombre propice de ces galeries, je me suis laissé prendre le bras par les filles au corsage dénoué, celles qu'on nommait les barboteuses, les Marie-Trois-Tours, et celles si jeunes et si piquantes que j'en garde encore, je l'avoue, en cette nuit qui précède ma mort, le souvenir vivant et le regret. On les nommait la Bacchante et la Vénus. Elles avaient une façon si mutine de vous chuchoter des mots poivrés qu'il semblait qu'elles vous mordillaient l'oreille. Elles étaient menues et gracieuses, enjouées, et j'ai caressé leurs corps, et je me suis abandonné dans leurs bras.

Je n'ai qu'à fermer les yeux pour imaginer la douceur de leurs caresses, l'humidité et la saveur de leurs lèvres.

Cette infidélité à laquelle je n'ai pu renoncer, ce libertinage qui m'enchantait, sont-ils la cause de cette damnation qui touche tout un royaume ?

Certains d'entre nous sont allés si loin qu'ils ont pactisé avec le mal au nom de la liberté et du plaisir. J'en ai connu, des marquis qui se voulaient divins et qui n'étaient que débauchés ! Ils fouettaient les filles et jouissaient de leurs cris et de leurs souffrances. Ils s'imaginaient innocents parce qu'ils payaient. Et maintenant ceux-là, tel le marquis de Sade, sont les plus ardents à réclamer la République dans les sections des sans-culottes.

Moi, je n'ai jamais trouvé le plaisir dans la douleur d'une femme. Je voulais qu'elles me remercient d'une dernière étreinte, puis je quittais leur chambre et m'en allais boire du vin frais dans les salons de l'hôtel d'Orléans, ou bien du chocolat des Îles au café de Chartres ou au café de Conti.

Je faisais le serment, en retrouvant mon épouse dans sa robe blanche, de renoncer à ces plaisirs. Puis, je me damnais de nouveau.

Et maintenant, j'erre dans ma maison, et il me semble que ma fille va sortir de sa chambre et courir vers moi.

Illusions. Mes pas résonnent dans la maison déserte. Je suis seul. Je l'ai voulu ainsi. Dès le lendemain de l'arrestation du roi à Varennes alors qu'il tentait de gagner la frontière, le 21 juin 1791, j'ai demandé à mon fils de conduire sa mère et sa jeune sœur en Allemagne, et je lui ai fait jurer de ne pas les quitter, de ne pas rentrer en France pour y combattre et défendre le roi comme il le désirait. Plus tard, je lui ai écrit pour exiger qu'il ne s'engage pas dans l'armée des Princes.

Peut-être, dès ce temps-là, alors que notre roi semblait encore maîtriser le jeu, ai-je pressenti que j'allais être écrasé par cette avalanche qui avait commencé de rouler au printemps de 1789. Et je voulais qu'un comte Chrétien de Taurignan, mon fils, survive au cataclysme et puisse continuer notre lignée.

Si l'un de nous devait mourir, ce devait être moi.

Je suis retourné dans le salon, je me suis assis en face de Dussert et je lui ai demandé des nouvelles de la guerre.

Dussert a secoué la tête et je n'ai pas aimé son sourire où se mêlaient la compassion et l'ironie.

— Les troupes austro-prussiennes de Brunswick avancent, me dit-il. On attend une grande bataille. Les généraux Dumouriez et Kellermann ont pris la tête de l'armée. Mais – son sourire était plein maintenant de commisération – Brunswick n'entrera jamais dans Paris. Vous avez entendu le peuple ? Chacun veut courir aux frontières pour défendre la patrie en danger et, si cela ne suffit pas, on dit que Danton est prêt à payer Brunswick. Même un duc, cela s'achète !

Il se leva, commença à aller et venir.

— Et qui vous dit, mon cher comte, que les Prussiens, les Autrichiens, les Anglais désirent que le royaume de France retrouve la paix ? Si la France se déchire, ils grandissent.

Son ton m'humiliait, et plus encore le fait qu'il disait vrai. Tous ceux qui, à la Cour, autour de la reine, avaient cru trouver le salut dans l'intervention étrangère ou les propos de Brunswick qui avait menacé Paris dans un *Manifeste* d'une « exécution militaire », n'avaient fait qu'attiser la Révolution. Et le peuple avait pris les Tuileries le 10 août et destitué le roi.

— Vous ne partez pas aux frontières ? ai-je demandé.

Dussert a haussé les épaules.

— Je révolutionne à ma façon, fit-il en riant. Je me préoccupe du transbordement des fortunes, au profit des patriotes, faut-il le dire…

Il s'est approché, a posé familièrement sa main sur mon épaule :

— Mon cher comte, quittez Paris au plus vite, émigrez, vous reviendrez quand la tempête sera calmée.

Puis il a placé les mains dans les poches de sa redingote et j'ai deviné les pistolets qu'il y cachait.

— Maintenant, il faut me payer, ajouta-t-il d'une voix rauque. Vous aimez ce mot, transbordement ? Il vient de naître, on l'emploie peu encore. Je l'adore.

Je l'observai. Il était prêt à me tuer, à maquiller mon assassinat en acte patriotique. On lui délivrerait un certificat de civisme.

— Faisons un marché, ai-je dit.

Il a poussé vers moi la petite table de jeu sur laquelle si souvent j'avais défié mon fils, qui réussissait toujours – mais peut-être voulais-je être vaincu par lui – à me mettre échec et mat.

— Voyons, fit Dussert.

J'ai commencé à rédiger un texte par lequel je le chargeais d'administrer tous mes biens, cette maison et notre château de Crest. Il encaisserait tous les revenus de ces propriétés, pourrait disposer de l'argent et des bijoux, mais il s'engageait à les remettre – lui ou ses descendants – à mes héritiers dès que cela serait possible, et lorsque ma femme, mon fils ou ma fille le réclameraient.

Je le devinais hésitant.

J'ai ajouté une ligne.

À défaut d'héritiers, le citoyen Guillaume Dussert et sa descendance deviendraient propriétaires de tout ce qui appartenait au comte de Taurignan.

Il s'est emparé de la feuille d'un geste avide, l'a relue.

— Je n'ai plus qu'à souhaiter votre mort et celle des vôtres !

— J'ai un frère, une épouse, un fils, une fille…

Il a levé la main, m'a interrompu.

— Je laisserai le destin décider, a-t-il dit en se levant. En ce moment, il ne vous est pas très favorable.

Ils sont venus m'arrêter deux jours plus tard. Dussert m'a-t-il dénoncé ou bien les sans-culottes des sections visitaient-ils toutes les maisons des aristocrates ? Ils ont enfoncé les portes, fouillé les meubles, sondé les murs, persuadés que je possédais moi aussi une « armoire de fer ». Ils étaient une dizaine, arrogants, haineux.

Ils m'ont décrété d'arrestation et le soir même j'étais jugé et condamné.

J'étais accusé d'être l'un des organisateurs du complot du 10 août. J'avais aussi voulu soulever les prisonniers de l'Abbaye. J'étais le complice de Louis Capet, ci-devant roi de France. J'étais coupable d'avoir commandé aux Tuileries les gardes suisses dont le feu de roulement avait causé la mort de centaines de patriotes.

On m'a condamné à mort aux cris de « Vive la Nation ! » et j'ai retrouvé la prison de l'Abbaye et les quelques survivants des massacres du début du mois de septembre.

Je n'ai voulu parler à aucun d'entre eux, refusant de mêler ma voix aux lamentations et aux malédictions. Tous espéraient la victoire prochaine du duc de Brunswick et ils rêvaient du châtiment qu'on infligerait à la populace.

J'ai préféré me retirer dans ce coin qu'éclaire, ce soir, la bougie que j'ai obtenue d'un geôlier en échange de deux bagues.

Que ferai-je de ces anneaux dans la fosse commune où l'on va me jeter demain matin ? Que deviendront mes doigts quand on aura répandu sur mon corps de la chaux vive ?

J'écris donc, et je veux le faire toute la nuit pour retenir la vie par les cheveux, ne pas laisser vide une seule seconde, pour tenter de comprendre ce qui m'arrive et détruit le monde qui était le mien. Je veux dire ce que je ressens, ce dont je me souviens, ce que je prévois.

Ils vont tuer le roi et la reine, et peut-être leurs enfants, comme on nous tue. Et je m'interroge une nouvelle fois : qu'avons-nous fait pour être livrés à cette sauvagerie ? Nos souverains n'ont-ils pas toujours voulu le bien de leurs sujets et la grandeur du royaume ? N'ont-ils pas convoqué les États Généraux ?

Mais à quoi bon ressasser ces événements et leurs conséquences ? Les chroniqueurs les jugeront.

Moi, dès le printemps de 1789, j'ai senti monter la haine, la rage même, contre nous, contre tous ceux qui possédaient des biens et dont les familles, depuis des siècles, constituaient les piliers du royaume.

Parfois, on lançait des pierres contre ma voiture et les mendiants tendaient la main comme on montre le poing. Leurs remerciements, quand je leur faisais l'aumône, ressemblaient à des insultes.

Je me souviens de ces attroupements et de ces cris dans la rue de Montreuil et tout au long du faubourg Saint-Antoine, le 28 avril 1789. J'étais dans la voiture du duc Louis-Philippe d'Orléans. Nous allions à Vincennes. La troupe barrait les rues. La foule des ouvriers assiégeait la manufacture du fabricant de papiers peints Reveillon. J'ai entendu hurler : « Tirez vos couteaux ! Tuez-le ! Tuez-le ! »

Notre voiture avait été arrêtée et des femmes s'approchèrent. « Vive notre père d'Orléans ! Vive le seul et véritable ami du peuple ! » lancèrent-elles.

Leurs acclamations me gênèrent. J'étais un familier du duc, je fréquentais son hôtel, sa table de jeu, je buvais son vin, je faisais comme il se doit des compliments à la duchesse et je n'avais jamais cru que ce cousin du roi pût jouer sa partie contre le souverain.

Le duc s'est penché à la portière, il a dit :

— Allons mes amis, du calme, de la paix, nous touchons au bonheur.

Cette phrase a achevé de me mettre mal à l'aise. Les accusations de complot dont la Cour bruissait, assurant que le duc rêvait de s'asseoir sur le trône de France à la place de Louis XVI, me parurent tout à coup fondées.

Louis-Philippe d'Orléans ne comprenait-il pas que son ambition était une torche qu'il jetait dans un pays où tant de gens, avocats, parlementaires, miséreux, écrivains, manouvriers sans terre, paysans sans récolte, attendaient l'incendie ?

Un homme qui marchait près de la voiture qui avait recommencé à avancer, roulant au pas, se frayant difficilement un chemin dans la foule où continuaient de retentir les cris de mort contre Reveillon, interpella le duc :

— Monseigneur, c'est si long d'attendre ! Il y a des années qu'on nous promet le bonheur. Cependant nous crevons de faim et des jean-foutre de patrons parlent de réduire notre salaire à quinze sous par jour !

Le duc ne répondit pas, se bornant à faire un geste de la main, comme s'il bénissait l'émeute qui grondait.

Il se tourna vers moi, me fixant, le visage sans expression :

— Dieu sait où nous allons, dit-il. Mais j'ai aussi mon opinion. Restez près de moi et vous n'aurez qu'à vous en louer. Je suis l'avenir de ce royaume.

Je me suis contenté de baisser la tête.

Quel pouvait être le destin d'un royaume qui était divisé à son sommet, alors que de toutes parts montaient les récriminations et que contre la noblesse et le clergé se dressaient le Tiers État et la rue ?

J'appris le soir de ce 28 avril que la maison Reveillon avait été saccagée, incendiée, que les troupes avaient dû ouvrir le feu et que l'on dénombrait plusieurs centaines de tués et plus d'un millier de blessés parmi les insurgés. Les émeutiers avaient affronté avec des bâtons ou les mains nues les baïonnettes et les fusils des soldats.

Ce jour-là, je compris que nous allions connaître la tempête.

Elle s'est déchaînée et elle m'a emporté.

2. “ J’ai remercié Dieu et j’ai marché avec assurance... ”

C’est le milieu de la nuit. J’ai donné ma tabatière d’or et d’argent, mon dernier bien, à l’un de nos geôliers.

— Je veux écrire à ma femme et à mes enfants, lui ai-je dit.

Il a semblé ému et m’a apporté une nouvelle bougie, de l’encre et du papier.

Au moment où il refermait les grilles, je l’ai retenu, saisissant l’un de ses poignets. Il me fallait être humble et cela m’a coûté. Je l’ai supplié de recueillir mes feuillets et de les conserver. Un jour, quelqu’un des miens peut-être pourrait ainsi les lire.

— Je suis le comte Philippe Chrétien de Taurignan, ai-je ajouté. Ma famille sera généreuse avec vous.

Il a hoché la tête.

— Je me nomme Nicolas Mercœur, citoyen de la section des Piques. Je suis volontaire pour l'armée des frontières.

Tout à coup, comme s'il prenait conscience du lien qui s'était noué entre nous, il m'a repoussé avec le bout de sa pique.

— Allons, ci-devant, sinon je vous embroche !

Je me suis reculé et, comme je le dévisageais, il a baissé les yeux, puis il a lancé à la cantonade :

— Vous vouliez faire une Saint-Barthélemy des patriotes, le peuple ne l'a pas permis !

J'ai regagné mon coin, fixé ma bougie au tonneau qui me servait d'écritoire, j'ai recommencé à écrire. Mais plus je me rapproche de la rive obscure et plus les mots se dérobent. Tout se dissout en moi de ce que je croyais important, le service du roi, le destin du royaume, ces joutes qui m'avaient opposé aux représentants du Tiers État.

Il semble qu'il ne me reste de ma vie que l'intime, que j'ai si souvent négligé, ou bien les plaisirs que je me suis offerts, en dépit des liens sacrés du mariage.

J'ai envie de retrouver les noms et les visages des femmes que j'ai rencontrées. Et puis je murmure « Thérèse, Thérèse », et c'est son souvenir qui m'envahit.

Ai-je pris le temps de la connaître ? Qu'a-t-elle vécu au cours de cette année, il y a plus de dix ans, que j'ai passée en Amérique pour combattre aux côtés des Insurgés ces tuniques rouges d'Anglais ?

Quand je suis revenu, en 1782, Thérèse m'a paru changée, toujours souriante et attentive, mais distante, songeuse, se souciant peu de Jeanne, notre fille de deux ans alors, indifférente au destin de Louis qui, à douze ans, rêvait déjà du métier des armes. Mais je ne me suis pas attardé, je ne l'ai pas questionnée, trop préoccupé par mes retrouvailles avec cette ville bruyante où s'offrent tant de corps de femmes. Et j'ai recommencé avec plus de frénésie encore à fréquenter le Palais-Royal, ses jardins et ses galeries que le duc d'Orléans avait ouverts au public.

Voilà de quoi je me souviens et non du vote par tête ou par ordre aux États Généraux. Je dis à mi-voix « Thérèse, Jeanne, Louis », comme si les nommer et entendre leurs noms me les rendaient présents. Et je regrette à cet instant de ne pas avoir pris le parti de l'exil. Je serais avec eux.

Ai-je été dupé ? Les propres frères du roi, les comtes de Provence et d'Artois, ont émigré, comme des milliers de nobles. Ils survivront. Ils côtoieront mes enfants et ma femme, et moi, ma tête aura roulé dans le panier de son.

Est-il d'autre victoire que de survivre ?

Peut-être aurais-je hurlé de colère et de regret, et de terreur aussi, si un groupe d'hommes ne s'était approché des grilles. Je ne distinguais pas leurs visages. Leurs armes s'entrechoquaient. Ils portaient des lanternes dont les faisceaux éclairaient les corps recroquevillés des prisonniers, couchés à même le sol.

C'était comme un champ de bataille et je me souvins tout à coup des soldats étendus dans cette plaine vallonnée d'Amérique, devant Yorktown. J'avais crié alors avec les Insurgés « Vive la liberté ! ».

Comment aurais-je pu imaginer que ce mot, dix ans plus tard, serait inscrit sur le drapeau de ceux qui me condamneraient à mort ? Quel était donc le sens de ma vie ? Pourquoi ces combats pour la liberté des Américains, cette victoire à leurs côtés, si tout cela devait conduire ici à notre défaite ? La Fayette, avec qui si souvent, aux Amériques, j'ai parlé de la liberté de notre royaume, vient, dit la rumeur, d'être accusé de trahison et a émigré, lui qui le 14 juillet 1790 était le héros de la fête de la Fédération, le héros d'Amérique.

Qui pouvait prévoir, quand nous combattions côte à côte devant Yorktown, notre fin en cette année 1792 ? Et qu'en sera-t-il dans dix ans ?

J'ai calculé aussi maladroitement qu'un enfant l'âge des miens s'ils survivaient à cette tourmente. J'ai tenté d'imaginer Thérèse à cinquante-deux ans, Jeanne à vingt-deux, Louis à trente-deux. Moi, à quoi bon ? Le boulier qu'est toute vie n'a plus que quelques heures à compter. Je suis un vieil homme déjà, j'ai franchi le demi-siècle. Je peux mourir.

À peine ai-je pensé cela que mon corps se couvre de sueur, que la vie s'accroche à chaque parcelle de ma peau, comme un chiendent tenace et rugueux.

J'ai sursauté, arraché à mes souvenirs et à ma peur par ce bruit de clé, ce grincement des grilles qu'on pousse.

Les hommes étaient entrés dans notre cellule. Ils enjambaient les corps et les repoussaient brutalement du pied. Pour eux, nous étions aussi morts que les soldats tombés devant Yorktown et qu'on jetait dans une charrette avant de les enfouir.

Que cherchaient-ils, ces hommes qui baissaient leur lanterne pour voir les visages ? On n'exécutait jamais à cette heure de la nuit.

Ils m'ont éclairé. Ils ont dit, en me tirant par les bras vers le couloir : « C'est celui-là. » « Citoyen Taurignan, ci-devant comte ? » a interrogé l'un d'eux.

Il m'a semblé qu'il y avait dans sa voix du respect. Et tout à coup, une joie irrépressible m'a envahi, comme si l'un de ces vins pétillants que nous faisait servir le duc d'Orléans m'avait grisé.

Je n'allais pas mourir. Je ne traverserais pas le fleuve qui sépare la vie de la mort. Je resterais sur la rive claire.

J'ai remercié Dieu et j'ai marché avec assurance entre ces hommes qui ne me traitaient pas comme un condamné qu'on va décapiter.

3. “ Les dés roulent encore... Une voiture attelée attend dans la cour... ”

C’est l’aube maintenant et sa lueur grise s’infiltre par les soupiraux. Je la vois s’avancer, envahir peu à peu la cellule, réveiller les quelques prisonniers qui se sont assoupis.

J’ai froid. Ma vie s’achève en même temps que la nuit.

À cette heure, si j’avais accepté le marché que l’on m’a offert, je roulerais dans la campagne, les chevaux déchirant le brouillard, et je me pencherais à la portière pour m’emplir des odeurs de la vie.

Mais j’ai choisi de rentrer dans cette cellule qui sent la sueur. Et je n’en sortirai que pour respirer sur l’échafaud le parfum douceâtre du sang.

Ai-je été fou ou héroïque d'avoir refusé le sauf-conduit que m'offrait Guillaume Dussert ?

Les hommes qui m'escortaient m'ont laissé seul avec lui dans une grande pièce sombre. Il m'a observé de ses petits yeux de rapace, et il s'est mis à parler vite, d'une voix coupante.

À peine avait-il prononcé quelques mots que déjà je secouais la tête.

Il me dit que le duc Louis-Philippe d'Orléans venait d'être élu député à la nouvelle assemblée, la Convention. Que son fils, le duc de Chartres, se trouvait dans l'état-major de Dumouriez quelque part en Argonne. Qu'ainsi le duc, qui avait pris le nom de Philippe Égalité, préparait l'avenir de sa famille. Il était la seule chance de la monarchie. La nation voulait changer de têtes et c'est pourquoi elle en coupait tant. Louis Capet et son Autrichienne, leur fils, avaient perdu la partie. Je devais à l'instant, grâce à un sauf-conduit qu'il me montrait, gagner l'Allemagne, convaincre les frères de Louis XVI de l'inutilité de leur lutte, les inviter à se rallier à Philippe Égalité, à la branche cadette de la dynastie. Il fallait ce grand transbordement de souverains pour rétablir la paix en France. Et, selon Dussert, j'étais l'un des rares qui avaient la confiance du duc : « Il vous aime », a-t-il répété plusieurs fois. Mais je ne pouvais être suspecté par les comtes d'Artois et de Provence de modérantisme à l'égard de la Révolution. J'étais un ami du roi. J'avais combattu pour lui aux Tuileries. Ma famille avait émigré et j'avais été condamné à mort. Les frères de Louis XVI pouvaient m'entendre… Sinon les révolutionnaires exagérés, les Enragés, allaient détruire la nation. Et qui pouvait désirer cela ? Pas lui, Dussert. Voilà pourquoi il s'était mis au service de Louis-Philippe d'Orléans. Il venait de fonder une banque, qui recueillait les fonds de tous les honnêtes patriotes afin de trouver une issue raisonnable à la Révolution.

J'ai répondu, sans avoir réfléchi aux mots que je prononçais :

— Dites à Monseigneur le duc Louis-Philippe d'Orléans que je ne connais pas le citoyen Philippe Égalité, député à la Convention, et que je ne peux donc servir cet homme-là.

Pourquoi ai-je parlé ainsi ? Par fidélité à mon roi ? Pour faire sentir à Dussert qu'il n'était pas de ma race ?

J'ai su à la manière dont il me regardait, méprisant et rageur, que je venais de placer mon cou dans la lucarne de la guillotine.

Il a dit que la vie était comme une montgolfière, qu'il fallait savoir pour échapper à la mort se délester d'un titre de duc, de comte, et de la vanité. Mais que chacun disposait de sa vie comme il l'entendait.

Il s'est approché de moi.

— Le transbordement des rois et des fortunes se fera, a-t-il ajouté, les dents serrées.

Je pouvais, à l'en croire, aider à ce que ce changement ne tarde pas, à ce qu'il ne se paie pas de trop de destructions et de victimes.

Il avait mis la main sur le loquet de la porte.

— Les dés, citoyen Taurignan, roulent encore. Une voiture attelée attend dans la cour. Mais si vous refusez, la vie continuera sans vous

À cet instant, je me suis souvenu d'une partie d'enfer qui s'était prolongée jusqu'à l'aube dans le salon de l'hôtel du duc d'Orléans, au Palais-Royal.

C'était peu après mon retour d'Amérique. Paris me rendait ivre. Je jouais, je buvais, j'aimais.

Peut-être, j'en prends conscience aujourd'hui, agissais-je ainsi pour ne pas m'interroger sur ce qu'avait été la vie de Thérèse pendant mon absence en Amérique.

J'avais donc, cette nuit-là, perdu beaucoup d'argent. J'hésitais à engager les quelques louis qui me restaient.

— Jouez votre femme, Taurignan ! lança une voix.

J'aurais dû demander raison à cet impudent et le tuer.

— Allons, allons, avait dit le duc, la partie continue, chacun ne peut engager que ce qu'il possède.

Il m'avait humilié. Et peut-être, tant l'homme est un labyrinthe, ai-je refusé le marché que me proposait Dussert cette nuit du 19 septembre en souvenir de la honte que j'avais ressentie dans le salon du duc d'Orléans.

Je retrouvais mon honneur au prix de ma vie.

— Que décidez-vous ? m'a demandé Dussert.

— Je sors du jeu, ai-je répondu.

4. “ Qu’on se souvienne qu’il voulut vivre droit et qu’il est mort ainsi… ”

Il ne me reste que peu de temps.

La prison est déjà pleine de bruits, de sanglots et de prières. On appelle les premiers condamnés et leurs noms sont aussitôt recouverts par les cris de « Vive la Nation ! » ou par ce chant qui monte de la cour et fait trembler les murs tant il est scandé avec force :

Aux armes, citoyens !
Formez vos bataillons !
Marchons, marchons,
Qu’un sang impur
Abreuve nos sillons !

Il me glace. Ce sang impur, c'est le mien et celui de mes compagnons de cellule, que je vois s'étreindre avant qu'on les entraîne.

Bientôt ce sera mon tour et j'ai tant à dire encore. Comme la nuit, comme la vie ont été courtes ! Il me semble qu'un mistral plus vif, plus violent que celui qui souffle sur notre château de Crest, faisant lever des tourbillons dans la cour, pliant les arbres, a emporté mes années, ne me laissant que cette poignée de minutes qu'un gardien, prononçant mon nom de sa voix implacable, m'obligera à lâcher.

Et je ne pourrai pas vous dire, à vous mes enfants, ma femme, mon frère, combien je m'inquiète, non de moi, mais de vous.

Toi, Pierre-Marie mon frère, dont je ne sais plus rien, es-tu l'un de ces prêtres que l'on a traqués, condamnés, tués, ou bien as-tu réussi à survivre ?

Vous, ma femme à laquelle il me faut demander pardon, je vous ai négligée, puis je n'ai pas eu le courage de vous questionner et je vous ai fuie dans les plaisirs, dans l'ivresse du jeu. Je vous ai laissée si souvent seule devant votre clavecin, et si vous avez cédé à la séduction de l'un de ces hommes de l'entourage du duc d'Orléans, peut-être à Monseigneur lui-même, j'en prends sur moi la faute et la honte.

Je vous vois pure, belle comme cette lumière bleutée qui tombe du soupirail.

Car il fait beau ce 20 septembre 1792, jour de ma mort !

Ainsi est la vie, ainsi sont les choses. Certains chantent, et j'entends leurs pas joyeux et martiaux marteler les pavés de la cour. J'imagine qu'ils se sont mis en marche, avançant de chaque côté de la charrette où sont assis les condamnés, cheveux coupés, chemises échancrées, mains liées. Ceux-là sont une coquille qu'on brise pour que d'autres naissent.

Il vous faudra comprendre cette loi de la vie, mes enfants, et renoncer à la haine et au désir de vengeance.

Car ce n'est pas seulement moi, comte Philippe Chrétien de Taurignan, que l'on tue, mais le monde dont je faisais partie. C'est lui qu'on a détruit et je suis englouti avec lui.

Il ne renaîtra pas, j'en ai la certitude.

Peut-être est-ce la proximité de la mort qui suscite en moi une telle pensée. Peut-être celui qui va disparaître veut-il toujours se persuader que tout ce qu'il a connu meurt avec lui.

J'ai eu le temps dans cette nuit si brève de me demander si ma certitude n'était pas, en effet, la vanité d'un agonisant qui veut que cesse le festin auquel il ne peut plus prendre part.

Je n'en crois rien. Je me sens humble mais je sais que plus aucun souverain, dans ce pays, ne sera respecté, aimé et craint comme le fut celui que j'ai servi et qui fut contraint, un jour de septembre 1789, de rentrer de Versailles à Paris entouré des femmes de la halle, et qui fut obligé, le 20 juin 1792, de coiffer le bonnet phrygien et de boire, à la santé du peuple, un vin rouge comme le sang.

Souviens-toi de cela, mon fils, que je sais impétueux. Sois fier de ce que nous fûmes, mais ne rêve pas. Ce qui naît et que notre sang abreuve ne pourra pas être arraché. Cet arbre-là, qu'on dit être celui de la Liberté, a planté ses racines dans la terre de ce pays. Elles sont déjà profondes. Elles s'enfonceront encore et les branches croîtront. Puis un jour viendra, ainsi est la nature, où cet arbre, nouveau aujourd'hui, dépérira. Alors approcheront les bûcherons qui, à grands coups de hache, abattront ce tronc agonisant, et ce sera souffrance pour les branches où coule encore la sève, mais le fer est plus dur que le bois.

Ce matin, alors que le soleil illumine la cellule, le couperet va trancher mon cou. Je suis l'une des branches du vieil arbre.

Vous, mes enfants, souvenez-vous de moi, mais vivez avec votre temps. Que sera notre pays ? Sa terre est fertile, ses hommes sont courageux et fiers. Il survivra donc. Qui le gouvernera ? Un duc d'Orléans qui a choisi de s'appeler Philippe Égalité et qui s'imagine pouvoir greffer son ambition sur les pousses nouvelles ? Ou bien celles-ci deviendront-elles République ? J'entends certains de nos gardiens l'appeler de leurs vœux. Mais que se cachera-t-il derrière ce mot ? Une nouvelle Rome, avec des sénateurs et bientôt un César et un Brutus ?

Il n'est plus temps pour moi de m'interroger sur les choses générales. Je l'ai fait à longueur de vie, et vous seriez en droit, vous mon épouse, vous mes enfants, de me reprocher d'avoir été plus soucieux du sort du royaume, du service du roi ou de la liberté des Américains, que de vous et de mes biens.

Si vous avez lu ces lignes, vous savez que j'ai confié notre hôtel du faubourg Saint-Germain et notre château de Crest au sieur Guillaume Dussert. Il se dit banquier, proche du duc d'Orléans. Je le connais peu, mais c'est un homme déterminé, habile, impitoyable, comme peuvent l'être les oiseaux de proie.

Si vous le retrouvez, méfiez-vous de lui. Il devra vous rendre ce qui vous appartient et dont je ne lui ai donné que la jouissance, mais on s'habitue vite à posséder, et cet homme-là a grand faim de tout.

Je lui dois de ne pas avoir été égorgé lors des massacres du début du mois de septembre. Il m'a sauvé la vie par intérêt, mais il est de ceux qui ne cachent pas leurs intentions, et de cela je lui sais gré.

Il m'a offert une seconde fois la possibilité de survivre. J'ai refusé son marché. Je ne le regrette pas, même si les raisons de mon refus me sont encore obscures et confuses.

J'ai essayé dans ces pages de m'expliquer, mais peut-être ai-je renoncé à vivre parce que j'étais las, et qu'il m'était plus facile d'être fidèle à un monde qui disparaît que de continuer ma route dans une forêt inconnue.

Il est un temps pour marcher, un autre pour s'étendre. Et je vais m'allonger sur la planche à bascule, les yeux ouverts.

Adieu, vous qui fûtes ma chair.

Je vais confier ces quelques feuillets au sieur Nicolas Mercœur. Il m'a permis de les écrire en me fournissant bougie et papier. Je lui ai donné la tabatière en or que vous m'offrîtes, Thérèse, à mon départ pour l'Amérique.

Nicolas Mercœur pourra vous conter mes dernières heures dans cette prison dont il fut l'honnête geôlier. Il n'a pas été, que je sache, l'un de ces buveurs de sang que je vis, tels des chiens enragés, se précipiter pour nous massacrer. Mais il est de ce monde nouveau, un citoyen, un patriote, un sans-culotte, comme il dit.

Il mérite d'être récompensé et j'aimerais que vous soyez généreux avec lui.

Si vous réussissez à obtenir de Guillaume Dussert la restitution de nos biens, vous le pourrez.

C'est mon vœu le plus cher. Il m'est doux de penser qu'un jour il vous sera possible, à vous et à nos descendants, d'habiter les lieux où les Taurignan vécurent.

N'arrachez aucun arbre du parc de notre château de Crest. Laissez-les vieillir et mourir de la foudre, ou sécher lentement jusqu'à ce que les branches tombent de leur propre poids.

Et si la tentation vous prend de les abattre, pensez à moi et, par fidélité à mon souvenir, renoncez à la hache. Imaginez que ce bois, même sec, est ma chair et que le fer me meurtrirait.

À cet instant, je pense aux cyprès, aux chênes et aux figuiers. Je vois le bleu du ciel qu'a balayé le mistral.

Adieu, vous qui vivrez, le visage fouetté par ce grand vent.

Si celui qui lit ces lignes n'est pas un Taurignan ou un apparenté à cette lignée, qu'il songe que le destin l'a chargé de les transmettre à ma descendance, qu'il sera, s'il y parvient, l'instrument de la Providence et que, d'une manière ou d'une autre, il en sera remercié.

Mais peut-être ces papiers resteront-ils enfouis des générations durant et surgiront-ils dans un monde où l'on aura oublié le nom des Taurignan et où ne survivra plus aucun des arbres de nos propriétés de Crest. Mon cœur souffre plus de cette pensée que d'entendre la voix qui vient de me nommer et qui annonce ma mort imminente.

S'il en est ainsi, que celui qui lira sache que l'auteur de ces lignes fut un homme qui crut agir selon la justice, et pour le bien des hommes dont il avait la charge.

Mais il fut aussi, comme chaque homme, égoïste, aveugle et sourd.

Cela méritait-il la mort qu'on lui inflige ?

Qu'on se souvienne qu'il voulut vivre droit et qu'il est mort ainsi.

Adieu !

Comte Philippe Chrétien de Taurignan

En la prison de l'Abbaye, ce 20 septembre 1792.
Remis entre les mains de Nicolas Mercœur
et selon sa conscience.

DEUXIÈME PARTIE

5.

“ Ils avaient juré sur les armes de ne revenir qu’après avoir triomphé de tous les ennemis de la liberté et de l’égalité... ”

Nicolas Mercœur ne pouvait plus penser à rien d’autre qu’aux yeux de cet homme, ce ci-devant, ce jean-foutre d’aristocrate, cette sangsue du peuple qui, tout au long du faubourg Saint-Honoré et place de la Révolution, et encore en montant les marches de l’échafaud, n’avait cessé de le fixer.

Cet ennemi des patriotes avait été le dernier à subir le châtiment.

Il s’était tenu debout, raide, attendant son tour, embrassant chacun des cinq autres condamnés au fur et à mesure qu’ils étaient entraînés par le bourreau.

Il n'avait pu les étreindre puisqu'il avait les mains liées, mais il était resté contre eux jusqu'au dernier moment. Les deux premiers sanglotaient, les trois autres priaient à haute et forte voix, le visage blême. Et lui, ce comte de Taurignan, avait lancé, tourné vers la foule : « Je pardonne à mes assassins. »

Les tambours avaient roulé plus fort. Le bourreau avait empoigné Taurignan aux épaules mais il s'était dégagé, et on l'avait laissé s'approcher seul de la planche. Il y avait eu brusquement un silence. Tout le monde, les soldats et les gens qui entouraient l'échafaud, avait été saisi par le maintien de cet homme qui levait haut la tête, comme s'il avait voulu étirer son cou pour mieux que le couperet tranche. Dans ce mouvement, il avait rejeté ses épaules en arrière, faisant apparaître une poitrine large et osseuse. Il avait les jambes écartées et on eût dit ainsi une figure de proue.

Le silence s'était prolongé quelques secondes et on avait entendu sa voix crier :

— Ne baptisez pas l'avenir avec du sang innocent. Il retombera sur vous !

Mercœur avait eu à peine le temps de reprendre souffle et il avait entendu les hurlements, les tambours et le claquement sec du couperet.

À ce moment, il avait ressenti une douleur tellement vive, comme si une pique s'était enfoncée au bas de sa poitrine, qu'il s'était retenu au manche de son arme pour ne pas s'agenouiller. Il s'était repris, un peu hagard et endolori, avec des nausées et des éblouissements comme en donne parfois le vertige.

Il aurait voulu rester là, appuyé aux poutres de l'échafaud, mais les aides du bourreau avaient déjà fini de jeter les corps dans le tombereau et d'entasser les têtes dans deux grands paniers.

Il avait donc fallu marcher en ligne, au pas lent des lourds chevaux. Mercœur était l'un des derniers de l'escorte et il n'avait pu, tout au long de la rue Saint-Honoré, puis du faubourg

Saint-Antoine, détacher ses yeux des jambes des décapités qui dépassaient du tombereau. Les cahots leur faisaient danser la gigue et du sang coulait entre les planches, laissant sur les pavés du faubourg une traînée sombre.

Plus un cri pour saluer ce cortège, plus un roulement de tambour pour accompagner ces morts à la fosse commune, simplement le grincement des essieux et le bruit des sabots glissant parfois sur des pavés disjoints.

Les chevaux peinaient et le charretier lançait des jurons, faisant claquer au-dessus d'eux son fouet long et fin.

Tout à coup, Mercœur s'était élancé, courant le long du tombereau, et arrivé à la hauteur du charretier, il avait dirigé la pointe de sa pique vers la gorge de l'homme. Il avait hurlé : « Si tu les touches, je te tue ! »

On l'avait entouré, calmé. Le charretier gesticulait, disait qu'il allait saisir sa section de cet acte contre-révolutionnaire, de cette menace proférée contre un patriote qui faisait son devoir.

Le temps était lourd. La matinée qui avait été belle, d'un bleu limpide, laissait peu à peu la place à un ciel d'averse.

On avait entravé les chevaux et on était allé boire dans un estaminet du faubourg, à la santé et à l'union des patriotes. Le vin de Loire était léger et frais, d'un rouge vif.

Mercœur avait embrassé le charretier. Il avait annoncé qu'il partait à l'armée des frontières le 22 septembre. On l'avait fêté, puis on avait crié « Vive la Nation ! ». Et on s'était remis en marche vers la fosse.

Le sang ne gouttait plus du tombereau, mais les jambes continuaient de tressauter et Mercœur, qui avait repris sa place, avait remarqué après quelques minutes que les pieds étaient nus.

Quelqu'un avait profité de la halte pour voler les chaussures des morts.

Une voix lança :

— Les talons de ces Messieurs sont blancs, c'est la première fois qu'ils vont pieds nus !

Il y eut un grand éclat de rire puis, avec entrain, on entonna :

Ah ! ça ira, ça ira, ça ira,
Les aristocrates à la lanterne !
Ah ! ça ira, ça ira, ça ira,
Les aristocrates on les pendra !

Mercœur n'avait pas chanté, la poitrine percée par la même douleur que celle qu'il avait ressentie au pied de l'échafaud, quand la tête de Taurignan était tombée dans le panier. Et le souvenir de cet homme, de ce maudit ci-devant, de ce suppôt des princes avait commencé à le hanter. Il n'avait oublié aucun des mots qu'ils avaient échangés dans la prison, et il entendait sa voix s'adressant à la foule du haut de l'échafaud. Il sentait son regard, comme si le comte avait été là, devant lui.

Mercœur s'était arrêté, laissant le tombereau et son escorte s'éloigner. On l'avait appelé mais il avait secoué la tête, mis la main sur sa poitrine, fait comprendre qu'il était malade et, quand il avait vu disparaître le dernier des gardiens, il avait rebroussé chemin.

Il avait marché lentement, sa pique sur l'épaule, la main droite enfoncée dans la poche de sa carmagnole et, sous ses doigts, il sentait cette liasse de papiers que l'homme lui avait remise. Il avait eu la tentation de les déchirer, de les jeter dans la Seine quand il traverserait le Pont-Neuf. Il s'était reproché d'avoir parlé avec ce ci-devant et d'avoir accepté cette tabatière. Il l'avait cachée au fond du tiroir de la table qui occupait le centre de la petite pièce où il vivait, depuis trois ans déjà, avec Madeleine Cotençon, une vendeuse à la sauvette qui dressait son étal sur le Pont-Neuf.

Il ne devait pas lire ces papiers. Écouter un ci-devant, un ennemi, c'est déjà devenir son complice, avait dit Machecoul, le secrétaire de la section de l'Odéon. Et Machecoul avait martelé qu'il fallait les dénoncer, les débusquer, les enfumer, les écorcher, puisque c'est ce qu'ils avaient fait depuis des siècles et c'était ce qu'ils feraient demain si le duc de Brunswick entrait dans Paris.

Mais Taurignan n'avait cessé de le regarder et ses yeux brillaient encore, là, dans la grisaille de cette fin de journée, alors que la pluie s'était mise à tomber.

Mercœur s'était abrité sous un porche. Il s'était assis sur une borne, le dos appuyé au mur. D'une fenêtre du rez-de-chaussée tombait la lueur vacillante d'une lampe. Il avait posé sa pique et sorti les feuillets, les plaçant sur ses genoux, et il avait commencé à lire.

Ce Taurignan, ce ci-devant comte, ce père et cet époux d'émigrés, cet ami du roi, c'était justice qu'on l'ait raccourci…

Mais à peine avait-il pensé cela qu'il s'était senti ému, bouleversé même par cette voix qui venait d'avant la mort. Et il s'était souvenu de l'homme, assis au fond de la cellule, écrivant à la lumière de la bougie. Mercœur ne regrettait plus de lui avoir permis de parler une dernière fois.

Il avait plié les feuillets, les avait remis dans la poche de sa carmagnole, puis il avait repris sa marche.

La foule, au fur et à mesure qu'il s'approchait de la Seine, se faisait plus dense. Elle avançait sans se soucier de la pluie qui tombait drue, occupant la chaussée, empêchant les véhicules d'avancer, et la garde nationale tentait d'ouvrir un passage aux citoyens députés qui se rendaient à la première séance de la Convention.

Mercœur s'était laissé porter par le flot jusqu'aux Tuileries où la nouvelle assemblée se réunissait. Puis, brusquement, il avait remonté le courant, tête basse, ne répondant pas quand on l'interpellait joyeusement, ou qu'on l'entourait au cri de « Vive la Nation ! » parce qu'on voulait saluer en lui l'un de ces volontaires qui allaient défendre les frontières. Des crieurs de journaux annonçaient d'une voix aiguë que la bataille avait commencé dans la forêt d'Argonne, et que les troupes de Dumouriez et de Kellermann avaient fait reculer les armées de Brunswick.

Ici et là, de petits groupes lançaient : « Vive Philippe Égalité ! Vive les patriotes ! » Et l'on assurait que le fils de Philippe Égalité avait combattu vaillamment aux côtés des volontaires nationaux.

Mercœur s'étonnait de la fatigue qui l'avait saisi, de cette tristesse qui l'empoignait au milieu de l'exaltation de la foule. Il se souvenait de la joie qui l'avait transporté, le 14 juillet 1790, quand il avait dansé sur le Champ-de-Mars avec Madeleine pour la fête de la Fédération. Il pensait alors que la fraternité allait régner entre tous les sujets du royaume. Et ils avaient tourné, tard dans la nuit, avant de rentrer rue Guénégaud.

Le jeune frère de Madeleine, Sylvestre Cotençon, logeait avec eux. Ils avaient bu tous trois la seule bouteille de vin qu'ils possédaient, trinquant à la devise sainte : *Liberté, Égalité, Fraternité.*

Mais les jours suivants, il avait bien fallu trouver l'argent pour acheter du pain, et c'était pire qu'avant la démolition de la Bastille pierre par pierre, pire qu'avant la fête de la Fédération, pire qu'avant la célébration de la Constitution et du roi citoyen.

Madeleine n'avait plus rien à vendre sur le Pont-Neuf. Elle s'était mise à coudre des uniformes pour quelques sous par jour. Et Nicolas, parce qu'il était bon patriote, vainqueur de la Bastille, et que Machecoul l'avait appuyé, lui trouvant l'âme vertueuse des sans-culottes, était devenu gardien à la prison de l'Abbaye.

Est-ce que c'était là une vie pour un honnête homme ? interrogeait Madeleine. Pour un citoyen qui a du cœur ? Elle disait chaque jour que même les ci-devant avaient des fils et des mères et que les tuer était sacrilège.

Peut-être était-ce à cause d'elle que Mercœur, au début du mois de septembre, n'avait pas aidé les égorgeurs. Il s'était enfermé dans une pièce de la prison.

Il n'avait voulu ni voir ni entendre. S'il fallait purger la nation des conspirateurs aux poignards, de ceux qui attendaient les soldats de Brunswick afin de réduire Paris en esclavage, qu'on le fasse, mais sans lui. Il n'avait pas l'esprit à ça. Il n'était pas un boucher. Que d'autres « nettoient », comme ils prétendaient, les prisons.

Lui, ce jour-là, il s'était porté volontaire pour l'armée des frontières. Et le 21 septembre, Sylvestre Cotençon avait prêté serment avec lui, à la barre de la Convention. Ils avaient juré sur les armes de ne revenir qu'après avoir triomphé de tous les ennemis de la liberté et de l'égalité.

Ils avaient écouté, dans l'enceinte de l'assemblée, l'abbé Grégoire, député à la Convention, déclarer à la tribune qu'il fallait abolir la royauté et proclamer la République. « Les rois sont dans l'ordre moral ce que les monstres sont dans l'ordre physique. Les Cours sont l'atelier du crime, le foyer de la corruption et la tanière des tyrans. L'histoire des rois est le martyrologe des nations. » Ils avaient crié avec les députés « Vive la Nation ! » et chanté le *Ça ira*.

Pendant ces instants, Mercœur n'avait plus pensé à Taurignan, à la liasse de feuillets. Il l'avait confiée à Madeleine. Qu'elle la cache avec la tabatière sous une latte du parquet. Après, quand la République vivrait en paix, que le sang aurait séché, on pourrait transmettre aux descendants du ci-devant ses derniers écrits.

Puis Nicolas Mercœur et Sylvestre Cotençon étaient partis, sous une pluie battante, marchant pieds nus dans la terre boueuse.

Ils avaient atteint les forêts de l'Argonne, et ils avaient été incorporés dans un bataillon de ligne. Le sergent Maximilien Forestier, à peine plus vieux qu'eux, leur avait raconté comment, sur la butte de Valmy, Kellermann avait crié « Vive la Nation ! » et comment les milliers de volontaires et les vieux soldats de la monarchie avaient repris le cri si fort que, prétendait-il, les ailes du moulin qui se dressait sur la butte avaient commencé à tourner, tant le souffle de toutes ces poitrines était puissant.

Et les Prussiens comme les Autrichiens, et ces jean-foutre d'émigrés, avaient reculé après des heures de canonnade.

« L'ennemi nous faisait présent de beaucoup d'obus qui éclataient devant nous, avait expliqué Forestier. Les boulets nous passaient par-dessus la tête. Ils ne ricochaient pas car ils s'enfonçaient dans le sol détrempé. »

C'était dans les premiers jours qui avaient suivi leur arrivée dans le camp de l'armée de Dumouriez, au milieu des forêts de l'Argonne. Le soir, autour de la marmite dans laquelle on avait jeté un peu de riz et quelques morceaux de viande, Maximilien Forestier parlait, puis il chantait d'une voix de stentor :

Savez-vous pourquoi, mes amis,
Nous sommes réjouis ?
C'est qu'un repas n'est bon
Qu'apprêté sans façon.
Mangeons à la gamelle,
Vive le son, vive le son,
Mangeons à la gamelle,
Vive le son du canon !

Et maintenant, des semaines plus tard, Mercœur grelottait, recroquevillé dans un trou creusé profond dans la glaise humide à quelques dizaines de pas de la rive de la Sambre. De l'autre côté du fleuve se trouvaient les bivouacs de l'ennemi. Et quand Mercœur se hissait, ses mains glissant sur le rebord du trou, il apercevait de loin les feux qui brillaient.

Alors le souvenir de Taurignan lui revenait, les mots que le ci-devant avait lancés comme un avertissement et une malédiction l'obsédaient. Mercœur les répétait : « Ne baptisez pas l'avenir avec du sang innocent. Il retombera sur vous. »

Sylvestre Cotençon était mort, deux jours auparavant, dans ce même trou destiné à celui qu'on appelait « la sentinelle perdue » parce qu'il était bien plus loin que les avant-postes, seul devant l'ennemi.

On l'avait retrouvé, avait raconté le sergent Maximilien Forestier, la gorge si proprement tranchée que la tête ne tenait plus au corps que par quelques lambeaux de chair sur la nuque. Cotençon avait dû être surpris pendant son sommeil et ne pas souffrir. La lame de la baïonnette ou du coutelas avait été soigneusement affûtée, et l'égorgeur était aussi expérimenté qu'un bourreau.

— Il est là, en face, avait murmuré le sergent en tendant le bras vers la Sambre. Il connaît notre trou, mais il ne doit pas imaginer que nous avons le courage et la vertu de l'occuper de nouveau.

Il avait tapoté sur l'épaule de Nicolas.

— Ne te montre pas. Ne t'endors pas. Et s'il revient, venge notre frère !

Mercœur avait commencé à claquer des dents.

— C'est le froid…

Forestier avait hoché la tête.

— La peur est la fiancée du soldat, avait-il dit. Mais un homme n'écoute pas les femmes.

Puis le sergent Forestier s'était éloigné du trou en rampant dans cette herbe haute dont les bords de chaque feuille coupent comme une lame effilée. Il s'était enfoncé dans les bruyères et avait disparu dans la pénombre qui enveloppait déjà la campagne.

La nuit est longue quand la peur vous tient au ventre, avait pensé Mercœur.

6. « Ils avaient tué le roi, et il n'y aurait pas de pitié... »

Dès que Madeleine avait vu le roi, debout dans la voiture, sa camisole blanche largement ouverte sur son cou, la silhouette noire d'un prêtre se découpant sur le ciel d'un gris bleuté de cette matinée du 21 janvier 1793, elle avait eu peur pour Nicolas et Sylvestre. Elle s'était mise à prier, en remuant à peine les lèvres, parce qu'il ne fallait pas qu'autour d'elle les gens qui se soulevaient sur la pointe des pieds pour voir passer Louis Capet, ci-devant Louis XVI, devinent qu'elle murmurait « Dieu nous pardonne, Dieu nous protège ». Mais elle était sûre qu'il se vengerait, qu'on allait trop loin, et que ce serait les petits, comme Nicolas et Sylvestre, les moins coupables qui paieraient alors que ceux qui avaient versé le sang, ceux qui avaient voté la mort du souverain, ceux qui s'étaient installés dans les hôtels des émigrés et avaient volé leurs meubles, ceux qui avaient épousé les comtesses et les duchesses pour les sauver de la guillotine, ceux qui se livraient à l'agiotage des monnaies – si bien que les assignats qu'on donnait à Madeleine le matin, pour les uniformes qu'elle cousait, ne valaient plus rien le soir et qu'elle devait choisir entre le pain et le bois, crever de faim ou de froid –, que tous ceux, ces messieurs qui se faisaient appeler citoyens, les gros et les gras, les poudrés et les emperruqués, tous ces avocats et ces discoureurs de la Convention, du club des Jacobins, et ces citoyennes qui tenaient salon, tous ceux-là, ils sauveraient comme toujours leurs têtes et leurs biens.

Et elle maudissait ce Joseph Machecoul, l'ancien secrétaire de la section des Piques, aujourd'hui représentant du peuple, élu de Paris à la Convention, qu'elle avait essayé de voir pour obtenir de lui des nouvelles de Nicolas et de son frère, partis volontaires aux armées. Elle ne savait plus s'ils vivaient ou bien s'ils étaient déjà couchés morts dans la neige de ces pays du Nord, d'au-delà de la Sambre, de la Meuse et du Rhin. Mais Machecoul ne l'avait jamais reçue.

Elle s'était, elle aussi, hissée sur la pointe des pieds. Elle avait vu les baïonnettes des fusils si proches les unes des autres qu'elles formaient, devant la foule, comme une haute grille aux extrémités acérées. Et au-delà, il y avait encore les croupes des chevaux, comme un mur mouvant. Les dragons caracolaient et les naseaux de leurs montures étaient enveloppés de buée.

Pendant quelques instants, elle n'avait pas aperçu le roi, et soudain il était apparu sur l'échafaud, petite tache blanche accompagnée de cette silhouette noire alors que le crucifix que tenait le prêtre était un point brillant. Le soleil qui peu à peu perçait faisait scintiller la plaque du couperet entre les montants sombres.

Dieu, les puissants du monde, allaient venger ce sacrilège !

Madeleine avait fermé les yeux. Et elle les avait vus, son compagnon et son frère, leurs corps nus et percés comme celui de saint Sébastien. Puis elle avait entendu une voix, lointaine, crier : « Français, je meurs innocent. Je pardonne à mes ennemis. Je souhaite que ma mort soit utile au peuple. »

Et les tambours avaient commencé de rouler. Elle avait prié, demandé un miracle pour sauver le roi et Nicolas et Sylvestre. Mais elle avait entendu le canon, et tout à coup ce silence.

Elle avait regardé.

Le bourreau, là-bas, si loin, montrait quelque chose qu'il tenait à bout de bras. Il y avait eu un murmure, puis les cris « Vive la Nation ! Vive la République ! » et des bousculades. Les soldats avaient agité leurs chapeaux à la pointe des baïonnettes, les dragons s'étaient avancés vers la foule, et les poitrails des chevaux l'avaient fait reculer.

Madeleine s'était mise à courir. Ils avaient tué le roi, et il n'y aurait pas de pitié. Si Nicolas et Sylvestre vivaient encore, on les tuerait. Le sang se répandrait dans toutes les villes.

Elle avait traversé le Pont-Neuf qu'un vent glacial balayait de brèves bourrasques et le froid avait bleui ses joues et ses mains.

Peu de gens dans les rues, comme s'ils s'étaient cachés.

Elle avait remonté la rue Guénégaud et elle était rentrée chez elle, dans cette petite pièce qui occupait le rez-de-chaussée, au fond d'une cour pavée. Elle était restée sur le seuil, contemplant ces uniformes bleus qu'elle devait coudre et qui s'entassaient sur le parquet, les manches des vestes tombant de part et d'autre comme les bras des tués.

Elle s'était agenouillée. Elle avait vu à nouveau les corps de

Nicolas et de Sylvestre, nus parce qu'on dépouillait les morts, que les vivants avaient besoin de vêtements et qu'on ne fabriquait pas assez d'uniformes.

Elle avait murmuré, parce qu'il ne faut jamais désespérer de Dieu : « Protégez-les. Ils sont honnêtes et bons. Ils n'ont péché que par volonté de plus de justice. Ils n'ont jamais fait ou voulu le mal. »

Tout à coup, elle s'était redressée, écartant les uniformes posés sur le plancher. Elle avait soulevé deux lattes et, appuyée sur les mains, toujours à genoux, elle avait regardé cette tabatière en or incrustée d'argent et cette liasse de papiers qu'avant de partir pour les frontières Nicolas lui avait demandé de cacher là.

Elle avait pris la tabatière, l'avait ouverte, avait vu le blason gravé, une tour surmontée d'une croix, appuyée sur trois lettres, CdT, qui représentaient par leur enchevêtrement des rochers accumulés. Et elle s'était souvenu de ce nom que Nicolas avait prononcé plusieurs fois, Chrétien de Taurignan. Elle ne pouvait croire qu'il eût volé cette tabatière, ces papiers, à l'un des condamnés à mort de l'Abbaye.

Elle avait feuilleté la liasse, mais elle avait toujours eu de la peine à lire, elle n'avait pu que reconnaître des lettres ici et là, et au bas de la dernière page le nom de *Nicolas Mercœur*.

Elle avait enfoui la tabatière et la liasse dans la cavité, replacé les lattes, et elle était restée longtemps pensive. On n'avait pas le droit de garder ce qui avait appartenu à un mort. Cela portait malheur. Elle devait se débarrasser de ces choses-là.

Elle avait noué un châle autour de ses épaules et, par les petites rues où le vent ne soufflait pas, elle avait gagné la rue Saint-André-des-Arts. Là habitait, dans un immeuble de l'extrémité de la rue, Joseph Machecoul.

Elle était venue si souvent, et toujours on l'avait rejetée. Le citoyen représentant était en mission, ou bien il siégeait à la

Convention, ou encore il travaillait, préparant les discours qu'il devait prononcer en séance. Qu'elle laisse son nom, lui avait-on dit vingt fois !

Elle était entrée dans la cour, Joseph Machecoul était là, debout sur les marches du perron, haranguant une petite foule. Il disait : « Tout roi est un rebelle et un usurpateur. Louis était un étranger parmi nous. Il a été l'âme de toutes les corruptions et de tous les complots. En prononçant la mort du tyran des Français, la Convention nationale s'est montrée bien grande, mais c'était le vœu de la nation. Le supplice de Louis XVI est un des événements mémorables qui font époque dans l'histoire des nations. Il aura une influence prodigieuse sur le sort des despotes de l'Europe et sur celui des peuples qui n'ont pas encore rompu leurs fers. »

Madeleine s'était frayé un chemin jusqu'au premier rang. Elle avait regardé Machecoul cependant qu'il pérorait, qu'il disait que la République était partout victorieuse, que le drapeau tricolore, après les victoires de Valmy et Jemmapes, était arboré à Bruxelles, à Mons, à Anvers, que Nice et la Savoie, Bâle, s'étaient réunis à la République, et que le supplice de Louis Capet allait provoquer de nouvelles victoires.

C'était un monsieur, avec son manteau noir de bonne laine, ses lunettes posées sur le front, les branches s'enfonçant dans la perruque poudrée. Il avait entrouvert son manteau pour chercher, dans la poche de son habit de nankin rayé de fines lignes marron, sa tabatière, et d'un geste lent il avait remis en place les plis de sa cravate blanche, en dentelle, qui retombait sur son gilet vert.

Il avait reboutonné son manteau, puis il avait lancé :

— Citoyens, nous venons enfin, aujourd'hui, d'aborder dans l'île de la Liberté et nous avons brûlé le vaisseau qui nous y a conduits.

Une voix avait lancé : « La liberté ou la mort ! »

Il avait ouvert la porte. Madeleine était montée sur la première marche du perron.

— Monsieur ! avait-elle crié.

Il y avait eu aussitôt des murmures hostiles. Machecoul s'était retourné.

— Citoyen, citoyen ! Je ne suis que cela. Citoyen, avait-il répondu sur un ton méprisant. En ce jour où la liberté triomphe, faut-il qu'ici on ressuscite les privilèges ?

Madeleine avait bredouillé des excuses, dit qu'elle n'avait plus de nouvelles des volontaires nationaux, de son compagnon Nicolas Mercœur et de son propre frère Sylvestre Cotençon. Ils étaient partis pour les frontières à la fin du mois de septembre précédent. Elle suppliait le citoyen représentant de chercher à savoir s'ils étaient morts ou vifs.

Machecoul était revenu vers elle, descendant les marches. Il lui avait mis la main sur l'épaule. Elle n'avait pas à le supplier, avait-il dit. Il se souvenait du citoyen Nicolas Mercœur, un patriote valeureux.

— Viens me voir dans dix jours, citoyenne. Je te rassurerai.

Elle avait traversé la cour, sentant sur elle tous ces regards. Dans la rue, elle avait marmonné que ça ne servait à rien d'appeler ces messieurs « citoyens ». C'était comme si l'on mettait un masque de comédie pour cacher leur vrai visage. Mais elle savait qu'ils étaient les nouveaux maîtres. Elle les reniflait, elle les devinait. Il suffisait de voir et de toucher leur linge.

Parfois, pour gagner quelques assignats de plus, elle se rendait dans les hôtels proches des Tuileries, là où logeaient les députés à la Convention. Elle emportait des paniers de linge sale qu'elle lavait et repassait chez elle.

Ça, des citoyens, avec leurs chemises de batiste brodées à leurs initiales ?

Ils étaient des messieurs. Et elle lavait leur merde, comme sa mère l'avait fait pour les ci-devant !

Qu'est-ce qui avait changé pour les petits ? Des mots !

Madeleine s'était engagée dans la rue Guénégaud et, rentrée chez elle, s'était assise devant la table, reprenant la veste d'uniforme qu'elle devait terminer.

Ce qui avait changé, c'est qu'avant il fallait des rabatteurs et des sergents recruteurs pour trouver des hommes prêts à mourir à la guerre. On les faisait boire jusqu'à ce qu'ils soient ivres et signent leur lettre d'engagement, et alors on les jetait dans une charrette et roule pour les camps militaires !

Maintenant, il avait suffi de quelques chansons et de beaux rêves pour que Nicolas et Sylvestre soient volontaires.

Elle avait planté l'aiguille dans le tissu léger, de mauvaise laine. Elle ne pouvait plus coudre, ses doigts tremblaient et ses yeux se brouillaient.

7. « Il faut pour gouverner les peuples d'abord de l'or, puis de l'or, et pour finir encore de l'or... »

— C'est un phénomène bien mystérieux que notre Révolution, avait murmuré Joseph Machecoul.

Il avait d'un geste à peine esquissé, le coude posé sur le bureau, les doigts fins frôlant la dentelle blanche rayée de rouge serrée autour de son cou comme une ample cravate, montré les fenêtres de cette grande pièce située au premier étage, d'où l'on surplombait la cour de l'immeuble et, au-delà du porche, la rue Saint-André-des-Arts.

Une rumeur sourde, comme celle que font les tambours quand ils battent au loin, montait de la cour et de la rue.

— Ils sont là, avait ajouté Machecoul.

Guillaume Dussert, assis en face de lui, les mains croisées devant ses lèvres, les avant-bras appuyés sur ses genoux, penché en avant, avait tourné la tête vers les fenêtres.

— Le peuple, avait-il dit en se redressant et en s'adossant au fauteuil, est depuis 1789 comme une rivière en crue, dont le flot ne cesse de monter.

À cet instant, des mots scandés par des voix stridentes de femmes avaient heurté les vitres comme des pierres lancées avec rage.

« À mort l'Autrichienne ! À mort la putain du despote ! »

Puis, après un silence, une clameur puissante et grave avait déferlé : « Vive la République ! L'égalité ou la mort ! »

Machecoul s'était levé et s'était lentement dirigé vers les fenêtres. Les cris avaient cessé mais on entendait le piétinement de la foule, pareil à un ressac qui ne cesserait jamais.

— Ils veulent que nous fassions tous le saut de carpe, les mains liées dans le dos, avait dit Dussert.

Il avait rejoint Machecoul, et avait jeté un coup d'œil dans la cour tout en veillant à rester dissimulé par les rideaux couleur bleu roi qui tombaient de part et d'autre de la fenêtre.

— Ce sont les femmes les plus enragées, avait-il ajouté.

Machecoul était déjà retourné s'asseoir. Il examinait ses ongles, puis les mordillait nerveusement.

Il avait secoué la tête.

— Nous sommes entraînés par une force qui nous échappe, Dussert. C'est un système de gravitation dont nous ignorons les lois. Il nous faudrait un Kepler de la Révolution, un Laplace… Mais il est plus facile de comprendre la chute des objets ou le mouvement des planètes que d'expliquer le comportement des citoyens. Souvenez-vous de cette femme qui m'appelait Monsieur comme si elle s'adressait à l'un de ses anciens maîtres, comme si rien n'avait changé, et pourtant elle est la compagne d'un volontaire national, son frère est lui aussi aux frontières. Et vous l'avez entendue me supplier. Il semble n'y avoir aucune révolte en elle.

Il s'était rejeté en arrière et avait commencé à se balancer sur sa chaise, les mains appuyées à son bureau.

— Quel est le principe qui nous régit ? avait-il repris. Où est la vérité du peuple ? Dans ces cris, cette impatience – il montrait de nouveau la fenêtre –, ou bien dans cette habituelle, éternelle soumission ?

Dussert avait plissé les yeux. Son visage ainsi paraissait encore plus chafouin qu'à l'habitude. Avec ses lèvres minces, ses pommettes saillantes, ce menton aigu et ce nez osseux, ses traits n'exprimaient que l'obstination et l'habileté, la ruse et la dissimulation.

— Je me souviens, dit-il. Cette femme habite rue Guénégaud. Elle coud des uniformes. Elle se nomme Madeleine Cotençon.

Machecoul siffla.

— Vous avez votre police, vos mouches, vos espions. En quoi cette pauvre fille vous intéresse-t-elle ?

Dussert pencha la tête.

— J'aime le peuple, dit-il.

Il revint s'installer dans le fauteuil.

— Ou plus exactement les femmes du peuple. Ce sont les seules qui ont du suc, de la saveur. Et celle-là avait une tournure, ma foi, plaisante. J'ai voulu savoir qui elle était, mais – il leva la main ouverte – je n'ai pas été au-delà. Je n'ai pas goûté, pas encore.

— Méfiez-vous, Dussert, le peuple est vertueux. Il croit aux principes, fit Machecoul à voix basse.

Dussert haussa les épaules.

— Je propose, je n'impose rien. Je crois à la liberté : celle d'acheter, mais aussi celle de vendre, de se vendre ou de se louer.

— Je crains, reprit Machecoul d'un ton las, que vous n'ayez oublié ce que ces femmes criaient, « L'égalité ou la mort ! » Il y a quelques mois, elles auraient réclamé la liberté. Ce mot a été emporté par cette gravitation sur laquelle personne ne peut agir. Maintenant, ce que veut le peuple, c'est l'égalité des jouissances et cela, vous ne pouvez pas l'accepter, Dussert, et...

Machecoul écarta les bras.

— ... moi non plus, ajouta-t-il.

Dussert, la tête un peu penchée, observait son interlocuteur. Il avança la lèvre inférieure, creusant ainsi des rides de part et d'autre de sa bouche. Il avait une expression ennuyée et méprisante.

— Croyez-vous que j'ignore le mouvement des planètes dans notre univers ? Mais ce ne sont pas les lois de l'astronomie qui gouvernent la politique. Les choses sont plus simples, Machecoul. Il s'agit de bon sens. Vous êtes avocat, vous vous piquez de droit et de philosophie, soyez davantage financier ou paysan. Vous parviendrez, alors que le fleuve est en crue, à laisser passer le flot. Si vous dressez un mur, une digue, ils sont aussitôt emportés. Mais l'eau coule à travers les grilles sans les arracher. Et puis, au bout d'un certain temps, le fleuve rentre dans son lit. Les femmes retrouvent le leur. Elles se soumettent à nouveau. J'attends ce moment. Et je vous conseille de faire comme moi.

Il fouilla dans les poches de sa redingote, y trouva un journal qu'il déplia.

— Mais vous écrivez dans les gazettes, Machecoul. Vous siégez en haut des gradins de la Convention, avec la Montagne. Vous fréquentez le club des Jacobins, vous enflammez les Enragés par vos propos. Pourquoi diable vous placez-vous dans la lumière, si près du volcan ? Qu'espérez-vous à jouer les héros ? On les célèbre aujourd'hui, et demain on les raccourcira. C'est cela, le principe que vous cherchez. Vous tireriez grand avantage à vous éloigner de Robespierre, de Saint-Just, de Marat, de tous ces amis du peuple. Soyez discret, descendez dans la Plaine, survivez dans le Marais ! Et votre heure viendra, quand le fleuve sera apaisé. Pourquoi écrivez-vous – il déplia le journal, commença à lire – « le peuple est devenu le souverain, il juge, il exige, et la Convention doit lui obéir… » ?

Il glissa le journal dans sa poche.

— Le peuple ne gouvernera jamais, Machecoul, même s'il le veut, même s'il le croit, et même si certains – je vous en prie, ne soyez pas l'un d'eux ou vous compromettriez votre avenir – lui font espérer qu'il en sera ainsi bientôt.

— Vous n'êtes pas représentant du peuple ! s'exclama Machecoul. Il ne vient pas crier sous vos fenêtres afin de vous dicter vos actes !

— Laissez-le faire, devenez gris, invisible, attendez, murmura Dussert.

Tout à coup, Machecoul se dressa, tapa du plat de la main sur le bureau.

— Mais attendre quoi ? Qu'on me traîne devant le Tribunal révolutionnaire, qu'on m'accuse de comploter contre la sainte Égalité, qu'on crie que je suis une jambe cassée en révolution, et que Robespierre me dénonce de la tribune des Jacobins pour corruption ? La dénonciation, l'anathème, il n'a pas de plus grand plaisir. L'avez-vous déjà vu, écouté ? Quand il parle, on entend le sifflement que fait le couperet en tombant. Cet homme me glace. Il sait tout. Il vit en se regardant dans un miroir, pour être sûr de ressembler à l'idée qu'il se fait de lui-même, une idée pure. Il est incorruptible, n'est-ce pas ?

Machecoul fit le tour du bureau, s'appuya à l'accoudoir du fauteuil qu'occupait Dussert.

— S'il savait que nous nous voyons, il commencerait à préparer son acte d'accusation. Pour lui, et pour ceux qui l'entourent, des fanatiques, des convulsionnaires, des vertueux, vous êtes le corrupteur, le suspect. Un banquier proche de Philippe Égalité, ci-devant duc d'Orléans. Ils jouissent déjà en vous imaginant raccourci. Et que Philippe Égalité ait voté la mort de son cousin ne change rien à la suspicion, au contraire ! On prétend qu'il s'est fait régicide pour s'approcher du trône. Il y a des libelles qui circulent contre lui et il n'a pas de défenseur. Ce qui reste d'aristocrates se souvient de sa haine de Marie-Antoinette, peut-être tout simplement parce qu'elle lui a refusé son lit. Et vous vous occupez de la fortune de cet homme-là ! Vous allez faire le saut de carpe, Dussert. On vous poussera sur la planche, avant moi !

Machecoul se redressa, se mit à aller et venir dans la pièce.

— Vous vouliez que je me cache dans le Marais, reprit-il, que je descende de la Montagne et m'installe au bas de la Convention, mais on serait déjà venu m'y chercher ! Ma seule chance de survie, c'est de parler comme les Enragés, de réclamer moi aussi plus d'égalité, et même la fixation d'un maximum pour le prix des denrées. Je fais du peuple mon bouclier, ma sauvegarde. Vous…

Il tendit le bras vers Dussert.

— On vous accuse non seulement de préparer le rétablissement de la monarchie au bénéfice de Philippe Égalité, mais d'avoir empêché la mise en vente comme bien national des propriétés d'un ci-devant, le comte de Taurignan…

Dussert tapota la main de Machecoul.

— Allons, allons, citoyen, dit-il, ne vous souciez pas de moi. Je suis, très légalement, l'administrateur des biens des Taurignan. Je me suis même installé dans leur hôtel. N'est-ce pas là un transbordement patriotique ? Je suis un citoyen exemplaire. J'étais à la Bastille, et le 10 août aux Tuileries. J'ai quelques amis parmi les Montagnards, croyez-moi. Quant à Philippe Égalité, s'il tombe, ma tête ne roulera pas avec la sienne.

— Saint-Just, coupa Machecoul d'une voix aiguë, vous

accuse d'être lié à l'étranger. Vous jouez sur le cours de l'assignat, avec la complicité des banques anglaises. Vous seriez un agent de Pitt. Et il n'est pire ennemi de la France que le chef du gouvernement anglais !

Machecoul soupira, ajouta sur un ton accablé :

— Voilà ce que l'on dit de vous, Dussert, et l'on ajoute que le fils de ce Taurignan, dont vous occupez le domicile et donc protégez les biens, sert dans l'armée des Princes, contre nous. On perd sa tête pour moins que ça, Dussert. Vous voyez quel risque je prends en vous recevant ici, chez moi, alors que je suis sous la surveillance des comités et que leurs espions sont là, dans la cour, parmi la foule !

Dussert se leva et, d'un geste, invita Machecoul à s'installer derrière son bureau.

Machecoul hésita puis, chaussant ses lunettes, il dévisagea Dussert et s'exécuta.

— Si nous écoutions notre raison, citoyen représentant, commença Dussert.

Il se mit à aller d'un bout à l'autre de la pièce, ne regardant pas Machecoul, parlant comme s'il dictait à un secrétaire. Parfois, quand la rumeur qui venait de la cour était trop forte, il s'interrompait, attendait que la vague bruyante se retire. Il reprenait alors sur le même ton égal. Depuis plus de quatre ans qu'avait commencé la Révolution, disait-il, il avait observé les hommes qui s'étaient succédé au pouvoir et il avait aussi médité sur le comportement du peuple. Il avait ainsi, à la manière de Buffon, composé, mais pour lui seul, une sorte d'Histoire naturelle de la Révolution.

— Et d'abord, vous le constatez vous-même, Machecoul, le peuple ne se réduit pas à cette foule qui crie dans la cour, qui applaudit quand on coupe une tête. Et qui veut chaque jour abreuver l'égalité par des flots de sang. Ceux-là ne sont que quelques milliers. Les autres, les millions d'autres – nous sommes vingt-six millions de Français, Machecoul – veulent seulement du pain et la paix. Ils cherchent à jouir, oui, aussi, mais l'égalité des jouissances, ils ne la rêvent même pas ! Ce sont les avocats, les prêtres qui ont jeté leur robe, qui la réclament au nom du peuple. Pour l'instant, ce sont ces envieux-là qui déclament et qui écrivent. Mais qu'en sera-t-il demain ? Ils vont se dévorer entre eux. Ils lasseront le peuple, alors sonnera l'heure de ceux qui ont su attendre.

Dussert s'était immobilisé devant la fenêtre. La lumière dorée du crépuscule d'hiver entrait à grands flots, illuminant la fresque bleutée du haut plafond.

— Soyez de ceux-là, Machecoul, reprit Dussert. Laissez passer le flot. Quand le terrain sera sec à nouveau, il faudra être présent. Il faut donc survivre jusque-là.

Il revint vers Machecoul.

— Quels seront les hommes autour de qui on se rassemblera ? Aucun de ceux qui occupent aujourd'hui les premières places. Les uns auront été poignardés comme ce pauvre Le Peletier de Saint-Fargeau parce qu'il a voté la mort du roi, les autres décapités. Certains auront pris la fuite, et les derniers seront épuisés et honnis. Ils se terreront pour faire oublier ce qu'ils ont fait et dit. Je vais vous faire une confidence, Machecoul : je suis l'allié de Philippe Égalité, mais s'il échappe à la guillotine, à vos amis de la Montagne, à votre Robespierre, le peuple ne lui pardonnera pas d'avoir été régicide. On ne vote pas la mort de son cousin, ci-devant roi de France, quand on rêve de régner sur le pays. Mais – Dussert leva les yeux, parut découvrir la fresque qui représentait un ciel nuageux que traversait le char de Jupiter – il y a son fils, le duc de Chartres, un Louis-Philippe aussi ! Le duc a combattu à Valmy et à Jemmapes. Il pourra être un jour l'homme de la réconciliation. Je veux le rencontrer et lui proposer mes services. On dit que l'armée est entrée en Hollande. J'irai jusque-là s'il le faut.

Machecoul secoua la tête.

— Votre homme est déjà suspect, et le général Dumouriez aussi.

— Tout le monde est suspect en ce moment, Machecoul. Il suffit pour échapper au tribunal d'être, pour les puissants du jour, plus utile vivant que mort !

Dussert plissa son visage, sa manière de sourire.

— Je suis dans ce cas, Machecoul. Je me rends nécessaire. Je paie les uns et les autres. Personne ne veut vraiment savoir d'où vient l'argent... Parce qu'il faut de l'or pour fabriquer des fusils, des canons, des baïonnettes, des munitions, pour acheter le pain, le riz, le vin, les uniformes que réclament les généraux. Vos Jacobins veulent la victoire ? Il leur faut de l'or. Et je suis là. Je prête, je finance. Qui peut se passer de moi ? Alors, que j'habite l'hôtel du ci-devant comte de Taurignan, ou que j'aime trouver chaque soir une fille du peuple dans mon lit, compte peu. Je ne suis pas Danton ou Marat. Je ne cherche à prendre la place de personne. Je suis utile, même à votre incorruptible de Robespierre.

Il s'approcha de Machecoul.

— Voyez-vous, citoyen représentant, il faut pour gouverner les peuples d'abord de l'or, puis de l'or, et pour finir encore de l'or. Ajoutez-y les armes. Celui qui les détient peut aussi avoir l'or, mais c'est l'or qui les lui procure en fin de compte.

Il tendit la main à Machecoul.

— Après, il y a les phraseurs, vous les Conventionnels, les membres des clubs, des comités. La parole n'est pas inutile, elle fait rêver le peuple. Elle peut l'endormir ou le faire sortir de son lit – le fleuve, Machecoul, le fleuve en crue ! – mais n'oubliez pas, l'or et les armes, voilà le principe de gravitation que vous cherchez.

Il chantonna, les lèvres serrées, puis ajouta :

— Et pour soi, le plaisir.

Il ouvrit la porte. Le brouhaha venu de la cour et de la rue déferla.

— Ne vous inquiétez pas, Machecoul, je vais traverser la foule mais personne ne me remarquera, le peuple ne me connaît pas, et je ne veux pas qu'il me connaisse. Plus tard, peut-être plus tard, aurai-je aussi ce désir-là, comme un plaisir de vieillard.

Il s'arrêta sur le palier, revint dans la pièce.

— Cette fille de la rue Guénégaud, Madeleine Cotençon, vous…

Machecoul fit non de la tête.

— C'est que, citoyen représentant, je ne veux pas être un accapareur, dit Dussert.

8. “ Voulaient-ils changer le monde parce qu’ils ignoraient le plaisir ? ”

Dussert éprouvait à se mêler à la foule une excitation intense. Il se faufilait au milieu des attroupements, les mains enfoncées dans les poches de sa redingote noire, les doigts serrés sur les crosses de ses pistolets. Il écoutait quelques phrases de ces orateurs de carrefour qui, montés sur une chaise ou une borne, dénonçaient « la faction abominable des hommes d’État corrompus, le serpent Brissot, le coquin Barbaroux, le sucré Pétion, et le chien et l’hypocrite Roland ». Et la foule criait déjà « À mort » contre ces hommes-là qu’on appelait Girondins, qui étaient encore ministres, membres de la Convention nationale ou du Comité de défense nationale.

C'est là que Dussert les avait connus, dans cette petite pièce située dans les bâtiments du Louvre, non loin du Manège où siégeait la Convention. Ils avaient joué les importants, ils avaient été méprisants. Ils étaient, suggéraient-ils, les représentants du peuple et lui, le citoyen Dussert, qu'était-il ? Un banquier, un agioteur, un fournisseur, un munitionnaire. Ils avaient besoin de lui, mais ils lui avaient fait sentir qu'il n'était que le serviteur du pouvoir, et qu'on pouvait l'utiliser en l'humiliant. Eux, ils étaient acclamés par le peuple, élus par lui, ils faisaient la politique, ils parlaient de la Nation avec emphase, de la République avec émotion, de la Révolution avec enthousiasme, et chaque fois ils concluaient : « C'est la volonté du peuple. »

Et maintenant ! Dussert regardait ces visages tournés vers l'orateur, l'un de ces curés défroqués, tel Jacques Roux, ou l'un de ces journalistes galeux, comme Marat dont on disait qu'il devait chaque jour macérer dans sa baignoire tant la peau lui démangeait. Un Enragé qui réclamait la tête de tous les Girondins. Dussert s'éloignait. C'était cela le peuple. Il fallait ne pas dépendre de lui, l'utiliser sans qu'il le sache, demeurer un inconnu. La notoriété, dès lors que le peuple sortait dans la rue, devenait dangereuse. Pour survivre, quand le peuple vous connaissait, il fallait le suivre, c'est ce que faisait Machecoul.

Drôle d'homme, ce Machecoul, sans doute un enfant du séminaire, avec ses manières de fille, son jabot de dentelle, pas assez courageux pour occuper les premières places, comme un Robespierre, un Marat, un Danton ou un Brissot, mais pas assez habile pour demeurer dans l'ombre, hésitant entre les Girondins et les Montagnards, tenté par le Marais et rêvant pourtant de la gloire des cimes, une girouette, patriote enragé aujourd'hui, modéré demain. L'un de ces hommes qui étaient utiles parce qu'on pouvait, avec un peu de dextérité, les faire danser comme l'on fait avec les marionnettes.

À imaginer cela, Dussert sentait une salive salée remplir sa bouche.

C'était ça qu'il aimait dans la vie, cette jouissance solitaire, cette sensation d'être celui qui sait et qui domine, et dont on ne connaît pas le visage. Il marchait d'un pas plus rapide, traversait le Pont-Neuf, s'arrêtait au milieu de la foule qui piétinait devant le Tribunal révolutionnaire. Qui jugeait-on ? Ces aboyeurs ne le savaient même pas ! Qu'importe, ils voulaient des têtes ! Qu'auraient-ils fait s'ils avaient su que chaque soir, dans le petit salon de l'hôtel de Taurignan, avec une excitation aussi vive que celle qu'il ressentait à se trouver là, au milieu du peuple, inconnu et puissant, il inscrivait sur un registre, dans un code secret qu'il avait élaboré, le montant des sommes qu'il faisait passer en Angleterre pour qu'elles soient déposées dans les banques de Londres ? Les banquiers de la City prenaient les mêmes précautions. Ils lui prêtaient de l'argent pour qu'il puisse acheter ces fournitures que la guerre dévorait. En moins de temps qu'il n'en fallait pour les acheminer jusqu'au front. Si ce peuple braillard l'avait découvert, on l'aurait mis en pièces, là, sur le Pont-Neuf, écartelé comme on faisait autrefois pour les régicides.

Mais le peuple et ses représentants étaient devenus régicides ! Alors, il suffisait de rester dans l'ombre et, comme il l'avait conseillé à Machecoul, d'attendre.

Dussert remonta les quais de la Seine, et gagna le Palais-Royal. C'était comme toujours la foire aux corps de femmes. Ilt fit quelques pas dans la pénombre des galeries, flaira ces catins appuyées aux grilles. Puis il s'éloigna vite, retrouvant le peuple devant le club des Jacobins. Il se laissait bousculer, presser. Il utilisait les flux et les reflux des badauds pour frôler les femmes. Il aimait cette odeur de sueur. Les chairs molles et les formes lourdes qui s'étalaient sous les blouses et les jupes amples l'attiraient. Mais il ne dédaignait pas les tendrons, aux joues rouges et aux cuisses nerveuses.

Est-ce que Machecoul avait jamais eu dans la bouche cette saveur âcre que donnent le désir et la certitude de posséder une puissance cachée ? Peut-être ceux qui paradaient, une écharpe tricolore nouée à leur taille, ceux qui péroraient aux tribunes des clubs, ne recherchaient-ils la gloire que parce qu'ils ne savaient pas jouir, et qu'ils espéraient conquérir les citoyennes en parlant de la Révolution.

Voulaient-ils changer le monde parce qu'ils ignoraient le plaisir ?

Il n'était pas comme eux. Il lui fallait une fille, une de celles qui s'affolent quand on les traque, quand on tend les mains vers leurs seins et leur cou, et qu'on les force.

Alors elles poussent de petits cris plaintifs, comme des oiseaux pris au piège.

9.

“ Depuis
qu’on proclamait
la vertu du haut
des tribunes,
jamais peut-être
on ne s’était autant
vautré dans
la débauche… ”

Dussert était entré dans la petite cour. Elle se cachait là, la belle caille, au fond de ces boyaux dont il avait aperçu, l’autre jour, quand il l’avait suivie depuis la rue Saint-André-des-Arts après qu’elle avait parlé à Machecoul, les murs écaillés suintant l’humidité et le sol aux pavés disjoints.

Il s’était avancé en tâtonnant, sa main droite ouverte, glissant sur le mur, la gauche enfoncée dans la poche de la redingote, serrée sur le pistolet. Des rats avaient couiné, frôlant ses jambes, et il avait donné des coups de pied dans le vide, frissonnant, maudissant cette petite salope à qui il allait faire payer ça.

Il avait découvert, après un coude du boyau, un soupirail éclairé que fermait une vitre fêlée. Elle était bien là, dans son trou, le menton dans les paumes, ses cheveux noirs défaits tombant sur ses épaules, et il pouvait imaginer ses seins ronds sous le châle. Il avait été surpris par son immobilité. Sur le plancher de la pièce, il avait aperçu des vestes d'uniformes, entassées les unes sur les autres. Il y en avait deux sur la table, que la fille devait être en train de coudre. Mais elle les avait repoussées et, dans l'espace laissé libre, Dussert avait vu une petite boîte dorée, sans doute une tabatière, et une liasse de papiers.

Voleuse, la belle caille ?

Il avait hésité. Une imprudence en ces temps de révolution et de guerre coûtait la tête. Il avait donc, depuis les premiers jours de juin 1789, appris à agir de manière précautionneuse, afin que rien d'imprévu ne le surprenne. Paris était plein de pièges que chaque faction tendait à l'autre. On parlait de fraternité, et on lisait la haine sur le visage de Robespierre quand il s'adressait à Brissot, sur celui de Marat qui condamnait tout le monde. On invoquait l'amour de la patrie et la vertu pour mieux cacher les ambitions et les jalousies. Dussert en avait conclu qu'il fallait se méfier de tout et de tous. Il avait donc voulu, avant de poser ses pattes sur cette fille, savoir qui elle était, qui elle voyait. Après tout, elle pouvait être un appât disposé par un clan, par un ennemi de Machecoul, pour le compromettre et bâtir contre lui un acte d'accusation. Cette tabatière, c'était peut-être le prix de la trahison, et la liasse de papiers les preuves qui allaient servir à confondre Machecoul. Dussert, dès qu'il s'était senti attiré par cette fille dont la démarche lasse et souple l'avait conduit jusqu'ici, l'autre jour, s'était donc rendu au Comité de sûreté générale. Là, on nouait les machinations, on dressait les listes des suspects, on accumulait les dénonciations et les pièces afin de faire tomber quelqu'un qui se croyait encore un héros invulnérable et qu'on allait décréter d'arrestation. Dussert éprouvait à entrer dans ces bureaux du Comité de sûreté générale un plaisir trouble. Il lui semblait que là, dans ces coulisses où l'on grimait les uns pour démasquer les autres, il découvrait la vérité de l'époque, le ressort des événements. Il était bien accueilli. Il donnait des renseignements obtenus par ses correspondants de Londres. On ne lui demandait pas de révéler l'origine des secrets qu'il livrait.

Il s'était ainsi acquis parmi les membres du Comité des complicités précieuses. On l'avait averti, il y a quelques mois, que certains Montagnards s'apprêtaient à le dénoncer comme agent de l'Angleterre. Il avait pu arrêter la manœuvre en « dénonçant » – les Anglais lui avaient fabriqué des pièces authentiques – certains de ses accusateurs comme agents des émigrés. C'était de bonne guerre ! On se servait de l'ennemi pour vaincre ses rivaux qu'on avait célébrés comme des patriotes avérés à la tribune des Jacobins.

Il avait aussi offert une contribution généreuse et fraternelle à certains membres du Comité. C'était ainsi qu'on disait « acheter » les hommes. Mais dès lors, on ne pouvait rien lui refuser, ni sauf-conduit, ni attestation de civisme et de patriotisme, ni renseignements sur cette fille qui habitait rue Guénégaud.

Elle vivait seule, lui avait-on dit, ouvrière payée à la pièce, quelques assignats par jour. Aucun homme dans son grabat. Elle avait été arrêtée quelques jours, à la fin du mois d'avril 1789, lors des émeutes du faubourg Saint-Antoine quand la foule avait saccagé la maison Reveillon. Depuis c'était une bonne citoyenne, son compagnon Nicolas Mercœur, après avoir été gardien à la prison de l'Abbaye, s'était enrôlé dans l'armée des frontières en compagnie du frère de cette fille, Sylvestre Cotençon. On ne pouvait donc la suspecter de rien, cette citoyenne.

Dussert avait eu un mouvement instinctif des épaules, se voûtant un peu, la tête enfoncée comme s'il se préparait à bondir, tendant ses muscles comme s'il voulait rassembler toute son énergie et sa volonté. Il avait plissé ses yeux fixés sur la fille.

Pas suspecte, Madeleine Cotençon ? Et ces papiers, et cette tabatière ? Qu'est-ce qu'elle cachait ?

Il s'en était voulu d'être là, dans ce boyau où couraient les rats. Il aurait pu, d'un geste, au Palais-Royal, louer pour la nuit autant de catins qu'il aurait voulu. Il aurait pu obtenir d'elles la plus perverse des soumissions. Depuis qu'on proclamait la vertu du haut des tribunes, jamais peut-être on ne s'était autant vautré dans la débauche. Les filles se vendaient pour vivre, et ceux qui invoquaient l'égalité les payaient pour jouir parce qu'ils savaient que la mort rôdait autour d'eux. Et puis, n'était-on pas libre ?

Dussert n'avait pas bougé, continuant d'observer la fille qui paraissait ensorcelée comme si de cette boîte, de ces papiers, émanait une force qui la paralysait.

Qui avait-elle dépouillé, cette putain ? Qui l'avait payée ?

Dans le quartier, jusqu'à ces derniers jours, avait erré le ci-devant marquis de Sade, un temps – avant que Machecoul ne le remplaçât – secrétaire, puis président de la section des Piques. On l'honorait ainsi parce qu'il avait été emprisonné à la Bastille, oubliant qu'il y avait été conduit parce qu'il était accusé d'empoisonner des femmes ou de les fouetter jusqu'au sang, puis de les torturer pour son plus grand et libre plaisir. On l'avait à nouveau ferré, non pour vice mais pour modérantisme !

Qui sait si cette fille n'était pas entre les mains d'un de ces libertins qui s'étaient coiffés du bonnet phrygien ?

Dussert s'était appuyé de l'épaule au mur. Il avait armé son pistolet. Que risquait-il ? Voleuse, la belle caille ? Peut-être tout simplement une fille qui maraudait et qu'il allait pouvoir, grâce à cela, prendre au collet.

Il frappa la porte de la pointe de son pied.

Il recommença, faisant trembler les planches mal assemblées. Maintenant, il était impatient. Il fallait qu'elle ouvre. Elle se croyait à l'abri, l'oiselle ! Elle allait voir.

Il dit d'une voix impérieuse et sèche : « Comité de sûreté générale, ouvre ta porte, citoyenne Cotençon. »

Il y eut des bruits de pas, et il donna deux nouveaux coups. Elle tira enfin la porte. La fille était plus ronde qu'il ne l'avait vue en la suivant, la peau plus rose et les cheveux plus longs encore, et puis ces yeux affolés, ces mains tenant les coins du châle, ces bras croisés sur la poitrine…

Il repoussa la porte. Elle balbutiait des questions, elle tremblait. Où avait-elle donc caché les feuillets, la tabatière ? Sur la table, il ne vit que les vestes d'uniformes.

Il s'avança, elle heurta la table en reculant.

Elle avait une respiration saccadée, haletante, qui soulevait ses seins. Il les imagina laiteux, lourds. Il les sentit déjà sous sa paume, sous ses lèvres.

Elle devait avoir à peine plus d'une vingtaine d'années et il y avait dans son attitude de la servilité, de la soumission, et dans son regard de la peur, presque de la panique. Cela valait mille fois les roueries et les pratiques des plus expertes des catins du Palais-Royal !

Dussert eut envie de la renverser sur la table, contre les uniformes, de la forcer ici, dans son trou, dans son nid.

Il tendit la main. Elle se pencha en arrière, la bouche entrouverte.

— Il n'y a pas de feu chez toi, citoyenne ? dit-il en lançant un regard vers la cheminée.

Il la sentit désorientée.

— Tu as froid, reprit-il.

Il lui toucha l'épaule, elle tenta d'éviter sa main, mais il l'agrippa.

— Qu'est-ce que tu caches chez toi ? dit-il brutalement.

Elle secoua la tête, ses cheveux allant et venant.

— Je vais te conduire au Comité de sûreté. Tu es suspecte, citoyenne !

Elle baissa la tête comme une coupable. Il resta un moment silencieux, laissant glisser son regard sur elle. Les hanches étaient fortes, et sous la jupe grise à larges plis il imagina les jambes.

— Tu sais quel est le sort des suspects, citoyenne ?

Elle se mit à geindre. Il lui caressa les cheveux. Elle se redressa un peu, étonnée.

— Qu'est-ce que vous voulez ? demanda-t-elle.

— T'aider, citoyenne.

Il jouait avec elle, un coup de patte par-ci, un coup de patte par-là. Il ne fallait pas frapper trop fort, risquer de lui briser les reins ou le cou. Que deviendrait le plaisir si elle ne se débattait pas un peu, si elle ne tremblait pas d'angoisse !

— Montre-moi ce que tu as volé, dit-il.

Elle fit non, les yeux fermés, les mains sur sa bouche.

— Je te conduis au Comité, ils décideront.

Elle le regarda et fit un pas en avant, si bien qu'elle se trouva contre lui, si chaude, si faible qu'il eut un mouvement de compassion, à peine un geste, aussitôt arrêté par un flot de mépris, un sentiment de supériorité, un ricanement.

— Allez, dit-il, sors ce que tu caches.

Elle se mit à parler vite. Elle n'était pas coupable, disait-elle, Nicolas Mercœur, un bon sans-culotte, un volontaire national, non plus, c'est lui qui lui avait confié ça.

Elle s'était agenouillée, lui tournant le dos, et ses cheveux tombaient de part et d'autre de sa nuque. Elle était comme ces servantes qu'il avait souvent forcées quand ainsi elles lavaient le sol, les manches de leurs blouses retroussées, laissant voir leurs avant-bras nus rougis par l'eau froide. Elles s'abandonnaient dans un coin de la pièce puis, faisant retomber leurs jupes, elles recommençaient à frotter.

Quelle révolution empêcherait que certaines soient toujours gibier pour les chiens de leurs maîtres ?

Il avait été le chien du banquier Mallet, maintenant il était devenu le banquier Guillaume Dussert, et il continuait de chasser, les lèvres humides.

Elle avait soulevé deux lattes, elle se redressait en tendant une tabatière en or incrustée d'argent, et des feuillets noués ensemble.

Il les prit, les posa sur la table, puis sans l'ouvrir regarda la tabatière.

— Tu aurais mérité, autrefois, qu'on te marque là.

Il lui donna une tape sur l'épaule.

— Qu'on te donne le fouet.

Elle se mit à sangloter. Elle répétait qu'elle ne savait pas, que Nicolas lui avait demandé de cacher ça, ici. C'était son compagnon, il était honnête.

— Tu sais bien que ça ne lui appartient pas.

Elle murmura un oui qui était comme une plainte. Il la regarda. C'était si facile de soumettre les gens. On les accusait, et ils avouaient parce qu'ils se sentaient tous suspects, coupables. Ils attendaient qu'on les châtie parce qu'ils espéraient le pardon. Qui sait si le roi n'avait pas perdu son pouvoir parce qu'il l'avait oublié, hésitant à accuser et à condamner, à frapper, le décidant quand il était trop tard, quand on lui avait déjà volé l'habit du maître. Et les nouveaux souverains, les gens des comités, eux, avaient dressé l'échafaud.

C'était le signe du transbordement du pouvoir.

Avant, on écartelait les régicides, maintenant on décapitait le roi. Et puis, bientôt, il y aurait un nouveau changement, d'autres rois, mais toujours un bourreau et des victimes.

Il fallait être chaque fois du côté des maîtres.

— Demande pardon, citoyenne, dit-il.

Il pesa sur les épaules de Madeleine Cotençon, la forçant à s'agenouiller.

10. “ Il n’avait éprouvé aucun remords… ”

Dussert, assis sur le marchepied de sa berline, les yeux mi-clos, les mains enfoncées dans les poches de sa redingote, les talons posés sur le talus qui bordait la route, s’efforçait de ne pas bouger et de faire croire aux soldats qui le surveillaient qu’il somnolait, paisible, attendant sans inquiétude l’arrivée de ce capitaine Forestier qu’on avait été chercher et qui déciderait de son sort.

Mais depuis que ces soldats dépenaillés, les mains et le visage noircis par la crasse et la poudre, avaient arrêté la berline sur la route d’Amiens et Bruxelles, mis le cocher en joue puis ouvert les portes, Dussert était hanté par l’idée que la chance avait peut-être tourné, que la série des bonnes cartes dont il avait bénéficié jusqu'alors était terminée, et qu'il allait mourir là, d'un coup de baïonnette.

Les soldats l'avaient tiré par les épaules, jeté à terre, et il avait senti les pointes d'acier sur sa poitrine.

— Embrochez-le, c'est un ci-devant ! avait hurlé l'un de ces hommes.

On l'avait accusé de vouloir émigrer, et quand il avait pu enfin montrer son ordre de mission, signé par trois membres du Comité de défense générale et autorisant « le citoyen Guillaume Dussert, patriote prononcé, à se rendre à l'état-major du général Dumouriez afin d'y arrêter toutes les mesures utiles pour favoriser l'approvisionnement des armées de la République », les soldats s'étaient faits plus menaçants encore.

Ils avaient brandi leurs sabres, en passant le tranchant de la lame sur sa gorge. Ils lui avaient donné des coups de crosse. Puis ils s'étaient éloignés de quelques pas, et il en avait profité pour tenter de se camper dans cette attitude calme, presque indifférente.

Ils étaient revenus, lui disant qu'on n'allait pas attendre l'arrivée du capitaine Forestier, qu'ils étaient des soldats citoyens, qu'ils allaient donc le juger sur-le-champ. Il suffisait de le regarder pour savoir qu'il n'était que l'un de ces parasites qui s'engraissent en détroussant la République. Un protégé de ces serpents de Girondins, de ces modérés et de ces Indulgents qui avaient déclaré la guerre comme on ouvre une trappe pour y faire tomber la nation et qui, ne voulant pas la faire, étaient prêts à se vendre à l'étranger.

Est-ce qu'il savait lui, l'accapareur, que le général Dumouriez chez qui on l'envoyait avait livré la Belgique au prince de Saxe-Cobourg ? Qui sait combien Dumouriez avait été payé pour les faire battre à Neerwinden le 18 mars 1793 ? Puis le général s'était enfui avec le fils de Philippe Égalité, il y avait seulement quelques jours, le 5 avril. Maintenant, il ne restait plus pour arrêter les Autrichiens sur la route de Paris que ces poitrines-là, les leurs.

Ils étaient prêts à mourir pour la patrie et la République, avaient-ils dit, mais avant il fallait châtier tous les traîtres et lui, le fournisseur, l'accapareur, l'agent des Girondins et donc le complice de Dumouriez, il était l'un d'eux.

Ils avaient armé leurs fusils et Dussert avait cru que c'en était fini de sa vie.

Le rideau allait donc tomber sur le dernier acte et, à cet instant, il avait jugé toute la pièce avec une sorte de détachement, se souvenant des femmes dont il avait joui, et de la dernière, cette Cotençon qu'il avait prise dans le lit du comte de Taurignan, ne pouvant s'en séparer durant deux jours, tant la belle caille était dodue, plaintive, apeurée, et c'était tout cela qu'il aimait chez les femmes. Elle avait battu des bras et des jambes comme si elle avait voulu s'envoler, et à la fin, elle s'était endormie.

C'est alors seulement qu'il avait lu la liasse de feuillets et il avait, assis devant la cheminée, ri silencieusement, comme un joueur que le sort insolent favorise. Et cela lui avait donné une jouissance plus forte encore que celle qu'il venait d'éprouver. Le destin lui était favorable. Le Grand Architecte, celui qui ordonnait les choses, ou bien simplement le hasard, avait immobilisé pour lui le dé sur le six. Et Dussert, avec des gestes lents, tenant chaque feuillet par le coin, du bout des doigts, avait brûlé toute la liasse, fasciné par le papier qui se recroquevillait, restait un instant rougeoyant avant de se réduire à une poignée de cendres. Ainsi avaient disparu les traces des conversations qu'il avait eues avec Philippe Chrétien de Taurignan, des engagements qu'il avait pris. Qui pourrait prouver dans quelques années qu'il n'avait pas acheté au comte son château de Crest, ses propriétés des bords de la Drôme et cet hôtel de

Taurignan où la fille, maintenant réveillée, avait regardé autour d'elle, comme une bête soumise ?

Et qu'est-ce qu'elle était de plus ?

Il l'avait interrogée, s'était assuré qu'elle n'était pas capable de déchiffrer une seule ligne, donc qu'elle n'avait pas lu ces papiers, qu'elle se souvenait seulement du nom de Taurignan. Et elle avait répété, avec son premier mouvement de fierté, que Nicolas Mercœur, lui, il lisait comme un prêtre ! Il fallait donc retrouver ce Mercœur qui, selon elle, servait à l'armée de Dumouriez.

Il avait dit à la fille de se rhabiller et il avait commencé à écrire, s'interrompant souvent pour la regarder alors qu'elle passait sa jupe, nouait ses cheveux, avec de petits gestes maladroits. Et il lui avait ordonné de lever les bras, parce qu'il avait voulu voir ses seins. Elle avait obéi, lui lançant des coups d'œil apeurés, et il avait eu un moment la tentation de froisser la lettre qu'il écrivait au Comité de sûreté générale et de la jeter au feu. Car il aurait pu dresser facilement cette fille, la tenir à merci, comme un animal qui a si peur qu'il craint même de réclamer sa pitance. Cette Madeleine Cotençon, il l'avait imaginée de cette espèce-là.

Mais il avait continué la lettre, cependant qu'elle restait les bras en l'air. Il lui avait, d'un mouvement du menton, permis de les baisser, et il avait écrit plus vite sa dénonciation, en accusant la citoyenne Cotençon d'être l'une de ces femmes qui conspiraient contre la République, attisant les passions du peuple afin qu'il exige la taxation et la réquisition des denrées. Elle avait cherché, avait-il prétendu, à le poignarder, lui, Guillaume Dussert, fournisseur des armées, patriote reconnu, et sans doute agissait-elle de concert avec l'étranger, avec les agents des princes émigrés. Et peut-être faisait-elle partie d'un complot plus dangereux encore. Il avait appris qu'elle était liée à un soldat de l'armée de Dumouriez, le citoyen Nicolas Mercœur, qui avait entretenu des liens avec le ci-devant comte Philippe Chrétien de Taurignan, décapité place de la

Révolution le 20 septembre 1792, mais dont le fils Louis servait à l'armée des Princes. La fille possédait d'ailleurs une pièce d'orfèvrerie marquée au blason des Taurignan.

Il fallait se saisir d'elle au plus tôt. Il y allait de la sûreté de la République.

Les argousins s'étaient présentés le lendemain et il leur avait montré la fille, assise à même le parquet, dans l'angle de la chambre où il l'avait enfermée.

Elle ne s'était pas débattue, se laissant entraîner, disant qu'elle n'avait rien volé, que son compagnon Nicolas était un volontaire, un patriote.

Puis, une fois dans la cour, elle avait commencé à crier d'une voix aiguë, de plus en plus forte, disant que c'était lui, Dussert, le voleur, qu'il avait brûlé les papiers, qu'elle l'avait vu faire dans la nuit.

Les argousins avaient tenté de la ceinturer, prenant plaisir à la saisir aux épaules, à lui presser les seins.

Mais elle était devenue comme une bête furieuse, donnant des coups de pied et de tête comme si elle avait enfin compris que de s'être montrée soumise presque toute sa vie n'avait servi à rien, et qu'il eût mieux valu se révolter.

Il était trop tard. Les argousins lui avaient martelé le visage, tordu les bras, et ils l'avaient poussée dans un fiacre. Sans doute la conduiraient-ils à la prison des Carmes, d'où on ne la tirerait que pour la juger et lui trancher la tête.

Dussert avait entendu longtemps encore ses cris, puis ils avaient été recouverts par les chants d'une troupe en marche. Les voix étaient fortes et claires :

Aux armes, citoyens !
Formez vos bataillons…

scandaient-elles.

Il était resté devant la fenêtre jusqu'à ce que la chanson s'efface.

Il avait alors regagné la chambre et découvert, sur le lit, le châle de Madeleine.

C'était un carré d'étoffe noire qui avait dû, autrefois, être bordé de franges. La plupart avaient disparu, et le tissu s'effilochait. Dussert avait fait du châle une grosse boule qu'il avait jetée dans la cheminée, tisonnant pour que les flammes s'élèvent, consumant peu à peu, dans un grésillement accompagné d'une fumée grise, ce qui restait du passage de cette fille.

Il s'était appuyé au manteau de la cheminée, les bras tendus, suivant des yeux le travail du feu. Il n'avait éprouvé aucun remords.

Les temps, quoi qu'on proclamât dans les clubs, à la Convention, n'étaient pas à l'égalité et à la fraternité. Les dés continuaient de rouler furieusement, décidant du sort de chaque vie. La règle du jeu demeurait la même : les uns ne pouvaient gagner qu'à la condition que les autres perdent. Non pas vaincre ou mourir, comme le disait la chanson, mais tuer pour vaincre !

Telle était toujours la grande, la seule loi.

11. “Je suis le capitaine Maximilien Forestier… C’est moi qui ai fait tirer sur Dumouriez quand il s’est enfui.”

Dussert s’était levé en s’appuyant des deux mains au marchepied de la berline. Il avait croisé les bras face aux fusils et, les yeux grands ouverts, le menton en avant, son expression ainsi changée, il avait commencé à parler d’une voix hargneuse, méprisante, et il avait senti, dès les premiers mots, que les soldats étaient surpris et que la partie n’était pas perdue. Le rideau n’était pas encore tombé sur sa vie.

— Ça, un jugement de citoyens ? avait-il commencé. Un assassinat plutôt, comme en ont commis tous les mercenaires ! Ça, la justice de la République ? Où est l’avocat qui me défend ? Où sont les juges ? Je ne vois que des bourreaux ! Voulez-vous me nouer les brodequins pour me briser les os afin que j'avoue que je suis un ci-devant, un espion à la solde des princes et des Anglais, et le complice du traître Dumouriez ?

Il avait eu l'impression que les canons des fusils s'abaissaient un peu. Il avait fait un pas.

— Dites-moi ce dont vous voulez que je m'accuse.

Il s'était adressé à chacun des soldats, les fixant l'un après l'autre, gagné par la certitude qu'il allait sauver sa vie, que la chance à nouveau était dans son jeu.

— Toi, que sais-tu de moi ? avait-il dit en tendant le doigt vers l'un des plus jeunes soldats. Étais-tu à la Bastille ? J'y étais ! J'ai vu la tête tranchée du gouverneur de Launay au bout d'une pique, comme je te vois. Et toi – il avait désigné le soldat voisin –, as-tu combattu les gardes suisses dans la cour des Tuileries le 10 août ? J'y étais aussi !

— Tu parles comme un avocat, avait lancé un soldat, et il avait relevé son fusil, visé la tête. On en a écouté des belles phrases ! Même Dumouriez criait « Vive la Nation ! » et le fils de Philippe Égalité, nous tous, nous l'avons entendu chanter « *Aux armes, citoyens* ». Et sais-tu où ils sont, ces phraseurs, ces perfides ? Sous la tente du prince de Saxe-Cobourg. Ceux qui parlent bien trahissent. Nous n'aimons pas ici les langues agiles, les langues de serpent.

Le destin comme le dé qui hésite était en équilibre. Les soldats avaient approuvé leur camarade.

— Finissons-en ! avait crié l'un d'eux.

— Savez-vous pourquoi je suis ici ? avait demandé Dussert, la gorge serrée.

C'était les derniers mots qu'il pouvait jouer. Ou bien il gagnait, ou bien ces hommes lui faisaient éclater la tête et il serait un mort de plus, jeté dans cette grande forge où l'on frappait les corps à coups redoublés depuis le printemps de 1789. Cette forge était une fosse et un volcan.

— La partie saine de la Convention, avait-il repris, s'approchant encore des fusils, ceux qui n'ont dans le cœur que le salut de la patrie, soupçonnaient Dumouriez. Ils voulaient l'empêcher de passer à l'ennemi. Il fallait un prétexte pour l'approcher, endormir sa vigilance, le tromper en lui faisant croire que personne, dans le Comité de salut public, ne pensait à le décréter d'arrestation. Alors on m'a choisi parce que je suis fournisseur des armées, et je suis venu, sachant ce que je risquais, mais la patrie est en danger, comment aurais-je pu refuser ? Peu m'importe que vous me tuiez, soldats, ma conscience est pure, et c'est vous, qui allez me fusiller, qui me vengerez par votre victoire sur les ennemis de la nation !

Il avait repris son souffle et regardé l'horizon gris qui se confondait avec ces plaines du Nord que la neige recouvrait encore par endroits.

Tout à coup, venant de derrière la berline, il avait entendu des éclats de voix et un homme avait surgi. Il était grand, vigoureux, les épaules et le torse larges. Il portait un calot de hussard. Il avançait à longues enjambées, enfonçant les talons de ses cuissardes dans la boue de la route.

— Où est-il, ce citoyen Dussert ? avait crié l'homme en écartant d'un grand geste des bras les soldats qui baissaient leurs fusils.

Il s'était arrêté devant Dussert, la main gauche sur le pommeau de son sabre. Il avait, tout en lissant ses moustaches du bout des doigts de sa main droite, dévisagé Dussert. Son visage rond était encadré de cheveux mi-longs, noirs, bouclés. Ses yeux paraissaient d'autant plus clairs que sa peau était brune et tannée.

— Je suis le citoyen Maximilien Forestier, capitaine depuis trois jours. C'est moi qui ai fait tirer sur Dumouriez quand il s'est enfui. Qu'est-ce que tu es venu renifler ici ? On ne voit guère les citoyens de ton espèce là où tombent les boulets !

Il avait déplié l'ordre de mission de Dussert, l'avait relu, avait ricané et, tourné vers les soldats, avait, en agitant le papier, déclamé : « Tu serais donc un patriote prononcé, tu devais te rendre à l'état-major du général Dumouriez pour y arrêter toutes les mesures utiles pour favoriser l'approvisionnement des armées. »

— On se moque de nous, dans les comités ! avait-il rugi. Tu nous vois ?

Il avait tapé du plat de la main sur ses cuisses.

— Ces bottes-là, j'ai eu bien du mal à les retirer à un officier autrichien qui dormait pour toujours dans la neige. Sinon, regarde…

Il avait tendu le bras, montré les pieds nus de certains soldats.

— Nous attendons toujours les chaussures, et quand elles arrivent, c'est du carton, citoyen. Après deux jours, il nous reste nos pieds. Les armées de la République, ce sont des bataillons de gueux. Touche la laine de nos uniformes.

Il avait pris le poignet de Dussert, le forçait à s'avancer, à poser ses doigts sur la veste déchirée de l'un des soldats.

— On nous habille avec des chiffons !

D'un geste, il avait ordonné aux soldats de s'éloigner, de s'installer là, sur cette butte d'où l'on pouvait surveiller toute la plaine, de former les faisceaux après avoir installé des postes de garde, puis il s'était assis sur le talus en face de Dussert qui s'était appuyé à la berline.

— Racontez-moi, citoyen Dussert, avait-il demandé.

Dussert avait repris son explication, d'une voix basse et résolue, gardant les yeux à demi fermés, choisissant chaque mot, citant les noms qui lui paraissaient les plus convaincants. Il avait vu, avait-il dit, Carnot, Saint-Just et Robespierre, qui tous prévoyaient la trahison de Dumouriez, le soupçonnant d'être l'âme d'un complot dont le but était le rétablissement de la monarchie, avec pour souverain Philippe Égalité ou le fils de celui-ci. Et les modérés de la Convention, les Girondins, avaient appuyé la conspiration.

Il avait dit les mots propres à convaincre, sans cependant être sûr d'y réussir. Forestier l'avait écouté sans l'interrompre, puis il s'était levé et, comme s'il se parlait à lui-même, il avait murmuré :

— Il y a des moisissures sur la République, de la pourriture dans son âme et de la gangrène dans ses membres. Si nous n'étions pas là – il avait montré les colonnes de soldats qui marchaient de part et d'autre de la route – nous, qu'est-ce qu'il resterait de la République ? C'est nous qui l'avons faite, à Valmy, à Jemmapes, et maintenant les généraux passent à l'ennemi.

Il avait secoué la tête, avait souri en haussant les épaules.

— Mais c'est trop tard pour nous vaincre ou nous achever, trop tard pour nous tuer.

Dussert avait regardé ces soldats qui avançaient. Ils avaient des uniformes dépareillés, on eût dit à la décrire une armée de va-nu-pieds, de gueux, comme avait dit Forestier, et pourtant Dussert avait senti qu'il émanait de ces hommes une impression de force et de résolution. Certains chantaient, se redressaient en apercevant leur chef, levaient leur fusil, saluaient en criant « Vive la République » ou en entonnant « *Aux armes, citoyens!* ». Ce n'était pas là une armée vaincue, mais au contraire une troupe à l'énergie puissante. Dumouriez avait été fou de croire que ces soldats-là auraient à son appel marché contre la Convention, contre la République.

Dussert avait frissonné. Cette armée représentait une force implacable, comme une nuée ardente, et il faudrait du temps, beaucoup de temps, et donc bien des manœuvres, des méandres et beaucoup de morts, pour que son énergie se tarisse, que sa puissance torrentielle s'épuise. Il n'avait pas regretté d'être venu là au péril de sa vie pour découvrir cela, qu'on n'imaginait pas à Paris. Il avait même pensé qu'une fois l'éruption interrompue, il resterait encore assez d'hommes en armes qui auraient pris goût à la guerre et au commandement pour que rien ne puisse se faire sans eux.

— Je vous invite à partager ma marmite, citoyen Dussert, avait proposé Forestier.

C'était comme si la vue de ses soldats l'avait apaisé. Il avait saisi le bras de Dussert et avait marché d'un pas rapide vers la butte où les hommes avaient mis les canons en batterie. Des feux de bivouac brûlaient ici et là, malgré la pluie fine mêlée de neige qui avait commencé à tomber et que le vent parfois transformait en tourbillons glacés.

Maximilien Forestier s'était assis sur un tambour, piquant avec une baïonnette des morceaux de viande dans le chaudron suspendu par son anse au-dessus des flammes.

— Servez-vous, citoyen, ce doit être du cheval. On mange ce qu'on trouve, parce que si l'on comptait sur les munitionnaires pour nous nourrir, ceux d'entre nous que les boulets n'ont pas fracassés seraient morts de faim !

Il avait tendu la baïonnette à Dussert.

— Prenez, citoyen, c'est de bon cœur.

Fouillant dans les larges poches de sa vareuse, il avait sorti une pipe, l'avait bourrée.

— Je fais l'amalgame, des brins de tabac, de l'herbe séchée, ça chauffe la bouche et la poitrine.

Il avait soupiré puis, après un long silence, il avait, sans regarder Dussert, parlé d'une voix calme.

— Voulez-vous que je vous dise ce que nous sommes, citoyen Dussert – il avait montré la cocarde tricolore accrochée à son calot –, regardez notre cocarde, les armées de la République sont bleues, puisque c'est l'une des couleurs de la Révolution, mais aussi, pour moi, bleues comme le ciel de mon pays. Quand le vent souffle sur le Rhône, rien ne lui résiste. Valence, c'est la ville du vent, et quand on marche dans la campagne, on respire le parfum de la lavande. Les montagnes au loin, on les appelle des dentelles. Elles sont d'un bleu sombre. Mais nous sommes aussi rouges, parce que nous ne sommes pas économes de notre sang, et blancs, non pas de la couleur du despotisme, mais du blanc de la vertu ou – il avait touché son sabre – de l'arme blanche. Bleu, blanc, rouge, les couleurs de la nation !

Il avait tapoté sa pipe sur le talon de sa botte.

— Que personne n'essaye, citoyen Dussert, de nous arracher une couleur.

Il s'était levé et, d'un coup de la pointe de sa botte dans le foyer, il avait fait jaillir une myriade d'étincelles.

12. “ Qui a le loisir de penser quand il tue et qu’il court, poitrine nue, vers ceux qui le mitraillent ? ”

Maximilien Forestier avait marché à la tête de la colonne, le sabre à la main. Le brouillard glacé de l’aube lui collait à la peau comme un suaire. Soudain, les premières maisons du village étaient apparues. Il s’était arrêté et il avait entendu les voix des sentinelles autrichiennes qui s’interpellaient.

Il s’était retourné. Au premier rang des soldats, il avait reconnu Nicolas Mercœur, l’un des plus grands de la colonne, avec sa petite tête entourée de cheveux roux tombant sur ses oreilles, ses épaules étroites d’où surgissait ce cou long et maigre.

C’était donc celui-là dont le citoyen Dussert, hier soir, avant de remonter dans sa berline, avait assuré que le Comité de sûreté générale le suspectait d'être un espion, un agent des princes, et sans doute un homme de Dumouriez. Les preuves de sa trahison avaient été fournies, avait précisé Dussert, par le Conventionnel Joseph Machecoul, un Montagnard, un Jacobin, qui avait eu à le connaître à la section des Piques et qui déjà avait remarqué son modérantisme, ses liens avec des ci-devant, des « Amis du Roi ». L'homme ne s'était porté volontaire que pour échapper à la vengeance des patriotes. Mais, avait conclu Dussert : « Ce sont vos affaires, citoyen capitaine, ce Mercœur est sous vos ordres, vous déciderez de son sort. »

Forestier n'avait aimé ni le ton ni le regard de Dussert. Cet homme était comme les anguilles ou les couleuvres qu'on trouve dans les hautes herbes et sous les pierres des bords de rivière. Il glissait entre les doigts. Il était pire encore, gluant comme un crapaud. Dussert avait ajouté : « Il est vrai, capitaine, que la Convention et le Comité de sûreté générale ne comprendraient pas que vous ne condamniez pas ce Mercœur. »

Puis il avait sorti de la poche de sa redingote une bourse noire. Il l'avait soupesée.

— Pour vos soldats, citoyen Forestier, et pour le dîner. La viande de cheval était savoureuse.

Comme Forestier était resté immobile, Dussert avait posé la bourse sur le talus et dit, en se penchant depuis la berline qui commençait à rouler :

— C'est ma contribution personnelle à la guerre.

Forestier avait eu l'impression qu'on le souffletait, qu'on le couvrait de fange, et il s'en était voulu toute la nuit de ne pas avoir tranché la gorge de ce corrupteur.

Pourtant, il avait mis la bourse dans la poche de sa vareuse et, au milieu de la nuit, à la lumière du feu du bivouac, il avait compté les pièces : vingt-cinq louis d'or. Une fortune ! Et il n'avait plus réussi à dormir, allant à pas lents d'une sentinelle à l'autre, s'arrêtant souvent auprès des foyers où ne rougeoyaient plus que quelques braises. Il avait regardé les hommes endormis, recroquevillés et qui, d'un geste instinctif, essayaient de se protéger du froid et de l'humidité en tirant sur leurs épaules les branches et les feuillages dont ils s'étaient recouverts.

Pauvres hommes ! La faim, le froid, les guenilles et un boulet pour leur briser les jambes, une balle pour leur fracasser l'épaule, un coup de sabre pour taillader leur joue. Et ils criaient : « Vive la Nation ! Vive la République ! »

Il avait éprouvé pour eux de la fierté et de la compassion. Ceux-là n'auraient rien gagné d'autre à la Révolution que l'enthousiasme et l'espoir. Leurs descendants, plus tard, peut-être, connaîtraient le bonheur de vivre dans la liberté, l'égalité et la fraternité. Mais ceux-là n'auraient eu en partage qu'un peu de gloire et l'honneur de mourir pour la patrie.

À cette idée, il avait éprouvé un sentiment de dégoût pour ceux qui, comme Dussert, se nourrissaient du sang des autres.

Une sangsue ! Voilà ce qu'il était, le citoyen Dussert ! Et comment croire ce qu'un homme tel que lui pouvait dire d'un volontaire comme Mercœur ?

Forestier s'était penché sur quelques-uns de ces soldats qui dormaient en geignant. Mais dans l'obscurité, il était impossible de reconnaître leurs traits.

Demain, après la bataille, il serait toujours temps, s'ils étaient encore vivants l'un et l'autre, d'interroger Nicolas Mercœur.

Il était là, au premier rang de la colonne, sa longue baïonnette emmanchée au canon du fusil. Maximilien Forestier l'avait appelé d'un geste.

— Tu restes près de moi, avait-il dit.

Puis il avait levé son sabre et il n'avait pas eu le temps de terminer de crier « Vive la Nation ! » que toute la colonne s'élançait, hurlant avec lui.

Qui a le loisir de penser quand il tue et qu'il court, poitrine nue, vers ceux qui le mitraillent ?

Forestier avait frappé à pleine lame et la colonne s'était, dès l'entrée du village, déployée en ligne, surprenant les Autrichiens dans leur sommeil, égorgeant ici, embrochant là, fusillant à bout portant.

Après, les hommes s'étaient retrouvés sur la place, devant l'église. Des morts et des blessés étaient affalés sur les marches.

Forestier avait cherché des yeux Mercœur. Il était assis au milieu des morts, les mains accrochées à son fusil, la lame de la baïonnette rouge de sang.

Forestier lui avait touché l'épaule, Mercœur avait levé la tête. Il avait les yeux fixes, qui semblaient blancs tant le regard était vide.

— Où étais-tu ? avait demandé Forestier.

À plusieurs reprises, pendant l'attaque, il s'était retourné sans le voir.

Nicolas se redressa lentement en s'appuyant à son fusil.

— Je me suis battu, citoyen capitaine.

D'un mouvement de tête, il avait montré sa baïonnette ensanglantée.

— Viens avec moi, lui avait dit Forestier.

Tout en marchant dans la rue principale du village wallon, Forestier avait lancé des ordres aux sergents : qu'on installe des postes de garde, qu'on dresse des barricades aux entrées du village, qu'on mette les canons en batterie de chaque côté de la place. Puis il avait montré, au bout de la rue, une maison basse : « Je suis là », avait-il dit à Mercœur.

Il s'était dépêché de parcourir la centaine de mètres qui le séparait de son logement. Il ne voulait pas voir ce qui allait se produire. Mais, après seulement quelques pas, il avait entendu les premiers cris des femmes, le choc lourd des crosses qui brisaient les portes des caves et des greniers, le bêlement des moutons qu'on égorgeait, le grognement des cochons qu'on saignait, et les hurlements des hommes qu'on frappait, qu'on tuait, pour qu'ils donnent leur magot, ou qu'ils laissent violer leurs épouses, leurs filles ou leurs mères.

— La guerre change les hommes, avait murmuré Forestier en s'arrêtant sur le seuil de la maison qu'il avait choisie, et en frappant la porte de la pointe du pied.

Il se retourna pour voir si Nicolas le suivait.

Mercœur était au milieu de la rue, dodelinant, et c'était une impression étrange que de voir ce grand corps maigre osciller comme s'il allait s'abattre. Tout à coup, il s'était immobilisé, avait levé son fusil, tiré en l'air, et dans le silence qui avait suivi, il avait crié : « Nous sommes des soldats de la République, tous les hommes ont des droits, tous les hommes sont frères ! »

Sa voix s'était perdue au milieu des cris, des hurlements, des beuglements. Et Mercœur avait recommencé à osciller. Forestier l'avait rejoint, pris par le bras, tiré plus que conduit vers la maison. Il l'avait entendu répéter à voix basse : « Soldats de la République, respectez les hommes, respectez les pauvres… »

On avait ouvert la porte.

Dans la pénombre de la pièce au plafond bas strié par des poutres noircies par la fumée, Forestier avait aperçu deux femmes, sans doute la mère et la fille, qui se tenaient enlacées, tentant de se cacher sous l'escalier qui devait monter au grenier.

Un homme s'était avancé, courbé, la tête enfoncée dans les épaules comme pour éviter déjà les coups. Forestier l'avait forcé à se redresser.

— Tu es béni de Dieu puisque je suis là, avait-il dit. On ne te volera rien.

Il avait montré la table, fait comprendre qu'il voulait qu'on lui prépare un repas pour lui et le soldat, qu'on mette des bûches dans le feu, qu'on chauffe les lits. Ils avaient eu froid depuis des semaines qu'ils couchaient sur la dure, avec leur sac pour oreiller. Il voulait aussi du vin.

Puis, fouillant dans sa poche, il avait pris un louis d'or dans la bourse et l'avait lancé sur la table.

L'homme avait regardé Forestier avec des yeux effarés, et il avait d'une voix angoissée donné des ordres aux femmes qui avaient commencé à s'affairer.

Forestier avait invité Nicolas à s'asseoir en face de lui. Le jeune homme s'était installé à table avec des gestes d'automate, et Forestier l'avait observé. Il avait reconnu, à la pâleur du visage, à la fixité du regard, à cette manière de baisser la tête, de s'affaisser même, les signes de cette maladie de nostalgie qui frappait certains soldats. On les retrouvait allongés dans les fossés, refusant d'avancer, indifférents aux ordres, aux insultes et aux menaces, prêts à mourir là, accablés de mélancolie. On en découvrait d'autres, une fleur rouge au milieu de la poitrine, le fusil serré entre leurs mains. Forestier, quelquefois, quand il rêvait aux horizons bleus, à la blancheur éblouissante du calcaire quand le soleil le prend pour miroir, avait craint de succomber lui aussi à cette nostalgie qui entraînait les hommes au fond de leur mémoire comme les tourbillons d'eaux sombres aspirent les corps au milieu du Rhône.

Il avait poussé vers Nicolas un verre rempli de vin blanc.

— Bois, avait-il ordonné.

Celui-ci avait paru ne pas entendre.

— Bois, avait répété d'une voix forte Forestier.

Nicolas avait porté le verre à ses lèvres, mais il paraissait avoir du mal à avaler. Les femmes avaient servi des écuelles de soupe, plaçant au milieu de la table des pommes de terre et des morceaux de lard. Puis elles avaient attendu, debout de part et d'autre de la table.

Après un long moment, Nicolas avait paru les voir, les regardant d'un air étonné, ses yeux allant de l'une à l'autre. Et brusquement il avait baissé la tête et s'était mis à sangloter, avec des hoquets d'enfant désespéré.

Forestier s'était arrêté de manger, rêvant à une époque où un grand vent salubre aurait changé l'âme et la vie des hommes.

13. “ Je ne tue pas quelqu’un seulement parce qu’il porte un autre uniforme… ”

Maximilien Forestier ouvrit la porte et regarda la rue. C’était à peine le commencement de l’aube.

Il fit quelques pas. Des soldats s’avançaient en titubant. Ils braillaient. L’un d’eux portait un mouton mort sur les épaules. Les autres étaient chargés de sacs remplis de bouteilles. Ils étaient vêtus de vêtements dépareillés, gilets de laine, pantalons de paysans et même blouses de femmes. Ils s’arrêtèrent devant Forestier.

— C’est le pays de la bombance éternelle, commença l’un. Vive la Belgique ! On a bien bouffé, on a bien bu son vin, capitaine !

Celui qui portait le mouton dit en se dandinant :

— On a tous baisé sa particulière.

Forestier eut envie de vomir. Peut-être était-ce seulement la fatigue, la rage de n'avoir pu, cette nuit, profiter du lit, des draps qu'on avait bassinés pour lui, et d'avoir dû écouter la confession de Nicolas qui, brusquement, au milieu d'une phrase, avait fermé les yeux et avait commencé à ronfler, s'affaissant peu à peu, le front bientôt appuyé à la table.

Qu'est-ce qu'il fallait faire de cet homme-là ?

— Sergents ! hurla tout à coup Forestier.

Les soldats inquiets se lançaient des coups d'œil.

Deux sergents sortirent de la maison qui faisait face à celle qu'occupait Forestier.

— Dans deux heures, rassemblement sur la place, leur cria-t-il. Je tue de ma main ceux qui ne se présenteront pas comme des soldats de la République. Les soudards, je les saigne comme des porcs.

Il rentra dans la maison, claqua la porte.

Nicolas ne bougea pas. Ses bras tombaient de part et d'autre de son corps, comme ceux d'un pantin dont on a coupé les fils.

Forestier s'assit en face de lui.

Qu'est-ce que je vais faire de cet homme-là ?

Nicolas pour sûr avait pleuré longtemps, s'essuyant de temps à autre le visage avec sa manche, et Forestier, d'un geste, comme on balaie des mouches, avait ordonné au paysan et aux deux femmes de quitter la pièce. Comme ils tardaient à le faire, il s'était levé, avait pris l'homme par les épaules et l'avait poussé vers l'escalier, si vivement qu'il avait trébuché, s'était étalé, puis avait commencé à monter les marches en s'appuyant sur les mains, et les femmes s'étaient précipitées pour l'aider.

Ç'avait été la première colère de Forestier contre lui-même, contre Mercœur, contre ces gens, contre la guerre qui l'avait changé.

Il y a moins d'un an, il avait ordonné qu'on fusille un soldat qui avait volé une poule et cinq œufs dans une ferme proche de Valmy. Et aujourd'hui, il s'enfermait dans une maison, laissant les soldats de la République mettre à sac un village, desserrer les jambes des femmes, les écartelant à plusieurs, deux pour leur tenir les bras, deux encore pour leur immobiliser les jambes, et un cinquième pour s'enfoncer en elles pendant qu'un autre regardait, tenant sa baïonnette appuyée sur la gorge du paysan.

Voilà ce que la guerre avait fait des hommes, et de lui, Maximilien Forestier, qui gardait dans sa poche vingt-quatre louis d'or. Le prix de quoi ? Dussert n'était pas homme à payer pour rien ! Ce que la guerre avait fait de lui encore, le citoyen Forestier, qui avait autrefois, le jour de la fête de la Fédération, chanté, acclamé la Déclaration des droits de l'homme et du citoyen, et qui maintenant brutalisait un vieil homme terrorisé.

Foutue guerre ! Foutue Révolution ! Peut-être qu'il ne fallait jamais rien toucher, ni aux choses ni aux hommes. Un pays, c'était peut-être comme un de ces blessés, si gravement atteints qu'ils retiennent avec leurs mains leurs entrailles, qu'il faut surtout ne pas bouger, ne même pas chercher à soigner. Seulement verser un peu de marc entre leurs dents pour qu'ils meurent ivres, en oubliant leur ventre ouvert.

Et ce n'était pourtant pas cela qu'il voulait ! Il croyait au contraire qu'il fallait changer le monde, justement parce qu'il crevait ainsi, comme un agonisant sur une paillasse, et qu'il fallait en faire naître un autre, jeune, vigoureux, juste et libre !

Forestier avait frappé des deux poings sur la table.

— Alors, Mercœur, on me dit que tu es à la solde des princes, on me dit que tu es un complice de Dumouriez, qu'à la section des Piques on voulait te juger, te raccourcir, pour tes liens avec les « Amis du Roi ». On me jure que tu t'es enrôlé pour t'éviter d'avoir à saluer de trop près la machine du docteur Guillotin.

Il avait espéré que Nicolas crierait son indignation, se dirait prêt à confondre ses accusateurs, tendrait le bras pour prêter serment, dirait : « Vous m'avez vu combattre, capitaine. Vous m'avez laissé seul comme une sentinelle perdue sur la rive de la Sambre, dans le trou où les Autrichiens avait égorgé mon compagnon Sylvestre, presque mon frère. Ma baïonnette, la voici, rouge du sang des despotes. » Et il l'aurait posée sur la table.

Mais Nicolas avait baissé la tête :

— Ça me fait du bien, capitaine, que vous sachiez, avait-il commencé.

Et il avait semblé à Forestier que le visage de Mercœur rosissait, comme si le sang et la vie l'irriguaient à nouveau.

— Qu'est-ce que tu dis ? avait-il murmuré en le regardant.

— Je ne pouvais pas le tuer, capitaine, avait repris Mercœur sur un ton suppliant. Il était à moins de vingt pas, mon fusil était chargé, j'aurais pu tirer et m'enfuir. J'étais couché sous les buissons, à la lisière de la forêt. Ils ne m'auraient pas retrouvé et j'aurais pu rejoindre la patrouille du bataillon.

Forestier avait secoué la tête. Il n'avait rien compris à ce que l'autre lui racontait. Il avait hurlé :

— Explique-toi ou je te fais éclater la tête !

Il avait sorti son revolver, avait gardé sa crosse serrée entre ses doigts. Mais Nicolas n'avait même pas paru entendre sa menace, ni remarquer son geste.

— J'ai vu son père monter à l'échafaud, vous comprenez, capitaine. Ce qu'il a dit juste avant qu'on fasse tomber le couperet, je me le répète à chaque pas que je fais.

Il s'était redressé, les yeux brillants de détermination.

— Je marche avec les autres. Je combats avec les autres. Je

chante même, mais toujours j'entends sa voix. Il a dit, capitaine : « Ne baptisez pas l'avenir avec du sang innocent, il retombera sur vous. »

Nicolas s'était arrêté un long moment, puis avait répété la phrase, détachant chaque mot.

— Je tue, capitaine, il faut bien, mais ceux qui nous menacent, ceux qui nous attaquent. Je ne tue pas quelqu'un seulement parce qu'il porte un autre uniforme. Je ne tue pas comme un assassin, mais comme un soldat, et cet homme-là, si je lui avais tiré dessus, j'aurais été quoi, capitaine ?

Ç'avait été la deuxième colère de Maximilien Forestier.

Il s'était levé, il avait saisi le rebord de la lourde table à deux mains. Il l'avait soulevée haut comme pour la renverser, puis il l'avait laissée retomber. Et il avait recommencé, parce qu'il avait besoin de faire cet effort de tous ses muscles pour se calmer. Et il ne s'était même pas rendu compte que son pistolet avait glissé. Quand il s'était rassis, il avait vu que Nicolas tenait l'arme à la main. Et il aurait aimé qu'il essaye de le tuer, ils se seraient battus, homme contre homme.

Mais Nicolas lui avait tendu le pistolet, et Forestier avait dit d'une voix lasse :

— Explique-toi.

— À la prison de l'Abbaye, un homme, un ci-devant, s'est confié à moi. Il m'a donné ses dernières volontés et il a écrit que je devais agir « selon ma conscience ». C'est lui que j'ai vu mourir, citoyen capitaine, et j'ai marché derrière le corps de cet homme, qui avait eu tant de courage.

— Le courage, avait marmonné Forestier, ce n'est pas seulement au moment de mourir qu'il faut le montrer, mais d'abord pendant la vie. Le courage, c'est d'être juste.

Forestier avait haussé la voix, frappé à nouveau du poing.

— Est-ce qu'ils l'ont été, les aristocrates ? Tu la connais, l'histoire des siècles, Mercœur, tu sais ce qu'ils faisaient de leurs serfs, de tous ceux qui n'obéissaient pas ? Le fer rouge, la tenaille pour arracher la langue, le bûcher, la roue, le gibet...

Il s'était interrompu. Tout à coup, des vers qu'il avait appris avec ce prêtre qui vivait en ermite sur les bords du Rhône et qui enseignait à lire à tous les enfants de paysans qui le voulaient bien lui étaient revenus sur les lèvres.

Frères humains qui après nous vivez,
N'ayez les cœurs contre nous endurcis,
Car, si pitié de nous pauvres avez,
Dieu en aura plutôt de vous merci.
Vous nous voyez ci attachés, cinq, six :
Quand de la chair, que trop avons nourrie,
Elle est pieça dévorée et pourrie,
Et nous, les os, devenons cendre et poudre.
De notre mal, personne ne s'en rie ;
Mais priez Dieu que tous nous veuille absoudre !

Il avait en les récitant à voix basse fermé les yeux, oublié le jeune Nicolas, et quand il les avait rouverts, il lui avait fallu quelques secondes pour se souvenir qu'il était là et que ces cris venus de la rue, c'était ceux des hommes du bataillon qui faisaient ripaille, pillant et violant, comme des reîtres dans n'importe quelle guerre. Et celle-ci pourtant était celle de la liberté !

— Je ne comprends toujours rien à ce que tu dis, Mercœur, avait-il murmuré.

— J'étais dans la forêt de Neerwinden...

Son visage était animé. Il mimait, baissant et penchant la tête, racontant qu'il était en avant-garde d'une patrouille, seul, au lendemain de la fuite de Dumouriez et du fils de Philippe Égalité. À vingt pas, tout à coup, il avait vu deux cavaliers dans une clairière, l'un était un officier autrichien, l'autre un homme jeune, portait un uniforme qui rappelait ceux des gardes du roi de France. Un émigré sûrement. Son cheval avait dû se blesser, car ce ci-devant en examinait l'un des sabots. Nicolas l'avait visé.

C'était la première fois depuis son arrivée à l'armée du Nord qu'il tenait ainsi un homme au bout de son fusil. Même quand il avait été sentinelle perdue, il n'avait jamais pu mettre quelqu'un en joue. Et dans les combats, on tirait sans savoir qui on visait, droit devant soi, et puis l'on chargeait à l'arme blanche. Mais cet homme était là, un aristocrate qui servait dans l'armée des Princes, un traître à la nation, un ennemi de la Révolution, un homme qui se battait contre la patrie.

— J'étais en droit de le tuer, avait-il ajouté d'une voix hésitante, peut-être l'aurais-je fait, puis l'Autrichien l'a appelé, et j'ai entendu ce nom de Taurignan.

Il avait hoché la tête.

— Ce ne pouvait être que le fils du comte Philippe Chrétien de Taurignan, l'homme qui m'avait confié ses pensées.

Ç'avait été la troisième colère de Maximilien Forestier.

Ces comtes de Taurignan, bien sûr qu'il les connaissait. Qui pouvait ne pas avoir entendu leur nom en Provence ?

Ils possédaient le château de Crest et ils étaient les propriétaires des vignes, des pacages, des forêts, des champs de lavande et même des rivières. Maintenant, il retrouvait ce nom dans la mémoire de son enfance. Il avait répété « Taurignan, Chrétien de Taurignan, comte ».

Et il s'était souvenu de ces longues courses dans les sous-bois, avec son père, pour poser les collets puis les relever, quand certaines nuits souffle le mistral et que ceux qui ont de quoi jeter du bois dans leur cheminée restent chez eux à entendre siffler le vent qui fait danser les flammes, car les cheminées tirent fort quand il y a ce grand vent. Il fait tant de bruit en secouant les branches qu'on peut marcher dans la forêt sans être entendu, et saisir les lièvres piégés sans être vu. Mais si l'on était pris, c'était le bâton ou la corde.

— Ils en ont pendu des braconniers et des paysans, les Taurignan, aux branches de leurs chênes, avait dit Forestier. Et toi…

Il avait claqué des mains sur la table.

— Et toi, tu t'agenouilles, il suffit qu'on te parle de « sang innocent » pour que ton âme tremble.

Forestier s'était levé, avait tisonné le feu comme s'il enfonçait une pointe de fer non pas dans du bois friable mais dans la chair d'un ennemi.

— Il n'y a pas de prince, de roi, qui ait vécu innocemment. Sais-tu ce qu'a dit Robespierre à la Convention ? « La clémence qui compose avec la tyrannie est barbare. » Et Saint-Just, au procès de Louis XVI ? « On ne peut pas régner innocemment. » Taurignan, il a régné comme un roi, voilà les mots qu'il t'aurait fallu avoir en tête.

Il était revenu s'asseoir et il avait murmuré :

— On cherche à remuer la pitié, on achètera bientôt des larmes.

Puis il avait haussé les épaules.

— Tu as déjà pleuré, Mercœur, sans même savoir ce qu'avait dit Saint-Just. Tu ne me fais pas pitié. Moi, je cherche à vaincre, et est-ce que la République peut l'emporter avec des hommes comme toi, qui se soucient des sentiments des aristocrates et protègent la descendance de ces ci-devant ? Si tu laisses en vie la progéniture d'un carnassier, elle te dévorera.

— Ceux qui dévorent, citoyen capitaine, je les ai vus, avait martelé Nicolas tout à coup énergique, je connais leur nom. Ils sont là, comme des vautours, comme des charognards, comme ces buveurs de sang que j'ai vus à la prison de l'Abbaye en septembre 1792. Est-ce que vous êtes de leur faction, capitaine ? Moi, je n'en suis pas. Voulez-vous que je vous parle de l'un d'eux, un détrousseur de cadavres, le citoyen Dussert ?

Ç'avait été la dernière colère de Forestier, contre lui-même celle-là aussi, parce qu'il avait laissé fuir Dussert et qu'il avait dans sa poche la bourse pleine d'or.

Alors, condamner Mercœur pour ne pas avoir tiré sur un Taurignan, mais aussi se condamner soi-même pour avoir accepté les louis du citoyen Dussert, accapareur, vautour, voleur, banquier de Philippe Égalité selon ce qu'avait lu, dans les papiers laissés par le père, ce même Mercœur ?

Et tout à coup, Nicolas s'était endormi.

Que fallait-il faire de cet homme-là ?

Forestier se leva, ouvrit la porte une nouvelle fois. Le clocher du village se découpait maintenant sur une traînée plus claire du ciel encore noir au-dessus des toits.

Les soldats silencieux se dirigeaient en petits groupes vers la place.

Forestier rentra dans la maison. D'un coup de pied violent, il renversa le banc sur lequel Nicolas était assis. Celui-ci tomba, se réveillant en sursaut.

— Debout, soldat ! cria Forestier.

Il le poussa dans la rue et le regarda rejoindre ses camarades.

La guerre, qui tuait bien mieux, bien plus, que la guillotine ou que les bourreaux des princes, déciderait si cet homme-là devait vivre ou mourir.

Elle choisirait en souveraine implacable et secrète.

Et personne, pensa Forestier en voyant le bataillon rassemblé en colonne sur la place, n'échapperait à son verdict, car elle régnerait encore longtemps sur le troupeau des hommes.

14. “ Il n’avait pas combattu pour la Révolution afin que des freluquets se l’accaparent… ”

Maximilien Forestier s’était penché en avant, posant ses deux poings fermés sur la table derrière laquelle était assis le garde national.

— Cela fait plus de deux heures que j’attends, citoyen, avait-il commencé d’une voix sourde.

Le garde national avait regardé Forestier d’un air à la fois ironique et méprisant puis, tout en continuant à mâchonner sa grosse pipe au tuyau recourbé, il avait montré la cinquantaine d’hommes et de femmes qui déambulaient par groupes de deux ou trois, lançant des regards angoissés vers la grande porte derrière laquelle siégeaient les comités.

— Sais-tu, citoyen, ce qui peut se passer en deux heures à l'armée du Nord ? avait repris Forestier.

Il s'était encore avancé, jusqu'à ce que son front touchât presque celui du garde national.

— On prend d'assaut une ville ou bien on la perd, on tue une centaine d'Autrichiens ou bien on se fait décimer, tu imagines ça, toi ?

Tout à coup il avait tendu les bras et avant que le garde national ait pu reculer, il l'avait saisi par les revers de sa carmagnole, le soulevant du tabouret, se mettant tout à coup à hurler :

— Je suis le capitaine Maximilien Forestier, de l'armée du général Custine. On m'a ordonné de quitter mon bataillon pour répondre sans délai à une convocation des membres des comités, aujourd'hui, ce 17 septembre 1793, à neuf heures. Il est plus de onze heures, et personne ne se soucie de moi !

Il avait lâché le garde national, s'était retourné.

Les gens s'étaient éloignés de lui. Il était seul devant la table, au centre d'un cercle vide. Il avait dévisagé ces hommes et ces femmes qui s'étaient réfugiés dans l'embrasure des quatre grandes fenêtres qui donnaient sur la Seine.

— On n'a pas coupé la tête au roi pour rester des sujets, avait-il poursuivi.

Il y avait eu un bruit de course dans l'escalier et une dizaine de gardes nationaux brandissant leurs piques s'étaient précipités. Maximilien avait aussitôt tiré son sabre, prenant son pistolet dans sa main gauche.

— Il a tâté de l'Autrichien, avait-il lancé en brandissant la lame. Qui veut que je l'aiguise sur son dos ou sur son nez, allons, gardes nationaux, combattants des antichambres, approchez !

Un officier, le bicorne empanaché de tricolore, avait fait un pas.

— Citoyen capitaine..., avait-il commencé.

Mais il s'était aussitôt interrompu. On avait ouvert les portes et, dans un brouhaha de voix, les membres des comités étaient sortis de la salle de réunion, entourés de secrétaires, et plus personne n'avait prêté attention à Forestier.

Les gens qui attendaient s'étaient précipités, essayant d'approcher Robespierre ou Saint-Just, entourant Couthon que l'on poussait dans sa chaise d'invalide, ou bien ces autres, peut-être Barère ou Lindet, dont Forestier ne connaissait pas les visages.

Il avait rengainé son sabre, et s'était dirigé vers l'une des fenêtres.

C'était donc de ces gens-là que dépendait le sort de la patrie ! C'étaient eux qui décidaient de la vie et de la mort, eux qui avaient fait exécuter les députés girondins, eux qui avaient décrété la levée en masse et tentaient de réprimer la révolte des Vendéens, eux qui avaient ordonné l'emprisonnement de tous les suspects, eux qui proclamaient : « Il n'est plus temps de délibérer, il faut agir ! »

Et ils palabraient.

Forestier les avait observés, avec leurs visages blanchâtres à force de veille et de discussions. Ils écoutaient les doléances, les suppliques, les demandes de grâce de ces citoyens qui tentaient de leur saisir la main, d'attirer leur attention. Sans doute ceux qui avaient eu ainsi le bonheur de les approcher, d'entrer dans cette antichambre, avaient-ils dû avant faire leur cour aux secrétaires, aux présidents de section, aux membres de la Convention.

L'on avait assuré Forestier, hier soir à son arrivée à Paris, dans le petit hôtel de la rue Fromenteau proche du Palais-Royal où il s'était installé, qu'il était un privilégié d'avoir ainsi accès au cœur du cœur de la République. Et l'hôtelier lui avait murmuré qu'il connaissait une femme, une ci-devant, mais ralliée aux principes de la Révolution, qui était prête à donner plusieurs milliers de livres à celui qui ferait passer à l'un des membres du Comité de sûreté générale une demande de grâce pour son frère, condamné à tort, affirmait-elle. Puisque le capitaine voyait des membres du Comité, l'hôtelier pouvait organiser un rendez-vous entre cette femme honnête et lui. Il le faisait par humanité, par fraternité, avait-il répété.

Forestier lui avait tourné le dos, et il avait marché longuement sur les quais de la Seine.

Le fleuve était recouvert par une sorte de gaze blanche qui s'effilochait, formait des volutes, se nouait et se dénouait. Forestier s'était accoudé, regardant l'eau couler lentement.

Il s'était une fois de plus interrogé sur les raisons qu'on avait eues de le convoquer devant les comités. Pour le décréter d'arrestation ? Il suffisait d'une dénonciation pour être destitué, traduit devant le Tribunal révolutionnaire. Pouvait-il croire le général Custine qui l'avait assuré que Saint-Just et Carnot étaient bien disposés à son égard ? L'un et l'autre, membres du Comité de salut public, savaient à quelles batailles il avait participé depuis Valmy et Jemmapes, et comment il avait, de sa propre initiative, fait ouvrir le feu sur Dumouriez au moment où le général s'enfuyait avec le fils de Philippe Égalité. « Vous êtes un officier patriote, un pur sans-culotte, avait répété Custine. Vous n'avez rien à craindre. Il faut que vous alliez à Paris. » Mais de qui pouvait-on être sûr ? Il avait peut-être suffi d'un mot de Dussert affirmant que le capitaine s'était vendu pour sauver un agent de l'ennemi, Nicolas Mercœur, pour que l'on décide de l'emprisonner ? Que valait la parole d'un capitaine opposée à celle d'un accapareur, d'un banquier qui devait payer les juges, les jurés, certains membres des comités ? Et pourtant, Forestier avait décidé de regagner Paris.

Mais c'était la première fois, en regardant la brume qui glissait le long des eaux du fleuve, qu'il échappait à ce sentiment de désespoir et de colère qui l'avait saisi dès qu'il avait fait quelques pas dans les rues de la capitale.

La peur et la haine étaient partout. Il l'avait senti aux regards qu'on lui lançait ou bien en suivant ces groupes armés de piques qui arrêtaient et interrogeaient les passants. Parfois un homme ou une femme était entraîné. On criait : « Guerre aux tyrans, guerre aux aristocrates, guerre aux accapareurs ! »

Et Forestier avait vu passer, devant une foule de badauds indifférents, une charrette que quelqu'un avait appelée la « bière des vivants ». Il n'avait pu détacher ses yeux de ces neuf visages, cinq femmes et quatre hommes dont on avait lié les mains à une hampe de bois placée dans leur dos, surmontée d'une pancarte sur laquelle on avait inscrit le nom du prisonnier et le motif de la condamnation à mort : « Trahison », « Conspiration contre l'égalité ».

Une voix avait lancé depuis la foule : « Il faut tout sacrifier au bonheur du peuple », et un homme debout sur un tabouret avait clamé : « Écrasons les aristocrates et les modérés dans la fureur de la guerre ! »

Forestier s'était éloigné, las.

Ça, la guerre ?

Il s'était souvenu des propos de Nicolas Mercœur. Ici, on ne faisait pas la guerre, on assassinait.

Il s'était félicité de n'être qu'un soldat, plutôt que l'un de ces hommes qui prononçaient des discours sur l'égalité et vivaient comme des privilégiés, étrangers au peuple, même s'ils parlaient en son nom et prétendaient le servir !

L'égalité ? Lui la vivait quand il partait à la tête de sa colonne à l'assaut d'un village, ou lorsqu'il dormait sur la dure comme chacun de ses soldats, ou restait droit parmi eux quand tombaient les boulets autrichiens.

Il avait mal dormi dans cet hôtel surpeuplé, et il était arrivé aux Tuileries, là où siégeaient les comités, bien avant l'heure de sa convocation.

Pourtant une petite foule se pressait déjà devant le bâtiment, attendant qu'on ouvre les portes.

Il avait regardé ces femmes et ces hommes aux visages creusés par l'inquiétude.

Ils ne parlaient pas, se contentant quelquefois d'un chuchotement. Certaines femmes tenaient un jeune enfant dans leurs bras, peut-être pour émouvoir celui dont elles espéraient une mesure de grâce, une faveur, un certificat de civisme, la restitution d'un bien.

Ça, des citoyens ? Ça, une République ?

Il s'était senti humilié. N'en aurait-on donc jamais fini avec la servitude que les maîtres, même quand ils portaient le bonnet phrygien ou qu'ils accrochaient comme ces gardes nationaux une cocarde tricolore à leur bicorne, imposaient aux autres, à tous ceux qui dépendaient d'eux, pour leur vie, pour leur pain, pour leur liberté ?

Puis on avait ouvert les portes et ç'avait été la ruée des quémandeurs dans l'antichambre, vers la table, vers ces gardes nationaux qui parlaient comme jadis sans doute le comte de Taurignan avec ses manouvriers !

Mais la Révolution avait été faite, prétendait-on ? Faudrait-il sans fin la recommencer ?

L'indignation lui avait serré la gorge.

Il avait tendu son ordre de mission à un garde national qui l'avait parcouru d'un œil soupçonneux, s'arrêtant à sa signature, répétant : « Custine, c'est un ci-devant ce général, le marquis de Custine. » Puis il avait dévisagé Maximilien Forestier, consultant un registre, disant : « Le citoyen Saint-Just veut te voir. Mais ici tout le monde attend son tour, et le citoyen Saint-Just ne reçoit jamais personne avant midi. »

Comme Forestier restait immobile, le garde national avait eu un geste d'impatience.

— Écarte-toi, citoyen, avait-il ajouté. Ici, tout le monde a les mêmes droits, tu attends comme les autres.

Puis le garde national avait étendu ses jambes, et incliné sa chaise jusqu'à ce que le dossier vienne appuyer sur le mur. Il avait allumé sa pipe et fermé à demi les yeux.

Forestier s'était installé dans l'embrasure de l'une des fenêtres. De temps à autre, on entendait des éclats de voix provenant de la salle où se réunissaient les membres des comités.

Les gens dans l'antichambre s'immobilisaient, ne chuchotant même plus.

Forestier avait détourné la tête, se demandant s'il n'allait pas quitter la salle, regagner l'armée du Nord sans même voir Saint-Just.

Qu'avait-il à attendre de ces gens-là ?

Il avait regardé à nouveau le fleuve et s'était souvenu des rivières de son enfance, le long desquelles il marchait. Il avait eu alors la sensation que jamais, depuis un certain dimanche d'automne – il devait avoir dix ans –, il n'avait éprouvé une aussi grande déception qu'aujourd'hui.

Après la messe ce jour-là, tous les détails étaient présents dans sa mémoire, il était entré dans la sacristie et il avait vu le prêtre en soutane, dépouillé de son surplis, de son aube, de son étole. Ce n'était plus l'officiant levant l'hostie d'un geste lent, mais un homme à la bouche luisante, qui mordait à pleines dents une cuisse de poulet, parlait la bouche pleine, riait avec sa servante qui lui servait un verre de vin.

Maximilien avait fui, comme s'il avait assisté à un sacrilège ou découvert un grand mensonge.

Et c'était dans cette antichambre les mêmes mots qui lui montaient aux lèvres, la même tristesse qui l'étreignait, la même colère qui l'habitait.

Mais il n'était plus un enfant, mais il n'avait plus envie de se jeter dans le fleuve par crainte de voir le monde tel qu'il était ! Il avait combattu à Valmy, à Jemmapes, crié « Vive la Nation ! ». Il avait vu tomber plus d'hommes près de lui qu'il tombe en été de gouttes de pluie sur Valence.

Alors, il ne pouvait plus se soumettre ! Il avait écarté les gens qui attendaient dans l'antichambre, avait marché à grands pas vers la table et serré ses poings.

Il n'avait pas combattu pour la Révolution afin que des freluquets se l'accaparent...

S'il fallait la refaire, on la referait.

Il avait posé ses deux poings fermés sur la table. Il avait hurlé. Et maintenant il était à nouveau devant une fenêtre, observant cette cohue de solliciteurs entourant les puissants du jour.

Un garde national s'était avancé. Saint-Just attendait le citoyen Maximilien Forestier, capitaine à l'armée du Nord, avait-il dit.

— C'est moi qui l'attends, foutre !

15. “ Le soupçon, la calomnie, tout se mêle, citoyen… ”

— On vous accuse…, citoyen Forestier.

Tels avaient été les premiers mots de Saint-Just, et Maximilien s’était immobilisé au milieu de la pièce. Il avait essayé de saisir le regard de Saint-Just, mais celui-ci s’était penché sur la longue table encombrée de dossiers qui occupait tout un côté de la pièce.

— On vous dénonce, citoyen capitaine, avait repris Saint-Just.

Il s’était enfin redressé, montrant à Forestier une dizaine de feuillets attachés ensemble, puis il s’était appuyé à la table, avait fait signe à Forestier d'avancer et de s'asseoir. Mais Forestier n'avait pas bougé, et il avait soutenu le regard de Saint-Just.

— Qu'on me juge, avait-il lancé, puis il avait fait un pas, comme pour quitter la pièce.

— Allons, allons, avait murmuré Saint-Just en s'avançant.

C'était un homme plutôt petit, au corps svelte serré dans une redingote élégante, aux larges et hauts revers qui cachaient son cou. Le visage se détachait ainsi sur le tissu de couleur sombre et paraissait d'une blancheur presque anormale, les cernes n'en semblant que plus prononcés. Les traits étaient réguliers et fins, les cheveux noirs, bouclés, couvraient les oreilles et la plus grande partie du front. Le visage exprimait la détermination et la sensibilité. Les yeux étaient même d'une douceur presque féminine.

Forestier s'était senti désarmé devant cet homme de son âge, dont l'autorité paraissait naturelle. Il avait accepté de s'asseoir et Saint-Just avait pris place en face de lui, le visage éclairé par la lumière voilée qui tombaient des deux hautes fenêtres donnant sur la Seine.

— On ne vous jugera pas, avait commencé Saint-Just.

Il avait levé la main pour empêcher par avance Forestier de répondre.

— Mais dans une révolution, les amis d'un traître sont légitimement suspects.

Et tout à coup, il s'était mis à parler vite, parcourant les feuillets, expliquant que des dénonciations étaient parvenues aux comités. Elles faisaient état des liens qui unissaient le capitaine Forestier à un soldat, Nicolas Mercœur, notoirement au service de l'armée des Princes. Mercœur, assurait-on, avait déjà tenté de favoriser l'évasion d'un ci-devant, le comte Philippe Chrétien de Taurignan, dont le fils, Louis, était à l'état-major de Saxe-Cobourg. Mais cela n'était rien encore. Mercœur était le complice d'un banquier concussionnaire, Guillaume

Dussert, et du Conventionnel Joseph Machecoul, tous deux en fuite. L'un et l'autre, associés aux députés girondins qui avaient échappé à la guillotine, tentaient de soulever les départements. Ils s'étaient réfugiés, affirmaient les agents du Comité de sûreté générale, dans la région de Valence, cherchant à organiser les bandes contre-révolutionnaires, notamment celle des Compagnons du Soleil, qui assassinait les patriotes dans toute la vallée du Rhône et dont on pensait que ses affidés s'étaient réunis un temps à Crest, au château des Taurignan, en présence de Dussert et de Machecoul. Une femme, Madeleine Cotençon, avait fait des aveux. Elle était emprisonnée aux Carmes, c'est elle qui avait révélé au Comité de sûreté générale l'importance de la conspiration.

— Dussert s'est rendu auprès de vous, capitaine, peu après la fuite de Dumouriez, avait poursuivi Saint-Just. Il a été le banquier de Philippe Égalité. Il est l'ami de Machecoul. Vous l'avez rencontré, nous le savons. Il vous a remis de l'argent. Nous le savons aussi.

Saint-Just s'était levé, avait commencé à marcher de long en large.

— Citoyen Forestier, je ne cherche que la vérité, et je ne suis d'aucune faction. Je les combats toutes. J'abats, s'il est juste et nécessaire de le faire, les têtes les plus célèbres.

Il s'était arrêté.

— Nous allons épurer partout, citoyen Forestier.

Il avait fermé les poings, les avait élevés à la hauteur de son visage.

— Nous allons épurer l'armée, nous allons discipliner les chefs, ils en ont plus besoin que les soldats.

Il s'était approché de Forestier, s'était arrêté devant lui.

— J'ai lu attentivement votre dossier. Vous êtes la victime d'une machination ténébreuse, mais nous épurerons, Forestier.

Il lui avait tourné le dos, regardant la fenêtre.

— Rien ne doit nous arrêter. J'ai voulu que la veuve Capet soit condamnée, sa tête va tomber. Les mœurs gagneront à cet acte de justice nationale.

La voix de Saint-Just s'était faite plus aiguë. Il avait de nouveau fait face à Forestier, continuant de parler avec une exaltation croissante.

C'était la révolution ou la mort, avait-il dit. Il fallait écraser les ennemis de la liberté, quels que soient leurs masques, leurs actions passées. Il y avait des endormeurs, des jouisseurs, des corrompus, qui prêchaient l'indulgence pour se sauver eux-mêmes. Qu'ils se nomment Danton, Desmoulins ou Fabre d'Églantine, qu'ils soient plus populaires encore, n'arrêterait pas la main de la justice révolutionnaire. L'heure n'était pas à la clémence, mais à sonner le tocsin, à organiser la levée en masse, à réduire les départements insurgés – « Soixante, Forestier, soixante ! » –, à étouffer la Vendée royaliste, à reconquérir les villes rebelles, Lyon, Toulon.

Il s'était interrompu quelques instants, semblant oublier Forestier, disant à voix basse :

— Un peuple n'a qu'un ennemi dangereux, son gouvernement. C'est là qu'apparaissent toujours les premières faiblesses, là qu'on trahit par lâcheté.

Il avait tendu le bras à Forestier.

— Par goût de la jouissance aussi, parce qu'on se laisse acheter pour acheter du plaisir, des biens, des femmes, et ce sont les hommes comme Dussert qui paient, qui corrompent. Mais nous allons frapper fort.

Il était retourné s'asseoir à la table, avait pris une plume et avait commencé à écrire.

— Citoyen Forestier, je demande à Carnot de vous nommer à l'armée du Midi. Elle doit reprendre Toulon. Il ne faut pas laisser les Anglais disposer de ce point d'appui et les royalistes leur ont ouvert la rade, livré les forts. Il y a auprès de cette armée des représentants en mission qui vous soutiendront. Le frère de Robespierre, Augustin, vient d'y arriver. Voyez-le, Forestier, c'est un patriote de bon conseil.

Il s'était levé.

— Vous ne pouvez plus rester à l'armée de Custine.

Forestier avait voulu répondre, mais Saint-Just, d'un geste de la main, l'en avait empêché.

— Le soupçon, la calomnie, tout se mêle, citoyen. Dussert, en se rendant auprès de vous, vous a compromis aux yeux de certains. Il faut effacer cela, empêcher les révolutionnaires enragés, les terroristes de proie, ceux qui veulent le sang pour le sang, de trouver des prétextes pour frapper de vrais patriotes. Mais les autres, les ennemis…

Son visage s'était figé. Il semblait de nouveau avoir oublié Forestier, se parlant à lui-même.

— Tous les hommes suspects seront employés à creuser des canaux et à rétablir les chemins. Les accusés pourront être placés hors des débats, il faut que la justice révolutionnaire ne soit pas entravée par les déclamations et les mensonges des faux innocents.

Forestier en l'écoutant avait eu l'impression d'être emporté par un cheval fou, galopant droit devant lui sans se soucier de l'abîme qui s'ouvre au bout de sa course. Il s'était levé.

Saint-Just s'était approché, avait saisi son bras.

— Il faut vaincre, citoyen, il faut que le tocsin sonne, que le peuple se lève. Fasse la destinée que nous ayons vu les derniers orages de la liberté !

Il avait secoué la tête.

— Mais le bonheur est une idée neuve en Europe, avait-il murmuré.

Il avait raccompagné Forestier jusqu'à la porte à double battant.

— Allez vers le soleil, Forestier. Moi, je suis un homme des pays de brouillard. Pas vous. Survivez, citoyen capitaine. Il faut voir les aurores à venir, elles seront nos filles.

Maximilien Forestier avait eu la sensation que cet homme jeune était déjà au terme de son destin, que ses propos sonnaient comme un glas, et il avait eu hâte de quitter ces lieux de puissance et d'autorité où le temps s'effritait si vite, et que la vie avait désertés.

Saint-Just l'avait regardé avec insistance comme s'il devinait ses pensées.

— Je vous envie, citoyen, de combattre les armes à la main, avait-il dit d'une voix basse, presque lasse.

Il avait ouvert la porte.

— Le soleil, la bataille, la victoire, vivez tout cela, capitaine.

Il avait hoché la tête et il avait murmuré, sans regarder Forestier, comme s'il s'adressait à lui-même :

— Je méprise la poussière qui me compose et qui vous parle.

Redressant la tête, il avait ajouté d'une voix résolue :

— On pourra la persécuter et faire mourir cette poussière ! Mais je défie qu'on m'arrache cette vie indépendante que je me suis donnée dans les siècles et les cieux.

Forestier avait reculé d'un pas. Ces mots, cette voix, cette pâleur du visage parlaient de la mort.

Il avait évité l'accolade que semblait vouloir lui donner Saint-Just et s'était éloigné à grands pas, traversant l'antichambre vide maintenant.

Puis il avait descendu en sautant les marches deux à deux l'escalier qui permettait d'accéder aux quais de la Seine.

Il s'était retourné et, tout en marchant vite, il avait regardé ce bâtiment austère où siégeait le pouvoir, comme la mort en son tombeau.

16. “ Elle n’était rien qu’une mouche qu’on écrase... ”

Trois jours étaient passés depuis sa rencontre avec Saint-Just et il n’avait pu encore quitter Paris.

Il regardait cette femme assise sur le lit de la petite chambre qu’il occupait au premier étage de l’hôtel de la rue Fromenteau.

La pièce était sombre et la lampe à huile n’éclairait qu’une partie de la table sur laquelle était posé le certificat qu’on lui avait délivré dans les bureaux du ministère de la Guerre, l’autorisant, d’ordre du Comité de salut public et du Comité de sûreté générale, à séjourner à Paris dans l’attente de sa feuille de route et de son affectation définitive à l’armée du Midi, sous les murs de Toulon

Plus d'une dizaine de fois déjà, Forestier s'était rendu dans les bureaux du ministère. Il avait harcelé les secrétaires, ces jeunes hommes qui prenaient de grands airs et auxquels on aurait dû donner un fusil en les poussant à coups de pique vers les frontières. Ils se contentaient de consulter les registres, de répéter que la feuille de route attendait toujours la signature de Carnot, et qu'il était impossible de savoir à quel moment il l'apposerait. Et ils faisaient comprendre à Forestier que le citoyen Carnot, que le ministère de la Guerre, avaient bien d'autres questions plus urgentes à régler. Et ils suggéraient d'un sourire, d'un clin d'œil, que le citoyen capitaine avait choisi la bonne adresse pour loger, et que le temps ne devait pas lui paraître long rue Fromenteau.

C'était la rue des filles, et chaque fois qu'il l'avait empruntée pour regagner l'hôtel, l'une d'elles s'était approchée. Il avait fait un pas plus grand pour s'éloigner vite de la tentation, pour essayer d'échapper à ce marécage dans lequel il avait l'impression de s'enfoncer.

Ce n'était ni la fille, dont les rires et les sarcasmes l'accompagnaient, ni l'hôtel aux couloirs humides, qui lui donnaient ce sentiment. C'était Paris, ces bureaux des comités et du ministère, ce tocsin qui sonnait comme un glas, ces roulements de tambour assourdis, parce que la pluie tombait sans discontinuer depuis trois jours et que les bruits en étaient étouffés comme si un bâillon humide et glacé avait été noué autour de la ville.

On ne parlait plus, on chuchotait.

L'hôtelier, dès qu'il apercevait Forestier, le prenait par le bras. C'était un homme d'une cinquantaine d'années, le visage rond, les manières trop doucereuses, la voix trop humble, presque suppliante :

— Vous êtes un honnête jeune homme, capitaine, commençait-il. Il attirait Forestier dans la pièce qu'il occupait à la droite de l'entrée. Vous savez ce qu'on dit, continuait-il.

Ses phrases se glissaient comme des serpents dans les herbes.

— Au Tribunal révolutionnaire, reprenait-il sans même attendre que Forestier eût manifesté le moindre intérêt pour ses propos, le fils de la veuve Capet, un enfant de huit ans, vous vous rendez compte, a accusé sa mère de l'avoir perverti, et cela a fait scandale. On dit que Saint-Just en a fait le reproche à l'accusateur public, Fouquier-Tinville, et la reine – il s'excusait, baissant les yeux –, la veuve Capet a dit après avoir entendu son fils : « Si je n'ai pas répondu, c'est que la nature se refuse à une pareille inculpation faite à une mère. J'en appelle à toutes celles qui peuvent se trouver ici. »

Forestier avait encore tenté d'éviter l'hôtelier, mais l'homme était aux aguets.

Saint-Just autrefois, murmurait-il, avait habité cet hôtel. Le capitaine savait-il que Saint-Just avait écrit un livre licencieux, peut-être ici, dans la chambre qu'il occupait ?

— On risque sa tête à dire cela aujourd'hui, mais vous êtes un jeune homme droit, capitaine. Vous n'êtes pas corrompu, comme les gens d'ici. Savez-vous que ce Saint-Just a débauché une femme, et qu'on dit…

Il s'interrompait, ajoutait :

— On murmure tant de calomnies sur les hommes qui gouvernent… Autrefois, c'était le roi, la reine, maintenant ce sont ceux des comités, Saint-Just, Robespierre.

Il avait suivi Maximilien Forestier dans l'escalier.

— Il y a cette femme, avait-il murmuré, j'ai pensé… Elle a tant insisté, c'est une honnête femme. Elle est comme une naufragée.

Forestier n'avait pas ouvert aussitôt la porte, attendant que l'hôtelier disparaisse dans l'escalier étroit, puis il avait mis la main sur le loquet. Il s'était souvenu de ce coche d'eau qui descendait le Rhône, un jour de grand vent, quand les eaux du fleuve bouillonnent. Depuis la berge, il avait entendu le hennissement des chevaux entravés sur le pont. Et puis ç'avait été les premiers cris des voyageuses que l'on voyait courir de la proue à la poupe, se tordant les mains, cependant que les mariniers munis de gaffes tentaient de freiner la course de l'embarcation. Mais la berline qu'elle transportait avait brisé les cordes qui la retenaient et, allant d'un bord à l'autre, elle avait déséquilibré l'embarcation, qui s'était renversée.

L'on avait vu durant plusieurs minutes les voyageurs qui s'accrochaient aux débris que le courant entraînait, puis ils avaient disparu.

Plus tard, on avait retrouvé, mortes sur la berge, des naufragées, leurs cheveux dénoués.

Et Forestier pensait maintenant à toutes ces femmes que le vent de la Révolution avait jetées dans les flots, noyées, à celle qu'on appelait la reine salope, Marie-Antoinette, la putain du despote dont un cardinal avait pu croire obtenir les faveurs, comme on le fait avec une catin du Palais-Royal en la payant d'un collier. On venait de la voir passer, l'Autrichienne, mains liées, cheveux défaits, vieille femme grise, assise dans la « bière des vivants ».

Est-ce cette vision-là qui avait conduit Forestier à se rendre, cet après-midi même, rue d'Assas, dans l'ancien couvent des Carmes devenu prison ?

Il était sorti des bureaux du ministère de la Guerre, et il devait y retourner à la fin de la journée. Tout en longeant la Seine une nouvelle fois, il avait tenté d'imaginer les hommes de son bataillon résistant à la cavalerie autrichienne, restant en colonne sous les boulets, et il s'était dit que si ces soldats avaient imaginé Paris tel qu'il était, avec ce grouillement d'intrigues, ces bureaux où l'on décidait de la guerre tout en évitant de la faire, ils auraient renoncé à se battre, ou peut-être auraient-ils décidé de rentrer dans Paris, pour y mettre de l'ordre.

Et il s'était demandé si Mercœur était toujours vivant, ou si des agents du Comité de sûreté générale étaient venus l'arrêter. Saint-Just avait bien dit que ce Mercœur était un agent des princes !

Forestier avait donc traversé le Pont-Neuf, gagné la rue d'Assas et la prison des Carmes. Les gardes nationaux, au vu du certificat des bureaux de la Guerre, l'avaient laissé entrer dans les jardins de l'ancien couvent. Il voulait voir, avait-il dit, une prisonnière, Madeleine Cotençon, l'épouse innocente de l'un de ses soldats, afin de lui dire que son mari se battait comme un pur patriote.

Il avait répété cela, dans la petite pièce où l'on recevait les requêtes.

— Innocente, innocente…, avait répété le responsable des geôliers.

Et lui aussi avait feuilleté des registres.

— Elle est là, avait-il dit.

— Elle n'a pas été jugée ?

— Tous les suspects sont coupables, avait dit l'homme, tu le sais bien, citoyen. La Révolution n'a pas le temps de les juger !

— C'est l'épouse d'un volontaire, avait dit Forestier.

— Ils ont tous des parents, des amis patriotes, mais ils ne disent rien de ceux qui sont avec les princes, en Allemagne, et de ceux qui assassinent les sans-culottes. Ta Madeleine Cotençon, c'est peut-être une autre Charlotte Corday. Elles sont devenues folles de haine, et toi, tu prétends que celle-là est innocente.

— Innocente, avait murmuré Forestier, et il avait posé sur la table, devant l'homme, deux louis d'or.

L'homme les avait aussitôt pris en hochant la tête.

— Tant qu'elle n'est pas jugée…, avait-il dit.

Il avait invité Forestier à le suivre.

Cette longue enfilade de couloirs voûtés, ces visages aperçus au fond des cellules, Forestier avait su qu'il ne les oublierait plus, qu'ils prenaient place dans sa mémoire au côté des femmes noyées du Rhône.

Il avait attendu dans une pièce vide, et il avait vu entrer Madeleine Cotençon, cheveux noirs tombant sur sa poitrine, et des yeux si vides qu'ils semblaient ne pas voir.

Il avait dit :

— Nicolas Mercœur...

Et elle s'était redressée tout à coup, le visage empourpré, des larmes coulant sur ses joues.

Il lui avait parlé de Nicolas, et il lui avait demandé de se battre afin de survivre pour lui. Elle avait secoué la tête. Elle n'était rien qu'une mouche qu'on écrase et les doigts de l'homme, ce Guillaume Dussert, s'étaient refermés sur elle. Elle avait eu une expression de dégoût, et Maximilien avait deviné ce que Dussert avait pu faire d'elle.

Il l'avait longuement regardée. Qui pouvait imaginer qu'elle était de la trempe d'une Charlotte Corday ou d'une Manon Roland, qu'elle rêvait de poignarder un second Marat ou de conduire la faction des Girondins contre la Montagne, ainsi que l'avait fait Mme Roland ?

Madeleine Cotençon n'était même pas une de ces femmes du peuple qui lancent des pierres contre les boulangeries pour réclamer du pain. C'était une naufragée.

Il avait répété :

— Sauve ta vie, trouve des forces. Tiens...

Et il lui avait tendu une dizaine de louis d'or, ceux de Dussert. Avec une dextérité qui l'avait surpris, elle les avait glissés dans son corsage. Peut-être réussirait-elle à racheter sa vie.

Il l'avait regardée s'éloigner, marchant au côté d'un geôlier, s'enfonçant peu à peu dans l'ombre, mais il lui avait semblé qu'elle se tenait plus droite et il en avait éprouvé de la joie.

Il s'était arrêté dans la petite pièce, et l'homme qui l'avait reçu à son arrivée l'avait dévisagé d'un air goguenard.

— Alors, citoyen capitaine, vous l'avez vue, l'épouse de votre héros ?

Cet homme avait dû imaginer que Forestier avait eu une liaison avec la prisonnière.

— Si tu l'aides à sortir, avait répondu Forestier sur un ton de commandement, elle te paiera cher... Mais si tu la laisses partir pour le tribunal ou monter dans la charrette, je reviendrai te tuer.

Puis il avait quitté la pièce, traversé les jardins d'un pas joyeux, et il avait marché jusqu'aux bureaux de la Guerre sans même se soucier de la pluie qui tombait plus drue.

Alors on lui avait dit que la feuille de route pour Toulon n'était pas signée, qu'elle le serait peut-être demain, ou seulement un jour prochain, et il s'était senti une nouvelle fois englouti par le marécage, par cette ville sangsue dont il avait craint de ne pouvoir se dégager.

Il était donc rentré à l'hôtel.

Il avait fui les filles de la rue Fromenteau, dû écouter les confidences de l'hôtelier, puis il avait enfin tourné le loquet de la porte de la chambre, découvrant cette femme inconnue assise sur le lit, la lampe à huile n'éclairant que le bas de sa robe.

17. « Comme si tout le mouvement de la nation ne se réduisait finalement qu'à une addition de petites revanches personnelles... »

Elle avait dit, sans même lever la tête, sans attendre que Maximilien eût fermé la porte :

— Je suis Julie de Boissier, comtesse de Mirmande.

Il s'était immobilisé et, ses yeux s'habituant à la pénombre, il avait deviné le profil de cette femme, son nez droit, le front étroit et bombé, un menton volontaire, et des cheveux sans doute très noirs dont les boucles s'échappaient d'un foulard noué.

Elle portait une ample cape dont elle tenait les bords, les mains posées sur ses cuisses.

Forestier avait imaginé qu'elle serrait les jambes parce que, malgré le ton hautain qu'elle avait employé, elle devait avoir peur et honte de se conduire comme une catin qui attend dans la chambre d'un homme, assise sur le lit, et qui espère de lui une faveur en échange de ce qu'elle peut lui donner.

Il avait du talon repoussé le battant de la porte, le faisant claquer. Elle avait sursauté, sans tourner la tête. Pourtant, continuant de parler, expliquant qu'elle connaissait Dumas, l'hôtelier, qu'il avait autrefois servi dans sa famille, qu'il l'avait assurée que le capitaine Maximilien Forestier était humain, qu'il comprendrait. Dumas avait ajouté que le capitaine était natif de Valence, c'est cela qui l'avait décidée, elle, à tenter cette démarche, puisqu'ils étaient du même pays. Elle avait répété :

— Je suis Julie de Boissier, comtesse de Mirmande.

Mais le ton avait changé, tout à coup plus incertain, comme si elle avait pris conscience que le fleuve avait coulé vite depuis quatre années, et qu'elle ne pouvait plus demander à ses valets d'écarter la foule dans les petites rues de Valence pour permettre à sa voiture d'avancer. Et souvent Maximilien – il s'en souvenait si bien, comme s'il n'avait eu qu'à regarder par-dessus son épaule – avait été rudoyé, bousculé, insulté par ces hommes en livrée bleue à parement orange qui savaient manier le bâton en avant des chevaux de la voiture. Et derrière les vitres, Forestier avait aperçu l'une de ces femmes, filles, nièces, cousines, sœurs, épouses du comte de Boissier ou du comte de Taurignan, dont les familles étaient apparentées par les femmes. Elles venaient à Valence une fois par mois, pour rencontrer l'évêque, visiter un couvent ou toucher l'impôt que le peuple ou l'Église leur devait, depuis des siècles.

Forestier avait pris la lampe, l'avait soulevée, la plaçant à hauteur du visage de cette femme.

Elle n'avait pas plus d'une vingtaine d'années, les cheveux

en effet noirs, avec de grandes boucles couvrant ses joues, serrées par le foulard. Elle n'avait pas baissé les yeux, et il y avait dans son regard du défi, de la provocation, du mépris aussi, avec peut-être au-delà, plus profond, une panique qu'elle voulait cacher – c'est pour cela qu'elle battait des paupières, le seul signe qu'elle donnât de son inquiétude, de sa nervosité.

À la fin, comme Forestier avait maintenu la lampe immobile, sans doute éblouie ou gênée par la chaleur, elle s'était reculée et les pans de sa cape s'étaient entrouverts, laissant voir une robe bleu ciel dont le corsage était brodé.

Il avait regardé avec insistance cette poitrine qu'il devinait, et elle avait d'un mouvement trop brusque rabattu les pans de sa cape, disant d'une voix altérée qu'elle voulait sauver son frère Jérôme, le dernier des Boissier vivants, les autres – sa voix s'était raffermie comme si elle était fière de ce que sa famille avait subi –, son père, sa mère, ses oncles « ayant été... » – elle avait hésité, puis en se redressant elle avait repris – « ayant été martyrisés », son père et sa mère décapités place Louis-XV, ses oncles tués à Valence, à Crest et à Mirmande.

— Jérôme doit survivre, avait-elle ajouté.

Elle s'était avancée et elle avait dégrafé sa cape, dégageant ainsi ses épaules, s'appuyant des deux mains au matelas du lit, les bras tendus, les seins gonflant le corsage brodé.

— Je suis prête à payer, avait-elle lancé, le menton levé, les yeux fixant Maximilien.

Elle avait dit qu'elle possédait des bijoux et quelques milliers de livres puis elle s'était tue, la bouche méprisante, la lèvre inférieure boudeuse, et Forestier avait d'abord eu envie de laisser éclater ce rire qui montait en lui, comme une expression du désir qu'il ressentait pour cette jeune femme qu'il avait la tentation de saisir aux épaules, de renverser, de chevaucher et de serrer entre ses cuisses comme un cheval enfin dompté, qu'on fait plier, qu'on force à prendre le pas ou le galop, et dont on effleure les flancs avec les éperons pour lui rappeler qu'on est le maître.

Puis il avait eu envie de crier « Vive la Nation, vive la République », tant il lui avait semblé qu'il avait vaincu l'ennemi et qu'il allait pouvoir enfin profiter de cette victoire.

Mais brusquement, alors même qu'il se tournait pour poser la lampe sur la table afin d'avoir les mains libres, un sentiment de honte et d'humiliation l'avait envahi, comme s'il avait découvert tout à coup qu'il n'avait voulu la Révolution, combattu à Valmy, que pour prendre une femme, que pour devenir semblable à ses soldats qui forçaient les maisons et les paysannes, comme si tout le mouvement de la nation ne se réduisait finalement qu'à une addition de petites revanches personnelles et à l'assouvissement des désirs longtemps étouffés.

C'était bien là le piège que cette jeune femme lui tendait.

Elle voulait qu'il ne soit que cela, un homme dont il est facile de réduire les principes en charpie et qu'on peut corrompre.

Il n'avait pas posé la lampe sur la table. Il s'était retourné.

Julie de Boissier n'avait pas bougé, ne le quittant pas des yeux.

S'il s'était couché sur elle, ouvrant sa robe, mordillant ses seins, s'imaginant la posséder et la vaincre, c'est elle qui l'aurait dominé, traité comme un valet auquel on accorde une aumône.

Il s'était dirigé vers la fenêtre, et il l'avait ouverte. La pluie l'avait aussitôt frappé au visage, martelant le parquet, et le vent était entré en rafales, soufflant la flamme de la lampe.

— Sortez, avait-il dit.

Au grincement du lit, il avait su qu'elle se redressait, et il avait eu envie de la voir debout.

Il n'avait vu d'elle, dans la pénombre, que cette silhouette immobile. Elle était grande et avait refermé sa cape, il avait deviné ses doigts qui s'y accrochaient.

— C'est mon frère, avait-elle murmuré.

Puis elle avait fait un pas vers lui, son visage était ainsi entré dans la faible lueur qui venait de la rue. Il avait aimé sa bouche et le désarroi qui faisait trembler ses lèvres.

— Il ne doit pas mourir...

Elle s'était encore avancée, elle était si proche que Maximilien avait eu l'impression de sentir la chaleur qui émanait de son corps.

— Nous sommes tous morts, avait-elle ajouté.

Il l'avait prise aux épaules, l'avait reconduite jusqu'à la porte qu'il avait ouverte. La fenêtre avait aussitôt battu violemment.

— Je peux..., avait-elle commencé.

Il l'avait poussée dehors, puis il était retourné se placer devant la fenêtre afin que la pluie lave son visage.

18. “ Il avait pensé : ‘Je vais mourir les yeux ouverts…’ ”

« Ils vont me tuer », avait aussitôt pensé Maximilien Forestier quand ces hommes avaient bondi sur les marchepieds de la voiture de poste et, sans qu'il ait pu se défendre, avaient ouvert les portes et s'étaient précipités sur lui.

Il avait eu le temps, avant qu'on lui bande les yeux, de voir le ciel, le jour qui se levait au-dessus des collines qui dominaient le défilé du Rhône. Le bleu de l'aube était si intense qu'il avait murmuré au moment où on le bâillonnait : « Je meurs chez moi. »

Il avait éprouvé, alors qu'on lui liait les poignets et les chevilles, qu'on le soulevait comme un sanglier mort, qu'on passait entre les liens un long bâton et qu'on commençait à le porter ainsi le long de ces sentiers de crête que balaie le mistral, un sentiment de plénitude.

Il allait donc terminer sa vie là où elle avait commencé... Il avait respiré ce vent, ces parfums de lavande et de thym, de pin et de menthe, qui avaient enveloppé son enfance, et il avait eu de la reconnaissance pour le Grand Architecte – Dieu, aurait dit jadis le prêtre qui le préparait au séminaire –, le Grand Horloger qui décidait de l'ordre et du mouvement des choses, de ne pas l'avoir fait mourir comme tant de soldats, le visage enfoui dans la terre boueuse du Nord avec pour tout paysage le brouillard et le rideau si rarement entrouvert de la pluie.

Et tout à coup il avait eu mal, une douleur diffuse qui s'était répandue dans tout son corps, lui avait serré la gorge, brûlé les yeux comme si des larmes étaient prêtes à jaillir. Il avait essayé de se persuader qu'il souffrait parce que la peau des poignets et celle des chevilles commençaient à se déchirer. Mais la souffrance avait gagné les épaules et les hanches, plus vive à chaque balancement de son corps suspendu à ce bâton que les hommes souvent portaient d'un côté puis de l'autre, marchant vite, grommelant en langue de Provence – c'était malgré tout un plaisir de l'entendre... – qu'il était lourd, le maudit Jacobin, et qu'on aurait dû le saigner dans la voiture !

Mais la douleur, il l'avait su dès qu'il l'avait ressentie, ne venait pas de son corps.

C'était le regret qui la répandait, c'était lui qui le faisait geindre sous le bâillon. C'était comme s'il avait eu la révélation que toute sa vie avait tendu vers un but et qu'elle l'avait manqué. Qu'il était désormais trop tard pour tendre les mains puisqu'on allait le tuer. Le désespoir s'était mêlé à l'amertume de n'avoir pas osé poser ses mains sur le corsage brodé de cette robe bleue, bleue comme le ciel d'ici. Il ne saurait rien de cette femme, Julie de Boissier, sinon qu'elle s'était offerte et qu'il n'avait pas voulu la prendre, qu'il l'avait refusée non par vertu mais par lâcheté, timidité, servilité. Il s'était comporté comme un roturier qui a toujours peur de ses maîtres.

Et cette pensée l'avait humilié.

Il avait commencé à se débattre, et les hommes l'avaient laissé tomber à terre, l'avaient frappé de la pointe du pied, menacé de lui briser la tête à coups de pierre, d'abandonner son corps pour que les vautours et les loups viennent lui dévorer les entrailles.

Il n'avait plus bougé, alors les hommes avaient hissé de nouveau sur leurs épaules le bâton auquel son corps était accroché.

Il s'était peu à peu calmé, revivant les derniers jours, les attentes quotidiennes dans les bureaux de la Guerre, et puis cette visite qu'il avait faite à la prison de la Force, cédant ainsi à un mouvement d'instinct. Il avait exigé avec autorité, et presque de la violence, qu'on libérât aussitôt Jérôme de Boissier, ci-devant comte de Mirmande. Il avait montré une lettre de Saint-Just, refusant de la faire lire, se contentant de l'agiter, puis il avait donné ce qui lui restait des louis d'or de Dussert, et on lui avait fait noter dans un registre qu'il s'engageait sous serment à ce que le ci-devant comte de Mirmande s'enrôlât dans les armées de la République sous les ordres du capitaine Maximilien Forestier.

Il avait été heureux de faire quelques pas au côté de ce jeune homme qui ressemblait à Julie. Mais le jeune homme, qui n'avait pas vingt ans, s'était arrêté, obligeant Forestier à lui faire face :

— C'est ma sœur Julie qui vous a sollicité, avait-il demandé d'une voix anxieuse. Je préfère mourir, rester en prison, si...

— Allons, citoyen, avez-vous si peu d'estime pour votre sœur que vous puissiez imaginer..., avait commencé Forestier.

Avant d'ajouter avec emphase :

— Je suis un ami de votre sœur, elle m'est chère, et je respecte sa personne. J'agis selon ma conscience, elle fait de même.

Et durant quelques instants, il avait cru à cette fable.

Mais maintenant qu'on le jetait sur un sol de terre battue, sans doute dans une cave qui sentait le raisin foulé, l'entêtante odeur de moût, il étouffait de regret, couché sur le ventre, ayant du mal à se retourner, se souvenant de cette robe bleutée, de Julie de Boissier, cette aristocrate dont il ne toucherait jamais la peau. Il ressentait cela comme une capitulation, comme si au moment ultime il n'avait pas osé aller au bout de la Révolution, comme si la Convention n'avait pas osé décider la mort de Louis XVI.

Il avait essayé de bouger, de faire glisser, en frottant son visage sur le sol, le bâillon et le bandeau, puis de dégager ses poignets et ses chevilles de leurs liens.

Après combien de temps, quelques minutes ou quelques heures, avait-il renoncé ? Il l'ignorait. Il s'était persuadé que ceux qui l'avaient attaché, ces paysans au parler d'ici, savaient entraver les bêtes avec des nœuds compliqués qu'eux seuls pouvaient défaire. Il s'était endormi, peut-être parce que l'air lui manquait, ce bâillon comprimant ses lèvres, et la terre, chaque fois qu'il inspirait, entrant dans ses narines.

On l'avait soulevé par les épaules, traîné, ses pieds avaient heurté une dizaine de marches, puis glissé sur des dalles et enfin sur des lattes de parquet.

Il avait reconnu le bruit que fait le vent dans la cheminée, et distingué le crépitement du feu quand le souffle l'avive et couche les flammes.

Et cette voix qui avait ordonné qu'on le détache et qui avait répété, parce que les hommes devaient hésiter, « pieds, poignets, bâillon, bandeau » !

Le ton était à la fois ironique et impérieux.

Forestier avait d'abord vu le bleu du ciel, brillant comme si le soleil s'était reflété dans un miroir teinté.

Il avait pensé « je vais mourir les yeux ouverts ». Il avait alors regardé autour de lui. Les flammes surgissaient, elles aussi bleutées, des bûches dont la sève grésillait, et il avait vu ces quatre hommes, des paysans, qui tenaient encore dans leurs mains les cordes et les foulards qu'ils venaient de dénouer. Derrière, assis devant la cheminée, leurs bottes posées sur les chenets, Guillaume Dussert et un homme que Dussert nommait en souriant Joseph Machecoul, membre de la Convention.

Dussert avait d'un geste rudoyé les paysans et dit en se penchant vers Forestier qui s'était assis :

— On m'a apporté les papiers saisis sur vous.

Il montra la feuille de route et la nomination.

— Ils voulaient vous tuer, vous égorger comme ils le font des cochons.

Il avait ricané, secoué la tête.

— Ici, tout le monde ne chante pas le *Chant de guerre pour l'armée du Rhin* ou *La Carmagnole*. Les paysans sont royalistes, suivent les prêtres réfractaires ou bien des hommes comme nous – il avait montré Machecoul – qui ne veulent plus du rasoir national, de ces Robespierre, Saint-Just, Couthon, et même Danton et autres Indulgents. Ils veulent l'ordre et la paix !

Dussert s'était levé, appuyé au manteau de la cheminée.

— Laissons les Jacobins se dévorer entre eux, ils s'épureront comme ils disent les uns les autres.

Puis il était allé jusqu'à la fenêtre.

— Savez-vous où vous êtes ? Dans le château des Taurignan – il s'était retourné, avait encore souri. Je suis devenu en quelque sorte le propriétaire des biens de cette famille. Et j'attends ici que la scène se vide, que le rideau tombe. Mais il faut bien permettre aux hommes qui nous protègent de jouir de quelques plaisirs. Ils arrêtent la voiture de poste, ils braconnent pour ainsi dire, mais les nobles, les ci-devant si vous voulez, sont pour une fois fort heureux de cela.

Dussert et Machecoul avaient parlé longuement, comme s'ils avaient eu besoin de se justifier, d'expliquer qu'ils ne souhaitaient pas le retour des princes, ni la défaite de la nation, qu'ils voulaient seulement que la France jouisse de la liberté, qu'elle retrouve l'ordre, que cesse cette guerre intérieure que ces quelques hommes qui s'étaient déclarés maîtres du Salut public livraient à des milliers d'autres, en Vendée, dans cette vallée du Rhône où l'on massacrait aussi. Un représentant en mission, Joseph Fouché, régnait à Lyon, pourchassant un jour les Girondins, un autre les Enragés ou le moyen clergé, mais ne cessant jamais d'ordonner la mort.

Forestier avait eu le sentiment que Dussert et Machecoul avaient gardé en eux l'empreinte de la Révolution, la nostalgie des espoirs qu'elle avait soulevés en ces jours du printemps 1789, et que, quoi qu'il soit advenu, ils lui restaient presque malgré eux fidèles.

— Je ne suis pas un Girondin, avait répété Machecoul, mais je suis un partisan de l'indulgence, du retour à l'ordre, je me suis levé pour combattre les sanguinaires. Je ne demande qu'un peu de raison, mais on vous coupe la tête pour moins que cela.

Forestier les avait écoutés, tournant la tête vers l'un puis vers l'autre, et peu à peu il avait senti sourdre en lui le désir de vivre.

— Vous m'avez sauvé la vie en Belgique, capitaine, avait dit en se levant Dussert.

Il était allé jusqu'à la fenêtre.

— Je ne l'oublie pas. Je vous ai dédommagé. Mais une vie vaut bien plus qu'une poignée de pièces d'or, n'est-ce pas ?

Il avait fait un signe à Forestier et celui-ci s'était approché. Il avait été ébloui par la lumière ardente qui embrasait la campagne. Elle faisait naître en lui une émotion si forte qu'il lui avait été impossible de répondre.

— Pourquoi ne pas laisser vivre les hommes ? avait repris Dussert. Et surtout ceux dont on peut penser qu'un jour ils ne seront pas des ingrats. Moi, je me souviens de ce que vous avez fait, et je fais de même.

Il avait écarté les bras devant la fenêtre comme s'il avait voulu offrir ce paysage ensoleillé et ordonné.

— Poursuivez votre voyage jusqu'à Toulon, avait ajouté Dussert en tendant le bras vers les reliefs qui se découpaient sur l'horizon, formant une masse bleu sombre.

Il avait tendu à Forestier sa feuille de route et son ordre de mission.

— Ne vous laissez plus prendre. Le sort est rarement deux fois favorable.

Il avait entouré les épaules de Forestier de son bras.

— Ni vous ni moi n'avons intérêt à ce que les privilégiés d'hier rétablissent leur loi. Elle est morte. Elle est d'un autre temps. Il nous faut un prince républicain. J'ai cru en Philippe Égalité, on lui a coupé la tête. Soit. Attendons. Ne vous trompez pas, Forestier, je suis, à ma façon, un révolutionnaire décidé, presque un Enragé, non pas de l'égalité certes, mais du transbordement. Vous ai-je déjà expliqué le sens de ce mot nouveau que j'affectionne ?

Il avait ouvert la porte.

— Nous n'avons pas le temps aujourd'hui. Il y a dans le pays quelques vieux royalistes qui doivent déjà savoir que je vous tiens ici, et sous peu ils viendront me réclamer votre tête. Je veux qu'elle reste sur vos épaules. La nation a besoin de gens comme vous et moi.

Il avait lancé des ordres en se penchant au-dessus de la balustrade qu'ornaient de grandes jarres où poussaient des lauriers.

— On va vous donner un cheval, capitaine. Ne prenez pas la route du Rhône, les royalistes sont maîtres de la région. Passez par les chemins de montagne. Les paysans du haut pays ont le cœur tricolore.

Il avait accompagné Forestier dans la cour. Le vent commençait à faiblir et il semblait plus parfumé, comme si chaque souffle avait eu le temps de s'imprégner des sucs des plantes et des arbres.

— Chassez les Anglais et les Espagnols de Toulon ! avait lancé Dussert au moment où Forestier mettait le pied à l'étrier. Ce sont les ennemis de notre marine, donc de notre commerce, et donc de notre banque. Ce sont donc mes ennemis. Il y a des lois, capitaine, qui survivent à la monarchie et à la République.

Maximilien Forestier avait senti entre ses cuisses les flancs du cheval qui vibraient comme si l'animal avait été impatient de bondir. Il avait donné deux violents coups d'éperon.

Vivre, survivre, avait-il pensé, est la première des lois.

19. « Bonaparte était à quelques pas, jambes écartées, les mains derrière le dos, fixant lui aussi l'horizon... »

Tous les hommes s'étaient levés autour des quatre tables assemblées qui formaient un grand carré au centre de cette salle au plafond voûté et dont les murs percés de meurtrières portaient encore les traces de la bataille.

— Vive la République une et indivisible ! avait crié Augustin Robespierre.

Maximilien Forestier, placé au bout de la table principale, celle qu'occupaient les représentants en mission, les généraux, les chefs de bataillon, s'était un peu penché en avant tout en reprenant avec les autres le cri d'Augustin Robespierre. Et ce faisant, il avait aperçu sur les murs ces longues traînées noires laissées par la poudre, et dont certaines ressemblaient à des silhouettes d'hommes, comme si les soldats morts dans la défense ou la conquête de ce fort de l'Éguillette qui commandait les deux rades de Toulon avaient laissé ici leur ombre afin qu'on se souvienne d'eux.

Et la rage l'avait saisi. Il avait eu envie de hurler, de se précipiter contre certains de ces hommes qui chantaient maintenant *La Carmagnole*, une main passée sous l'écharpe tricolore qui serrait leur ventre.

Il avait regardé Barras et Fréron, avec dégoût. Ces représentants-là, il ne les avait jamais vus parmi les soldats, montant à l'assaut de ce fort le 17 décembre 1793 sous la mitraille anglaise. Tout le monde à l'armée savait que ces deux représentants en mission ne songeaient qu'à la rapine et au pouvoir, que Barras, à l'armée d'Italie, avait constitué un trésor personnel, au nom de la République !

Ils n'étaient apparus qu'après la victoire, sur la place du Champ-de-Mars, dans Toulon en ruine, pour ordonner les exécutions et banqueter, comme ce soir, dernier jour de l'année 1793.

Forestier s'était demandé qui, à cet instant, partageait ses pensées. Les autres représentants, Augustin Robespierre, Saliceti, Ricord ou Gasparin, avaient fait preuve de courage, venant passer quelques heures sous les obus que tiraient les forts alors aux mains des Anglais ou les navires espagnols ancrés dans la rade. Mais ces hommes braves ne risquaient leur vie qu'un moment et repartaient vite vers leurs conciliabules, soucieux de renforcer la faction à laquelle ils appartenaient. Augustin Robespierre cherchait à étendre l'influence de son frère dans l'armée et les départements, et les autres veillaient à ne pas se compromettre imprudemment, car qui pouvait assurer que Maximilien, l'Incorruptible, ne serait pas un jour renversé lui aussi, par la coterie des Barras, Fréron, Tallien, des Fouché, de tous ceux qui avaient hâte de jouir de cette Révolution qu'ils avaient faite et dont ils voulaient arrêter la course maintenant qu'elle leur avait donné pouvoir et richesse.

C'était cela, les lendemains de victoire : l'alcool de l'enthousiasme et du danger bu, ne restait au fond de la bouteille qu'un dépôt noirâtre.

Forestier s'était écarté de la table. Il avait marché jusqu'à l'une des meurtrières. Dans la nuit que la lune illuminait d'une clarté glacée, il avait contemplé le goulet, ce passage entre les deux rades de Toulon dont le contrôle avait décidé du sort de la bataille.

Il s'était souvenu de la première nuit qu'il avait passée à l'état-major de l'armée. Il arrivait de la vallée du Rhône, après trois jours de chevauchées sous des pluies d'averse, ayant échappé plusieurs fois aux royalistes qui, quoi qu'en ait dit Dussert, écumaient aussi les chemins de montagne et le département du Var.

Parmi les hommes qu'il avait découverts alors penchés autour des cartes – et il y avait là Augustin Robespierre, Saliceti, Barras, Fréron et le général Dugommier –, aucun qui sût comment prendre Toulon, vaincre les escadres anglaise et espagnole, les troupes qu'elles avaient débarquées, l'artillerie dont elles disposaient dans les forts.

La ville s'était donnée à eux, après avoir enfermé les Jacobins au fond des cales d'un navire, le *Thémistocle,* dont on apercevait les mâts depuis les positions des soldats de la République.

Et puis Forestier avait entendu une voix vibrante qui martelait : « C'est l'artillerie qui prend les places, l'infanterie y prête son aide ! »

C'était celle d'un chef de bataillon, maigre, le teint bistre, les revers de sa redingote cachant à demi un visage émacié. Il était si petit que ses bottes paraissaient démesurées, mais il possédait une énergie qui avait fait voler chaque mot qu'il avait prononcé et chacun de ses gestes.

Il avait posé son doigt sur le fort de l'Éguillette, dit : « C'est celui-là qui commande tout. Quand nous l'aurons pris, Toulon tombera comme un fruit pourri. »

Puis il s'était redressé.

« Toute opération doit être faite par un système, avait-il poursuivi, parce que le hasard ne fait rien réussir. »

Forestier s'était alors approché d'Augustin Robespierre. Il voulait, avait-il dit, servir aux côtés de cet officier-là.

— Bonaparte ? avait murmuré le représentant en mission.

Il avait longuement dévisagé Forestier, lu et relu son ordre de mission.

— Bonaparte est un Jacobin déclaré. D'après ce que je sais de votre passé de patriote, cela peut vous convenir, citoyen capitaine.

Mais au moment où Forestier s'apprêtait à se présenter à Bonaparte, Augustin l'avait retenu.

— Si vous échouez, nous échouerons tous, et nous en paierons tous le prix !

Le fort de l'Éguillette était tombé et Forestier se souvenait de l'assaut auquel il avait participé aux côtés de Bonaparte, de l'averse qui frappait avec la mitraille. Bonaparte s'était montré intrépide, s'élançant à la tête de ses hommes, sautant les parapets, découvrant une fois la place conquise qu'il avait été blessé.

Et Toulon avait été pris, les rades illuminées par les dépôts de munitions que les Anglais, avant d'abandonner les autres forts, faisaient sauter. Dans les lueurs jaunes et rouges, Forestier avait vu les embarcations des Toulonnais qui tentaient de gagner les navires anglais et espagnols. Souvent les chaloupes chaviraient, et il lui avait semblé plus d'une fois entendre des cris de femmes.

Puis il était entré dans la ville au côté de Bonaparte, dédaigneux et méprisant, ne jetant pas un regard vers Barras ou Fréron qui arpentaient les rues, suivaient les Jacobins qu'on venait de délivrer des cales du *Thémistocle* et qui désignaient les maisons de leurs dénonciateurs, qu'ils dénonçaient à leur tour.

— Pour l'instant, pour quelques années encore sans doute, avait dit Bonaparte se tournant vers Forestier mais ne paraissant pas le voir, il n'y a de place honorable que parmi les soldats, en se battant à leur tête. En laissant les autres – et il avait d'un mouvement de son menton aigu désigné les représentants en mission – gouverner tant qu'ils le pourront. Qu'irions-nous faire dans cette galère, n'est-ce pas, Forestier ?

Il n'avait attendu aucune réponse, à nouveau enfermé en lui-même, mais l'œil si vif, le geste si brusque qu'il avait semblé à Forestier que cet homme-là ne serait jamais pris par surprise.

Il l'avait observé, le 22 décembre, quand Saliceti lui avait annoncé que les représentants en mission avaient décidé de le nommer général, « à cause du zèle et de l'intelligence dont le chef de bataillon Bonaparte a donné les preuves en contribuant à la reddition de la ville rebelle ».

Bonaparte avait paru indifférent, demeurant silencieux, disant seulement à Forestier qui venait d'être élevé au grade de chef de bataillon :

— Restez avec moi, Forestier, j'ai deux aides de camp, Marmont et Muiron, il m'en faut maintenant un troisième. J'ai besoin d'un homme comme vous. Je vous ai vu à l'œuvre.

Et Forestier n'avait pu maîtriser l'émotion qui le faisait, il en était sûr, rougir. Il avait balbutié qu'il acceptait cet honneur.

En ce soir du 31 décembre, adossé au mur, il regardait la mer et, au-delà, cette masse sombre, la ville dont la

Convention avait effacé le nom de Toulon pour la baptiser Port-la-Montagne.

Et Forestier avait senti une présence. Il s'était retourné. Bonaparte était à quelques pas, jambes écartées, les mains derrière le dos, fixant lui aussi l'horizon. Il s'était approché.

— Nous l'avons emporté parce que nous avons d'abord attaqué un seul fort, avait-il dit. Il faut toujours concentrer l'énergie sur un but unique, réunir ses feux contre un seul point. Quand la brèche est faite, l'équilibre est rompu, tout le reste devient inutile et la place tombe.

Bonaparte s'était penché au-dehors, et après quelques minutes avait de nouveau fait face à Forestier.

— Cela ne vaut pas qu'à la guerre, Forestier, avait-il murmuré.

Il avait fait un pas.

— Mais peut-être pensez-vous comme moi que la vie n'est qu'une succession de batailles ?

Il avait souri.

— Il faut les gagner toutes, Forestier, avait-il ajouté en s'éloignant.

Forestier l'avait suivi des yeux.

Bonaparte avait traversé la salle d'un pas rapide. Et sa silhouette, au moment où il passait devant l'un des murs, avait paru se confondre avec les traces noires de la poudre, ces ombres de soldats morts.

TROISIÈME PARTIE

20. “ Était-ce donc pour cela que des dizaines et des dizaines de milliers d’hommes étaient morts ? ”

Maximilien Forestier s’était immobilisé à l’entrée du salon qu’éclairaient d’une lumière vive cinq lustres de cristal et des chandeliers placés sur des socles cannelés comme des fûts de colonnes antiques.

Il avait hésité à avancer mais on l’avait bousculé, poussé en avant parce que les invités avaient hâte de se mêler à la foule qui se pressait dans cette immense pièce, décorée afin qu’elle ressemblât à un temple grec.

Forestier avait d’abord senti le parfum des femmes, puis il les avait vues, à peine vêtues, provocantes, leurs amples tuniques en mousseline agrafées sur l'épaule par des camées, ne cachant ni leurs seins ni leurs hanches, ni leur dos. Elles riaient, cambrant les reins, fixant longuement les hommes qui les entouraient.

Ils étaient tous là, les nouveaux maîtres et les nouveaux courtisans, les rescapés de la guillotine et les anciens bourreaux, ces représentants en mission que Forestier avait vus à l'œuvre à Toulon, sanguinaires, terroristes, avides, remplissant leurs coffres, achetant les propriétés des ci-devant et volant leurs meubles, tableaux et vases, vaisselles et statues. Et parfois épousant leurs femmes... Forestier se souvenait de sa colère, dans les heures qui avaient suivi la chute de Toulon, à les voir ordonner les exécutions et les pillages. Mais quelques mois plus tard, ils avaient lavé leurs mains souillées en les trempant dans le sang de Robespierre et de Saint-Just. Ils s'étaient convertis à l'indulgence parce qu'ils avaient eu peur que l'Incorruptible, dans son aveugle et fanatique vertu, ne les condamne.

Alors, eux, ils l'avaient abattu le 9 thermidor et ils avaient crié : « Assez de sang ! »

Et maintenant, ils se retrouvaient, festoyant, affichant leur fortune, ils ne s'appelaient plus « citoyen », mais « Monsieur », comme autrefois.

Ils étaient les puissants, pires peut-être que les ci-devant.

Forestier, les bras croisés, les poings serrés, avait fait quelques pas, se frayant difficilement un chemin parmi la foule.

Était-ce donc pour cela que des dizaines et des dizaines de milliers d'hommes étaient morts, depuis ceux qu'il avait vus tomber alors qu'ils grimpaient aux chaînes du pont-levis de la Bastille, le 14 juillet, jusqu'à ceux qu'il avait donné l'ordre de mitrailler, il y avait à peine quelques semaines, au début d'octobre 1795, sur les marches de l'église Saint-Roch, rue Saint-Honoré ? Vendange sanglante de vendémiaire, pour le profit de qui ?

Tous étaient morts pour que le pouvoir reste entre les mains de ces hommes-là, qui s'étaient servi du peuple comme d'un bélier pour fracasser les portes des châteaux et en chasser les propriétaires. La chose était faite. On pouvait refermer les portes et commencer à danser, à partager entre vainqueurs. Quant au peuple, qu'il se tienne à sa place, comme autrefois, et passe les plats, tels ces domestiques en livrée qui officiaient derrière les tables du buffet.

Forestier s'était retourné, sentant qu'on l'observait. Il avait reconnu Guillaume Dussert. L'homme, en près de deux ans, avait grossi, la redingote entrouverte sur un ventre rebondi, mais le visage n'était pas changé, chafouin, avec peut-être quelque chose de plus assuré, de plus hautain.

Il s'était approché et, avant que Forestier ait pu se dérober, il lui avait pris le bras, l'entraînant un peu à l'écart.

— On ne parle que de vous, avait-il commencé.

Forestier avait tenté de dégager son bras, mais l'autre l'avait retenu.

— Allons, ne soyez pas modeste ! Vous et votre général Bonaparte dont on me dit que vous êtes si proche, vous avez sauvé le régime. Sans vos canons, sans votre mitraille, ces imbéciles de monarchistes se seraient emparé du pouvoir...

Il avait haussé les épaules, s'était écarté de Forestier.

— Oh, pour quelques jours, tout au plus pour quelques semaines, et nous aurions eu, par un effet de pendule aussi inéluctable que la loi de la gravité, un retour des chevaliers de la guillotine, de cette queue de Robespierre qui n'est jamais définitivement détruite. Voyez-vous, Forestier – Dussert avait montré, en soulevant à peine sa main, la foule qui maintenant s'agglutinait devant les buffets –, tous ceux qui sont ici veulent en finir avec les oscillations. La paix et l'ordre, voilà l'aspiration de tous. Et s'il y a des gens qui veulent se battre – il avait tapoté l'avant-bras de Forestier –, ma foi, les royaumes, les villes, les principautés à conquérir ne manquent pas en Europe.

Dussert avait de nouveau saisi le bras de Forestier, l'avait entraîné loin des buffets, au bout de la pièce.

— Vous n'avez pas faim, n'est-ce pas ? Soif, peut-être ? Mais de quoi ? avait-il interrogé tout en l'invitant à s'asseoir. Depuis que nous nous sommes croisés, vous vous souvenez, que d'événements, n'est-ce pas ? Durant des siècles, rien ne change en apparence. Le sol est immobile. Et puis tout à coup la terre s'ouvre, la lave jaillit, le paysage se transforme. C'est la République ! Les plaines deviennent des golfes, les fleuves des mers, les cimes des abîmes. Gare à ceux qui sont pris dans le cataclysme – il avait écarté les bras. Et puis, après les fureurs, tout se calme... Sommes-nous parvenus à ce moment ? Il est encore bien tôt, je crois. Mais l'espoir est là. Heureux ceux qui ont survécu !

Dussert s'était penché :

— J'ai su que vous aviez été emprisonné, avec Bonaparte, à la chute de Robespierre. Mais vous avez sauvé votre tête. Ce n'est que justice ! Après tout, vous n'êtes pas plus jacobin que moi ! Je suis banquier, fournisseur des armées, vous êtes militaire, nous sommes faits, vous et moi, pour nous comprendre puisque nous ne sommes pas des gens de tribune, des bavards et des rhéteurs. Tenez...

D'un mouvement de tête, il avait montré un groupe d'hommes qui discutaient avec animation, un peu à l'écart de la foule.

Forestier avait reconnu Machecoul. Le Conventionnel avait lui aussi grossi en ces quelques mois. Il se tenait les mains derrière le dos, le ventre serré par l'écharpe tricolore aux franges dorées. Un énorme chapeau, décoré de plumes bleu blanc rouge, lui cachait les yeux.

— Notre ami Machecoul, avait repris Dussert, ne vit que lorsqu'il parle, lorsqu'il peut enflammer une assemblée ou monter quelque intrigue. Il veut avoir le sentiment qu'il est le maître des événements, une illusion qu'il poursuit, mais c'est de cela qu'il a besoin. Aujourd'hui, il est aux pieds de Barras. Voilà le vrai maître du moment. Notre roi d'aujourd'hui, Forestier, avec ses favorites.

Barras passait, ses mains virevoltant devant son visage comme les pattes d'un gros chat qui se lave le museau. Deux femmes étaient accrochées à ses bras, penchées sur lui, d'autres suivaient, riant, tentant d'attirer son attention.

— La citoyenne Hamelin, la citoyenne de Beauharnais, avait murmuré Dussert. On dit que votre ami Bonaparte…

Il s'était interrompu, retenant Forestier qui avait semblé vouloir se lever.

— Croyez-moi, Forestier, je ne critique pas Bonaparte. Ne vous enflammez donc pas. Bonaparte aime les femmes créoles, les peaux brunes, les corps voluptueux. Moi aussi, Forestier. Et vous, de quoi avez-vous soif ?

Forestier n'avait pas répondu. Il avait eu l'impression que s'il avait ouvert la bouche, il aurait hurlé. Était-ce la chaleur, le parfum, les verres de vin qu'il venait d'engloutir ? Il s'était emparé d'un plateau qu'un serveur lui avait présenté, le plaçant sur ses genoux, et il avait commencé à vider les verres, mais il avait la nausée en écoutant Dussert qui continuait de parler.

— Thérésa Tallien, oui, celle-là, Forestier, une très belle monture, n'est-ce pas, est la maîtresse officielle de Barras. Mais il y a aussi la citoyenne Krüdener, cette femme blonde à la peau laiteuse, elle vient de Livonie. Presque toutes d'ailleurs sont des veuves, la guillotine les a débarrassées de leurs maris. Il faut bien qu'elles vivent, et elles sont trop rouées pour se contenter d'arpenter les galeries du Palais-Royal. Là où il y a le pouvoir et l'argent, il y a les femmes. Elles sont redoutables, Forestier, en six mois, elles vous déshabillent le plus riche des hommes.

Dussert avait ri, les mains croisées sur le ventre.

— C'est un transbordement que je n'avais pas prévu. Les fortunes glissent des hommes vers les femmes. Et ce sont elles dès lors qui détiennent le vrai pouvoir.

Forestier avait à demi fermé les yeux, la tête lourde. En face de lui, sur l'un des murs, on avait peint un paysage méditerranéen. Un voilage recouvrait en partie cette fresque, comme aurait pu le faire une brume légère, blanche, semblable à celle qui, à l'aube, flottait au-dessus de la mer.

Et Forestier s'était souvenu d'avoir souvent, alors qu'il parcourait les routes en corniche qui, à l'est de Nice, conduisent vers l'Italie, mis pied à terre au sommet d'une côte pour découvrir les rochers déchiquetés qui s'enfonçaient dans une eau si transparente qu'elle en paraissait verte.

À l'horizon, parfois, des silhouettes de navires se dessinaient. La flotte anglaise surveillait les mouvements de l'armée d'Italie. On échangeait quelques coups de canon. Bonaparte, qui commandait l'artillerie, avait fait construire des fours autour des batteries afin de chauffer au rouge les boulets qui, lorsqu'ils atteignaient la mâture, l'incendiaient.

Temps anciens, temps heureux des combats, de l'air vivifiant venu de la mer ou descendu des hautes vallées, vent salé chargé d'embruns, ou vent glacé portant les senteurs des forêts. Et puis, la chute de Robespierre, les cellules du fort Carré à Antibes où l'on avait enfermé Forestier en compagnie de Bonaparte, les officiers suspects de jacobinisme et de robespierrisme rayés des cadres, et ce mois passé à Paris, dans l'inaction, à croiser sur les boulevards des jeunes gens aux tenues extravagantes, aux redingotes jaunes et vertes, aux jabots de dentelles, *Incroyables*, *Merveilleuses*, *Muscadins*, rossant à grands coups de canne le sans-culotte et le Jacobin. Et avoir dû parfois se cacher sous un porche, pour éviter d'être roué de coups, d'avoir comme tant d'autres le crâne fracassé ou le cou tranché.

Il n'avait pas fait bon, durant ces mois, être un officier qui avait combattu à Valmy, à Jemmapes, à Toulon. Et il avait fallu, encore, patienter dans les bureaux, solliciter une affectation, un supplément de solde puisque les assignats se dépréciaient et qu'on pouvait à peine avec ce dont on disposait acheter un peu de pain et du fil pour recoudre l'uniforme élimé.

Alors, quand Bonaparte avait obtenu le commandement, ce soir du 5 octobre 1795 – ce mois qu'on appelait vendémiaire –, pour faire tirer à mitraille sur les monarchistes qui voulaient marcher sur la Convention, Forestier n'avait pas eu un instant d'hésitation pour servir à ses côtés.

Et il avait avancé, sabre à la main, vers cette église Saint-Roch autour de laquelle les monarchistes s'étaient rassemblés.

Roule tambour, feu à volonté, que les corps tombent sur les marches de l'église et que le bruit de la fusillade étouffe les gémissements des blessés.

Le lendemain, les secrétaires des bureaux s'étaient montrés prévenants, dévoués, et le Comité militaire de la Convention avait nommé Bonaparte général de division, commandant de l'armée de l'Intérieur, et Maximilien Forestier général de brigade, avec solde doublée.

De quoi acheter un uniforme de bonne laine et y faire coudre ses nouveaux galons. De quoi être assis là, dans ce salon de la villa de Mme Thérésa Tallien, située au coin de l'allée des Veuves et des Champs-Élysées.

— La Chaumière, avait murmuré Forestier en ricanant.

C'est ainsi que Thérésa Tallien, Notre-Dame de Thermidor, avait appelé sa demeure.

Pourquoi pas ?

Quels mots avaient encore un sens, après tout ce qu'on avait clamé, rêvé, vécu ?

Forestier s'était levé, renversant le plateau.

Il avait titubé, faisant crisser sous ses bottes les verres brisés.

— Vous avez très soif, général, avait dit Dussert en le soutenant.

D'un geste violent, il l'avait repoussé et s'était redressé.

— Pour ne pas vomir, il faut boire ! avait-il lancé d'une voix si forte que l'on s'était retourné et que, durant quelques instants, le silence s'était établi.

— Vive l'ivresse ! avait alors crié Forestier en faisant un grand pas.

Il avait entendu les rires, puis il avait eu l'impression qu'il courait vers la mer et y plongeait.

21. “ Mon seul alcool est le rêve, mon seul vin la guerre, et mon ivresse la victoire… ”

Julie de Boissier avait entendu cette voix forte qui avait soudain dominé le brouhaha. Elle avait été si surprise qu'elle n'était pas sûre d'avoir compris ce que l'homme avait lancé d'un ton de commandement. Avait-il dit : « Pour ne pas vomir, il faut boire ! » ?

Julie avait regardé autour d'elle dans le silence qui s'était brusquement établi.

Joséphine de Beauharnais chuchotait quelques mots, penchée sur le général Bonaparte. Elle avait parlé assez haut afin que Julie devine qu'elle avait pris prétexte de cet incident pour effleurer de ses lèvres la joue de ce général trop maigre, au teint olivâtre, et qui parlait d'une voix saccadée, marquée par un accent déplaisant, presque ridicule, comme celui d'un personnage de la Comédie-Italienne. Il avait aussi des manières brusques, celles d'un homme que tout le monde flattait depuis qu'il avait brisé l'insurrection des sections royalistes.

Et naturellement, Joséphine lui avait murmuré un compliment : « Sûrement un de vos officiers, général ! Dieu soit loué, je ne vous ai pas vu boire ! N'avez-vous que des qualités ? »

Et ce prétentieux de Bonaparte avait répondu, comme s'il rimait : « Mon seul alcool est le rêve, mon seul vin la guerre, et mon ivresse la victoire. » Julie l'avait trouvé ridicule, insupportable de vanité.

À cet instant précis, et alors que le silence commençait à être recouvert par les conversations et les rires, l'homme avait hurlé : « Vive l'ivresse ! »

Julie avait été bouleversée. Elle avait frissonné. Cette voix aiguë, un peu éraillée, lui avait semblé désespérée. Et alors que depuis des mois, peut-être depuis que son frère Jérôme avait été libéré de la prison de la Force, et sûrement depuis que Robespierre avait été décapité et que les sans-culottes étaient rossés, égorgés, châtiés à leur tour, qu'on avait abrogé la loi des suspects, elle était presque insouciante, elle s'était sentie accablée, affolée même, comme aux pires jours de 1793 et du printemps de 1794.

Elle s'était haussée sur la pointe des pieds et avait regardé vers le coin du salon d'où le cri avait jailli. Elle n'avait aperçu qu'un dos massif, les épaulettes dorées d'un uniforme et des cheveux bouclés, très noirs, couvrant le col de la redingote. Puis la silhouette s'était affaissée dans un bruit sourd, il y avait eu des bousculades, des éclats de voix. Et elle avait deviné qu'on portait l'homme hors du grand salon.

Elle s'était alors rapprochée de Joséphine, lui avait pris le bras, s'était appuyée à elle, qui ne quittait pas des yeux Bonaparte.

Il se tenait, les jambes écartées, les bras croisés, écoutant un capitaine qui, après lui avoir murmuré quelques mots, s'éloignait.

— C'est le général Forestier, avait dit Bonaparte en souriant.

Il avait de petites dents jaunes, mais le sourire éclairait le visage, le transformait presque, lui donnant une humanité, révélant une sensibilité que la maigreur et le teint bistre masquaient habituellement.

— Ce n'est pas dans ses habitudes, avait-il continué. Il est à mes côtés depuis le siège de Toulon. Il est courageux, sobre, et d'un laconisme qui me plaît. Il est brave et il a de la chance.

Julie avait retiré son bras, s'était reculée sans cesser d'écouter Bonaparte.

— Forestier a dû fêter ses épaulettes de général de brigade. Il est un de ceux qui ont nettoyé Paris le 13 vendémiaire. Il a chargé les sections royalistes dans la rue Saint-Honoré.

Bonaparte avait hoché la tête :

— C'est grâce à des hommes comme lui que vous pouvez, mesdames, être ici ce soir. Les rues sont sûres et cependant, n'en doutez pas – Bonaparte avait ri –, nous vous raccompagnerons. Mais peut-être, avait-il poursuivi en montrant le coin du salon, Forestier s'est-il enivré pour oublier une femme – il avait dévisagé celles qui l'entouraient et Julie avait baissé les yeux –, Paris est le seul lieu de la terre où les femmes ont le pouvoir de rendre fou le meilleur des soldats ! J'en témoigne.

Il avait fixement regardé Joséphine.

— Vous êtes nos souveraines. Nous rêvons tous de capituler devant vous. Et nous n'avons qu'un seul moyen d'échapper à vos charmes, la fuite, loin, très loin. Si je quitte Paris pour l'armée d'Italie, soyez rassurées, mesdames, Maximilien Forestier fera partie de mon état-major. Et lui aussi se grisera de batailles.

Julie n'avait plus bougé, laissant Joséphine de Beauharnais et Thérésa Tallien s'éloigner en compagnie de Bonaparte et Barras.

Elle avait d'un regard méprisant rejeté les hommes qui s'étaient approchés d'elle, murmurant un compliment, une invitation. Elle s'était elle-même étonnée du dégoût que tout à coup elle éprouvait pour ces jeunes élégants, dont la perruque blonde voulait évoquer les cheveux des décapités.

Elle s'était dirigée lentement, sans tourner la tête vers ces invités qui l'interpellaient joyeusement – « Venez avec nous, Julie, mais où allez-vous ainsi, comme une automate, le bal va commencer » –, vers le coin du salon maintenant vide où Maximilien s'était effondré, ivre.

Elle s'était souvenue de la chambre de l'hôtel de la rue Fromenteau où Dumas l'hôtelier l'avait fait entrer, lui assurant que ce capitaine Forestier, natif de Valence, jeune homme à la mine honnête, ferait tout ce qui était en son pouvoir pour obtenir la libération de Jérôme « Je vous assure, il faut essayer », avait-il répété.

Elle n'avait rien oublié des mots échangés, de la manière dont Maximilien l'avait regardée puis s'était détourné, la rejetant alors qu'elle s'offrait. Et ç'avait été pour elle une humiliation plus grande peut-être que s'il l'avait prise. Elle avait eu, en vain, les mots et les attitudes d'une catin. Et ce Maximilien Forestier, ce fils de va-nu-pieds, ce Jacobin, ce soudard, cet ennemi, cet assassin l'avait jugée, traitée comme une domestique fautive qu'un homme bien né méprise, congédie, renonçant à la toucher même du bout des doigts pour la gifler tant elle lui paraît sale, indigne.

Près de deux ans étaient passés, mais au souvenir de cette nuit, Julie avait eu la sensation qu'elle s'empourprait. Ce n'était pas seulement ses joues, mais tout son corps qui rougissait de honte.

Et cet homme-là, qui était intervenu à la prison de la Force pour qu'on libérât Jérôme, elle lui devait gratitude et reconnaissance.

Elle avait accueilli son frère avec une joie mêlée de dépit, comme s'ils avaient bénéficié d'une aumône, eux les comtes de Mirmande. Elle avait refusé de répondre à Jérôme qui l'avait harcelée, soupçonneux, imaginant qu'elle s'était, comme tant d'autres femmes, donnée pour obtenir la libération d'un proche. Elle l'avait même provoqué, criant : « J'aurais voulu, pour le plaisir, mais comprends qu'aujourd'hui nous ne sommes plus rien, nous ne valons plus rien, ni toi qui n'es même pas digne de la guillotine, ni moi qu'un paysan en uniforme ne veut même pas coucher dans son lit ! Voilà ce que sont devenus les comtes de Mirmande. »

Elle avait eu alors le sentiment qu'elle était souillée et qu'il ne lui restait plus qu'un seul bien à sauver, sa vie – tout le reste, l'honneur, le nom, la dignité et la vertu à jamais maculés.

Elle s'était cachée à l'hôtel de Dumas puis, sur son conseil, elle avait rencontré l'un des juges du Tribunal révolutionnaire, proche de Fouquier-Tinville. Ç'avait été son premier amant, et il avait obtenu qu'on levât le séquestre sur l'hôtel de Mirmande situé dans l'île de la Cité, quai de l'Horloge, non loin du Pont-Neuf. Elle avait retrouvé les grandes pièces glacées, vidées de tous leurs meubles puisque l'hôtel avait été pillé.

Mais elle avait vécu là, se terrant certains jours, imaginant qu'elle entendait le grincement des roues de la « bière des vivants » qui passait avec son chargement de condamnés. Jérôme avait disparu. Peut-être avait-il émigré ? Puis elle avait entendu crier « Mort au tyran ! », et c'était Robespierre et les siens que l'on décapitait. Elle avait osé sortir. Paris semblait changé. Dans les rues, certains, dans l'ombre des galeries du Palais-Royal, lançaient « Vive le roi ! ». Elle avait eu la certitude que la tourmente s'était éloignée.

Alors, elle avait été prise d'une frénésie de vivre. Elle avait fréquenté les nouveaux salons, ceux des Barras, des Tallien, des Fréron, des Fouché. Elle s'était liée avec ces jeunes femmes, veuves ou orphelines, qui passaient d'un amant à l'autre, et riaient en se racontant à voix basse les désirs et les impuissances, les vices et les générosités de ces nouveaux princes.

Barras, le ci-devant vicomte de Barras, de Fox-Amphoux, l'avait d'abord comblée, puisant à pleines mains dans les caisses de la République pour lui permettre de remeubler l'hôtel de Mirmande.

Lorsqu'il s'était détourné d'elle, pour Joséphine de Beauharnais ou Thérésa Tallien, ou peut-être pour l'un de ces jeunes gens qui le suivaient partout, il lui avait présenté le banquier Guillaume Dussert, l'une des nouvelles fortunes les mieux établies de Paris.

Julie avait vécu quelques mois avec lui, dans l'hôtel de Taurignan, au faubourg Saint-Germain.

Et lorsqu'elle avait dit un matin que sa famille, celle des comtes de Mirmande, était apparentée, par les femmes, à celle des Taurignan, Dussert avait souri.

« Il faudra que je t'épouse », avait-il murmuré.

Il avait marché dans la chambre, sa longue chemise blanche tombant à mi-jambe. Il paraissait ainsi plus petit et plus trapu encore, la tête dans les épaules, comme s'il n'avait pas eu de cou. Et Julie avait pensé qu'il était une sorte de sanglier et que cet homme, l'un des plus riches et des plus puissants du moment, avait dû être capable de tuer de ses mains, ou plutôt d'ordonner l'assassinat de tous ceux qui le gênaient. Il avait dû utiliser le bourreau de la République comme exécuteur de ses basses œuvres personnelles.

Dussert s'était arrêté devant le lit, et elle avait eu peur de ces yeux mi-clos, de ce regard qu'elle ne pouvait qu'imaginer. Il avait murmuré :

— Tout ce qui était aux Taurignan est à moi. Le château de Crest, les propriétés ici.

Il avait frappé légèrement le parquet.

— Si je t'épousais, j'entrerais dans leur peau, leur sang coulerait en moi.

Elle s'était levée d'un bond, elle avait crié : « Mais je ne veux pas, je ne veux pas me marier ! »

Il s'était rassis et il l'avait regardée s'habiller en hâte, sans faire un geste ou prononcer un mot pour la retenir, et au moment où elle s'apprêtait à quitter la chambre, il lui avait dit d'une voix égale :

— Ce qui compte, ce n'est pas la volonté et le désir des autres, mais ce que l'on veut soi. Et si je te veux pour épouse, je t'aurai.

Il s'était levé, approché d'elle.

— Mais je ne l'ai pas encore décidé. Il y a peut-être mieux que toi.

Elle avait fui le faubourg Saint-Germain. Elle avait couru d'une soirée à l'autre, du salon de la Chaumière, la demeure de Thérésa Tallien, à celui de Joséphine de Beauharnais, dans l'hôtel qu'elle occupait à la Chaussée-d'Antin.

Elle avait changé d'amants, ignoré Guillaume Dussert lorsqu'il l'avait croisée, la dévisageant avec insistance, la saluant d'une inclination de tête et d'un sourire narquois.

Et elle le voyait ce soir, debout près du canapé sur lequel était assis Maximilien.

Julie s'était arrêtée sur le seuil de ce petit salon, hésitant à entrer, regardant cet homme qui paraissait dormir, les bras tombant le long du corps, le menton sur la poitrine, la redingote d'uniforme déboutonnée, la chemise ouverte, laissant apparaître un torse brun couvert d'un duvet noir.

Entre ses jambes écartées, il y avait plusieurs bouteilles.

— Tiens, avait dit Dussert en se retournant, la belle comtesse de Mirmande. Vous êtes rouge comme une pivoine, la chaleur, l'alcool, ou bien – il avait jeté un coup d'œil rapide à Forestier – les sentiments ? Vous le connaissez, cet ivrogne ?

Il s'était avancé vers elle.

— J'ignorais que vous vous intéressiez vous aussi à nos récents généraux. Votre amie Joséphine, sur les conseils de Barras bien sûr, qui assure toujours l'avenir de ses anciennes amies, a jeté son dévolu sur Bonaparte. Cela se murmure partout. Et vous, ma chère, après que vous m'avez quitté, que vous a conseillé Barras ? Ce Forestier ? Bonaparte a plus d'avenir ! Et moi aussi. Vous valez mieux, ma chère comtesse, qu'un général qui a des principes ! Où voulez-vous qu'il puisse aller avec de tels boulets au pied ! Il boit et boira pour les autres jusqu'à ce que la mitraille lui remplisse la bouche de sang ou de terre.

Il avait saisi le bras de Julie, et elle n'avait pu le retirer tant il le serrait.

— Amusez-vous avec lui, si vous le voulez, ma chère Julie, avait-il dit d'une voix sourde, mais pas d'épousailles ! J'ai encore des vues sur vous.

Elle avait eu un mouvement si violent de tout le corps qu'elle avait enfin réussi à se dégager.

— D'ailleurs, avait repris Dussert d'un ton à nouveau goguenard, notre Barras me dit que Bonaparte va être nommé à la tête de l'armée d'Italie, et Forestier le suivra. Que feriez-vous d'un mari absent ? Vous n'avez pas encore l'âge et la sagesse de notre Joséphine. Elle veut épouser Bonaparte, vous le savez, tout le monde le sait, sauf peut-être Bonaparte. C'est précisément parce qu'il va quitter Paris, et qu'elle pourra ainsi continuer à caresser son caniche et ses jeunes gens.

Il avait ri.

— Jouissez avec Forestier, avait-il ajouté d'une voix dure. Mais je ne vous permets pas d'aller au-delà. Je peux provoquer bien des choses à Paris. Et vous l'imaginez.

Il lui avait frôlé la joue du bout des doigts et elle avait reculé pour éviter ce contact.

Il avait plissé son visage, les lèvres serrées, les paupières presque closes, le menton en avant. C'était comme un museau aigu, menaçant.

— Je vous ai connue – il avait hésité, inclinant la tête – moins nerveuse, plus obéissante.

Il s'était éloigné.

— Vous retrouverez le chemin de la raison, chère Julie. Et de l'intérêt.

Elle était restée seule avec Maximilien qui grognait, cherchant à saisir l'une des bouteilles, relevant la tête, apercevant Julie, murmurant « Qui êtes-vous ? » puis s'affaissant de nouveau.

Elle avait quitté le petit salon, traversé la foule, requis deux des soldats en faction à l'entrée de la demeure – Barras n'était-il pas général ? –, retenu un fiacre, puis elle avait fait porter Forestier par les soldats jusqu'à la voiture.

— Chez moi, avait-elle lancé, hôtel de Mirmande, quai de l'Horloge.

Forestier, que les soldats avaient couché sur l'une des banquettes, s'était redressé.

— Julie de Boissier, comtesse de Mirmande, avait-il murmuré avant de fermer les yeux.

22. “ C’est Bonaparte qui est tout. Dépêchez-vous de le nommer à la tête de l’armée d’Italie. Il a trop d’énergie, trop de talent pour qu’on le laisse s’ennuyer à Paris… ”

Guillaume Dussert avait lu lentement les deux feuillets du rapport que venait de lui remettre Machecoul. Il les avait pliés sans lever la tête, silencieux, sachant que celui-ci l’observait, attendait un commentaire, un signe de colère ou d’inquiétude, un soupir de regret ou de lassitude.

Dussert s’était donc tu. Il avait glissé avec indifférence les feuillets dans la poche intérieure de sa redingote, puis il avait croisé les mains sur son ventre, les jambes allongées, les yeux mi-clos, prenant cette pose qui lui était familière.

Un chat guettant un oiseau devait éprouver ce qu'il ressentait. Une sorte de rage, une tension si forte qu'il avait la conviction qu'il aurait pu, s'il l'avait laissée jaillir, bondir sur Machecoul, le saisir à la gorge avant que l'autre ait eu le temps de faire un geste. Et il lui aurait martelé le visage, puis heurté la tête contre le bureau, criant qu'en effet il ne supportait pas que Maximilien Forestier, comme l'assurait ce rapport d'une mouche de police, vive avec Julie de Boissier, en son hôtel de Mirmande, quai de l'Horloge.

Le mouchard au service de Barras donnait des détails : Julie et Maximilien sortaient de l'hôtel en fin de matinée, ils se faisaient conduire en fiacre au Palais-Royal ou bien dans le quartier de l'Odéon, déjeunant chez un traiteur, souvent au café Procope, puis Forestier reconduisait la comtesse chez elle et se rendait à l'état-major du général Bonaparte, commandant en chef de l'armée de l'Intérieur. Le couple avait été invité à plusieurs réceptions chez Joséphine de Beauharnais, dans son hôtel de la Chaussée-d'Antin.

— Vous avez lu ? avait demandé Machecoul.

Il s'était levé, était venu s'appuyer au rebord du bureau en face de Dussert.

Dussert s'était contenté de hocher la tête.

— Je croyais que vous aviez pour la comtesse de Mirmande…, avait commencé Machecoul.

— Nous vivons, mon cher Machecoul, une époque où il ne faut rien croire, avait coupé Dussert.

— Ce rapport est digne de foi ! s'était exclamé Machecoul.

Il avait commencé à marcher dans le bureau, s'arrêtant parfois devant la fenêtre. Barras, avait-il expliqué, a toute confiance dans son informateur. Cet homme est chargé de surveiller les généraux qui exercent un commandement à Paris et peuvent ainsi mettre en péril le nouveau pouvoir.

— Le Directoire est encore fragile, avait-il poursuivi. Cette femme, vous la connaissez. Croyez-vous qu'elle ait oublié ? Son frère…

Machecoul était retourné à son bureau, avait fouillé dans les papiers entassés, retiré plusieurs feuillets qu'il avait montrés à Dussert.

— Son frère a été libéré de la prison de la Force, sur l'intervention personnelle de Maximilien Forestier. Curieux, vous ne trouvez pas ? Et savez-vous où est allé se réfugier Jérôme de Boissier ? À Altona, une petite ville où, selon le rapport du représentant de la République à Hambourg, vivent plusieurs émigrés, le duc d'Aiguillon, les frères Charles et Alexandre de Lameth, et votre ami, le général Dumouriez. Tout ce beau monde conspire, pousse en avant le nouveau duc d'Orléans, ce Louis-Philippe qui était à Valmy avec Dumouriez. Vous aussi, Dussert, vous avez en 92, 93, parié sur Philippe Égalité et son fils.

— Le père a été décapité et Louis-Philippe a vingt-trois ans, il songe plutôt à voyager, on dit qu'il veut se rendre aux États-Unis, murmura Dussert.

— Parlons des États-Unis ! s'exclama Machecoul. Talleyrand, l'ancien évêque d'Autun, vient de les quitter avec l'intention de rentrer en France, naturellement pour y jouer un rôle. Voilà une conspiration qui se noue, et c'est pour cela que les cinq directeurs ont décidé de faire surveiller les généraux.

— Je pensais que Barras voulait les éloigner, qu'il avait offert à Bonaparte le commandement de l'armée d'Italie.

Machecoul avait haussé les épaules.

— Certes, la nomination doit être signée bientôt, mais il peut se passer beaucoup de choses en quelques semaines… Nous avons vécu cela depuis 89. Et ces liens entre Julie de Boissier et Forestier nous inquiètent. Le Directoire est fragile, Dussert, nous le savons et ils le savent.

Dussert s'était levé. Il avait envie de souffleter ce Machecoul, cette girouette, cet habile qui avait réussi à être l'un des membres de la Convention – les deux tiers de l'Assemblée, il est vrai – reconduits dans l'une des assemblées du Directoire, le Conseil des Cinq-Cents.

— Vous serez toujours un régime faible, mon cher Machecoul, avait commencé Dussert.

Il ne pouvait pas le frapper, mais il pouvait le blesser plus durement encore, car l'homme était lâche, et la peur était sa maladie.

— Les rapports de police doivent vous signaler combien le peuple est mécontent. Croyez-vous qu'il soit dupe de cette loi qui, sans consulter les électeurs, prolonge le mandat des Conventionnels en faisant d'eux des représentants du Directoire ? Vous êtes de ceux-là, Machecoul, satisfait, n'est-ce pas ? Mais vous avez raison d'être inquiet. Savez-vous ce que dit le peuple de votre Barras, ce qu'il chante ?

Il n'a pas quarante ans, mais aux
Âmes damnées,
Le crime n'attend pas le nombre
D'années.

— Le peuple, le peuple, avait murmuré Machecoul en secouant la tête, est-ce que le peuple est capable de connaître une mauvaise imitation du *Cid* de Corneille ? Ce sont les Jacobins qui s'agitent, la queue de Robespierre, celle des tenants de l'égalité. Avez-vous lu ça ?

Il avait feuilleté un journal puis l'avait lancé sur le bureau vers Dussert, qui ne l'avait pas regardé.

— *Le Tribun du peuple*, avait repris Machecoul, d'un certain Gracchus Babeuf. Gracchus, vous entendez ! Il y a aussi ce Buonarroti, un Italien, dont on dit qu'il fut en relation avec Bonaparte et Forestier lorsqu'ils servaient en 1794 à l'armée d'Italie. Toute cette engeance se réunit au club du Panthéon, ils sont chaque fois plus d'un millier.

Dussert s'était à nouveau installé dans le fauteuil. Il avait approuvé d'un léger mouvement de tête, puis d'une voix basse, comme s'il craignait d'être entendu, il avait ajouté qu'en effet les Jacobins se regroupaient, et que le peuple commençait à murmurer contre ce Directoire à peine né.

— Je me promène beaucoup, avait-il dit. Personne ne me connaît, j'aime la foule de la rue. J'apprends à l'écouter bien plus qu'à lire les gazettes ou à fréquenter le palais du Luxembourg, votre assemblée des Cinq-Cents ou celle des Anciens. Vous autres députés, vous vivez dans un monde particulier, entre vous. Moi, je vais au milieu de la foule sans que l'on me remarque. Je suis mon propre mouchard. Savez-vous ce que l'on dit ?

Il avait levé la tête. Il voulait voir la peur creuser encore davantage le visage de Machecoul. C'était cela, sa vengeance d'avoir dû apprendre sous le regard de ce pleutre que Forestier vivait chez Julie, en l'hôtel de Mirmande.

— On dit, avait-il repris en baissant encore la voix, que les députés – vous, mon cher Machecoul – étouffent les enfants dans le ventre de leur mère et les font mourir de faim. Il y a deux jours, je me suis arrêté sur le Pont-Neuf. Il y avait un attroupement. Une femme venait de se jeter dans la Seine avec ses deux nouveau-nés pour échapper, disait-on, à la famine. Et la foule assurait que, chaque jour, on repêchait des cadavres de malheureux qui avaient préféré mourir. Vous savez combien le peuple croit aux fables et qu'il est prompt à s'indigner. Ces gens ajoutaient qu'il fallait que le sang coule encore, le sang des directeurs, des députés, des riches, des accapareurs…

Dussert s'était mis à rire, silencieusement.

— À ces derniers mots, j'ai préféré m'éloigner.

— Vous croyez à une conspiration, à un danger de coup d'État ? avait murmuré Machecoul. Forestier a peut-être partie liée avec les Jacobins et il peut exploiter la misère du peuple.

Dussert n'avait pas répondu. Il s'était contenté de pencher la tête, de soulever les sourcils pour exprimer son incertitude, et il avait fixé Machecoul d'un regard plein de compassion, comme celui qu'on accorde à un condamné.

— Vous savez toujours tout, avait poursuivi Machecoul en s'approchant à nouveau de Dussert. Que disent vos correspondants anglais, allemands ? Je ne suis pas naïf ! Quand on joue sur la rente, comme vous Dussert, on n'avance pas au hasard, en aveugle, vous avez vos agents, vous prévoyez…

Dussert avait écarté les mains, en signe d'humilité et d'impuissance.

— On nous prête beaucoup, Machecoul. C'est vous qui détenez le pouvoir, vous êtes l'ami de Barras, c'est le roi du Directoire. Les autres directeurs comptent si peu… Sieyès peut-être, mais c'est un ancien abbé, on le dit profond parce qu'il a écrit en 1789 sur le Tiers État et qu'il a paru annoncer l'avenir. Ce libelle a fait quelque bruit, mais depuis ce temps-là ? Il a vécu, survécu, c'est un trembleur. Je ne le crois pas profond mais creux.

— Peu m'importe Sieyès. Vous savez quelque chose, avait insisté Machecoul. Le rapport que je vous ai remis n'a pas paru vous surprendre. Ce général Forestier, vous n'ignoriez pas qu'il vivait chez la comtesse Mirmande ?

Dussert avait souri.

— Forestier n'est rien, c'est Bonaparte qui est tout. Dépêchez-vous de le nommer à la tête de l'armée d'Italie. Il a trop d'énergie, trop de talent pour qu'on le laisse s'ennuyer à Paris.

Machecoul avait hoché la tête, répété plusieurs fois : « Oui, je l'ai dit à Barras, oui. »

— Vous avez raison, Machecoul, votre régime…, avait commencé Dussert.

— Le vôtre, le vôtre aussi, Dussert, avait crié Machecoul, vous serez noyé avec nous si le bateau coule !

— Je ne suis rien, Machecoul. Un banquier. Je vis dans votre ombre. Le régime, c'est vous, les cinq directeurs, le séduisant Barras, les deux assemblées, vous Machecoul, le plus brillant des députés, vice-président du Conseil des Cinq-Cents, vous êtes l'un des hommes puissants du Directoire !

Dussert avait joui de l'expression douloureuse qu'avait prise le visage de Machecoul.

— Donc, avait-il ajouté, votre Directoire est fragile. Le peuple ne vous aime pas. Les généraux dépendent de vous pour leur solde, sont à vos ordres mais ils vous méprisent.

Dussert avait croisé ses doigts derrière la nuque, s'était renversé en arrière, regardant vers le plafond.

— Lequel d'entre eux… Forestier, Bonaparte, Hoche, Marceau, Kléber, Jourdan, nous avons le choix, mais je parierais sur Bonaparte, c'est le plus déterminé, le plus fou. Lequel de ces héros, que vous avez promus, flattés, décidera de pointer ses canons sur votre Directoire ? Vous serez dans votre palais du Luxembourg comme les oiseaux d'une volière, et lorsque le général en fracassera la porte, vous vous disperserez, et le régime n'existera plus.

Dussert s'était redressé.

— Envoyez Bonaparte en Italie ! Croyez-moi, le danger ce n'est plus le peuple, il murmure, mais ce n'est qu'une écume. La houle est apaisée. Il n'y a plus de tempête de ce côté-là. Il assiste au spectacle, il siffle, il applaudit. Il cherche du pain. Il ne dit plus comme autrefois : « *Du fer pour travailler, du plomb pour se venger et du pain pour nos frères.* » Il tend la main. Le peuple est à nouveau courbé, Machecoul ! Vous avez, nous avons, réussi cela. On me dit que Barras a donné l'ordre à Bonaparte de disperser les Jacobins du club du Panthéon. S'il le veut, si cela le rassure, pourquoi pas ? Mais le peuple dangereux, c'est celui qui porte l'uniforme, l'armée, Machecoul, l'armée.

Dussert s'était levé.

— Mais c'est aussi le salut pour nous. Il faut de la poigne pour tenir la barre d'un pays qui a coupé toutes ses amarres. Et les généraux savent se faire obéir.

Il avait traversé la pièce. Sur le seuil, il s'était retourné, regardant Machecoul qui avait croisé les bras et s'était recroquevillé, le menton sur ses poignets.

— On me dit que le comte Louis de Taurignan a sollicité du Directoire la radiation de sa famille de la liste des émigrés, et qu'il cherche donc à regagner la France, comme tant d'autres, comme Talleyrand, Montesquiou et demain, pourquoi pas, Jérôme de Boissier. Et après demain, le duc d'Orléans.

Machecoul avait relevé la tête.

— Vous avez racheté les biens des Taurignan, n'est-ce pas ? avait-il demandé d'une voix sifflante.

Dussert avait haussé les épaules.

— Cela ne serait pas très raisonnable de radier tous les ci-devant de la liste, avait-il repris sans répondre à Machecoul. Le Directoire a déjà tant d'ennemis…

Il avait prononcé ces derniers mots sur un tel ton qu'il semblait avoir proféré un avertissement et une menace.

23. “ Du pain, du pain, du pain ou du sang ! ”

— Je veux tout savoir, avait dit Maximilien Forestier.

Mais Julie, couchée sur le lit, la tête enfoncée dans un oreiller bleu, avait paru ne pas entendre.

Maximilien s’était penché. Il avait eu envie de la retourner, de l’obliger à le regarder, à répondre, à lui raconter tout ce qu’elle avait vécu avec Dussert, peut-être avec Barras, avec combien d’autres depuis qu’il l’avait rencontrée dans cette chambre qui sentait l’humidité au premier étage de l’hôtel de la rue Fromenteau, quand il avait eu la force, l’instinct, de ne pas vouloir d’elle.

Il avait posé ses deux mains sur les épaules nues de Julie, mais au lieu de la saisir, de la soulever, de la basculer, il l'avait caressée, passant sa main dans ses cheveux, et il avait eu la tentation de se coucher là, près d'elle, alors qu'il venait à peine de sortir du lit et de revêtir son uniforme.

Il avait commencé à déboutonner sa vareuse, mais il y avait eu des cris, venant du quai : « Du pain, du pain, du pain ou du sang ! » Et ç'avait été comme si les temps anciens tout à coup revenaient, temps de violence et d'injustice, quand les prisons étaient pleines de suspects, mais temps d'enthousiasme et de vertu, quand on marchait à la frontière en criant « Vive la Nation, vive la République ! ». C'étaient les mots et les chants qui rendaient ivre et non le vin.

Maximilien s'était approché de la fenêtre de la chambre. Il avait d'abord vu ces femmes qui gesticulaient. Elles avaient le corps enveloppé de chiffons noirs, et il avait soudain pensé à cette femme, Madeleine Cotençon, la compagne de Nicolas Mercœur. Il s'était rendu autrefois à la prison des Carmes. Il avait voulu la sauver de la guillotine. Y avait-il réussi ? Ou bien avait-elle eu la tête tranchée, victime de la machination montée par Dussert, ou tout simplement de l'injustice, de ce destin qui frappait d'abord les plus pauvres – que ce soit le roi Louis XVI qui règne ou le directeur, ci-devant vicomte de Barras ? Si cette fille avait échappé au rasoir national, elle devait avoir faim, comme ces femmes, et peut-être regretter de ne pas être morte.

Il était resté debout devant la fenêtre, regardant les hommes qui s'affairaient sur des chalands amarrés au quai de l'Horloge, devant l'hôtel de Mirmande. Ils déchargeaient des sacs de grain. Une petite foule s'était agglutinée sur le quai, contenue par des soldats. Les sacs passaient d'un homme à l'autre, du bord de la Seine jusqu'à des charrettes gardées par quelques hussards, qui repoussaient la foule avec le poitrail de leurs chevaux.

Parfois des grains s'échappaient d'un sac troué et c'était aussitôt des cris, la ruée d'enfants en haillons qui surgissaient de la foule, se faufilaient entre les soldats et les chevaux, ramassaient des poignées de blé qu'ils enfouissaient sous leur chemise, puis qui s'enfuyaient comme des rats, cependant que les soldats les menaçaient, levant leurs fusils. Un officier avait même sorti son sabre. Et les femmes avaient encore hurlé : « Du pain, du pain ou du sang ! »

L'une d'elles s'était avancée, montrant l'officier aux épaulettes d'or, tapant des deux poings sur son ventre, criant : « Encore un de ces épauletiers qui mangent à s'en faire éclater la panse pendant qu'on crève, et ils veulent tuer nos enfants ! »

La voix était si aiguë que Maximilien avait eu l'impression que chaque mot s'était enfoncé en lui comme un éclat.

Il avait levé les yeux pour ne plus voir. Le ciel au-dessus du Pont-Neuf et de la rive droite était rongé par une gangrène noire, gros nuages bas que le vent poussait.

Maximilien s'était retourné.

Julie était allongée, nue, sur le flanc, au bord du lit à baldaquin. Elle l'observait, la joue droite appuyée sur sa paume, son bras replié, son coude s'enfonçant dans l'oreiller bleu.

Il s'était approché.

— Je veux tout savoir, avait-il répété d'une voix dure.

Il avait tiré sur le drap afin d'en recouvrir le corps de Julie.

— Que t'a-t-elle dit ? avait-il demandé encore.

Mais à quoi bon interroger ? Il avait lu la lettre de Dussert, portée le matin même, quelques mots : « Je renouvelle ma demande, j'ai parlé de tout cela avec notre très chère amie. Elle m'approuve. Elle forme des vœux pour que vous acceptiez ce que je vous propose. Elle vous en parlera. »

Ç'avait été si simple d'imaginer, et Julie n'avait rien démenti de ces hypothèses. Dussert souhaitait l'épouser. Il avait sollicité l'appui de Joséphine de Beauharnais, « notre amie ». Que pouvait-elle lui refuser, cette catin créole que Dussert comblait de cadeaux, à laquelle il accordait des prêts sans intérêt afin qu'elle pût, parée de bijoux et de voiles, ensorceler ce général corse que Barras souhaitait qu'elle épouse. Elle aurait préféré un banquier, mais Barras avait promis que, le mariage conclu avec Bonaparte, il la débarrasserait de son général en l'envoyant en Italie. Et Forestier l'accompagnerait. Si Dussert devenait le mari de Julie de Boissier, quelle vie de fête on pourrait mener ici, en oubliant les traîneurs de sabre !

Et Julie, alors que Maximilien parlait, s'était contentée de sourire.

Debout près du lit, Maximilien l'avait longuement regardée, et comme chaque fois la joie, l'exaltation même qu'il éprouvait à la voir, s'aigrissait en colère et en dépit.

Elle était l'une de ces petites demoiselles en longue robe blanche qui descendaient de leurs calèches, devant l'église de Valence, et il n'était que l'un de ces va-nu-pieds, garnements que les valets en livrée écartaient à coups de bâton.

Elle était l'une de ces statues de marbre dressées dans les parcs des châteaux de Mirmande ou de Crest, ceux des comtes de Boissier ou de Taurignan.

Elle était insensible, même quand on pétrissait son corps, quand on serrait son cou, quand on tirait sur ses cheveux pour qu'elle crie, les lèvres entrouvertes. Elle restait muette et glacée.

Maximilien s'était souvenu de ces statues décapitées dans les églises et les châteaux par une foule enragée qui martelait le marbre à coups de maillet, qui mutilait les visages de pierre, comme pour enfin meurtrir ce qui paraissait inaccessible.

Peut-être était-ce aussi pour tenter d'en finir avec ce sentiment d'impuissance qu'on avait tant massacré dans les prisons en 1792, et tant coupé de têtes, comme pour se convaincre que ces gens-là saignaient comme n'importe qui, comme les pauvres et les porcs.

Maximilien s'était finalement écarté du lit.

Il avait eu peur de ce qu'il ressentait, de ce qu'il avait pensé, de ce désir de violence et de crime qui montait en lui, de cette Révolution qu'il avait vue tout à coup comme une affaire d'instinct et de vengeance, plus que de grands principes.

Il fallait qu'il s'éloigne pour ne plus se perdre ainsi dans ce labyrinthe où il ne savait ce qu'il cherchait, ce qui le poussait, où il allait.

Il ne voulait pas devenir l'un de ces fous dont on disait qu'ils avaient en septembre 1792 fouaillé dans les entrailles des princesses égorgées.

Il fallait qu'il retrouve vite le roulement du tambour et du canon, et l'âpre saveur de l'alcool.

— Vous voulez tout savoir ? avait alors dit Julie en se levant.

Elle était restée un instant nue devant lui. Et Maximilien avait senti monter un flot de sang brûlant.

Julie l'avait regardé, avec une expression de défi et d'ironie.

— Un banquier établi, m'a dit Joséphine, vaut mieux qu'un général de brigade. Qu'en pensez-vous ?

Elle avait passé une tunique de mousseline rose. Son corps, sous les voiles, avait semblé plus doré.

— Je veux tout savoir moi aussi, avait-elle ajouté.

Maximilien avait fait un pas en arrière. Et tout à coup des mots avaient explosé dans sa tête : « La force, la force, prends ce que tu n'as pas ! »

Il s'était jeté en avant, lui saisissant les poignets. Elle ne s'était pas débattue, ployant au contraire, collée à lui, les reins appuyés au bord du lit. Il avait de la main gauche relevé les deux bras de Julie au-dessus de sa tête, ses seins ainsi, sur son corps cambré, s'étaient gonflés.

Il les avait mordus sans qu'elle crie.

Il l'avait prise comme on donne de grands coups de maillet, ses hanches martelant les siennes, comme font les soldats avec les femmes dans les villages conquis.

Il s'était enfin éloigné d'elle, qui était restée les bras écartés, les yeux fermés, un sourire méprisant sur les lèvres.

— Dussert paiera pour moi, avait-il lancé en quittant la chambre.

Et pour la première fois depuis qu'il habitait l'hôtel de Mirmande, il s'était mis à chanter, d'abord à voix basse puis de plus en plus fort.

Quand il était sorti sur le quai de l'Horloge, il hurlait à tue-tête :

Ah ! ça ira, ça ira, ça ira,
Les aristocrates à la lanterne !
Ah ! ça ira, ça ira, ça ira,
Les aristocrates on les pendra !

La foule s'était écartée, le regardant passer, puis comme si elle avait eu peur de ce qu'il chantait, elle s'était égaillée.

Et Maximilien s'était retrouvé seul, traversant le Pont-Neuf alors que la pluie commençait à tomber.

24. « Qu'est-ce que tu crois ? Il couche dans la soie, celui-là, avec les comtesses... »

Était-ce cet homme-là, s'était demandé Madeleine Cotençon en voyant ce grand épauletier, au bicorne enfoncé jusqu'aux sourcils, sortir en chantant de l'hôtel de Mirmande ?

Elle avait hésité à s'approcher de lui, le dévisageant pourtant, sûre bientôt qu'il s'agissait de l'officier qui était venu la voir à la prison des Carmes, qui lui avait parlé de Nicolas et lui avait remis douze louis d'or.

C'était plus qu'elle n'en avait jamais vu, plus qu'elle n'en posséderait jamais. Elle les avait cachés avec soin, soulevant l'une des lattes du parquet, et ç'avait été une douleur chaque fois qu'elle avait dû en donner un aux geôliers. Elle aurait voulu pouvoir les briser pour n'en offrir qu'une miette, afin de payer sa cruche d'eau, sa livre de pain. Mais elle avait dû en glisser trois dans la paume de celui qui tenait le registre noir, là où l'on inscrivait les noms des suspects appelés à comparaître devant le Tribunal révolutionnaire. Et l'homme l'avait rayée de la liste, tournant plusieurs pages blanches avant de la réinscrire au bas de l'une d'elles.

« Tu as un peu de temps comme ça », avait-il dit. Avant de la quitter, il avait murmuré : « Ça sert, tu vois, d'être mignonne. »

Elle s'était laissé caresser les seins.

En ces semaines-là, où l'on passait du juge au bourreau sans avoir le temps de dire adieu, gagner quelques jours, c'était racheter sa vie.

Elle avait ainsi, louis d'or après louis d'or, regardé partir jour après jour les charrettes, essayant d'imaginer combien de pages du registre il restait à tourner avant celle où son nom était inscrit. Elle n'avait plus d'or à donner, mais on avait tranché le cou de Robespierre et un matin, on avait ouvert les portes de la prison.

Et c'était à cet officier-là, qui avançait à grandes enjambées, ne regardant pas autour de lui, qu'elle devait d'avoir survécu.

Elle aurait pu lui prendre le bras, elle aurait dû lui embrasser la main. Une vie, on n'en a qu'une. Il n'avait rien demandé pour la lui sauver.

Et pourtant Madeleine s'était reculée avec les autres femmes, celles qu'elle retrouvait chaque matin, quai de l'Horloge ou quai de Grève, cherchant toutes ensemble, la plupart avec des enfants dans les jambes, à grappiller un peu de farine ou un peu de grain pour le brouet du jour, pour ne pas aussi crever de faim puisqu'on crevait déjà de froid. Ça n'aurait servi à rien de s'attrouper devant les boulangeries à respirer l'odeur du pain cuit puisqu'il fallait une montagne d'assignats pour en acheter une miche et que, comme toutes les autres, ces glaneuses de poussière, elle ne possédait pas un liard.

Alors entendre ce pendard d'officier, fier comme un étalon nourri d'herbe grasse, beugler « *Ah ! ça ira, ça ira* », et même si elle se souvenait qu'elle lui devait d'être encore vivante et que c'était sûrement meilleur d'être mordue par la faim que d'avoir dans le ventre la chaux vive de la fosse commune, elle avait murmuré des injures avec les autres femmes, et elle avait eu envie de lui jeter des pierres plutôt que de le remercier.

Est-ce qu'il n'aurait pas dû savoir, lui, qu'on avait pendu les aristocrates mais que rien n'avait changé, sinon en pire ! Avant, pendant les premiers mois, et même deux ou trois ans, on s'était nourri de belles phrases. On avait dit : « Avec du fer et du plomb, on aura le pain et l'égalité. »

Madeleine s'était souvenue de ce jour d'octobre, plus de six ans auparavant, quand elle avait marché avec d'autres femmes jusqu'à Versailles et qu'elles avaient forcé la boulangère, le boulanger et le petit mitron à rentrer à Paris. On allait manger du pain à s'en étouffer et on aurait peut-être en sus de la brioche, puisque la reine, le roi et le dauphin étaient aux Tuileries. Et qu'est-ce qu'on avait eu ? Le bourreau montrant la tête du boulanger, puis de la boulangère, et petit Capet, pauvre petit, mort le dernier. Madeleine s'était persuadée qu'elle aurait toujours cette douleur au ventre, qui vient quand il est trop creux.

Elle avait vu l'officier, tenant de sa main gauche son bicorne, s'engager sur le Pont-Neuf, ses épaulettes et les pans de sa redingote soulevés par le vent.

Il marchait d'un bon pas de soldat bien nourri, le bougre ! Et elle avait eu, un instant, l'idée qu'elle pourrait lui plaire, se faire payer pour ça, comme tant de femmes le faisaient, attendant le crépuscule pour cacher leur honte et offrir leur corps.

Elles le lui avaient dit, à Madeleine, les autres grappilleuses des quais. « Toi, tu es encore plaisante, et tant que les marmots ne t'ont pas mangé le corps, profite petite, après… – elles avaient haussé les épaules – après tu reviendras ici. »

Parfois même, il lui avait semblé que les autres femmes lui reprochaient d'être avec elles, comme si elle avait possédé une richesse et que, n'en tirant pas profit, elle leur volait les grains et la farine qu'elle ramassait.

Un soir, elle s'était appuyée au porche, rue Saint-André-des-Arts, à l'entrée de la cour au fond de laquelle habitait Joseph Machecoul, cet important du Directoire que l'on voyait passer tout empanaché de tricolore.

À ce point-là de la rue, il y avait foule. Des hommes à redingote de bonne laine et à canne torsadée entraient et sortaient de la cour, descendaient de leur fiacre devant le porche. Ils ne pouvaient pas ne pas la voir. Et pourtant ils l'avaient à peine effleurée d'un regard.

Elle était revenue le lendemain, dénudant un peu le haut de sa poitrine malgré le froid de l'automne, mais seul un soldat s'était approché d'elle, sentant l'alcool et la sueur, et elle l'avait repoussé si violemment qu'il avait trébuché et s'était éloigné en lui lançant des injures, « salope », « traînée ». Elle s'était sentie salie par ces mots qui emplissaient la rue, comme une eau boueuse.

Elle avait baissé la tête et quand elle l'avait relevée, le silence revenu, elle avait vu cet homme qui l'observait, immobile devant le porche, les mains derrière le dos, la tête enfoncée dans les épaules, le menton et le nez proéminents, le visage comme un museau de rat, et elle avait aussitôt reconnu Guillaume Dussert, avec ses petits yeux, ses lèvres minces. Elle avait deviné qu'il cherchait un souvenir, mais tant de femmes avaient dû en plus de deux ans partager son lit – et il devait la croire morte – qu'il ne l'avait pas reconnue. Pourtant, elle avait fait tressaillir sa mémoire.

Il avait hésité, et elle avait senti son regard qui s'attardait sur elle, cherchant à imaginer, sous la blouse et la large jupe noires, les formes du corps. Puis il avait détourné la tête et il s'était engagé sous le porche, se retournant une dernière fois avant d'entrer dans la cour, se dirigeant vers la demeure de Machecoul.

Elle avait regagné sa chambre de la rue Guénégaud, et quand elle avait ouvert la porte, elle avait revécu toute la scène, la visite de Dussert, sa dureté, ses menaces, puis comment il l'avait livrée aux agents de la Sûreté générale, pour qu'on la tue.

Et elle avait regretté qu'il ne soit pas venu vers elle, sous le porche, qu'il ne lui ait pas proposé de la suivre, car elle aurait pu alors lui faire payer ce qu'elle avait subi.

Elle s'était agenouillée. Elle avait soulevé les morceaux de tissu qui restaient du temps où les manufacturiers d'uniformes lui donnaient encore de l'ouvrage, mais cela aussi c'était fini, et ces bandelettes bleues lui servaient à envelopper ses chevilles et ses pieds. Elle avait enfin trouvé les ciseaux. Elle les avait empoignés, elle avait un instant pensé qu'elle se rendrait rue Saint-André-des-Arts chaque soir, jusqu'à ce qu'elle le voie à nouveau. Elle se jetterait alors sur lui, lui plantant les ciseaux dans la gorge, la bouche, les yeux, jusqu'à ce qu'il pisse le sang de partout.

Puis elle avait jeté les ciseaux, s'était mise à grelotter, et le lendemain matin elle était retournée attendre le déchargement des farines, quai de l'Horloge, devant l'hôtel de Mirmande.

Tout à coup, elle s'était mise à courir. L'officier avait disparu au-delà de la pointe de l'île, et elle avait été affolée de ne plus voir cet homme, le seul qui, avec Nicolas, lui avait fait du bien.

Elle n'avait pas répondu aux cris des autres femmes qui l'interpellaient, se moquaient. « Qu'est-ce que tu crois ? Il couche dans la soie, celui-là, avec les comtesses ! » Et les rires l'avaient longtemps poursuivie. Elle les avait encore entendus, imaginés plutôt, quand elle avait atteint la rive droite et qu'elle avait enfin aperçu l'officier qui se dirigeait vers les Tuileries.

Elle s'était rapprochée jusqu'à avoir l'impression qu'elle marchait dans ses pas, que le bruit des talons de ses bottes sur le sol se confondait avec le claquement de ses galoches. Alors, pour la première fois depuis des mois, elle s'était sentie rassurée.

L'officier ne chantait plus mais sifflait, et c'était tous les chants du commencement qui revenaient en mémoire, ceux que Madeleine avait entonnés avec Nicolas et son frère Sylvestre, dans ces rues ou sur ces places où la foule qui chantait tenait chaud.

Après, les cris de mort avaient remplacé les refrains. Sylvestre était mort. Il avait fait un froid de glace et Madeleine n'avait plus cessé de frissonner.

Elle avait marché plus vite afin d'être plus proche encore de cet homme dont les épaules étaient si larges et dont elle voyait boucler les cheveux noirs sur le col de la redingote.

Elle avait à un moment regardé le fleuve. L'eau était de la couleur du ciel, d'un gris de plomb. Elle charriait des branches qui parfois disparaissaient, entraînées par un tourbillon.

Et Madeleine avait pensé que si cet homme qui avançait, à quelques mètres devant elle, ne l'aidait pas, elle ferait comme ces branches, comme ces femmes qu'on avait retrouvées un matin sur les berges de la Seine, noyées avec leurs enfants dans les bras.

Peut-être aurait-elle plus chaud morte que seule dans la chambre de la rue Guénégaud, et au moins elle cesserait d'avoir faim.

Elle avait fait plusieurs grands pas, et s'était ainsi retrouvée à la hauteur de l'officier qui, regardant droit devant lui, avait semblé ne pas la voir.

Elle s'était agrippée à sa manche et elle avait murmuré :

— Pitié, monsieur, pitié.

25. « Il faut leur mettre un peu d'or dans la bouche pour les faire taire... »

Pitié !

Qu'est-ce qu'elle disait cette femme-là ? Qu'est-ce qu'elle voulait ?

Maximilien Forestier avait secoué son bras d'un mouvement brutal, instinctif, comme si un rat avait grimpé le long de sa manche.

Mais la femme s'était accrochée, continuant de marcher près de lui, de marmonner « Pitié, pitié ! », et il avait éprouvé de la colère et de la honte. Il avait eu envie de lui donner un coup de coude pour qu'elle le lâche, qu'elle le laisse avancer. Il n'avait plus voulu entendre ce mot de mendiant, ce mot de lâcheté, de servitude, ce mot qu'on prononçait à genoux.

C'était un mot de son passé, celui que sa mère avait murmuré toute sa vie, à chaque heure du jour : « Pitié, mon Dieu », « Pitié, Seigneur », « Ayez pitié de nous ».

Et cela avait servi à quoi ?

La sœur et le frère étaient morts à peine nés, des fièvres qui viennent à la fin de l'hiver. Le père avait quitté la maison avec une femme de Bourg-les-Valence, une fille de marinier. « Pitié mon Dieu, arrachez-le aux mains de cette sorcière ! » Mais le père s'en était allé sur un bateau du Rhône jusqu'à Marseille, et il avait embarqué pour l'Orient, Constantinople, d'après ce qu'avait rapporté un voyageur.

« Pitié, Seigneur, ayez pitié de lui. »

Cette mère, elle n'avait même pas été capable de le maudire, ce fuyard qui l'avait laissée seule avec un fils et les huissiers, parce qu'elle ne payait pas ce qu'elle devait aux propriétaires de la bâtisse, peut-être les comtes de Mirmande ou les comtes de Taurignan.

Un jour du printemps 1784, Maximilien Forestier s'en était allé aussi.

« Pitié, mon Dieu, aie pitié de moi, de mon fils », avait répété sa mère pour l'émouvoir. Il se souvenait de ces mots qui sont comme les griffes des noyés, la poigne des blessés qui s'accrochent à vos jambes quand on charge sous la mitraille et que la cavalerie autrichienne dévale. Et les blessés sont là, à vous empêcher de courir, à tenter de vous retenir : « Pitié, sergent », « Ayez pitié, capitaine », « Pitié... »

Ce mot, Forestier avait juré qu'il ne le prononcerait jamais, et il ne voulait plus l'entendre.

Alors il avait fouillé dans la poche de sa redingote, cherchant des pièces, des assignats, pour faire taire cette femme, mais il avait bien fallu qu'il la regarde, qu'il découvre sous la crasse qui maculait le front et les joues le visage d'une femme encore jeune dont les cheveux noirs en désordre s'échappaient en mèches rebelles du foulard déchiré, noué sous le menton.

Il connaissait ce regard-là, celui des blessés qui se tiennent le ventre à deux mains.

— Prends, citoyenne.

Et il lui avait tendu une poignée d'assignats puis il avait voulu s'éloigner, mais elle avait secoué la tête, laissant les billets glisser sur les pavés, et il n'avait pas supporté ce regard suppliant qui le fixait.

Qu'est-ce qu'elle croyait ? Qu'il allait la prendre par la taille, la faire danser ? L'épouser, cette pauvresse ?

Alors Madeleine Cotençon s'était mise à parler de Sylvestre son frère, de Nicolas Mercœur et de la prison des Carmes, de sa chambre de la rue Guénégaud, de Guillaume Dussert, et de la faim qui était comme un poignard, enfoncé là, sous les seins.

Et elle avait croisé ses mains sur sa poitrine.

— Viens, citoyenne, avait dit Forestier brusquement.

Il l'avait saisie par le bras et il l'avait forcée à marcher vite jusqu'à la rue Neuve-Capucine.

Il s'était demandé plus tard si Madeleine avait senti qu'à chaque pas il avait eu la tentation de l'abandonner, de la chasser à coups de botte, de lui crier « Fous le camp », et de s'éloigner d'elle. Et elle aurait pu implorer encore pitié, il ne se serait pas retourné.

Chacun pour soi quand on charge, et que Dieu décide de celui qui doit survivre et de celui qui doit tomber.

Elle était à terre, Madeleine Cotençon, elle se tenait le ventre avec cette sale blessure de la misère et de la faim, qu'elle meure donc ! Il l'avait sauvée une fois. Il n'était pas Dieu ! Il ne lui devait rien à cette femme. Et le mot de pitié, il l'avait jeté dans le Rhône, ce jour de 1784 à même pas dix-sept ans, quand il s'était présenté au poste de garde des casernes du régiment de La Fère, situées en bordure de la route qui va de Lyon à Marseille, et qu'il avait dit à l'officier qu'il voulait prendre l'uniforme.

Il avait laissé sa mère alors qu'elle le suppliait, qu'elle priait à genoux : « Pitié, mon Dieu. »

Pas de pitié ! La vie est un champ de bataille et on n'a pas le temps si l'on veut vaincre et survivre de se pencher sur les blessés.

Mais il avait fait entrer Madeleine dans l'hôtel de la rue Neuve-Capucine, et toisé d'un air de défi le factionnaire et les sous-officiers de garde au quartier général de Bonaparte, commandant en chef de l'armée de l'Intérieur, nommé, il y avait à peine deux jours, à la tête de l'armée d'Italie.

Il avait traversé les salons et, jetant un regard vers les miroirs aux cadres dorés qui ornaient les murs, il avait aperçu le drôle de couple qu'ils formaient, lui, grand, le bicorne sous le bras, les bottes hautes, la redingote ouverte, l'épée au côté, elle, le corps enveloppé de hardes, la tête enfoncée dans les épaules, comme si elle avait voulu ainsi faire oublier sa présence.

Il l'avait fait asseoir dans l'antichambre, au milieu des solliciteurs qui espéraient être reçus par le général en chef. Et il avait dit à voix haute et provocante :

— Attends-moi, citoyenne !

Il avait ouvert la porte. Bonaparte était assis à son bureau, placé dans l'angle de l'immense salon qu'éclairaient six hautes fenêtres. Au milieu de la pièce, des cartes étaient étalées sur une grande table autour de laquelle allaient et venaient Junot et Marmont, les aides de camp. Ils lisaient des notes griffonnées et Forestier avait reconnu l'écriture de Bonaparte, puis ils marquaient des points sur les cartes et traçaient des lignes.

— Vous êtes en retard, Forestier, avait dit Bonaparte sans lever la tête.

Il lui avait tendu quelques feuillets.

— Le Directoire veut que l'armée d'Italie se nourrisse sur le pays, qu'on lève de fortes contributions, qu'on en verse la moitié dans les caisses destinées à payer en numéraire les prêts et la solde de l'armée. Si nous ne remportons pas la victoire, nous n'aurons rien à donner aux hommes, ni pain, ni argent. Ils n'obéiront plus, ils deviendront une bande de brigands ou de mendiants. C'est une autre raison de vaincre, Forestier.

Bonaparte s'était levé, avait marché d'un pas rapide vers la grande table.

— Départ dans trois jours. Vous voyagerez avec moi, Junot et Marmont. Passez au bureau des Opérations militaires. Obtenez quelque chose. Battez-vous. Exigez, Forestier ! Il nous faut quelques milliers de louis d'or. D'abord pour payer les généraux et les officiers. Vous les imaginez, les Masséna, Augereau, Sérurier, Laharpe, Scherer, les capitaines de quarante ans, ils vont nous voir arriver à la tête de leur armée comme des usurpateurs – il avait ricané, secoué la tête. Il faut leur mettre un peu d'or dans la bouche pour les faire taire. Et si certains se rebellent, on les fusillera. Il faut aussi pouvoir acheter du pain pour les soldats. Il faut qu'ils acceptent de marcher jusqu'aux basses-cours et aux étables de Lombardie ! Après, ils deviendront gras ! Débrouillez-vous, Forestier, avec les bureaux de la Guerre. Voici mes ordres de mission. Secouez-les, prenez-les à la gorge. Revenez avec de l'or, Forestier.

Des semaines plus tard, alors qu'il cheminait, non loin de Bonaparte, à la tête des bataillons qui avançaient sur la route en corniche qui conduit aux villes côtières d'Italie, celles d'avant Gênes, et de là par le col de Cadibone vers le Piémont, Forestier s'était demandé comment il avait osé, durant les trois jours qui avaient précédé son départ de Paris, agir comme il l'avait fait, avec cette détermination, cette violence même, cette passion, si bien qu'à aucun moment il n'avait ni hésité ni douté, ne s'interrogeant jamais sur la légitimité de ses actes et sur leurs conséquences.

Il avait agi comme quelqu'un sûr de son bon droit.

Au Comité des opérations militaires, il avait frappé du poing sur la table, il avait menacé, montré les ordres que lui avait remis Bonaparte, exigé. Après l'avoir fait attendre plusieurs heures, l'officier d'ordonnance de Carnot avait déposé devant lui deux sacoches pleines de deux mille louis d'or. Forestier avait signé les reçus, et accepté la berline et la garde de hussards qu'on lui proposait pour le reconduire à l'hôtel de la rue Neuve-Capucine.

Il avait fait monter Madeleine dans la voiture, sans se soucier de l'étonnement des officiers de l'escorte.

Et dans la voiture qui roulait lentement, se frayant un chemin sur les quais, il avait ouvert l'une des sacoches et pris des louis à poignées, les enfonçant dans les poches de sa redingote, cependant que Madeleine le regardait avec des yeux effarés.

Cette époque, avait-il pensé en voyant des soldats arracher dans les églises des villages piémontais tout ce qui ressemblait à de l'or, était celle du pillage, de la bonne prise. Elle avait commencé avec des idées de justice, de partage et de fraternité, et comme personne n'avait voulu donner un peu de ce qu'il possédait, ni pouvoir, ni fortune, alors il avait bien fallu prendre, puis défendre ce qu'on avait ainsi arraché. Chacun peu à peu avait oublié les autres pour ne penser qu'à soi. Le soldat saignait le cochon du paysan, violait sa femme et dérobait ses couverts, et le général remplissait sa calèche de tableaux décrochés dans les palais.

Forestier, sous la pluie de printemps qui avait commencé à s'abattre sur les collines du Piémont, avait regardé devant lui la silhouette de Bonaparte, courbée sous l'averse. Chaque jour qui passait, il avait plus d'admiration et d'attachement pour cet homme audacieux qui risquait sa vie en chargeant avec ses soldats, et qui avait osé leur dire sans détour, à Nice, place de la République : « Je veux vous conduire dans les plus fertiles plaines du monde. De riches provinces, de grandes villes seront en votre pouvoir. Vous y trouverez honneur, gloire et richesse. »

À chacun sa part.

Il était donc rentré dans le bureau de Bonaparte, à son quartier général de la rue Neuve-Capucine. Il avait posé les deux sacoches sur la table.

— Voilà, avait-il dit.

Bonaparte, qui lisait, avait à peine jeté un coup d'œil, murmurant « C'est bien, Forestier, c'est bien », puis il avait repris sa lecture, à mi-voix. « Le gouvernement attend de l'armée d'Italie de grandes choses, il faut les réaliser et tirer la patrie de la crise où elle se trouve. »

Puis il s'était interrompu, avait marché vers la grande table, avait ouvert les sacoches.

— Une aumône, avait-il lancé. On laisse l'armée sans argent, à la merci des fripons qui nous administrent, les Dussert, les Ouvrard, les munitionnaires corrompus, les banquiers qui sont comme des vampires. Et pourtant – il s'était tourné vers Forestier – nos soldats sont des citoyens, ils ont un courage infatigable, ils sont patients, mais ils meurent de faim et de maladie, ils sont dépenaillés, leurs chaussures sont trouées, à peine s'ils ont un morceau de pain et des munitions.

Il s'était approché de lui.

— Nous allons faire de cette armée d'Italie une force invincible, Forestier. N'oubliez pas : Il ne faut jamais faire pitié !

Il était retourné s'asseoir : « Pitié, jamais. »

En quittant le bureau de Bonaparte, Forestier avait enfoncé les mains dans ses poches. Ces louis d'or, c'était ce qu'on lui devait, pour ce mot de pitié que sa mère avait murmuré tout au long de sa vie.

C'était, puisque le temps était venu où chacun se payait de ce qu'il avait conquis, le prix de ses campagnes, depuis 1789, le prix de Valmy, de Jemmapes, de Neerwinden et de Toulon.

Il avait fait un signe à Madeleine dont toute l'attitude exprimait l'effroi et la panique. Lui, jamais comme à cet instant-là, ne s'était senti si sûr de lui.

Était-ce l'or qui pesait dans ses poches qui lui avait donné cette assurance ? L'or, même volé, mieux et plus que les principes, faisait-il jaillir l'énergie ? La confiance en soi ? Ou peut-être était-ce le sentiment qu'il avait pris ce qui était dû aux siens, à ceux qui avaient vécu toute leur vie dans la crainte, en s'adressant à Dieu qu'ils appelaient Seigneur, comme les sujets de Louis Capet, ci-devant roi de France, ou les serfs des comtes de Mirmande ou de Taurignan.

Cet or était dû à Nicolas Mercœur, qu'il allait essayer de faire incorporer à l'armée d'Italie s'il était encore vivant, et dû à cette Madeleine qui lui jetait des regards apeurés pendant qu'ils quittaient l'hôtel de la rue Neuve-Capucine.

Forestier avait couru Paris durant ces jours qui précédaient le départ pour Nice et l'armée d'Italie. Il avait déposé les louis chez un prêteur, Lucien Bernard, qui en quelques heures lui avait fait visiter trois maisons à vendre qui avaient appartenu à des ci-devant. Les uns avaient été décapités, les autres avaient émigré.

Il avait avancé tout au long de ces heures comme un automate, mû par des forces dont il ignorait l'origine et qu'il ne contrôlait pas.

De temps à autre, il s'était étonné de parler au prêteur usurier avec tant d'aplomb. Il voulait acheter vite l'une de ces maisons, avait-il dit. Il compléterait la somme et l'intérêt dus avec ce qu'il allait rapporter de sa campagne d'Italie. Et le prêteur avait aussitôt dit qu'il consentait à avancer tout l'argent nécessaire. Que chaque village d'Italie, chaque maison, était un musée et qu'il était acheteur au meilleur prix de tableaux, de bijoux, de meubles et de statues.

— Venez, j'ai ce qu'il vous faut, avait ajouté Bernard, le « prêteur » usurier.

C'était, rue de l'Estrapade, un hôtel particulier aux murs crépis de couleur ocre, avec de hautes grilles pour fermer une cour au centre de laquelle l'eau jaillissait d'une fontaine en forme de château fort.

À quelques numéros de là, dans la même rue, Lucien Bernard avait désigné la maison où Diderot avait conçu l'*Encyclopédie* et vécu plusieurs années.

— L'*Encyclopédie*, vous savez comment je l'appelle ? avait-il dit, c'est l'Ancien Testament de la Révolution. Vous êtes dans une rue sacrée, général.

Forestier avait poussé les fenêtres du deuxième étage. Il avait aperçu, au-dessus des toits, la coupole du Panthéon.

— Je suis sûr, avait-il murmuré sans regarder Bernard, qu'il y a autant de différence entre ce qu'a rêvé et écrit votre Diderot et ce qui est advenu, qu'entre les Écritures saintes et ce qu'on vit.

Puis il avait tapoté l'épaule de cet homme voûté et gris, mais aux yeux brillants.

— J'achète, avait-il dit.

Lucien Bernard avait longuement évoqué les conditions du prêt, l'effort qu'il consentait parce qu'il avait confiance dans le général Forestier et dans son chef Bonaparte.

— Nous voulons tous la victoire, citoyen, avait ajouté Forestier. Les généraux sont couverts de dettes et les caisses du Directoire sont vides. Nous devons donc vaincre.

Forestier avait signé les actes, puis il était retourné avec Madeleine rue de l'Estrapade. « Chez moi », avait-il répété.

Il avait frappé du talon sur les parquets, crié, chanté dans les pièces vides où sa voix avait résonné. Il avait lancé à Madeleine :

— Toi, tu vis ici, tu es à mon service. Tu veilleras sur la maison. Je veux à mon retour du feu dans les cheminées, du vin dans les caves, et la table mise.

Il avait déposé devant elle les louis qui lui restaient.

26. « Un banquier doit toujours savoir qui partage la couche de ses clients... »

Guillaume Dussert, en donnant un coup de canne sur le siège du cocher, avait fait arrêter le fiacre rue de l'Estrapade, devant l'hôtel particulier qu'avait donc acheté Maximilien Forestier, il y avait quelques mois déjà, avant de rejoindre l'armée d'Italie.

Dussert avait entrouvert la portière et aussitôt l'humidité glacée de ce mois de décembre 1796 l'avait saisi. Il s'était penché, avait regardé rapidement les grilles noires aux pointes dorées, la petite cour pavée et la fontaine enveloppée d'un bloc d'eau gelée, puis il avait tapoté avec sa canne le marchepied de la voiture et le cocher avait fait claquer son fouet. Le fiacre s'était ébranlé, cahotant dans la rue étroite.

Dussert s'était retourné vers Lucien Bernard qui se tenait assis en face de lui, les jambes enveloppées dans une couverture.

— Vous ne m'aviez rien dit, avait-il commencé.

Bernard avait hoché la tête, écarté les mains comme pour s'excuser.

— Nous n'étions pas encore associés, avait-il murmuré. Je ne savais pas que vous vous intéressiez particulièrement à ces créances sur le général Forestier.

Dussert avait posé sa main sur le genou de Bernard.

— Un banquier aujourd'hui, et vous le savez, Bernard, a toujours l'œil fixé sur les généraux. Si on ne les surveille pas, si on ne les dompte pas, ils s'emballent et qui sait jusqu'où ils vont nous entraîner. Nous devons être – il avait levé la main, montré le cocher – comme lui, tenir les rênes, donner un coup de fouet si nécessaire, faire prendre le galop ou le trot.

Bernard avait ri.

— Vous croyez qu'on peut mener des hommes qui commandent à des dizaines de milliers de soldats comme s'il s'agissait de chevaux de manège ? Essayez donc de retenir Bonaparte, de lui dicter sa conduite. Le Directoire n'y réussit pas, et vous les connaissez, messieurs les directeurs, messieurs les ministres, Barras, Sieyès, Talleyrand, ce sont des gens d'expérience ! Et Bonaparte les mène où il veut. Il gagne les batailles, et donc il agit à sa guise, traite avec les Autrichiens, veut créer une république en Italie.

— Et moi, avait coupé Dussert en s'appuyant au dossier de son siège, je le gouverne parce que j'ai de bonnes hypothèques sur les propriétés qu'achète madame la générale Bonaparte. Son nouveau domicile, rue Chantereine, elle n'a pu l'acquérir qu'avec les prêts que je lui ai accordés, et je la tiens, comme elle tient Bonaparte.

Il s'était interrompu.

— Le lit, Bernard, les batailles du lit sont tout aussi importantes que celles qu'on livre contre les armées ennemies ! Et Joséphine remporte chaque nuit qu'elle passe avec Bonaparte sa victoire de Lodi ou d'Arcole. Et nous gagnons avec elle.

Il avait de nouveau posé sa main sur le genou de Bernard.

— Ce que je veux savoir, avait-il repris, c'est avec quelle femme se bat Forestier dans son lit.

Bernard avait haussé les épaules. Il l'ignorait, avait-il dit. Une femme encore jeune, plaisante, vivait rue de l'Estrapade, mais c'était une domestique, une sorte de gouvernante. « Il y avait eu autrefois… » Il s'était interrompu, avait lancé un coup d'œil à Dussert.

— Je sais, Bernard, je sais mieux que tout le monde, mais Julie de Boissier n'a plus aucune relation avec Forestier, je vous l'assure. Puis-je vous faire une confidence ? Je l'épouse dans moins de dix jours, et vous serez bien sûr convié à la fête.

Il avait fermé les yeux et s'était laissé bercer par le balancement de la voiture, écoutant Lucien Bernard le féliciter, dresser l'état des dernières affaires qu'il avait traitées au nom de la banque Dussert et Associés. Il y avait ces bijoux, ces tableaux, ces pièces d'or qui étaient arrivés d'Italie, et qu'il fallait vendre.

— Forestier m'a expédié sept tableaux de maîtres italiens, avait-il ajouté, d'une force et d'une invention admirables. L'un d'eux me bouleverse, un paysage des temps bibliques, peut-être l'Égypte…

Dussert avait tourné la tête, observé Bernard. C'était un petit homme voûté, au visage le plus souvent inexpressif, mais par instants ses yeux brillaient comme deux diamants. Il avait établi dans toute l'Europe un réseau de correspondants qui depuis des décennies prêtaient aux familles aristocratiques, à des taux usuraires. Puis, la République proclamée, il avait été l'un des fournisseurs des armées, l'un des banquiers du Comité de salut public. Il avait été arrêté au printemps de 1794, mais la chute de Robespierre l'avait sauvé de la guillotine et il avait repris ses activités, offrant ses services aux directeurs, aux membres des assemblées, aux généraux, sans abandonner pour autant les ci-devant. Achetant avec l'aide de prête-noms les biens des émigrés mis en vente, et promettant de les leur restituer quand la paix serait revenue et que ces familles nobles seraient de retour en France.

Il avait ainsi, pour la comtesse Thérèse Chrétien de Taurignan et ses enfants Louis et Jeanne, rencontré Dussert, et les deux hommes, au lieu de se combattre, avaient décidé de s'associer, constituant l'une des banques les plus puissantes de Paris et d'Europe.

— Vous allez garder ces tableaux ? avait demandé Dussert.

— Le Directoire les réclame. Je ne sais qui a averti les directeurs de cet envoi, mais j'ai reçu une sommation d'avoir à les remettre.

Dussert avait fait non d'un mouvement lent de la tête :

— Savez-vous combien Bonaparte a mis à la disposition du Directoire ? Deux millions de bijoux et d'argent en lingots, près de trente tableaux, et il a promis une dizaine de millions de plus. Nous allons faire comprendre à ces Messieurs que cela suffit, et que chacun, vous, moi et même Forestier, doit avoir sa part du butin. Barras décidément a trop d'appétit.

Dussert s'était penché vers Bernard.

— Ces créances sur Forestier, les hypothèques sur son hôtel de la rue de l'Estrapade...

— Levées, levées, dit Bernard en agitant les mains. Il a payé dès le printemps, dès l'entrée de l'armée à Milan. On dit qu'il a noué en Lombardie des amitiés précieuses, que Bonaparte a trop d'estime pour son courage sur le champ de bataille pour le brider. À Arcole, Forestier s'est élancé sur le pont pour protéger Bonaparte, il a été blessé, un autre aide de camp, Muiron, a été tué en se plaçant devant Bonaparte. Non seulement Forestier a survécu, mais il est allé chercher Bonaparte dans les marais et a empêché des grenadiers croates de le faire prisonnier. Cela ne s'oublie pas.

— Donc Forestier ne vous doit plus rien, et nous ne savons pas quelle femme le tient.

Dussert avait levé la main, dressé et secoué l'index.

— Je n'aime pas cela, Bernard. Un puissant qui n'a pas de dettes est un homme dangereux, surtout s'il est général. Imaginez que Forestier pense qu'il est libre d'agir à sa guise. Je l'ai connu jacobin…

— Acquérir des biens, vous le savez, avait dit Bernard en détachant chaque mot, c'est prendre du ventre. On devient raisonnable quand on a la panse bien pleine. Et puis, on n'est jamais rassasié quand on a goûté aux plaisirs de la table.

Bernard avait eu un petit rire, caressé du bout des doigts le large portefeuille de cuir noir qui dépassait de la couverture enveloppant ses genoux.

— Forestier s'est mis en tête d'acheter une demeure, dans son pays, avait-il repris. Les Jacobins rêvent tous de revenir chez eux, de prendre la place de ceux qui furent leurs maîtres. J'ai pensé que vous seriez d'accord pour que nous lui avancions les fonds nécessaires à l'achat d'un château. Le petit château de Mazenc, entre Grignan et Valence. Il appartenait à l'un des oncles de Julie de Boissier. Il a été vendu comme bien national et son propriétaire actuel veut le céder. Je voulais vous en parler, étant donné vos liens avec madame la comtesse de Mirmande – il avait incliné la tête cérémonieusement –, bientôt Mme Dussert.

Dussert avait fait la moue, veillant à ne rien laisser paraître de ce qu'il ressentait. Une satisfaction presque joyeuse de découvrir que personne n'échappait au désir de posséder, de se plier à la loi commune qui voulait qu'on pense à soi, qu'on désire être riche, propriétaire d'un hôtel particulier rue de l'Estrapade, et qu'on rêve d'acheter le château d'un ci-devant. Comme les principes s'effritaient vite et comme cela était rassurant ! Mais en même temps, cette ambition de Forestier l'avait irrité, comme si la jalousie qu'il avait éprouvée quand il avait appris que Forestier vivait avec Julie resurgissait, et comme si la réussite de Forestier l'avait menacé, comme s'il avait découvert qu'il aurait voulu être seul à connaître le succès. Et il avait eu envie de s'opposer à Forestier, de le vaincre, comme un rival qu'il faut terrasser. Mais il s'était maîtrisé. La sagesse était au contraire, il en était certain, de tenir Forestier en lui prêtant les sommes nécessaires à l'achat de ce château.

Il avait chuchoté :

— Il faudra qu'il paie très cher. Serrez-lui la gorge, Bernard, tenez-le bien en laisse, qu'il ne nous échappe plus. Il peut nous être utile un jour.

Le fiacre s'était arrêté devant l'hôtel des Taurignan.

Le cocher avait sauté de son siège et ouvert la portière, mais Dussert était resté immobile.

— Julie de Boissier ne veut pas quitter le quai de l'Horloge. Nous ne vivrons donc pas ici, mais à l'hôtel de Mirmande.

— Une belle et noble enseigne, avait murmuré Bernard d'un ton teinté d'ironie que Dussert n'avait pas aimé.

Il avait failli répondre sèchement mais, après un silence, il s'était contenté de dire :

— J'ai pensé que nous pourrions installer notre banque ici.

Il avait montré d'une inclination de tête l'hôtel des Taurignan.

— Si les Taurignan rentrent un jour à Paris…

Il s'était interrompu, était descendu du fiacre, avait attendu Bernard.

— Il n'est pas fréquent que les gouvernements s'en prennent aux banques. Nous avons même survécu à Robespierre, alors nous nous arrangerions d'un roi, vous ne pensez pas ?

Ils étaient entrés dans la cour. Dussert s'était arrêté, avait montré la façade aux grandes fenêtres.

— Cette demeure inspire confiance, avait-il dit.

Il avait monté lentement les marches du perron.

— Ce Forestier, avait-il murmuré, je voudrais connaître la femme qu'il met dans son lit. Un banquier, Bernard, doit toujours savoir qui partage la couche de ses clients.

27. “ Forestier, je vous livre à la marquise Mariella di Clarvalle. Elle est plus dangereuse que les grenadiers croates de l’Alpone… ”

Maximilien Forestier s’était appuyé de l’épaule droite à la fenêtre du boudoir, et il avait commencé à murmurer *incantato*, *incantato*, ce mot qu’il avait appris, depuis plusieurs mois déjà, lors de cette soirée donnée par Bonaparte au palazzo Serbelloni, non loin de la porta Romana à Milan.

Il avait été accueilli par Bonaparte à l’entrée des salons. Il était encore grelottant de la fièvre des marais, le bras gauche paralysé par cette blessure reçue sur le pont d’Arcole en tentant de le protéger, mais déjà le capitaine Muiron s’était précipité, faisant au général en chef un bouclier de son corps, et le sang de l'aide de camp avait jailli, se répandant sur Bonaparte qui avait basculé, tombant dans les marais de l'Alpone. Et Forestier avait sauté, ne sentant pas encore sa blessure, le tirant hors de l'eau, le protégeant des baïonnettes des grenadiers croates qui s'étaient précipités depuis l'autre rive pour capturer ces deux généraux. Heureusement, des fantassins et des hussards étaient venus à la rescousse. Forestier s'était évanoui, ne rouvrant les yeux que sur la berge, Bonaparte allongé près de lui, l'uniforme ensanglanté.

Depuis, Forestier avait eu l'impression qu'il ne réussirait jamais à échapper à ce brouillard glacé qui l'avait enveloppé sur les chemins de terre qui quadrillaient les marais de l'Alpone, sur ce pont d'Arcole balayé par la mitraille où tant de corps s'étaient abattus.

Sa fièvre, c'était ce brouillard en lui qui ne s'était pas dissipé, qui le faisait claquer des dents, et voir les lustres de cristal, les marbres, les tapis, les meubles d'acajou, les grands tableaux aux cadres dorés du palais Serbelloni, derrière un linceul gris qui rendait flous les contours des objets et les profils des visages.

Mais Bonaparte lui avait donné l'accolade, veillant à ne pas toucher son épaule gauche encore serrée par de larges bandages, puis le général en chef l'avait entraîné dans les salons, s'arrêtant au milieu de la foule des invités, lançant : « Voici le général Forestier qui m'a tiré des griffes des Croates dans les marais de l'Alpone, et qui s'était élancé avec moi sur le pont d'Arcole. Lui et moi sommes vivants, mais pensons aux braves, pensons à Muiron, à ceux qui sont morts à nos côtés. »

Il y avait eu un instant de silence, puis Bonaparte avait ajouté d'une voix aiguë :

— Qu'on boive, qu'on danse, qu'on vive !

C'est à ce moment-là que le voile s'était déchiré, que Forestier avait aperçu cette jeune femme, un peu pensive, qui se tenait adossée au mur, entre deux tableaux qui, à côté d'elle, lui étaient apparus comme des taches sombres.

Il avait cessé de grelotter, de ressentir cette douleur à l'épaule qui l'avait tenaillé jusqu'alors. Il s'était laissé guider par Bonaparte, sans entendre ce que le général en chef lui disait, sans voir les invités qui s'écartaient.

Il avait fallu que Bonaparte lui touche l'épaule, l'interroge, s'inquiète, lui demande s'il voulait s'asseoir, pour que Forestier refuse d'un simple mouvement de tête sans quitter des yeux cette jeune femme qui ne devait pas avoir vingt ans, tant elle paraissait gracile encore, le visage encadré par de longues boucles noires.

Il avait pensé, et cela lui avait paru si étonnant qu'il en avait secoué la tête, que cette jeune femme ressemblait à la pousse naissante d'un olivier, quand le tronc est encore lisse, droit, sans aucun des nœuds et des torsades du temps, mais que déjà apparaissent des fruits noirs, à l'ovale parfait, souvent cachés dans le feuillage d'un vert tendre, presque blanc.

Et il avait eu le sentiment que jusqu'alors il avait été maladroit, grossier, rustre, boueux, fougueux mais désordonné, un homme qui n'avait su ni vivre, ni voir, simplement une force, comme celle de ces torrents qui dévalent, dévastent, saccagent, et il avait eu envie de hurler qu'il allait changer, devenir un large fleuve, puissant et sage, qu'il allait commencer à vivre. Et sans doute ce qu'il avait ressenti était-il si apparent que Bonaparte avait éclaté de rire, lui avait pincé l'oreille droite en disant :

— Forestier, général Forestier, vous êtes – il s'était interrompu, paraissant chercher un mot, puis il avait repris –, vous êtes *incantato*, enchanté, Forestier. On vous a jeté un sort, emporté, allez-vous revenir parmi nous ?

Forestier l'avait vu s'éloigner, se diriger vers la jeune femme, s'incliner devant elle, lui prendre la main. Et elle s'était approchée avec lui, les yeux fixes, noirs, les lèvres entrouvertes par un sourire qui contredisait la gravité du regard.

— Voilà le général Maximilien Forestier, avait dit Bonaparte, il est brave et glorieux. Il est à votre merci, *incantato, marchesa.*

Il avait saisi le bras de Forestier.

— Forestier, je vous livre à la marquise Mariella di Clarvalle. Elle est plus dangereuse que les grenadiers croates de l'Alpone.

Plusieurs mois s'étaient écoulés depuis cette rencontre dans les salons illuminés du palazzo Serbelloni. La blessure de Maximilien avait cicatrisé, mais le 14 janvier, sur le plateau de Rivoli, le sabre d'un Autrichien de l'armée du général Alvinczy lui avait à nouveau fendu, plus profondément encore, l'épaule gauche.

Forestier était resté couché plusieurs heures parmi les morts dans cette nuit glaciale et claire, les yeux grands ouverts, et les étoiles lui avaient semblé dessiner le visage de Mariella di Clarvalle. Peut-être s'était-il accroché à la rive de la vie pour pouvoir se souvenir des fins d'après-midi passées à Milan, sur le Corso. Cette promenade, qui longeait le bastion de la porte Orientale, dominait la plaine lombarde.

Il avait cette nuit-là, claquant des dents de froid et de fièvre sur le plateau venté, parcouru plusieurs fois le Corso, marchant au côté de la *basterdalla*, la voiture basse dans laquelle Mariella di Clarvalle avait pris place avec deux amies, la princesse Visconti, dont on disait que le général Berthier, le chef d'état-major de Bonaparte, était amoureux fou, et la comtesse d'Arezzo, la plus vieille des trois, qui lançait des œillades à tous ces jeunes officiers qui paradaient sur le Corso.

Il avait eu le temps de se souvenir du moment où, pour la première fois, il s'était trouvé seul avec Mariella dans cette chambre du palazzo di Clarvalle, immense mais vide car, comme toutes les autres pièces du palais, elle avait été pillée, en dépit des ordres de Bonaparte. Et Forestier lui-même les avait transgressés, faisant charger dans une berline sept tableaux destinés à Lucien Bernard, ce prêteur, ce banquier qui disait maintenant qu'il avait découvert, non loin de Valence, le château de Mazenc qui conviendrait admirablement à un général glorieux, soucieux de revenir dans son pays natal afin d'y jouer un rôle à la mesure de ses exploits sur les champs de bataille.

Et Forestier, regardant le soleil se lever sur le plateau de Rivoli et les collines au loin commencer à se découper sur un horizon bleuté, s'était redressé, appelant ces hommes qui allaient parmi les corps, pour détrousser les morts et secourir les blessés.

Il avait éprouvé en les voyant une joie irrépressible et il s'était mis à rire aux éclats, continuant de claquer des dents. Il avait compris en dévisageant ces soldats qui se penchaient sur lui, puis le soulevaient, qu'ils imaginaient qu'il était l'un de ces hommes qu'une blessure rend fou. Il n'avait pas cherché à les détromper, continuant de rire, de marmonner *incantato*, *incantato*.

Oui, elle l'avait enchanté, la *marchesina*, cette petite marquise Mariella di Clarvalle, et il allait, puisqu'il était vivant, une deuxième fois arraché au fleuve noir où tant d'autres avaient disparu, donner l'ordre à Lucien Bernard d'acheter ce château. Et il avait imaginé les voyages en compagnie de Mariella, entre l'hôtel particulier de la rue de l'Estrapade et le château de Mazenc, entre Paris et son pays de Valence, comme jadis faisaient les aristocrates, les comtes de Taurignan et de Mirmande.

On l'avait déposé sur une table, dans une ferme située au sommet d'une colline. Un chirurgien avait écarté les lèvres de la plaie.

— Mordez, général, mordez comme un chien enragé, avait dit le chirurgien, en plaçant dans la bouche de Forestier un morceau de bois.

Forestier avait serré les dents à les briser. Puis, l'opération terminée, il avait somnolé, le corps couvert de sueur, des vagues de nausée montant dans sa gorge. Et il avait mêlé les images de sa vie passée à ces scènes qu'il avait imaginées avec Mariella. Il avait mesuré quel chemin il avait parcouru en peu d'années, quelle révolution il avait accomplie dans sa vie, jusqu'à vouloir être le châtelain de Mazenc, époux d'une *marchesina* italienne.

Et qui pouvait savoir où le conduirait encore cette époque de tempête, qui poussait chaque vie vers des rives inattendues !

Aurait-il jamais rêvé, quand il s'était présenté en 1784 au poste de garde des casernes du régiment de La Fère à Valence, lui le fils de la mère qui implorait la pitié, être ce général blessé auquel on apportait un message du général en chef ?

Bonaparte l'invitait à se rendre, pour se reposer, à la villa Clarvalle, sur les bords du lac de Côme où l'attendait la marquise en compagnie de la princesse Visconti. Et lui-même, Bonaparte, y séjournerait pour quelques jours en compagnie de Joséphine de Beauharnais et du général Berthier. « Soyez vite *ingamba*, Forestier, j'ai besoin de vous. »

Forestier avait fait quelques pas dans le boudoir, la tête baissée, hésitant à observer Mariella qui, assise devant son miroir, se coiffait.

Il était retourné à la fenêtre, ébloui par la lumière rouge et dorée du crépuscule qui se réfléchissait sur les eaux du lac de Côme. Il avait longuement observé les pêcheurs qui tiraient leur barque sur la rive puis disparaissaient entre les massifs de lauriers et les palmiers. C'était la paix.

Il l'avait enfin regardé, et d'une voix de plus en plus forte il avait répété *incantato*, *incantato*. Puis il avait chanté ce mot avec allégresse et s'était approché de celle qu'il appelait *mia Marchesina*, *Mariella mia*.

28. “ Un fils de paysan qui devient général, avant ça ne se pouvait pas. Ce ne sont pas les mêmes maîtres… ”

Madeleine Cotençon avait écarté le rideau de tulle et s’était penchée. Elle avait appuyé son front à la vitre de la dernière fenêtre du grand salon, celle qu’on ne pouvait voir parce que l’ombre du mur mitoyen, à la fin de l’après-midi, masquait tout le premier étage de l’hôtel.

Mais de là, sans être aperçue, Madeleine dominait la cour pavée entre la fontaine et les grilles. Elle voyait la voiture arrêtée, rue de l’Estrapade, devant le portail.

Elle avait attendu.

Et c'était chaque fois la même chose. Dès que Maximilien Forestier apparaissait, donnant le bras à son Italienne, à sa générale Forestier, à Madame, celle qu'il appelait avec une voix d'agneau, les yeux écarquillés, la tête un peu levée, les lèvres en avant, comme s'il priait et voyait un ange : *mia Marchesina*, *Mariella mia*, Madeleine ne pouvait pas se retenir de bougonner.

Il était devenu un pantin, ce Forestier. À quoi ça servait, les sabres, les uniformes, les blessures – parce qu'il souffrait encore de son épaule gauche, Madeleine le savait bien, puisqu'elle voyait qu'il avait du mal à enfiler sa manche – à quoi bon la bravoure si on se laissait mener par le licol ?

Et elle savait y faire, ce tendron d'Italienne qui passait plus de temps devant son miroir, dans son bain, ou bien à se faire pomponner par cette suivante qu'elle avait amenée avec elle de Milan, Mafalda. Celle-là, Madeleine avait envie de lui arracher les yeux ! Il fallait la voir, cette servante qui se donnait des airs de grande dame. Qu'est-ce qu'elle était, cette Mafalda ? La domestique de la marquise, celle qui lui fourrait de la poudre sur les joues et peut-être sur les fesses ! Mais elle se pavanait, enveloppée de fanfreluches, de parfum, et lançant des œillades aux uns et aux autres. Elle caquetait avec sa *marchesina*. Et c'était une langue de poulailler, leur italien, tout en roucoulements et en éclats aigus, en « ou », en « i », en « a ».

Madeleine claquait les portes, descendait à la cuisine, commençait à houspiller les servantes, les deux valets, les trois cuisinières, et si par malheur Mafalda, en se dandinant, se présentait sur le seuil en disant que sa maîtresse voulait du café, pour elle et le général, dans la chambre, Madeleine se précipitait, la repoussait. Que le général Forestier nous sonne, qu'il nous donne lui-même ses ordres. Non mais, quoi ! Qu'est-ce qu'elles se croyaient, ces Italiennes ? C'était les armées de la République qui les avaient conquises, et pas le contraire !

Mais allez savoir comment vont les choses ?

Madeleine montait dans le petit appartement dont elle disposait sous les combles, deux pièces au plafond si bas qu'elle devait avancer la tête baissée. Et Nicolas Mercœur, lui, il fallait qu'il se casse en deux pour ne pas heurter les poutres du front.

Elle avait en le voyant, allongé sur le lit, les mains croisées sous la nuque, la chemise blanche ouverte, ses pantalons d'uniforme serrant ses cuisses, un moment de joie. Elle était tentée de se jeter sur lui et de le mordre.

C'était toujours comme ça depuis qu'elle l'avait retrouvé, il y avait plus de six mois, quand il s'était présenté devant le portail et, que de cette fenêtre du premier étage, elle l'avait reconnu à sa silhouette.

Elle était descendue en courant mais elle avait traversé la cour à pas lents, se tenant dans l'ombre, pour le voir sans être vue.

Lui ne l'avait pas reconnue, disant en l'apercevant, alors qu'elle était encore près de la fontaine :

— Je cherche le général Maximilien Forestier.

Il avait agité une feuille.

— Je suis attaché à son service. Je viens de l'armée de Sambre-et-Meuse. J'ai ma feuille de route. Je dois me présenter ici.

Elle s'était immobilisée. C'était donc cela, la surprise dont lui avait parlé Maximilien Forestier lorsqu'il était rentré d'Italie avec sa jeune épousée, cette *marchesina* qui semblait ne rien voir autour d'elle et n'avoir des yeux que pour se contempler dans un miroir.

— Tu es toujours amoureuse de ton Nicolas, tu ne l'as pas remplacé ? avait interrogé Forestier.

Madeleine ne lui avait pas répondu, se contentant de dire qu'elle avait mis l'hôtel en ordre, qu'elle avait « veillé sur tout ».

— Tu ne l'as pas remplacé, ton Mercœur ? avait répété Forestier.

Alors elle s'était éloignée, disant qu'elle ne changeait pas, elle.

Et elle avait lancé cette phrase trop fort, sans doute comme un cri de colère, parce que ça voulait dire quoi, tous ces soldats de la République qui avaient tant beuglé qu'ils voulaient pendre les aristocrates à la lanterne et qui s'en revenaient avec des marquises ! Et l'on disait à la cuisine que c'était la même chose pour le général Berthier, qui avait sa chambre pleine des portraits de la princesse Visconti. Et c'était le général en chef qui avait donné l'exemple, en épousant cette Joséphine Tascher de La Pagerie, veuve Beauharnais. Les comtesses, les marquises, les princesses, toutes ces ci-devant qu'on n'avait pas tuées, elles se vengeaient bien en épousant des Jacobins.

Alors Madeleine avait pensé pendant plusieurs semaines que peut-être Nicolas avait trouvé une Allemande, une fille de gros fermier ou bien d'aubergiste, ou même, pourquoi pas s'il avait pris du galon, une ci-devant pas trop titrée mais qu'un Français valait bien !

Et puis il avait été là, avec son uniforme couvert de boue, ses moustaches en croc, son sac et sa feuille de route et de rattachement qui faisait de lui, en l'hôtel de l'Estrapade, un sergent d'ordonnance du général Forestier, de l'état-major du général Bonaparte.

— Tu l'as, ton Nicolas, avait dit Forestier en riant, se penchant vers son Italienne en lui chuchotant quelques phrases, et elle avait jeté sur eux un regard amusé.

Celle-là, la marquise, quelques années plus tôt, du temps de la prison des Carmes, elle n'aurait pas gardé longtemps la tête sur son cou. Et l'autre non plus, la coquette, cette Mafalda parfumée qui s'habillait comme une princesse alors qu'elle n'était rien qu'un trou du cul de domestique, comme elles l'étaient toutes ici, et elle pas moins que les autres… Et ce n'était pas parce qu'elle était italienne et que sa Mariella avait épousé ce benêt de général Forestier qu'elle allait pouvoir se payer le sergent Mercœur !

— Si tu la regardes, si tu la touches, avait dit Madeleine à Nicolas dès les premières heures de leurs retrouvailles, après qu'ils s'étaient aimés, je te tue. Et si elle t'approche, je lui arrache les yeux.

Il avait ri, Nicolas. Il se rengorgeait comme si cette jalousie, cette colère le chatouillaient. Et au lieu de se coucher près de lui, Madeleine restait debout au pied du lit, puis allait d'un bout à l'autre des deux pièces en enfilade, oubliant parfois que le plafond était bas, se cognant la tête contre le cadre de la petite porte. Et elle jurait parce qu'elle avait mal, qu'elle sentait qu'une bosse allait déformer son front, qu'elle serait laide avec cette tache bleu-noir qu'elle tenterait en vain de cacher avec ses cheveux. Peut-être que l'une des cuisinières dirait en la voyant : « Il te bat, maintenant, ton Nicolas, ton sergent ? Il regarde ailleurs ? »

Et Madeleine hurlerait.

En imaginant ça, en trempant un mouchoir dans la bassine d'eau pour s'humecter le front, Madeleine commençait à pleurer en secouant la tête.

Elle ne comprenait même pas cet excès de douleur.

Elle avait plus qu'elle n'aurait pu espérer. Le général Forestier lui donnait de bons gages, la traitait en citoyenne. Il lui avait sauvé la vie. Il l'avait tirée de la misère, et le temps de la rue Guénégaud paraissait à Madeleine aussi éloigné que l'époque d'avant la prise de la Bastille, ces jours du printemps 1789 quand elle avait couru dans le faubourg Saint-Antoine et que les émeutiers avaient mis le feu à la maison Reveillon.

Elle ne risquait plus d'être arrêtée, condamnée. Guillaume Dussert était venu ici, dans l'hôtel de la rue de l'Estrapade. Il l'avait croisée sans la voir, trop occupé à boire, à parler avec les autres invités, Joseph Machecoul et même le général Bonaparte. Ils fêtaient le mariage du général Forestier et de la marquise.

Et puis Nicolas était venu. Il l'avait épousée. Il couchait près d'elle chaque nuit. Tout cela était bel et bon. Alors pourquoi pleurnicher ? Qu'est-ce qu'elle aurait voulu de plus ?

Quand elle était comme ça, avec sa bosse qui gonflait au milieu du front, Nicolas se levait, venait près d'elle, lui enveloppait les épaules du bras, puis prenait le mouchoir et lui tapotait le front. À la fin, Madeleine riait, s'abandonnait.

— C'est ma corne qui pousse, disait-elle.

Et elle se dégageait, serrait le cou de Nicolas.

— Si tu la regardes, si je te vois, si je sais que cette Mafalda...

Il haussait les épaules. Il la calmait, et elle se laissait porter jusqu'au lit.

Il avait des rudesses qui étaient des douceurs, puis après, quand ils reposaient côte à côte, elle la tête glissée sous l'aisselle de Nicolas comme si elle avait trouvé là sa maison, ils parlaient à voix basse dans l'obscurité de la chambre, avec seulement le bruit de la fontaine et parfois le roulement d'une voiture qui passait rue de l'Estrapade.

Elle disait :

— Qu'est-ce qu'ils ont tous à épouser des aristocrates ? À quoi ça a servi que mon frère meure, à quoi ça a servi de tuer tant de gens, de courir aux frontières, pour que ça recommence comme avant, avec des marquises ? Et nous, on est toujours des domestiques.

— On n'a plus faim, murmurait Nicolas.

— Tu n'es pas allé, le matin, quai de l'Horloge ou quai de Grève pour ramasser une poignée de grains ou de farine. Les femmes elles y sont, et j'y étais.

— Tu n'y es plus. Forestier, il nous a pris, toi et moi, par les cheveux pour nous sortir de l'eau, et il nous a mis là au sec, au chaud.

Nicolas la serrait contre lui.

— Il y a plein de femmes, dehors, je les connais, elles y sont encore. Descends la rue, jusqu'à Maubert, tu les verras, les malheureuses, disait-elle.

Nicolas se taisait.

— On a changé de maître, ajoutait Madeleine, et on a quelques miettes pour nous.

— Non, non, commençait Nicolas. Forestier, Bonaparte, je les vois, je les entends, ils ne sont pas comme ceux d'avant.

Madeleine haussait les épaules.

— Tu les connais de près, c'est pour cela que tu les vois différents. Mais ceux qui servaient le roi, ils le voyaient autrement que la foule qui regardait sa tête tranchée. Ils ont pleuré quand on l'a tué. Et moi aussi, et j'ai encore froid quand j'y pense. Et son petit Capet, tu crois que c'est juste de l'avoir laissé mourir ?

— Ils ne sont pas comme ceux d'avant, avait répété Nicolas. Si tu avais été sur les frontières, tu saurais. Ceux d'avant, ils sont de l'autre côté. Ils nous embrochent quand ils peuvent.

Il murmurait qu'il avait vu, l'autre matin, l'entaille dans l'épaule gauche de Forestier. Un sillon profond et rouge, et ça semblait un miracle que le bras n'ait pas été coupé et qu'il puisse encore le remuer.

— Ce sont ceux d'avant qui lui ont fait ça. Comment veux-tu qu'il oublie qui il est ? Il ne sera jamais comme eux, et Bonaparte non plus.

Il les avait vus, Bonaparte et Forestier, racontait Nicolas, au grand banquet de huit cents couverts donné au palais du Luxembourg en l'honneur du général en chef de l'armée d'Italie, qui avait conclu une paix victorieuse avec le pape, avec les Autrichiens. Il s'était tenu derrière Forestier, la main droite sur la crosse du pistolet, la gauche sur la garde du sabre. Et l'ordonnance de Bonaparte avait pris la même attitude.

— Bonaparte, avait murmuré Nicolas, n'a rien mangé de ce qu'on lui servait. Un soldat lui a apporté ses propres couverts, et des œufs à la coque. Il avait peur d'être empoisonné... Je l'ai entendu dire à Forestier : « Ils ont peur de nous, de moi. Vous, vous pouvez encore boire du vin de Tokay et manger leurs carpes du Rhin. C'est moi qu'ils craignent. Mais si je disparais, Forestier, gare à toi. Ne prends plus que des œufs et veille à ce qu'on n'ait pas percé leur coquille ! »

En disant cela, Bonaparte avait regardé avec soin l'œuf à la coque, puis en avait sectionné l'extrémité et l'avait gobé d'un seul trait.

— Ils se disputent entre eux pour savoir qui sera le maître, avait dit Madeleine. C'est tout, Nicolas, c'est tout.

Il s'était redressé sur le coude.

— Un fils de paysan qui devient général, avant ça ne se pouvait pas. Ce ne sont pas les mêmes maîtres.

— Et l'Italienne, la *marchesina* ?

Madeleine avait repoussé Nicolas. Elle s'était levée d'un mouvement si rapide qu'elle avait encore une fois heurté une poutre. Et elle avait crié, juré, pleuré.

— Si je te surprends avec cette Mafalda, je te déchire avec mes dents, avait-elle marmonné en se débattant pendant que Nicolas essayait de l'entraîner à nouveau vers le lit.

Et puis elle s'était effondrée, commençant à sangloter, disant :

— Tu pars, tu pars ! Mais à quoi ça sert ? Qu'est-ce que c'est que cette Égypte dont Forestier parlait, l'autre soir à dîner ? Je l'ai entendu. Il y avait là Dussert, Machecoul et cet autre, ce vieux qui cherche toujours à caresser les servantes, m'ont-elles dit, Lucien Bernard, avec sa tête d'usurier. L'Égypte, qu'est-ce que c'est que ce pays ? Qu'est-ce que vous allez ramener de là-bas ? Et moi, je vais rester ici, avec l'Italienne, à la voir, j'en suis sûre, se faire courtiser, comme l'a fait Joséphine quand Bonaparte était en Italie.

— Et toi, quel homme tu inviteras ici, dans notre lit ? avait dit Nicolas en l'immobilisant, pesant des deux mains sur les épaules de Madeleine.

Mais elle avait roulé la tête de gauche à droite.

— Je ne veux pas que tu partes, avait-elle pleurniché. Pour quoi faire, puisque c'est comme avant, que c'est des guerres pour quoi ? Pour acheter un hôtel rue de l'Estrapade, un château...

— C'est chez lui, c'est là-bas qu'il est né. Il n'était rien, maintenant il possède le château de Mazenc. Si tu étais venue...

— Et on fait la guerre pour ça ? On a coupé des têtes pour ça, pour que monsieur Forestier épouse une marquise italienne et achète un château !

Nicolas lui avait posé la main sur la bouche.

— Qu'est-ce qu'on peut comprendre, nous, avait-il murmuré. On est fidèle, c'est tout. Si Bonaparte s'en va en Égypte, Forestier ira, et moi j'irai avec lui. C'est simple.

Madeleine avait geint, elle avait tenté de dire « tu m'étouffes », mais il l'avait embrassée, il l'avait aimée, et elle s'était endormie.

Quand Madeleine s'était réveillée, elle était seule dans le lit. La veste d'uniforme de Nicolas, avec sur les manches les arabesques des galons de sergent-major, n'était plus accrochée au dossier de la chaise.

C'était la fin d'un après-midi de printemps, avec de longs espaces bleus et blancs dans le ciel. Elle avait entendu des bruits de voix qui montaient du vestibule.

Elle s'était penchée au-dessus de la rampe, dans la cage d'escalier. Elle avait aperçu les silhouettes de Forestier, des deux Italiennes, la marquise et cette garce de Mafalda, et elle avait deviné la présence de Nicolas à quelques pas de Forestier.

Alors elle était descendue rapidement jusqu'au premier étage, se glissant dans le grand salon plongé dans la pénombre. Elle s'était approchée de la dernière fenêtre, et elle avait écarté le rideau de tulle.

Elle avait vu Forestier donnant le bras droit à la marquise. Et marchant derrière eux, Nicolas dans son uniforme neuf, avec son bonnet de hussard enfoncé jusqu'aux sourcils. Heureusement, l'autre Italienne, la parfumée, avait dû rester sur le seuil de l'hôtel.

Forestier avait embrassé la marquise, puis il était monté dans la voiture et Nicolas s'était installé près du cocher.

La marquise avait attendu que la voiture disparaisse dans la rue de l'Estrapade, puis elle avait traversé la cour à pas lents. Elle s'était arrêtée près de la fontaine, plaçant le bout de ses doigts sous le jet.

Il avait semblé à Madeleine que l'Italienne, la garce, souriait.

Et ces pauvres fous qui partaient en Égypte, mais pourquoi ? Puisque, elle en avait été sûre à cet instant, si peu de choses changeaient, même quand on coupait la tête d'un roi et faisait couler des fleuves de sang !

29. « Il nous placera la pointe de son glaive sur la gorge et le Directoire n'existera plus. La République aura trouvé son César... »

— Nos héros sont en Égypte, avait murmuré Guillaume Dussert.

Il s'était tourné, avait tendu à Joseph Machecoul qui était assis à sa droite la lettre que venait de lui remettre Talleyrand.

Ce dernier se tenait debout, appuyé au manteau de la monumentale cheminée de marbre qui décorait le salon de l'hôtel de Galliffet.

C'était la première fois que Dussert pénétrait dans cette demeure de la rue du Bac où Talleyrand, depuis qu'il était devenu, si peu de temps après son retour d'émigration, ministre des Relations extérieures du Directoire, résidait.

Dussert ne s'était jamais rendu jusque-là aux invitations du ministre, ne les refusant pas mais se dérobant, prétextant un voyage en compagnie de la comtesse de Mirmande dans leurs propriétés de Crest et de Taurignan, ou bien une mauvaise fièvre ou un voyage à Milan, en République cisalpine, en compagnie de son associé Lucien Bernard.

Dussert avait jugé qu'il était trop tôt pour s'afficher avec lui. L'ancien évêque d'Autun, Charles Maurice de Talleyrand-Périgord, avait certes des alliés puisqu'il avait obtenu sa radiation de la liste des émigrés, condition nécessaire de son retour en France. Mais il avait surtout des ennemis. Dussert avait pu mesurer la jalousie, le mépris et même la haine que suscitaient « le Boiteux ». On l'accusait d'avoir conspiré contre la République lors de son séjour aux États-Unis où il avait émigré, et durant les quelques semaines qu'il avait passées à Altona, près de Hambourg.

Dès son retour à Paris, il avait multiplié les réceptions fastueuses, prononcé des discours brillants à l'Institut et promené partout sa grande taille, ses cheveux poudrés à l'ancienne mode, son visage imberbe et son nez retroussé. Et naturellement, sa superbe et sa réputation détestable.

Dussert avait eu en main l'un de ces petits libelles où l'on fustigeait Talleyrand :

Gorgé de honte et d'or un impudent Maurice,
Du pouvoir quel qu'il soit adore le caprice,
De tout parti vaincu mercenaire apostat,
Peut vendre ses amis comme il vendit l'État.

Dussert avait donc décidé d'attendre avant de le rencontrer, écoutant ceux qui disaient : « Talleyrand est au service de l'étranger. Il n'a jamais existé un être plus pervers, plus dangereux et qui méritât davantage de ne jamais rentrer en France… C'est un homme fait pour perdre tout ce qui le laisse approcher. »

Mais Talleyrand était devenu ministre, sans doute avec l'appui de Barras et de Sieyès. Et Dussert l'avait vu une première fois à l'hôtel de Salm où se réunissaient quelques personnalités politiques, Tallien, Sieyès, Machecoul, décidés à former un « cercle constitutionnel » pour réfléchir, disaient-ils, à l'avenir de la République. Dussert, à les écouter, avait songé qu'ils pensaient surtout à se maintenir au pouvoir.

Talleyrand l'avait salué avec une courtoisie élégante non dénuée d'ironie, qui sentait son ci-devant.

— On me répète partout, avait-il dit, que vous êtes au mieux avec la générale Bonaparte, et que vous connaissez bien le général Forestier. Vous êtes un homme précieux, monsieur Dussert, et puis…

Talleyrand lui avait pris le bras, l'avait entraîné à l'écart, et ç'avait été une curieuse sensation que de sentir le déhanchement de cet homme grand qui, à chaque pas, corrigeait par un mouvement du torse sa claudication.

— … vous êtes l'heureux époux de la comtesse de Mirmande, avait continué Talleyrand. Savez-vous que j'ai bien connu à Altona son frère, Jérôme de Boissier ? Le jeune homme est brillant, mais à mon grand regret il a hésité à rentrer. Cela pourtant ne saurait tarder. Les années qui viennent vont permettre de combler les abîmes qui se sont ouverts entre les Français depuis 1792. Vous vous rappelez, c'est moi qui ai célébré la messe pour la fête de la Fédération en 1790, qui fut celle de la paix civile, de l'unité, de la fraternité. Il faut retrouver cela. Voilà à quoi, vous comme nous tous devons œuvrer.

Talleyrand était retourné s'asseoir entre Machecoul et Sieyès, interrogeant encore Dussert sur l'évolution de la rente après cette liquidation, une banqueroute, avait-il murmuré, des deux tiers des dettes de l'État.

— La banque Dussert et Associés ne prête qu'aux particuliers, avait répondu Dussert. Elle n'accorde son crédit qu'aux hommes d'ambition. Nous n'achetons pas de la rente, ou pas encore. Nous attendons que le Directoire soit un régime stable.

— Dussert ne nous fait guère confiance, avait ajouté Machecoul. Il craint les généraux, Bonaparte, Forestier, Pichegru, qui encore...

— Pichegru, un homme fini, avait dit Talleyrand. Bonaparte est d'une autre trempe – il avait souri –, je lui ai remis un rapport sur le talon d'Achille de l'Angleterre qu'est l'Égypte. Il m'a dit que depuis des années il rêvait de l'Orient, qu'il avait même sollicité et obtenu, jadis, d'être nommé à la tête d'une mission diplomatique et militaire qui devait partir à Constantinople. Et puis Barras en a fait le chef de l'armée de l'Intérieur et le mari de la gracieuse Joséphine.

Il s'était penché vers Dussert.

— On m'assure que Forestier a épousé une marquise italienne, belle et fortunée.

— Belle, avait répondu Dussert.

Talleyrand avait encore souri.

Après cette première entrevue, Dussert avait conclu qu'il n'était plus imprudent de rencontrer Talleyrand, qu'il pouvait même être fructueux de le faire puisque, murmurait-on partout, le ministre des Relations extérieures avait gardé des liens avec Londres, Vienne, avec l'entourage de Louis-Philippe d'Orléans, et aussi avec les frères de Louis XVI, les comtes d'Artois et de Provence, ce dernier se faisant déjà appeler Louis XVIII.

Il avait donc accepté de se rendre à l'hôtel de Galliffet afin, selon l'invitation de Talleyrand, « d'échanger quelques vues générales ». Talleyrand précisait qu'il avait convié également Joseph Machecoul.

Dussert avait retrouvé le vice-président du Conseil des Cinq-Cents dans l'antichambre.

Machecoul avait paru préoccupé, inquiet comme à son habitude. Il avait aussitôt, en quelques phrases, fait part de ses soucis. Les caisses du Directoire étaient vides, l'agitation royaliste avait repris avec force sous la direction du général Pichegru, avait-il répété.

Les directeurs étaient divisés. Certains membres des Cinq-Cents, sensibles à la propagande jacobine, étaient comme attirés par ces vieilles braises qu'étaient les idées d'égalité et de pouvoir du peuple. Et il y avait cette incertitude sur le sort de l'armée de Bonaparte, qui avait quitté Toulon en mai. Machecoul avait baissé la voix, chuchoté : « L'Égypte, vous vous en souvenez, c'est une idée de Talleyrand. Les directeurs ont trouvé là l'occasion de se débarrasser de Bonaparte, mais le jeu est risqué. Si Bonaparte est défait par les Turcs ou si son armée est noyée par la flotte anglaise de Nelson, qui rôde en Méditerranée, Londres gagne, les royalistes et les émigrés en profitent, et le Directoire n'est pas capable de leur résister. Et si Bonaparte revient d'Égypte couronné de lauriers, plus glorieux encore qu'à son retour d'Italie, il nous placera la pointe de son glaive sur la gorge et le Directoire n'existera plus. La République aura trouvé son César. »

Talleyrand était entré dans le salon avant que Dussert ait eu le temps de répondre.

— La finance et le pouvoir, avait-il dit en prenant Dussert et Machecoul par le bras et en les entraînant vers le salon.

— Lorsqu'ils sont alliés, avait-il ajouté en montrant les fauteuils et en restant debout lui-même, accoudé au manteau de la cheminée de marbre, c'est un gage de paix et de prospérité.

Talleyrand avait souri.

— En fait, ils ne peuvent être séparés l'un de l'autre. Ce pourrait être une fable mythologique, où la mère devient le fils et celui-ci le père de sa mère. La finance est mère et fille du pouvoir.

Il avait soupiré, sorti une lettre de sa poche.

— J'ai reçu ce matin ces nouvelles en provenance de Constantinople.

Il avait tendu la lettre à Dussert.

— Je n'en ai pas encore donné lecture aux directeurs, mais puisque je vous reçois, comment ne pas vous en faire part ? Attendez, je vous prie, avant de répandre la nouvelle, que je la communique au gouvernement cet après-midi.

Dussert avait lu rapidement. Bonaparte avait échappé à la flotte anglaise, conquis Malte, débarqué dans la baie du Marabout, à l'ouest d'Alexandrie, et les troupes de la division Kléber avaient conquis cette ville. Puis l'armée avait défait les Mamelouks au pied des pyramides.

— Nos héros sont donc en Égypte, avait repris Dussert pendant que Machecoul lisait, et ils sont victorieux.

Il avait jeté un coup d'œil à Machecoul.

— Jules César approche, mon cher.

Talleyrand avait fait quelques pas puis, comme s'il ne pouvait aller au-delà, il s'était appuyé au dossier de l'un des fauteuils.

— Vous craignez Bonaparte, monsieur le vice-président ? Pour l'instant – il avait tendu la main, repris la lettre – il est de l'autre côté de la Méditerranée. Remportera-t-il d'autres victoires, pourra-t-il rentrer ? Nelson l'a manqué une fois, glissera-t-il entre les mailles du filet une deuxième ? Et s'il revient en France, que se produira-t-il ? Paris, vous le savez, est un champ de bataille autrement périlleux que ceux d'Italie ou d'Égypte. Saura-t-il manœuvrer ? Ou bien sera-t-il aussitôt pris dans une embuscade ?

Talleyrand s'était retourné vers la cheminée, puis il avait dit, regardant tour à tour Machecoul et Dussert :

— Cela dépend un peu de gens comme nous.

Il avait incliné la tête vers Dussert, puis vers Machecoul.

— La banque, le pouvoir. Sans vous il ne peut rien, ou bien peu. Avec vous, il ne peut pas tout, mais beaucoup.

— Et vous ? avait dit Dussert en se levant.

Talleyrand s'était lentement caressé le revers de la main droite avec le bout des doigts de la main gauche.

— On m'accorde quelques talents pour la diplomatie, ils peuvent être utiles, avait-il murmuré.

Dussert s'était alors souvenu de ces vers hostiles au ministre, et qu'on chuchotait parfois sur son passage :

Dans le parti qui lui paie un salaire,
Furtivement il glisse un pied douteux,
L'autre est fixé dans le parti contraire,
Mais c'est le pied dont Maurice est boiteux.

— Laissons nos héros revenir d'Égypte, avait dit Dussert.

Et il avait quitté le salon de l'hôtel de Galliffet.

30. “ Tout s’use ici. Je n’ai déjà plus de gloire, cette petite Europe n’en fournit pas assez. Il faut aller en Orient, Forestier… ”

Mariella di Clarvalle s’était immobilisée sur le perron de l’hôtel de Galliffet.

Elle avait aperçu, au fond d’une immense salle décorée de drapeaux bleu blanc rouge, un orchestre placé sur une estrade couverte de tricolore. Mais la musique était étouffée par le brouhaha de la foule des invités qui avait envahi l’hôtel en ce 21 septembre 1798, jour anniversaire de la proclamation de la République.

Un majordome en livrée bleu et rouge s’était incliné devant elle et, se redressant, avait lancé d’une voix forte : « Madame la générale Maximilien Forestier, marquise de Clarvalle. »

Et aussitôt elle avait vu un homme grand, vêtu de noir, la perruque poudrée presque blanche accusant la pâleur du visage, se diriger vers elle. Elle avait remarqué ce mouvement des épaules, cette étrange rotation du torse qu'il semblait effectuer à chaque pas. Il boitait.

C'était donc là ce Charles Maurice de Talleyrand-Périgord dont on lui avait rebattu les oreilles depuis des mois.

Maximilien n'avait pas cessé, durant les semaines qui avaient précédé son départ pour l'Égypte, de l'accuser.

« Il veut nous envoyer mourir sur le Nil, s'était-il exclamé à plusieurs reprises. Plus nous serons loin et plus ces messieurs seront libres d'agir à leur guise ici, d'appeler le nouveau Louis Capet si bon leur semble. Et je me demande parfois s'ils ne souhaitent pas nous voir envoyés au fond par Nelson, ou retenus là-bas, au milieu des sables. »

Mariella s'était étonnée. Pourquoi se laissaient-ils tous ainsi pousser hors de France si les intentions de Talleyrand et du Directoire étaient aussi perfides ? Pourquoi Bonaparte acceptait-il ?

Elle se souvenait du geste d'impuissance de Forestier, de ce qu'il avait répondu : « Bonaparte croit que, quel que soit le chemin qu'il suive, la bonne fortune veille sur lui. »

Quelques jours avant de rejoindre la flotte à Toulon, elle avait même entendu Bonaparte, qui les recevait dans sa demeure de la rue Chantereine en compagnie de Joséphine, dire d'une voix nerveuse : « Je ne veux pas rester ici. Il n'y a rien à faire. Je vois que si je reste, je suis coulé dans peu. Tout s'use ici. Je n'ai déjà plus de gloire, cette petite Europe n'en fournit pas assez. Il faut aller en Orient, Forestier, toutes les grandes gloires viennent de là, et puisque Talleyrand croit habile de nous envoyer en Égypte, prenons-le au mot, et revenons avec un surcroît de gloire. »

Forestier et Bonaparte partis, les femmes avaient à leur tour parlé de Talleyrand, mais à voix basse, expliquant qu'il était un séducteur froid.

« Vous verrez, Mariella, quand vous le rencontrerez. Vous oublierez son infirmité, son teint blafard, ses yeux morts. Il vous enveloppera de belles phrases, il vous grisera, c'est un sorcier. »

Était-ce Joséphine ou Thérésa Tallien qui avait ajouté « Tous les boiteux le sont » ?

La rumeur avait couru que Julie de Boissier avait été durant quelques semaines sa maîtresse, avec le consentement de son mari. Car Talleyrand, disait-on, savait acheter la complicité des époux ou des amants. Et on avait remarqué que la banque Dussert et Associés avait obtenu des privilèges exorbitants en République cisalpine. Lucien Bernard et Dussert s'étaient rendus plusieurs fois à Milan, revenant avec des tableaux, des meubles, des livres anciens et de l'or. Pendant leurs voyages, le ministre des Relations extérieures avait été assidu aux réceptions qu'avait données Julie en l'hôtel de Mirmande. On murmurait aussi qu'il avait poussé dans le lit de Joséphine plusieurs jeunes officiers afin de nouer avec la générale Bonaparte des liens obscurs et équivoques, qui pourraient lui être utiles, plus tard, dans ses rapports avec Bonaparte.

— S'il revient d'Égypte, avait ajouté Julie après avoir fait cette confidence à l'oreille de Mariella di Clarvalle.

— Avez-vous des nouvelles du général Forestier ? avait-elle ajouté.

Mariella avait expliqué que depuis le départ de l'expédition, le 19 mai, elle n'avait reçu qu'une seule lettre, dans laquelle Forestier décrivait avec enthousiasme sa remontée du Nil en compagnie de Bonaparte. Elle aurait pu réciter la conclusion de sa lettre : « Je me suis arraché à tes bras mais tous mes rêves m'emportent vers toi, *Mariella mia*. Nous marchons dans les pas des pharaons, mais si le jour est voué à la gloire et aux combats, mes nuits sont à toi, *mia Marchesina*. Et je ne songe qu'à mon retour. »

Mais pourquoi aurait-elle confié ces mots à Julie de Boissier ?

Elle avait découvert, depuis qu'elle vivait à l'hôtel de l'Estrapade, qu'on ne se souciait à Paris, dans les salons, que de pouvoir et d'argent, de gloire et d'intrigues politiques, bien plus que de stratégie amoureuse, et que les hommes et les femmes semblaient ignorer ce qu'était la passion. On ne faisait la conquête des femmes et on n'acceptait de céder à un homme que pour montrer ses maîtresses ou ses amants comme autant de titres, de preuves du pouvoir qu'on exerçait, de l'argent qu'on possédait, ou de la gloire dont on était auréolé.

Lorsque Mariella pensait à cela, l'Italie lui manquait et Paris lui paraissait gris, ennuyeux et glacé.

Elle n'avait donc pas parlé de ses sentiments et de ceux de Maximilien, et Julie, un peu déçue, l'avait regardée puis avait chuchoté :

— Mon mari a appris aujourd'hui, par les correspondants de sa banque à Amsterdam et Anvers, que Nelson a détruit tous les navires de la flotte de Bonaparte à Aboukir, le 1er août. La nouvelle est parvenue à Londres le 24 de ce mois, et à Amsterdam six jours plus tard. Guillaume en a informé le Directoire aujourd'hui.

On était le 5 septembre. C'était une nuit étonnamment douce et la Seine reflétait la clarté du ciel.

Mariella avait longuement fixé Julie, et elle avait vu de la joie dans le regard de cette jeune femme dont on lui avait chuchoté – parce qu'il fallait bien qu'on essaie de la blesser, cette marquise italienne ! – qu'elle avait été autrefois, avant d'épouser Dussert, la maîtresse de Maximilien.

— Ils reviendront, avait dit Mariella en tournant le dos à Julie.

Elle était rentrée peu après à son hôtel, s'enfermant avec

Mafalda dans sa chambre, s'abandonnant à une tristesse mêlée de colère et de nostalgie.

Elle s'était souvenue des promenades sur le Corso, à Milan, Maximilien marchant près de la *basterdalla*, puis des réceptions au palazzo Serbelloni, et plus tard, après la seconde blessure de Maximilien, de leur séjour à la villa Clarvalle sur les bords du lac de Côme.

Cela avait été, malgré la souffrance de Maximilien et malgré la guerre qui continuait, des temps de gaieté, d'enthousiasme. Mariella avait encore en mémoire la voix saccadée, tranchante, de Bonaparte, et l'énergie dont sa personne rayonnait. Elle avait en l'écoutant, alors qu'il parlait dans les jardins de la villa Clarvalle, regretté de ne pas être un homme, pour le suivre et combattre près de lui.

Elle avait repris la lettre, l'unique lettre de Forestier. Il racontait comment il avait empêché, sur les bords du Nil, qu'on massacrât des Mamelouks prisonniers qui avaient mis en pièces, sans pitié, des soldats égarés dans le désert :

« Je leur ai dit : J'ai vu comme vous ce qu'ils ont fait aux nôtres, mais je sais que nous sommes français et qu'en nous battant pour la gloire, l'indépendance et la liberté de notre nation, nous devons nous distinguer. Nous ne devons pas imiter des esclaves qui ne deviennent barbares et cruels que pour obéir à leurs maîtres et à leurs tyrans. »

Étrange peuple que ces Français, qu'elle avait vus à Milan, généreux, pleins de fougue et de joie – et c'est ce qui l'avait séduite chez Maximilien – et qu'elle ne reconnaissait pas à Paris, où ils lui étaient apparus calculateurs, égoïstes, compassés. Était-ce le même peuple ?

Elle avait demandé à Mafalda de faire monter dans la chambre Madeleine, l'épouse de l'ordonnance de Maximilien dont elle avait oublié le nom.

Madeleine était entrée pleine d'arrogance, se tenant les bras croisés :

— Madame veut quoi ? Madame a besoin de moi ?

Mariella lui avait fait signe de s'asseoir, mais Madeleine avait semblé ne pas voir son geste. Elle avait attendu, figée.

— Les Anglais ont coulé tous les bateaux du général Bonaparte, avait murmuré Mariella.

Madeleine avait secoué la tête, prenant un air buté, murmurant :

— Vous êtes contente !

Mariella avait bondi, et toute sa colère contre Julie de Boissier, contre ceux qui avaient envoyé l'armée au-delà de la mer, si loin, contre Maximilien et Bonaparte qui avaient accepté de partir, avait jailli. Elle avait giflé Madeleine, l'avait insultée en italien puis, quand elle s'était aperçue que celle-ci pleurait, elle s'était calmée.

— Écoute-moi, avait-elle dit, ton mari et le mien sont là-bas. Ils sont vivants. Bonaparte est vivant. Crois-tu qu'ils vont se laisser enfermer dans ce pays ? Je suis sûre qu'ils reviendront.

Elle l'avait prise par les épaules, et comme Madeleine gardait la tête baissée, elle lui avait soulevé le menton, la forçant ainsi à la regarder.

— Si nous n'avons pas confiance, toi et moi, qui l'aura ?

Elle avait passé sa main sur la joue de Madeleine, encore rouge de la claque qu'elle avait reçue.

— Pardonne-moi, avait-elle murmuré.

— Vous croyez..., avait commencé Madeleine d'une voix hésitante.

— Ils reviendront, je te le jure.

Et d'avoir prononcé ces mots l'avait rassurée.

Elle avait accepté toutes les invitations, affichant dans les salons une gaieté insolente, évoquant le retour prochain et triomphal de l'armée d'Égypte, empêchant ainsi les pleureurs hypocrites d'exprimer leur compassion, les obligeant à dire qu'ils étaient, comme elle, sûrs de la victoire de Bonaparte.

Et elle était maintenant face à Talleyrand, qui lui offrait son bras et la conduisait dans la salle de bal, chuchotant que cet hôtel de Galliffet était un écrin modeste pour elle qui était habituée à la magnificence des palais italiens.

— Nous ne sommes ici que de mauvais imitateurs de l'Italie, avait-il dit, le visage figé par un sourire qui ressemblait, avait pensé Mariella, à une grimace.

Il s'était arrêté, appuyé au bord de l'estrade sur laquelle les musiciens se tenaient debout, ayant cessé de jouer, attendant peut-être un ordre.

— Nous sommes restés des barbares, avait poursuivi Talleyrand, nous sommes les héritiers des Gaulois de Brennus qui ont mis Rome à sac.

Il avait souri, montré les tableaux qui de part et d'autre de l'estrade étaient éclairés par des candélabres. L'un d'eux représentait un paysage biblique.

— Pouvons-nous être pardonnés de vous avoir pillé ? avait-il dit.

Puis, baissant la voix et se rapprochant de Mariella, il avait ajouté :

— Ce tableau, je tiens à l'avoir constamment sous les yeux. Il a toute une histoire... J'ai dû le payer un trésor à un banquier, Bernard, l'associé de Dussert, qui ne voulait s'en séparer à aucun prix, et qui a prétendu que le général Forestier le lui avait fait parvenir de Milan. Voyez, marquise, comme le destin des objets et des hommes est imprévisible. Chaque fois que je regarde ce paysage, je pense à l'Égypte, à notre armée, à nos généraux, à votre mari.

Il s'était incliné, chuchotant qu'il pourrait, demain, si elle l'y autorisait, faire porter ce tableau qui était comme un présage, chez elle, rue de l'Estrapade. « N'est-ce pas ? »

— L'Italie retrouvera ce qui lui appartient. Et moi, j'honorerai le plus beau des diamants de cette soirée, vous, marquise.

Mariella s'était écartée de lui, le toisant comme si elle le découvrait et qu'il la gênait.

Elle avait regardé la foule des invités, vu ces officiers élégants, ceux que Maximilien appelait la « race des freluquets et des blondins ». Elle avait reconnu ce Guillaume Dussert et ce Lucien Bernard qui faisaient leur cour à quelques femmes aux épaules et aux seins nus, parmi lesquelles Joséphine de Beauharnais, un diadème de camées dans les cheveux.

Mariella s'était tout à coup souvenue du nom du mari de Madeleine, ce sergent Nicolas Mercœur, et elle les avait imaginés, Maximilien et Nicolas, tous deux errant dans un désert semblable à celui que représentait le tableau.

Elle avait tourné le dos à la foule, et elle avait lancé le plus fort qu'elle avait pu, sa voix faisant vibrer tout son corps :

— Vive l'armée de Bonaparte !

L'un des musiciens s'était penché vers elle, avait commencé à jouer sur son violon les premières notes du *Chant du départ*.

Que bientôt tout l'orchestre avait repris.

31. “ Nous débarquerons dans cinq heures en France. Dans moins d’une semaine, nous serons à Paris… ”

Maximilien Forestier s’était penché au-dessus du bastingage. La nuit était d’une clarté dangereuse. Les voiles des deux avisos, qui ouvraient la route à quelques encablures, brillaient comme des miroirs dans la lumière froide et bleutée de la lune.

Forestier s’était tourné et il avait pu distinguer, au-delà de la deuxième frégate, la côte corse comme une ligne noire qui soulignait la luminosité du ciel et de la mer.

Il avait scruté l’horizon et s’était souvenu de l’exaltation qu’il avait éprouvée, seize mois auparavant, à voir cette forêt de mâts qui striaient le ciel de leurs haubans, de leurs drisses et de leurs pavillons, cent quatre-vingts navires quittant la France pour l'Égypte, passant au large de cette côte.

Ce soir du 8 octobre 1799, ils n'étaient plus que quatre, deux avisos, deux frégates, et quelques centaines d'hommes au lieu des dizaines de milliers, trois mille sur le seul *Orient*, le navire amiral. Quand l'escadre avait gagné la haute mer, les fanfares rassemblées sur le pont avaient joué le *Chant du départ*, et tous les hommes, soldats et équipages, dans les coursives ou sur les vergues, passant leur tête dans les sabords, avaient repris le refrain :

La République nous appelle,
Sachons vaincre, ou sachons périr !
Un Français doit vivre pour elle,
Pour elle un Français doit mourir !

Combien avaient survécu ? Combien de ceux qu'il avait fallu abandonner en Égypte, toute une armée et ce valeureux Kléber à sa tête, réussiraient-ils à regagner la France ?

Et même ces quatre navires, qui avaient échappé aux croisières anglaises entre l'Égypte et la Corse, réussiraient-ils à atteindre la France, alors que ces dernières heures de mer seraient les plus périlleuses, Nelson ayant sûrement appris que Bonaparte avait quitté l'Égypte, à la fin du mois d'août, et qu'il était donc en mer ? L'amiral anglais avait dû jeter son filet tout au long de la côte française, en resserrant les mailles au fur et à mesure que les jours passaient, sachant qu'il faudrait bien que ce petit convoi, quatre malheureux navires, se jette dans la nasse.

Forestier s'était assis sur un caisson.

Il n'avait ressenti aucune inquiétude. Peut-être de l'impatience. Qu'on en finisse ! Qu'on débarque en France, qu'on coure vers Paris, qu'on se couche enfin dans un lit, qu'on puisse sentir contre soi cette peau si lisse, si parfumée, comme une eau douce et fraîche en plein désert de Palestine, les seins de Mariella, *Mariella mia*, ou bien qu'on nous envoie par le fond, vite, pour que le chapitre de la vie se ferme.

Il y avait pensé au moment où, dans l'embarcation qui les conduisait vers la frégate ancrée au large de la côte égyptienne, dans une nuit d'encre, Bonaparte lui avait confié :

« Cette frégate, j'ai voulu qu'elle se nomme *Muiron*. Tu te souviens, Forestier, au pont d'Arcole, quand Muiron s'est placé devant moi et qu'il a reçu toute la mitraille. J'ai été couvert de son sang, comme par l'eau d'un baptême guerrier. Toi, tu m'as tiré des marais de l'Alpone. Et nous allons nous en remettre une nouvelle fois au destin. Mais Muiron est un bon auspice, son sang m'a protégé. Et mon heure n'est pas venue, Forestier. Et puis, qui a peur pour sa vie est sûr de la perdre. Il faut savoir à la fois oser et calculer, et s'en remettre du reste à la fortune. »

Ils avaient enfin atteint la *Muiron*, et lorsqu'ils s'étaient rassemblés sur le pont autour de l'amiral Ganteaume, celui-ci avait dit en fixant Bonaparte : « Je gouverne sous votre étoile. »

Ce dernier s'était contenté de répondre d'un hochement de tête, puis il avait entraîné Maximilien vers la poupe, marchant les mains derrière le dos, s'arrêtant souvent, disant : « Nous ne pouvons rien contre la nature des choses », puis « Qu'est-ce qu'une vie humaine ? La courbe d'un projectile ».

Et quand, après plus d'un mois de mer, ils étaient enfin entrés dans le port d'Ajaccio le 1er octobre, et que des dizaines d'embarcations avaient entouré la frégate, les gens criant « Vive Bonaparte ! », il était resté impassible, murmurant :

« Ce qui nous reste à franchir est le plus périlleux. Mais pourquoi la fortune m'aurait-elle conduit jusqu'ici, pour nous abandonner sur le seuil ? »

Il avait serré le bras de Forestier.

« Si j'arrive à Paris, malheur au bavardage de tribune, au

tripotage des coteries. Ma voix sera aussi forte que le son du canon. »

Forestier s'était penché, les avant-bras appuyés sur ses cuisses. Il avait relevé le col de sa redingote d'uniforme tant cette nuit d'octobre était froide, et il avait en vain essayé de s'assoupir, regardant Nicolas Mercœur qui, enveloppé dans son manteau, couché sur le pont entre deux caissons pour se protéger du vent, paraissait dormir.

Et il avait éprouvé, à voir cet homme qui s'était abandonné au sommeil, un moment de sérénité, peut-être le premier depuis des mois.

Comment être serein quand il faut voir ses camarades décapités par les damas des Mamelouks ? Ou bien savoir qu'à Saint-Jean-d'Acre, Djezzar le boucher, gouverneur de la ville, a fait enfouir des centaines de chrétiens dans les murs de la citadelle, laissant seulement leur tête hors du mortier pour jouir de leurs souffrances ?

Comment être serein dans ces nuits du Caire, déchirées par les aboiements de milliers de chiens errants, puis par les cris de la révolte des habitants, quand il faut tirer sur la foule armée de bâtons et de coutelas et surveiller l'exécution de près de deux mille insurgés ?

Forestier avait fermé les yeux, revoyant ce bourreau turc qui, dans la cour de la citadelle, envoyait une poignée de sable dans les yeux des condamnés qui se baissaient, portant les mains à leur visage, offrant leur nuque au damas que le bourreau avait caché sous sa robe. Les aides du bourreau avaient creusé de petits canaux par où s'écoulait le sang. Ils emportaient le corps, couvraient le sol de sable, et le condamné suivant s'avançait, n'imaginant pas que la mort l'attendait là, ne comprenant pas pourquoi cet homme lui jetait du sable au visage. Et ainsi deux mille fois.

Et puis il y avait eu les prisonniers de Jaffa, conduits sur la plage et fusillés en grappe, au point que la mer était devenue rouge. Il avait bien fallu venger les parlementaires égorgés par le gouverneur de la ville, et les soldats massacrés, torturés.

Forestier s'était retiré sous sa tente, demandant à Nicolas de lui dresser la table, et il l'avait fait asseoir en face de lui.

Mais comment dîner quand le camp est plein de cris, que les hommes se battent entre eux et se disputent les femmes et le butin pris dans la ville de Jaffa enfin tombée ?

Il faut boire, mais le vin est âpre, et la chaleur devient plus intense. Et l'on entend quand même les feux de salve, les pelotons qui tirent sur les femmes rassemblées sur l'ordre du général en chef, parce que leur présence dans le camp crée le désordre, met l'armée en péril.

On est loin, au bout du désert, et il faudra bientôt parcourir à nouveau ces étendues de sable et de cailloux brûlants, sachant que l'on devra abandonner sur le bord de la route les pestiférés. On entendra les détonations de ceux qui préfèrent se tuer plutôt que d'agoniser en surveillant les charognards qui battent de leurs larges ailes noires au-dessus des malades et des blessés.

Et toutes les nuits, après le retour au Caire où l'on s'interroge, malgré soi, chaque fois qu'on voit une femme entourée par des soldats, sur les épouses laissées à la merci de cette race de freluquets et de blondins qui valsent si bien dans les salons de Paris, sur les Dussert, Barras, Machecoul, Talleyrand ou Julie de Boissier qui doivent rêver d'entraîner dans leurs débauches une jeune beauté italienne qui s'ennuie, si seule.

C'était comme si la jalousie rouvrait la plaie de l'épaule gauche, tenaillait les chairs à nouveau sanglantes.

On disait que Bonaparte était lui-même fou de fureur parce qu'on lui avait enfin appris que Joséphine, dès qu'elle était seule à Paris, roulait d'un amant à l'autre. Il avait hurlé : « Je les exterminerai ! Quant à elle, le divorce, oui, un divorce public, éclatant. Je ne veux pas être la risée de tous les inutiles de Paris ! »

Forestier s'était senti si proche de Bonaparte, à jamais lié à lui par ces souffrances et ces tourments communs, même si parfois il aurait pu, comme Murat ou Kléber, lui crier sous les murs de Saint-Jean-d'Acre : « Vous êtes le bourreau de vos soldats ! »

Mais Bonaparte était comme le courant du Rhône, qui entraîne tout, bois morts et navires, jusqu'à la mer. Et quand on était porté par lui, rien ne servait de lutter, de tenter de remonter le fleuve. Il fallait avancer avec lui.

La nuit était passée. Des voiles avaient surgi à l'horizon, peut-être anglaises, mais le soleil qui se levait avait dû éblouir les guetteurs dans leur vigie et elles avaient disparu. Bientôt ç'avait été la ligne rouge, la côte de France, avec ces rochers couleur sanguine que Forestier avait contemplés quand il avait parcouru ces routes entre Toulon et Nice, il y avait près de six ans. Tant de choses étaient survenues depuis...

Nicolas chantonnait.

— Nous allons les revoir, général, avait-il dit.

Forestier n'avait pas répondu. Tout, le pire, pouvait survenir encore, et l'on pouvait mourir de la dernière balle d'une dernière bataille.

Il avait rejoint Bonaparte qui se tenait à la proue de la frégate, regardant l'étrave fendre la mer.

Il était resté derrière lui, n'osant pas s'approcher davantage. Puis Bonaparte s'était retourné.

— Nous débarquerons dans cinq heures en France, avait-il dit. Dans moins d'une semaine, nous serons à Paris. Après...

Il s'était interrompu, faisant quelques pas, et Forestier avait marché près de lui.

— Une puissance supérieure me pousse vers un but que j'ignore, avait-il continué. Tant qu'il ne sera pas atteint, je serai invulnérable, inébranlable.

Il avait fixé Forestier d'un regard intense.

À ce même instant, Forestier avait aperçu au-dessus des rochers rouges, dans le bleu profond du ciel, une boule blanche, comme un nuage inattendu, et presque aussitôt le bruit d'une détonation avait paru rouler à la surface de la mer. Une gerbe avait jailli, loin en arrière de la poupe de la frégate.

Bonaparte s'était appuyé avec nonchalance au bastingage.

— La citadelle de Fréjus, avait-il murmuré. Ils ignorent qui nous sommes.

Il avait marché lentement vers la passerelle. Et peu après, alors que d'autres explosions retentissaient, Forestier avait vu monter au mât principal le drapeau bleu blanc rouge que le vent avait aussitôt fait claquer, cependant que de la côte, toute proche maintenant, parvenaient des acclamations et des chants.

32. “ Bonaparte nous a envoyé Forestier. L’homme est rude. Il pose le sabre sur ses genoux, et puis il parle… ”

Guillaume Dussert s’était avancé et Talleyrand, assis en face de lui, s’était appuyé au dossier du fauteuil, faisant légèrement glisser son siège en arrière, levant un peu la tête comme pour échapper à son regard et montrer qu’il refusait toute familiarité.

— J’ai vu Bonaparte, chez lui rue de la Victoire, avait commencé Dussert. Il ne se contentera pas de vos sourires, de vos bonnes manières, monsieur le ministre. Il se sent porté par l’opinion. Il a été acclamé tout au long de la route, m’a-t-il dit, en Avignon, à Lyon, dans le Bourbonnais. Et le général Forestier a été encore plus brutal. Savez-vous ce qu’il m’a dit ?

Le calme de Talleyrand, cette expression ironique et méprisante, cette attitude distante qu'il affichait depuis qu'il avait passé le seuil de l'hôtel de Taurignan, avaient été, tout à coup, insupportables à Dussert. Ce boiteux l'irritait, avec ses manières de grand seigneur, ses hypocrisies d'évêque, sa morgue de ci-devant. Se croyait-il encore prélat sous l'Ancien Régime ?

Dussert s'était levé.

— Forestier – avait-il repris, marchant dans le salon, passant derrière les fauteuils où étaient assis, silencieux et attentifs, Lucien Bernard et Joseph Machecoul –, le général Forestier a répété qu'au tribunal de l'opinion – c'est l'expression de Bonaparte ! – le Directoire était condamné, que dans toutes les villes qu'ils avaient traversées, de Fréjus à Paris, on s'était plaint d'être dévalisé, il a insisté sur ce mot, par les directeurs, les ministres, les membres des assemblées. « Tous des brigands ! » voilà ce que l'on crie en France. Et Bonaparte a approuvé. Il a même ajouté : « Je suis national, il ne faut plus de faction, d'intrigues privées. D'ailleurs, je n'en souffrirai aucune. » Comptez-vous, cher ministre, rallier Bonaparte, ou bien vous ranger aux côtés de quelques vieux Jacobins, et naturellement de tous ceux qui sont trop corrompus pour pouvoir retrouver une place dans le régime nouveau, car Bonaparte veut balayer l'ancien ?

— Il ne suffit pas de vouloir, avait murmuré Talleyrand.

Machecoul avait toussoté, dit qu'il avait appris que Lucien Bonaparte s'était rendu au-devant de son frère. Ils avaient eu de longs conciliabules à Lyon.

— Il est président du Conseil des Cinq-Cents, avait ajouté Machecoul, vous imaginez, il est au cœur du Directoire.

— Lucien Bonaparte, monsieur le vice-président, avait répondu Talleyrand en se tournant vers Machecoul, est suffisant et insuffisant.

Il s'était levé à son tour, avait fait le tour du salon, s'arrêtant devant les grands tableaux qui représentaient la succession des comtes de Taurignan, le plus souvent à cheval, au premier plan d'une scène de bataille.

— J'ai bien connu Philippe Chrétien de Taurignan et sa femme Thérèse, née comtesse de Boissier, n'est-ce pas ? avait-il dit en regardant Dussert. Une tante de Mme la comtesse de Mirmande, votre épouse. En somme, les Taurignan et vous, cher Dussert, êtes apparentés ?

Il avait, d'un geste ample de la main, décrit un cercle, comme s'il voulait montrer le salon et au-delà toute la demeure.

— Vous avez eu raison de faire de l'hôtel de Taurignan le siège de la banque Dussert et Associés, avait-il repris. Les temps changent. La vieille noblesse cède le pas à la nouvelle aristocratie, la vôtre, messieurs, celle de la banque et du pouvoir républicain. En somme, même si le comte Louis de Taurignan, sa sœur Jeanne et leur mère rentraient de l'étranger, vous auriez toutes les raisons de rester ici, vos liens familiaux, vos activités, votre – il avait incliné la tête – fortune…

— Vous savez que trois des cinq directeurs ont déjà rencontré Bonaparte, avait rétorqué Dussert d'une voix rauque, Sieyès hésite encore, mais il se ralliera. Et Bonaparte tient à laisser Barras hors du jeu.

— Compromettant, Barras, avait dit Talleyrand d'une voix douce. Il a beaucoup offert à notre héros, le commandement de l'armée de l'Intérieur, l'épouse, l'armée d'Italie. Il pourrait dire « Qui t'a fait roi ? ». Aucun homme ambitieux n'aime entendre ces mots-là.

Il s'était rassis, avait fixé tour à tour Machecoul, Bernard, puis Dussert.

— Donc vous avez choisi d'appuyer Bonaparte, avait-il murmuré.

Lucien Bernard avait écarté les mains.

— Croyez-vous que nous ayons eu le choix ? Bonaparte, dès

le jour de son arrivée, nous a envoyé Forestier. L'homme est rude. Il pose le sabre sur ses genoux, et puis il parle.

— Nous avons versé sept millions de francs, dit Dussert. Et ce n'est qu'une première contribution.

— C'est donc une entreprise sérieuse, avait commenté Talleyrand.

Il avait hoché la tête.

— Vous jouez gros, Messieurs. Le tribunal de l'opinion peut changer de verdict. Il suffirait que Bonaparte divorce de Joséphine, on dit qu'il en a l'intention, pour qu'on le juge avec sévérité. Les Français sont ainsi.

— Bonaparte ne divorcera pas, avait dit Dussert.

Il s'était avancé, se plaçant devant le fauteuil de Talleyrand. Cet homme l'avait exaspéré. Les propos qu'il avait tenus sur les Taurignan l'avaient blessé.

— J'ai dit à Bonaparte, en posant sur la table mes lettres de crédit, sept millions de francs, Talleyrand, sept millions, cela donne droit de parler clair : « Si vous divorciez, votre grandeur disparaîtrait. Vous n'êtes plus aux yeux de la France un mari de Molière. » Il a empoché mes lettres, les sept millions, et quelques minutes plus tard, Forestier est venu me dire que Bonaparte n'avait jamais eu l'intention de quitter Joséphine de Beauharnais. Elle est de vos amis proches, monsieur le ministre…

— Je suis l'ami de toutes les belles femmes, mon cher Dussert, avait répondu Talleyrand en s'inclinant. Et donc aussi de la comtesse de Mirmande.

Dussert avait donné un coup de poing violent sur la table où il avait entassé les registres de compte.

— Nous ne sommes pas là pour parler des femmes mais de ce que vous allez faire, et Bonaparte n'aime pas qu'on lui glisse entre les mains comme une anguille. Je vous le dis, il veut une réponse. Et je suis chargé de l'obtenir. Mes amis – il avait désigné Bernard et Machecoul – en porteront témoignage.

— C'est une sorte de guet-apens amical que vous m'avez tendu, mon cher Dussert !

Dussert avait souri, pour la première fois. Talleyrand avait semblé hésitant, presque inquiet, bien que son expression n'ait pas changé.

Puis tout à coup il avait ri, la tête rejetée en arrière.

— Bonaparte est décidément un fin joueur d'échecs !

Il s'était levé, avait fait quelques pas avant de s'arrêter à nouveau devant le portrait de Philippe de Taurignan.

— Le comte de Taurignan aimait aussi pousser le bois chez Philippe d'Orléans au Palais-Royal. Vous n'avez pas connu cela, Dussert... Vous êtes né avec la guillotine !

Il avait levé la main, comme pour empêcher Dussert de répondre.

— Mais les amis de la famille d'Orléans, ceux du fils de ce malheureux Philippe Égalité, me disent que vous avez été généreux avec eux. Vous aussi, vous êtes un bon joueur d'échecs. Il faut toujours couvrir plusieurs fois les pièces que l'on avance, n'est-ce pas ? Et Bonaparte est un maître. Hier, j'ai eu la visite de Joséphine, elle désirait savoir quelle serait mon attitude si Bonaparte s'avançait. Comment aurais-je pu résister à une si jolie messagère ! Je l'ai assurée de mon soutien. On me dit qu'elle a vu Fouché, et notre bon ministre de la Police lui a proposé un million de francs sur la caisse du Directoire pour favoriser l'entreprise. Ce matin...

Il s'était interrompu, martelant le parquet de son pas bancal.

— Vous n'avez jamais rencontré Louis de Taurignan ? avait-il demandé d'un ton joyeux, sans regarder Dussert. Il a toutes les qualités de Philippe de Taurignan mais avec cette violence de la jeunesse, et, m'a-t-on dit, un désir, une folie même de vengeance. Il n'a pas encore accepté la mort de son père sur l'échafaud. Il est de ces aristocrates qui ne pardonneront pas, mais pourquoi vous inquiéter ? Avec le temps, les esprits s'apaisent, peut-être un jour recevrez-vous ici, chez vous, Louis de Taurignan, sa sœur Jeanne et leur mère, la comtesse Thérèse…

Dussert avait serré les poings.

— Vous disiez donc que ce matin…

— J'ai eu la visite du général Forestier qui m'invitait à me rendre chez vous pour m'assurer que la banque Dussert et Associés et M. Joseph Machecoul, vice-président du Conseil des Cinq-Cents, étaient bien décidés à soutenir son chef.

— Sept millions, avait marmonné Dussert.

— Bonaparte et Forestier ont peut-être imaginé qu'il ne s'agissait que d'un leurre, et que vous étiez toujours, comme autrefois, lié aux Orléans !

Talleyrand s'était lentement dirigé vers la porte.

— Quel grand joueur d'échecs, n'est-ce pas, ce Bonaparte ? Il vous charge de me rabattre vers lui alors qu'il me sait acquis à sa cause depuis hier, et il me confie ce matin le soin de vérifier que vous l'êtes aussi, bien que vous vous soyez déjà engagés – sept millions de francs – à ses côtés ! Il couvre chacune de ses pièces plusieurs fois. C'est ainsi qu'on obtient le mat. Voilà une belle leçon de stratégie !

— Foutre ! n'avait pu s'empêcher de s'exclamer Dussert.

33. “ Forestier s’était avancé : ‘Foutez-moi tout ce monde-là dehors !’ ”

Maximilien Forestier s’était arrêté au milieu de la cour, près de la fontaine. Il avait entendu les pas de Nicolas qui remontait la rue de l’Estrapade après avoir conduit les chevaux aux écuries, de l’autre côté des bâtiments de ce que, dans le quartier, on appelait, surtout depuis le retour d’Égypte, l’hôtel Forestier.

Il y avait tant eu, ces dernières trois semaines, de voitures égarées, tournant sur la place du Panthéon ou se perdant rue des Fossés-Saint-Jacques, les cochers criant qu’ils recherchaient la rue de l’Estrapade et l’hôtel du général Forestier, qu’à la fin on avait su que l’un des héros de l’armée d’Égypte, le général le plus dévoué à Bonaparte, habitait là, derrière ces murs crépis de couleur ocre.

À plusieurs reprises, une petite foule s'était rassemblée devant les grilles, criant « Vive la République, vive Bonaparte ! », et même « Vive Forestier ! », ou bien les badauds avaient lancé des lazzi quand ils avaient vu descendre des voitures ces députés de l'assemblée des Cinq-Cents en toge blanche, ceinture bleue et toque rouge : « Dehors les avocats ! Dehors les profiteurs ! »

Joseph Machecoul avait même été accueilli par des cris, « Les gros ventres à la perce ! », et il s'était précipité, le visage en sueur, dans le petit salon à droite du vestibule où Forestier recevait ses visiteurs, criant qu'il lui fallait au moment où il quitterait l'hôtel une escorte, qu'il était temps que le général Bonaparte rétablisse la paix civile parce que ces cris annonçaient le désordre. « C'est, avait dit Machecoul s'épongeant avec des gestes lents comme s'il était épuisé, les premiers aboiements des Enragés et il faut les faire cesser avant que ces bêtes féroces ne recommencent à égorger ! »

Forestier n'avait pas donné d'escorte à Machecoul, à Dussert ni à Lucien Bonaparte, ni à aucun de ceux qui, après s'être rendus rue des Victoires, chez Bonaparte, venaient ici sur l'ordre du général en chef prendre les consignes précises pour les journées des 18 et 19 brumaire.

Il avait souhaité que ces girouettes, ces banquiers, ces officiers de salon, ce brelan de prêtres – Fouché, Talleyrand, Sieyès – sentent passer le vent du boulet, et qu'ils se souviennent, en traversant ces attroupements hostiles ou goguenards qui barraient la rue de l'Estrapade, des foules qui criaient à mort quand passaient les charrettes de condamnés.

Et Forestier lui-même, hier, le 19 brumaire, assis à côté de Bonaparte dans la voiture qui les conduisait au château de

Saint-Cloud où devait se tenir la réunion du Conseil des Cinq-Cents, avait murmuré à ce dernier au moment où ils s'engageaient sur la place de la Concorde, celle où on avait autrefois dressé l'échafaud : « Nous coucherons demain au palais du Luxembourg ou nous finirons ici. »

C'était demain, 20 brumaire, an VIII.

Ils l'avaient emporté. Forestier avait ordonné aux grenadiers de disperser les députés des Cinq-Cents qui s'opposaient à Bonaparte. Et, d'un signe de tête, il avait autorisé Mercœur à s'élancer le premier, brisant d'un coup de talon une porte, dégainant, frappant du plat du sabre les députés cependant que les tambours roulaient et que ces oiseaux de tribune, ces phraseurs, sautaient par les fenêtres, s'égaillaient dans le parc du château, soulevant leur toge blanche comme font les femmes avec leurs jupes, perdant leur ceinture bleue et leur toque rouge. Puis il avait fallu aller les rechercher, tout ébouriffés qu'ils étaient, dans les guinguettes, les cafés, les jardins et les auberges de Saint-Cloud, parce qu'il fallait bien qu'ils désignent Sieyès, Ducos et Bonaparte comme consuls de la République, et qu'ils les écoutent prêter serment.

Forestier avait été au côté de Bonaparte quand celui-ci avait tendu le bras, dit d'une voix claire mais sèche, comme s'il devait cracher chaque mot de sa gorge serrée : « Je prête serment à la souveraineté du peuple, à la République une et indivisible, à l'égalité, à la liberté et au système représentatif. »

Il avait avec lui traversé les salons du château, recueilli lui aussi les félicitations de Machecoul, de Dussert, de Talleyrand, tous là maintenant que la victoire était acquise, et il avait entendu les soldats chanter, sur la route de Paris : « *Ah ! ça ira, ça ira, ça ira, les aristocrates à la lanterne...* »

Il avait eu envie de rire, et il avait donné deux coups d'éperon pour que son cheval s'élance et que le vent de la course chasse les souvenirs d'autres journées où l'on avait entonné le même refrain, c'était dans la cour des Tuileries le 10 août 1792, ou bien sur la colline de Valmy, en septembre de la même année.

Temps anciens. Temps révolus... Il était général, avait épousé une marquise. Et il rentrait chez lui, rue de l'Estrapade, en son hôtel particulier.

Lorsqu'il était entré dans la cour de sa demeure, il s'était tourné vers Nicolas qui se trouvait à un pas derrière lui alors que la pénombre de l'aube du 20 brumaire s'accrochait aux pavés, à la façade de l'hôtel. Seule la coupole du Panthéon commençait à surgir, comme une proue fendant la nuit.

Il n'avait pu voir les traits de Nicolas. Mais quand on a dormi côte à côte entre les blessés et les pestiférés, qu'on a marché de Jaffa au Caire dans le sable et la chaleur de braise, qu'on a vu à Aboukir, lors de la dernière bataille, victorieuse, la mer devenir rouge du sang des Turcs, on n'a pas besoin de voir pour deviner.

Il avait imaginé sa grimace, cette façon qu'avait le sergent-major de mordiller sa moustache, la bouche un peu tordue. Nicolas devait passer sa main sur ses lèvres, comme pour essuyer la moue qui s'y dessinait.

— Qu'est-ce que tu croyais, avait dit Forestier, qu'elles allaient nous attendre avec des candélabres pour nous conduire jusqu'à leurs lits, qu'elles allaient se jeter à notre cou parce que nous avons sauvé la République de ces avocassiers et de ces prêtres défroqués ?

Car il l'avait espéré, lui aussi, rêvant que la façade illuminée de l'hôtel aurait éclairé la rue de l'Estrapade, que Mariella aurait traversé la cour à sa rencontre. Voilà deux jours qu'il avait quitté sa chambre, dormant chez Bonaparte, et le 18 brumaire courant aux Tuileries puis le 19 à Saint-Cloud, écoutant

Bonaparte lancer : « Rien dans l'Histoire ne ressemble à la fin du XVIIIe siècle. Rien dans la fin du XVIIIe siècle ne ressemble au moment actuel. »

Mais les députés des Cinq-Cents s'étaient précipités sur lui, malgré Lucien Bonaparte. Ils avaient écarté Machecoul qui avait tenté de les retenir. Ils avaient crié : « Ah, le scélérat, ah, le gredin ! », « Hors la loi, le dictateur, à bas le dictateur, hors la loi ! Hors la loi ! » Et Forestier avait vu des députés brandir des poignards. Il avait fallu qu'il entraîne Bonaparte, qu'il le porte.

C'était comme au pont d'Arcole, mais sans la gloire et avec la boue.

Pourtant il fallait vaincre aussi, passer sur l'autre rive. « Quand le vin est tiré, il faut le boire », avait dit Bonaparte.

Forestier avait crié « Vive Bonaparte ! ». Il avait fait taire les tambours un instant pour que Bonaparte puisse dire aux soldats : « Depuis assez longtemps, la patrie est tourmentée, pillée, saccagée, depuis assez longtemps ses défenseurs sont avilis, immolés. »

Forestier s'était avancé, avait montré la salle où s'étaient réunis les députés des Cinq-Cents : « Foutez-moi tout ce monde-là dehors ! »

Il ne cessait de revivre cette scène, et il aurait aimé la raconter à Mariella. Mais la façade de l'hôtel était une falaise noire.

— Elles dorment, Mercœur, ta Madeleine et ma marquise.

Il avait poussé la porte du vestibule. Deux lampes à huile éclairaient, au fond, l'escalier.

Forestier s'était immobilisé. La courbe des rampes lui avait tout à coup fait penser à un corps de femme, alangui, celui de Mariella couché, nue sous le tulle, bras allongés, formant avec le dos et les jambes une ligne semblable à cette courbe. Et il avait eu envie de se précipiter, de monter jusqu'à la chambre.

Il avait hésité, regardé Nicolas, puis d'un signe il l'avait invité à entrer dans le petit salon.

Il s'était laissé tomber sur le canapé pendant que Mercœur allait allumer les bougies aux lampes du vestibule.

Il avait cherché en tâtonnant la bouteille de marc et les verres qu'il gardait sur une petite table, placée à droite du canapé.

— On va boire, avait-il lancé à Nicolas qui revenait avec deux chandeliers.

Il avait commencé à remplir les verres.

— C'est nous qui allons commander, avait-il ajouté.

Nicolas avait posé les chandeliers sur la table, il avait pris son verre, l'avait levé.

— C'est lui, avait-il dit.

Forestier avait haussé les épaules. « Lui, nous », avait-il murmuré.

Et tout à coup il avait aperçu, suspendu entre les deux fenêtres, ce grand tableau représentant un paysage biblique, avec ses palmiers, un fleuve qui pouvait être le Nil. Il se souvenait avoir pris ce tableau en Italie, peut-être à Mantoue, l'avoir expédié à Bernard. Et celui-ci l'avait, disait-on, vendu à Talleyrand.

Il était donc revenu là, sans doute offert par le ministre ces dernières heures, pour faire allégeance, ou acheter et compromettre. Forestier avait eu un mouvement de colère, secouant les épaules, marmonnant :

« Qu'est-ce que ça fout là, qu'est-ce qu'il veut, celui-là ? »

Puis il avait bu une longue rasade d'alcool.

QUATRIÈME PARTIE

34. “ Mais il est des amants dont un mari s’honore, et Bonaparte, Premier consul, était de ceux-là… ”

Dussert s’était approché du berceau. Il avait hésité à soulever le tulle bleuté qui retombait comme un ample voile et recouvrait la petite nef d’osier posée sur des arceaux de bois d’acajou bordés de cuivre.

Il s’était retourné. Julie de Boissier était ensevelie sous des coussins dans le grand lit à baldaquin placé entre les deux fenêtres qui donnaient sur le quai de l’Horloge.

Il avait eu la sensation qu’elle feignait de dormir pour mieux l’observer, et à cet instant il avait été sûr qu’elle l’avait joué, ce 24 décembre 1800, quand elle s’était laissée tomber sur ce même lit. Elle avait écarté les bras et, dans la lumière dorée des bougies, il avait été saisi par la beauté de ses épaules nues, la naissance de ses seins. Elle avait geint, elle avait haleté, elle avait sous la longue robe écarté les cuisses. Elle l'avait ainsi attiré, sans pourtant faire un geste afin de l'inciter à venir se coucher sur elle et lui faire l'amour, pour la première fois depuis des mois, peut-être même des années. Ils faisaient chambre à part, ne se rencontrant qu'aux dîners, ou bien dans ces soirées des Tuileries ou de Malmaison, ces bals, ces spectacles qui se multipliaient depuis Brumaire, depuis que Bonaparte, devenu Premier consul, se comportait en souverain.

Mais même dans les salons ou dans les loges, à l'Opéra ou au Théâtre-Français, ils se tenaient loin l'un de l'autre, Dussert jetant parfois un regard pour tenter de savoir si la rumeur, qui venait jusqu'à lui, d'une liaison – parmi tant d'autres – entre Bonaparte et Julie était fondée.

Et il était vrai que le Premier consul, saluant les femmes qui se pressaient dans le salon de Malmaison ou bien dans le foyer de l'Opéra, s'attardait devant Julie, et qu'elle le regardait d'une manière insistante, audacieuse, provocante même.

Il y avait aussi cette façon que Bonaparte avait de lui parler, en s'approchant comme pour chuchoter, indifférent bien sûr aux regards de toute l'assistance. Et puis, comme pour démentir, ou au contraire pour confirmer, il venait vers Dussert et lui prenait le bras.

Cette familiarité, Dussert se souvenait de sa première manifestation au lendemain de Brumaire, dans les salons du palais du Luxembourg lors de la réception offerte par le Premier consul, après l'adoption de la nouvelle Constitution.

— Votre femme ? avait dit Bonaparte d'un ton étonné, en s'inclinant devant Julie.

Julie avait aussitôt, de sa voix la plus hautaine, précisé :

— Julie de Boissier, comtesse de Mirmande.

Bonaparte avait ri.

— Je sais, je sais. J'ai examiné il y a quelques jours une demande de radiation de la liste des émigrés que m'a soumise votre frère. Il veut donc rentrer en France. Pourquoi pas ? Pitt peut bien dire que je suis le fils et le champion de toutes les atrocités de la Révolution, c'est un Anglais, notre ennemi. Il ne comprend pas que je ne suis que national, madame la comtesse, ni bonnet rouge, ni talons rouges. Demandez à monsieur votre mari s'il est mécontent du cours de la rente et du tiers consolidé. En deux mois, depuis novembre, ils ont augmenté de plus de dix francs. Alors, on peut jaser, n'est-ce pas, dire que j'inaugure un régime de servitude et de silence, comme le prétendent quelques idéologues, quelques rêveurs, je veux seulement la paix civile et la prospérité. J'examinerai la requête de votre frère, venez m'en parler si vous le jugez utile, et si M. Dussert vous y autorise.

Ç'avait bien été la première fois que Bonaparte avait pris Dussert par le bras, l'entraînant à l'écart, lui parlant des prêts que les banquiers avaient consentis à l'État et de l'intention qu'il avait de créer une Banque de France, avec un Conseil des régents gouvernant l'institution, pour remplacer la Caisse des comptes courants. Naturellement, il souhaitait que Guillaume Dussert et son associé Lucien Bernard en soient membres.

— Vous êtes parmi les banquiers les plus importants de Paris, avait-il ajouté, et je n'oublie pas la confiance que vous m'avez manifestée. Vous avez pris des risques, Dussert. Il faut encore aider le gouvernement, m'aider, mais cette fois-ci nous sommes dans la place, nous manœuvrons en terrain conquis. Je sais pouvoir compter sur vous.

Il avait chuchoté :

— Je ne connais rien et ne veux rien connaître de vos affaires privées, mais si le retour du frère de Mme la comtesse de Mirmande vous gêne en quoi que ce soit, voyez le général

Forestier, expliquez-lui, et j'essaierai de rendre un jugement aussi sûr que celui de Salomon.

Dussert n'avait pas vu Forestier. Il ne craignait pas le retour en France de Jérôme de Boissier qui bien sûr deviendrait, comme la plupart des ci-devant admis à regagner le pays, un admirateur et un courtisan zélé du Premier consul.

Mais Jérôme n'avait pas été radié. Et peut-être Bonaparte se servait-il du frère pour obtenir de la sœur ce qu'il désirait.

Julie avait dû succomber, comme toutes ces actrices – Giuseppina Grassini, Mlle Bourgoing, Mlle Duchenois, Mme Branchu –, ces cantatrices, ces jeunes comtesses, ces épouses de généraux que Joséphine de Beauharnais, qu'on appelait déjà « la stérile », « la vieillissante », présentait à Bonaparte. Et l'on disait, la bouche pincée par le ragot, que le marquis de Sade, ce vieux fou de libertin, ce prisonnier de la Bastille, cet ancien président de la section des Piques, ce fouetteur, ce « tortureur » de catins avait été emprisonné sur ordre du Premier consul pour avoir dans un libelle décrit la vie dissolue d'une certaine Zoloé en laquelle tout le monde avait reconnu Joséphine, maquerelle livrant à son consul de mari les filles qu'il désirait, et même la sienne, la petite Hortense de Beauharnais, lui procurant les plaisirs qu'elle ne pouvait plus lui donner, et pourtant Dieu savait qu'elle était rouée, la putain de Barras !

Voilà ce qu'on murmurait. Et l'on disait aussi que le général Forestier tenait sa femme recluse en son hôtel de la rue de l'Estrapade pour éviter qu'elle aussi ne soit proposée à l'Ogre.

Alors, que Julie se soit donnée ou laissé prendre, Dussert l'avait accepté.

Elle avait déjà été la maîtresse de Forestier, de Talleyrand, et avant eux de combien d'autres, dans ces années de sang où les jeunes noblettes n'avaient que leur cul à offrir pour sauver leur tête.

Et puis cela ne nuisait pas aux affaires de la banque Dussert et Associés.

Être régents de la Banque de France permettrait d'acheter et de vendre de la rente en connaissant le dessous des cartes et les atouts de tous les joueurs. On était sur la scène et dans les coulisses. Machecoul, devenu sénateur, avait ainsi annoncé avant que la nouvelle se répande et que les cours de la Bourse ne baissent, le départ du Premier consul pour l'armée d'Italie, car Bonaparte voulait reconquérir Milan, perdu alors qu'il était en Égypte, chasser définitivement les Autrichiens de Lombardie, contraindre Vienne à la paix et, vainqueur sur le continent, obliger Londres à traiter.

Ç'avait été des jours d'incertitude que ceux de ce printemps et de cet été 1800.

Les bruits les plus fous avaient couru dans la deuxième quinzaine de juin.

On disait Bonaparte vaincu, on annonçait sa mort sur le champ de bataille, du côté de Marengo, une ville dont jusqu'alors on avait ignoré l'existence et dont chacun tout à coup chuchotait le nom avec angoisse ou espoir.

Durant quelques heures, Dussert avait hésité. Machecoul, affolé, assurait que des émigrés avaient débarqué sur la côte de Bretagne, qu'ils s'étaient infiltrés dans Paris, que Louis de Taurignan était parmi eux, que l'armée d'Italie avait capitulé. La rente s'était effondrée, et les banquiers avaient commencé à vendre, accentuant le mouvement.

Dussert avait rendu visite à Talleyrand dans son hôtel de Galliffet, mais le ministre s'était contenté de sourire, le visage peut-être un peu plus blafard qu'à l'habitude. Mais au moment où Dussert quittait le salon, il avait dit, restant appuyé à la grande cheminée de marbre :

— Vous vous êtes sûrement couvert de tous côtés, Dussert. S'il est mort ou vaincu, vous jouerez votre cavalier, et s'il est victorieux, vous pousserez la reine. Je me trompe ?

Dussert n'avait pas répondu. Il avait quitté l'hôtel de Galliffet, pensif, renvoyant sa voiture, remontant à pied vers le Panthéon.

Avait-il plusieurs pièces dans son jeu ?

Il avait conservé des liens avec la famille d'Orléans, noué quelques amitiés avec des écrivains qui se disaient opposants et libéraux, tel ce Benjamin Constant qui avait prononcé quelques discours dont Bonaparte avait été fort irrité.

Dussert avait même fait proposer par Lucien Bernard des prêts à des généraux jaloux de Bonaparte, tels Moreau ou Bernadotte, pourtant le beau-frère de Joseph Bonaparte. Naturellement ces héros avaient accepté sans scrupules qu'on leur offrît quelques facilités.

Selon le sénateur Machecoul, averti de toutes les intrigues, les assemblées, le Tribunat et le Corps législatif, et même le Conseil d'État se tourneraient, dans le cas d'une disparition de Bonaparte, vers un général. Lequel ? Telle était la question.

Marceau était victorieux mais on le soupçonnait d'être l'ami du général Pichegru, monarchiste, peut-être revenu clandestinement en France, et conspirant avec des chouans, tel ce taureau furieux de Cadoudal qui avait juré d'encorner Bonaparte.

Bernadotte était un esprit pondéré, mais peut-être trop prudent pour risquer sa carrière dans ce qui resterait une aventure.

Dussert s'était engagé dans la rue de l'Estrapade et s'était présenté à l'hôtel Forestier. Mariella di Clarvalle l'avait aussitôt reçu, et la hâte et l'anxiété de la jeune femme avaient montré à Dussert qu'elle ignorait tout du sort de la bataille.

Il n'avait pas regretté sa visite. Il avait joui de cette beauté ternie par l'inquiétude et l'absence de nouvelles. Mariella avait les cheveux dénoués, tombant en grandes boucles brunes sur les épaules. Elle se serrait les mains nerveusement.

Dussert avait rapproché son fauteuil du canapé où elle se tenait. Il lui avait pris les mains en murmurant qu'elle pouvait compter sur lui, qu'il avait autrefois aidé le général Maximilien Forestier, qu'il se considérait comme l'ami de son épouse, et qu'elle devait faire appel à lui, qu'il l'en pressait.

La guerre, avait-il chuchoté, était une maîtresse exigeante qui occupait tout l'esprit de ceux qui la faisaient, des héros, mais la vie n'était pas une succession de batailles, de canonnades, de charges de cavalerie. Il fallait aussi prendre le temps du plaisir, de l'insouciance, et faire à la beauté les offrandes qu'elle méritait. Lui n'était pas un héros, mais un banquier, un homme qui savait offrir.

Elle l'avait regardé, les yeux exorbités, et tout à coup elle avait retiré ses mains qu'il avait gardées dans les siennes. Elle s'était levée, elle avait hurlé : « Mafalda ! Madeleine ! »

Les deux femmes s'étaient précipitées dans le salon. Dussert avait eu l'impression qu'il reconnaissait le visage de l'une d'elles, celle qui avait dit assez fort pour qu'il l'entende : « C'est un vautour, cet homme-là, c'est la mort, c'est la charogne qu'il cherche. Il faut le mettre dehors, madame, dehors ! »

Il avait lentement regagné le quai de l'Horloge, s'étonnant d'être tout à coup insouciant, comme si d'avoir vu cette jolie femme éplorée, rebelle pourtant, entourée de ses deux gardiennes, l'avait revigoré.

Après tout, Talleyrand avait raison. Il s'était couvert autant qu'on le pouvait, auprès des Orléans, des généraux, des libéraux, et naturellement il avait conservé toutes les autres pièces dans le camp de Bonaparte. Est-ce qu'un homme qui avait traversé la flotte anglaise à deux reprises sans être vu, un homme qui avait renversé le Directoire en deux jours, qui avait franchi le Grand-Saint-Bernard avec son artillerie, pouvait comme n'importe quelle recrue mourir sur le champ d'une bataille perdue ?

Il avait eu un moment d'euphorie, heureux de ne pas avoir vendu comme les autres de la rente.

Puis l'inquiétude était revenue. Il n'était pas couvert du côté des royalistes et de ces fanatiques de chouans. Peut-être faudrait-il voir aussi de ce côté-là, car les dix années que l'on venait de vivre montraient que le plus inattendu pouvait survenir. Est-ce qu'un Philippe Chrétien de Taurignan aurait jamais imaginé qu'on lui trancherait la tête, sur l'ancienne place Louis-XV ! Et Louis XVI, quelle surprise ç'avait dû être que de s'entendre appeler Louis Capet, que d'être accusé d'avoir agi en roi et de finir par se coucher sur la planche de la guillotine, les mains liées !

Il serait donc sage de demander à Bernard de jeter quelques miettes du côté des partisans du comte d'Artois ou de son frère, ce Louis XVIII. Ils devaient être si affamés, si désireux de trouver des complices qu'il ne serait pas difficile de les appâter à peu de frais. Cela pouvait être fort utile si ces princes remontaient sur le trône. Et si Bonaparte l'emportait, on livrerait quelques noms à Fouché, ainsi on se couvrirait d'une autre manière de ce côté-là.

Ce jour-là donc, le 21 juin 1800, Dussert s'était arrêté devant le porche de l'hôtel de Mirmande et, au lieu de rentrer, parce qu'il sentait revenir en lui l'humeur tranquille et presque joyeuse, il avait traversé le Pont-Neuf.

Il s'était dirigé vers les petites rues qui entourent Saint-Germain-l'Auxerrois. Là, il avait ses habitudes dans une maison un peu délabrée où une maquerelle lui réservait ses meilleures oiselles, venues souvent de la campagne, ou bien au contraire les plus expertes de ces jeunes désargentées qui avaient rêvé d'être cantatrices ou de jouer la comédie, et qui n'espéraient plus que dans les libéralités et la protection d'un Monsieur, bon prince comme elles disaient. Et elles se racontaient entre elles que Bonaparte avait distingué, l'autre soir au foyer du théâtre, l'une de ces jeunes femmes et qu'elle avait passé la nuit aux Tuileries, et obtenu dès le lendemain un rôle…

Dussert aimait ce babil, cette soumission, cette gaieté d'esclave, cette jeunesse perverse.

Il avait sa chambre, son fauteuil. Et la maquerelle, Mme de Bonchamps, lui avait murmuré, avant qu'il ne monte, qu'elle avait bien pensé qu'il passerait malgré les rumeurs qui enflammaient tout Paris, et qu'elle lui suggérait une jeune fille arrivée le matin même de Troyes. La coquine sentait l'herbe, avait-elle ajouté en riant, elle en avait peut-être encore des brins accrochés ici ou là. À lui de voir.

Va pour la paysanne.

Il s'était assis jambes écartées dans son fauteuil, et avait attendu.

Lorsqu'il était rentré le lendemain, non pas à l'hôtel de Mirmande mais à l'hôtel de Taurignan, tard dans la matinée, le corps moulu d'avoir dompté toute la nuit cette paysanne effrayée comme une truie qu'on va saigner et à laquelle il avait fallu tout apprendre, Machecoul s'était précipité vers lui, criant :

— Victoire, Bonaparte a tout balayé ! Les Autrichiens se sont rendus par milliers, le général Desaix est tué, mais – il avait ri – ce n'est pas ça qui va faire baisser la rente, ceux qui ont vendu se sont tellement mordu les doigts depuis cette nuit qu'ils en sont aux coudes ! Nous allons aujourd'hui voter une déclaration pour saluer la victoire de Bonaparte à Marengo !

— Vous devriez en faire un roi, l'élire souverain, avait répondu Dussert en s'asseyant.

Il avait regardé Machecoul qui n'avait pas paru surpris.

— Certains d'entre nous y pensent… Naturellement, il y a déjà des oppositions, on voit resurgir les vieux Jacobins, Fouché et quelques autres, mais ces rumeurs, cette peur durant deux jours, comment les éviter sinon en renforçant les pouvoirs du Premier consul ?

— Une nouvelle dynastie héréditaire alors, avait dit Dussert. On coupe la tête aux Capet, et on couronne les Bonaparte !

— Trop tôt, trop tôt, peut-être dans quelques années. Vous me donnez le vertige avec vos visions.

— Les banquiers sont ainsi, mon cher, mais…

Machecoul avait secoué la tête comme s'il avait voulu ne pas en entendre davantage. Il avait d'un mouvement de mains devant son visage supplié Dussert de ne pas poursuivre.

— Mais, avait repris Dussert, commencez par lui trouver un descendant, et surtout une femme capable d'en faire un. Vous savez ce qu'on dit de Joséphine…

— Assez, assez, avait répété Machecoul, un pas après l'autre. Et Bonaparte est fort satisfait d'être Premier consul.

— Vous croyez ?

Machecoul n'avait pas répondu, s'éloignant à grandes enjambées.

Le retour de Bonaparte avait été marqué par une succession de fêtes, au château de Neuilly, aux Tuileries, à Malmaison, les unes données par Talleyrand, les autres par Joséphine et Bonaparte. Julie de Boissier n'avait voulu en manquer aucune.

Dussert l'attendait dans la cour de l'hôtel de Mirmande.

Il n'éprouvait plus aucun désir pour elle. D'ailleurs, ce qui l'avait attiré en elle, il le savait, c'était bien davantage ce titre qu'elle portait, cette lignée alliée à celle des Taurignan dont elle était issue, que son corps. Mais il avait été sensible à l'élégance de sa silhouette.

Ses cheveux étaient relevés en chignon et retenus par un diadème, une frange barrant son front, donnant du piquant, presque de la perversité, aux traits réguliers et à la distinction de son visage.

Et il avait aimé, comme chaque fois qu'ils pénétraient côte à côte dans les salles de bal, dans les grands salons des Tuileries ou du château de Neuilly, que tous les regards se tournent vers Julie. Elle était son bien, elle avait accepté de porter son nom de roturier, et c'est comme s'il lui avait arraché son blason pour se l'approprier. Il vivait à l'hôtel de Mirmande, il possédait l'hôtel de Taurignan et les châteaux et les propriétés des Taurignan et des Boissier.

Alors il pouvait bien abandonner la laisse sur son cou, et après tout si Bonaparte exprimait sa reconnaissance en chargeant la banque Dussert et Associés de lever des fonds pour l'achat de fournitures destinées aux armées du Consulat, autorisant la banque à prendre des participations accrues au capital de la Banque de France, ou lui offrant des droits de souscription privilégiés pour la rente, pourquoi aurait-il fallu s'en plaindre ? Dussert n'avait jamais admis que Julie ait mis autrefois ce Forestier dans son lit et qu'elle l'ait installé quai de l'Horloge ! Mais il est des amants dont un mari s'honore, et Bonaparte, Premier consul, était de ceux-là. Et généreux avec Julie ! Ce diadème qu'elle portait, d'un million de francs, qui donc pouvait l'avoir payé, sinon lui ?

À plusieurs reprises, quand ils rentraient de l'une de ces soirées et qu'ils étaient assis dans la calèche, loin l'un de l'autre, Dussert avait tenté de l'interroger. Il avait parlé sur un ton qu'il voulait indifférent, presque joyeux, ironique en tout cas, espérant que Julie allait l'interrompre, répondre. Mais elle l'avait laissé dire : « Notre Premier consul, ma chère, vous fait un siège digne de celui de Toulon ! Résistez-vous mieux que les Anglais ? Il n'a pas fait tomber Saint-Jean-d'Acre, serez-vous aussi cruelle que le gouverneur de la ville qui avait emmuré les chrétiens ? Je ne peux pas le croire ! »

Il s'était approché d'elle.

« Racontez-moi, ce sera notre secret. Vous savez que j'ai aidé Bonaparte, votre Premier consul, et cru en lui alors que vous étiez plus sensible au charme de Maximilien Forestier ! »

Peut-être avait-il été maladroit de rappeler ce souvenir, mais Julie s'était contentée de le toiser avec mépris, et il n'avait jamais pu obtenir d'elle la moindre confidence.

Le 24 décembre 1800, elle portait une nouvelle toilette qui lui laissait sous la gaze les épaules nues. Un collier fait de chaînons d'or entrelacés effleurait la naissance de ses seins. Les bords de son corsage et de sa robe blanche, en tissu moiré, étaient de velours bleu vif.

Dussert l'avait trouvée belle, les yeux brillants comme si elle partait à une bataille.

Ils étaient invités ce soir-là dans la loge du Premier consul, à l'Opéra où l'on donnait un oratorio de Haydn, *La Création*. Au regard qu'avaient lancé à Julie Joséphine et Hortense de Beauharnais, assises côte à côte sur le devant de la loge, Dussert avait pensé que Julie avait remporté la victoire. Il avait attendu avec curiosité l'arrivée du Premier consul.

Et tout à coup ç'avait été le bruit sourd d'une explosion proche, le parquet de la loge se mettant à trembler, de la poussière tombant du plafond et des parois tendues de tissu rouge.

Il y avait eu des cris, les invités avaient quitté leur place, s'étaient retrouvés au foyer puis, malgré le froid vif, étaient sortis. Brusquement la voiture de Bonaparte était arrivée, des officiers, des généraux s'étaient précipités. Un attentat avait été perpétré contre le Premier consul, rue Saint-Nicaise, une charrette chargée de barils de poudre avait explosé, défonçant la rue, tuant plusieurs personnes. Dussert avait entendu Forestier qui criait qu'une femme avait eu les deux seins arrachés par un morceau de fonte, et qu'on avait découvert les restes épars d'une fillette.

Puis Dussert avait été entraîné par Julie qui suivait Bonaparte, que l'on avait guidé vers sa loge cependant que les spectateurs l'acclamaient, scandant « Vive le Premier consul ! ».

Il avait vu Bonaparte se pencher vers Julie, lui murmurer quelques mots avant de dire à haute voix qu'il allait regagner les Tuileries, interroger le ministre de la Police. « Monsieur Fouché », avait-il ajouté avec mépris.

Dussert avait été surpris que Julie, dans la voiture qui les reconduisait à l'hôtel de Mirmande, se soit appuyée contre lui, qu'elle lui ait pris la main dans un geste inattendu de tendresse et que, quelques instants plus tard dans la chambre, elle se soit abandonnée, offerte, tout son corps l'appelant, l'invitant à l'aimer.

Ce qu'il avait fait avec furie, l'insultant, il s'en souvenait, lui disant qu'elle était comme toutes ces ci-devant qui, sous de grands airs, se donnaient au plus offrant pour un peu de gloire, ce collier. Et il l'avait arraché, criant qu'il n'était ni général ni Premier consul, mais un petit clerc que la comtesse de Mirmande avait bien dû épouser parce qu'il était devenu l'un des plus importants banquiers de Paris. Julie de Boissier avait fermé les yeux. Elle s'était laissé aimer. Puis elle l'avait repoussé avec mépris.

— Quittez ma chambre, avait-elle dit, regagnez votre couche.

Il avait eu envie de la tuer, ayant tout à coup craint qu'elle ne lui ait tendu un piège.

Quelques semaines plus tard, sans même lui jeter un regard, Julie lui avait annoncé qu'elle attendait un enfant puis, avant qu'il ait pu parler, elle lui avait tourné le dos.

Si cet enfant était celui conçu le 24 décembre 1800 dans le grand lit à baldaquin, il aurait dû naître en septembre 1801. L'on était le 3 juillet, et l'enfant était là, couché dans son berceau d'osier sous les voiles de tulle bleuté.

Dussert s'était approché du berceau. Il avait enfoncé ses poings fermés dans ses poches. Il avait la certitude que Julie l'avait berné, qu'elle lui avait ouvert les bras pour l'emprisonner dans un piège, lui faire endosser ce fils qui ne pouvait être le sien.

Celui du Premier consul ? Ou d'un officier de passage, semblable à ce lieutenant Charles qui avait été durant toute la campagne d'Égypte l'amant, le caniche de Joséphine de Beauharnais, et qu'elle avait comblé de cadeaux, payés avec les prêts que lui avait consentis la banque Dussert et Associés…

Il était resté debout près du berceau. Et le docteur Corvart s'était approché, murmurant que l'enfant était « un fils, monsieur Dussert, un magnifique garçon, vigoureux et sain ».

— Né avant terme, avait ajouté Dussert à mi-voix.

Corvart avait secoué la tête, souri.

— Mais non, mais non, rien ne le laisse penser.

Dussert l'avait dévisagé avec insistance. Corvart était le médecin du Premier consul, celui qu'il avait choisi pour veiller sur la santé de ses femmes, disait-on dans Paris.

Et c'était Julie qui avait voulu qu'il soit là pour l'accouchement.

— J'imaginais, avait dit Dussert.

— Mais non, mais non…, avait répété Corvart.

Puis il avait rougi, balbutié :

— Enfin, il me semble, rien ne l'indique de prime abord, mais la nature est pleine de mystères, il faudrait que j'examine de plus près l'enfant, je…

Dussert n'avait pu s'empêcher de le repousser d'un geste brusque.

— Faites-vous payer.

Il y avait eu du bruit. Dussert s'était retourné. Julie était maintenant assise, calée entre les coussins.

— Il se prénommera Victor-Marie, avait-elle dit.

Dussert avait sorti les mains de ses poches, fait un geste comme s'il allait soulever le voile de tulle afin de voir l'enfant, puis il avait laissé retomber son bras et il avait quitté la chambre.

35. « Faut-il qu'on sorte le poignard et qu'on le plante dans mon dos pour que je punisse ? »

Dussert avait ouvert la fenêtre. Le quai de l'Horloge, la Seine, les ponts, la rive droite étaient illuminés par les fusées du feu d'artifice que l'on tirait de l'Hôtel de Ville en cette nuit glacée et ventée du 16 décembre 1804.

C'était ainsi presque chaque jour depuis le sacre du 2 décembre. Fêtes, parades en fanfare, défilés, bals, réceptions, spectacles, s'étaient succédé, et ce soir la ville de Paris offrait l'apothéose, ces explosions colorées qui dessinaient dans le ciel une sorte de volcan d'où jaillissaient des gerbes d'étincelles multicolores.

Dussert avait commencé à pousser la croisée, et dans les vitres éclairées il avait aperçu son profil et sa silhouette. En même temps, il avait entendu, entre les détonations, les exclamations de Victor-Marie.

L'enfant, chaque fois qu'une fusée s'élevait puis explosait, criait. Il devait être sur le balcon du troisième étage en compagnie de sa gouvernante, cette Élisabeth de Viéville, une baronne ruinée, une jeune femme que le couperet de la guillotine avait laissée orpheline et à qui Julie avait confié Victor-Marie, dès le lendemain de sa naissance. Depuis, Julie avait-elle jamais vu son fils plus de quelques minutes ?

Elle avait été, plus encore que dans les années précédentes, de toutes les fêtes données par le Premier consul. Elle avait même disparu plusieurs jours, durant l'été 1802, au lendemain du plébiscite qui conférait à Bonaparte le titre de consul à vie.

Où avait-elle été avec lui ? Dans quel château, Compiègne, Rambouillet, Saint-Cloud ? Avait-elle chassé, puisque, disait la chronique, le consul Napoléon Bonaparte chevauchait chaque jour plusieurs heures dans les forêts, courant le chevreuil, le cerf ou le sanglier ?

Dussert s'était souvenu des libelles qu'il avait reçus ou qu'on avait collés sur la porte de l'hôtel de Mirmande ou sur les murs de la cour de l'hôtel de Taurignan, qui décrivaient Napoleone Buonaparte, l'étranger, poursuivant non du gibier mais des femmes, et laissant derrière lui des bâtards dont des dessins soulignaient la ressemblance avec le consul. Dussert avait éprouvé en froissant ces feuillets une rage silencieuse et, comme il ne se rendait jamais au troisième étage, celui où logeaient Victor-Marie et Élisabeth de Viéville, il lui était arrivé de guetter l'enfant avec angoisse, craignant qu'il ne soit, comme dans les libelles, qu'une sorte de Bonaparte nain, au teint jaune.

Mais Victor-Marie ressemblait à Julie, dont il avait les cheveux noirs, le front bosselé, le menton rond. Et Dussert avait dû plusieurs fois réprimer le désir qu'il avait de s'approcher de l'enfant, de l'observer, de lui parler, d'en faire ainsi vraiment son fils à lui. Après tout, avait-il même pensé, c'était à Bonaparte de se sentir volé. Lui qui rêvait d'une descendance.

Et ç'avait pour Dussert sa vengeance que de rappeler à tous ces courtisans, à ceux qui avaient tant désiré que Bonaparte devienne Napoléon, qui comme Machecoul avaient écrit des dizaines d'articles pour suggérer, pour supplier que le Consulat se transforme en Empire, que la question de la succession se poserait alors.

Parfois, avec une satisfaction amère, d'une voix goguenarde il ajoutait : « Aurait-il dix, vingt, même cent bâtards que cela ne remplacerait pas, et vous le savez bien, Machecoul, un fils légitime – et il s'efforçait de sourire. Il peut déposer sa semence ici ou là, mais une épouse stérile, à quoi cela lui sert-il, l'oiseau portera un autre nom. »

Il n'avait jamais osé avouer : « Il porte le mien », mais de parler ainsi l'empêchait d'aller vers Victor-Marie, et cette incapacité où il était de l'oublier ajoutait à son amertume. Il en voulait à Julie pour cela aussi, et pour le fait qu'elle se soit désintéressée de cet enfant qu'elle avait abandonné à Élisabeth de Viéville. Les rares fois où Dussert avait aperçu Victor-Marie, l'enfant lui avait paru trop silencieux, comme replié sur lui-même, petit animal frileux que cette gouvernante aux seins de matrone et à la croupe de jument morigénait d'une voix dure.

Aussi Dussert avait-il été surpris, heureux même, d'entendre Victor-Marie crier joyeusement alors que dans cette nuit neigeuse les fusées du feu d'artifice avaient dessiné dans le ciel une silhouette de cavalier semblant gravir les pentes d'une montagne, sans doute une évocation fugitive de Bonaparte franchissant le col du Grand-Saint-Bernard.

Mais il avait aussitôt pensé que Julie avait quitté au début de la soirée l'hôtel de Mirmande pour se rendre à la réception de l'Hôtel de Ville, et peut-être finir la nuit dans l'appartement privé de l'empereur Napoléon – il fallait donc l'appeler ainsi, avait-il maugréé – aux Tuileries.

Alors cette petite pousse de joie que les exclamations de Victor-Marie avaient fait surgir en lui s'était aussitôt rabougrie.

Les lueurs d'une cascade ininterrompue d'explosions avaient répandu sur les deux rives du fleuve une clarté intense que les vitres reflétaient. Et Dussert s'était vu avec encore plus de netteté, comme dans un miroir un peu sombre. Il s'était figé, saisi par le froid qui n'était pas celui de cette nuit hivernale ponctuée de bourrasques de neige, mais celui du temps qui avait passé sur lui, l'avait enseveli sans qu'il s'en rendît compte.

Peut-être avait-il surtout vieilli depuis la naissance de Victor-Marie, peut-être avait-il eu tort de ne pas rompre avec Julie, de ne pas s'installer au faubourg Saint-Germain dans son hôtel de Taurignan. Peut-être était-ce la présence de cet enfant au-dessus de lui, de cet enfant qu'il entendait marcher et auquel il ne parlait pas, qui l'avait peu à peu transformé.

Chaque fusée avait fait surgir de la nuit un aspect nouveau de son corps, de son visage, comme si durant ces dernières années il avait été aveugle à ce qui lui arrivait. Et il avait observé soudain son crâne presque chauve entouré d'une couronne de cheveux gris, les favoris touffus, descendant bas sur les joues, étaient blancs. Il avait vu ce cou qui avait avalé le menton et semblait aspirer le visage, le coller aux épaules. Et le torse, le ventre faisaient bâiller les pans de la redingote et du gilet. Il avait eu envie d'arracher ces replis épais qui l'avaient enveloppé, de les envoyer loin, et de jeter aussi cette croix, épinglée à son revers, que Bonaparte lui avait remise il y avait plus de deux ans déjà, le lendemain de la création de l'ordre de la Légion d'honneur. Il s'était retrouvé, dans les salons des Tuileries, entre Machecoul et Forestier, décorés eux aussi.

Il avait eu la nostalgie du temps où il se glissait, maigre, avide, ambitieux, dans les couloirs de la prison de l'Abbaye, parvenant à arracher aux massacreurs de septembre Philippe Chrétien de Taurignan.

Il ne possédait rien en ce temps-là, ni château, ni l'hôtel du quai de l'Horloge ni celui de Taurignan, ni cette croix d'honneur, ni ce titre de baron que l'Empereur avait également décidé de lui attribuer. Mais il avait, quand Napoléon avait évoqué son intention, tressailli d'orgueil, se répétant qu'il était le « Baron Guillaume Dussert, régent de la Banque de France ».

Alors pourquoi cette amertume et même ce regret des jours difficiles de la Révolution ?

Ils étaient redevenus présents quand Lucien Bernard lui avait soumis une requête inattendue. L'abbé de Saint-Germain-l'Auxerrois, Pierre-Marie de Taurignan, sollicitait une rencontre. Il était, précisait-il, le frère cadet de Philippe Chrétien de Taurignan. Le ton de la lettre était humble. Lucien Bernard avait précisé que le prêtre, qu'il avait rencontré plusieurs fois à sa demande, souhaitait présenter au baron Dussert le cas de son neveu Louis.

Dussert avait accepté de le recevoir dans cet hôtel de Taurignan qu'il comptait bien désormais appeler hôtel Dussert.

Il avait vu entrer, dans le salon bureau du premier étage, un homme voûté qui marchait à petits pas, refusait de s'asseoir, paraissait ne pas reconnaître les lieux alors qu'il avait dû autrefois y vivre. Cette attitude avait irrité Dussert.

— Je suis banquier, avait-il dit d'un ton hostile.

Pierre-Marie de Taurignan avait hoché la tête. Il ne l'ignorait pas, mais il savait aussi que le baron Dussert voyait souvent l'Empereur, qu'il était l'ami du sénateur Machecoul et qu'il était introduit auprès de Talleyrand, Fouché, Cambacérès, tous ceux qui comptaient dans l'Empire, qu'il pouvait donc évoquer avec eux le sort fait à Louis de Taurignan.

— Il a été condamné à mort, avait expliqué le prêtre. C'est le dernier des comtes de Taurignan, le seul qui puisse continuer notre lignée.

Dussert était resté impassible. Il s'était senti puissant. D'un geste, il avait demandé à Pierre-Marie de Taurignan de s'expliquer.

— Il a commis une faute, avait commencé le prêtre.

Louis de Taurignan s'était introduit illégalement en France, peu après l'exécution du duc d'Enghien.

— Je ne juge pas, avait-il murmuré, la décision de Napoléon Bonaparte de faire enlever hors des frontières le duc, puis de le faire condamner à mort. Je parle seulement de mon neveu, du fils d'un homme qui a été guillotiné.

— Je l'ai connu, je l'ai aidé, avait dit Dussert.

— Sauvez Louis, son fils.

Et le prêtre avait poursuivi, racontant que son neveu avait voulu venger le duc d'Enghien, qu'il avait été mêlé au complot de Cadoudal bien qu'il n'ait en rien participé aux attentats perpétrés par le chef chouan.

— Il a donc échappé à la police et au jugement, avait murmuré Dussert.

— On l'a pris, il y a quelques jours. Il est enfermé au fort de Vincennes, comme l'a été le duc d'Enghien. Il peut être jugé d'une heure à l'autre. J'ai vu Joséphine de Beauharnais. Je vois tous ceux qui ont l'oreille de l'Empereur.

— Je suis banquier, je vous l'ai dit déjà, avait répété Dussert d'une voix méprisante, l'Empereur ne me consulte que lorsqu'il crée le franc, ou bien lorsqu'il veut obtenir un prêt des banques ou l'émission par la Banque de France de billets. Pour le reste, je ne peux rien. Si je parlais, il serait sourd.

Pierre-Marie de Taurignan s'était redressé. Il avait pour la première fois regardé autour de lui.

— On ignore, avait-il dit, quelles sont les intentions de la providence. Mais il se peut qu'un jour Dieu décide que la France doit retrouver un roi.

Il avait tendu la main vers Dussert.

— Je ne formule aucun souhait, quelles que soient mes pensées. Je dis seulement ce qui peut être si Dieu le veut. Mais si un souverain légitime retrouve le trône de ce royaume, il voudra rendre à ceux qui ont souffert pour lui ce qui leur a appartenu.

Dussert s'était à demi dressé, en s'appuyant des avant-bras à son bureau. Il allait jeter ce prêtre dehors, le faire arrêter.

— Il y a un souverain légitime, avait-il dit en martelant son bureau du poing, un seul et c'est l'Empereur ! Vous savez ce qu'il a écrit à votre Louis XVIII : « Vous ne devez pas souhaiter votre retour en France car il vous faudrait marcher sur cent mille cadavres. »

Pierre-Marie de Taurignan avait souri.

— Nous avons vécu tant d'événements étranges, avait-il répondu d'une voix calme. Notre souverain pontife est venu ici signer un Concordat, mettant fin aux persécutions, restituant à la Sainte Église tous ses droits, et je suis sorti de la nuit pour célébrer, en pleine lumière, la messe comme autrefois.

— Vous me proposez quoi ? avait coupé Dussert.

— Si vous obtenez la grâce de Louis, personne de notre famille ne réclamera au roi ce que vous nous avez pris.

Il avait fait quelques pas dans le salon.

— Je suis très attaché à cette demeure, les miens y ont vécu, mais ni la comtesse de Taurignan, ni sa fille Jeanne ne pensent qu'elle vaut plus que la vie de Louis.

Dussert s'était levé, et s'était approché de Pierre-Marie de Taurignan.

— Où est mon intérêt ? Si c'était cela seulement qui me guidait, je vous dénoncerais à Fouché comme complice de cette bande du grand Georges Cadoudal, dont les têtes ont roulé après la sienne sur l'échafaud, place de Grève. Je laisserais pourrir Louis de Taurignan dans sa prison de Vincennes, avant qu'on ne l'attache à un poteau dans les fossés du fort. Puis je trouverais quelques assassins, il en existe toujours dans les temps troublés, qui ont appris à tuer à la guerre, qui cherchent un gain facile. Or quoi de plus aisé que d'égorger deux femmes, la comtesse Thérèse et sa fille, sûrement perdues, isolées, dans une ville étrangère ? Et qui viendrait, même si un Louis Capet s'assied à nouveau sur le trône de France, réclamer ce qui m'appartient de par la loi, de par l'achat. Je suis le baron Dussert, régent de la Banque de France, décoré de la croix d'honneur, je suis l'époux de Julie de Boissier, comtesse de Mirmande, et vous savez, monsieur l'abbé de Taurignan, que la comtesse Thérèse est une Boissier. Que voulez-vous que j'en ai à foutre de tirer des griffes de notre aigle ce Louis de Taurignan venu ici pour assassiner ?

Il avait croisé les bras, fixé le prêtre.

— Pourquoi voulez-vous que j'essaie de le sauver ?

Le prêtre avait baissé la tête, puis s'était dirigé vers la porte du salon, s'arrêtant sur le seuil sans se retourner vers Dussert.

— Vous avez lu et entendu ma requête, avait-il dit. Il me semble que vous devriez tenter de sauver Louis, afin de vous sauver vous-même.

Ces derniers mots prononcés d'une voix douce, si faible que Dussert les avait à peine entendus, devinés plutôt, l'avaient irrité.

— Je me suis sauvé seul, avait-il lancé, cependant que le prêtre descendait l'escalier, précédé par un valet.

Et c'est cette phrase-là qui l'avait tourmenté, dont il s'était souvenu. Elle était revenue au moment le plus inattendu, alors qu'il ouvrait les yeux dans cette vaste salle sans fenêtre, sombre, où il découvrait les colonnes d'un temple, les murs décorés de compas et de fils à plomb, d'équerres. Devant lui, une tête de mort et ces épées dressées formant une voûte d'acier sous laquelle il passait, marchant ainsi entre les frères de l'ordre du Grand Orient où il venait d'être initié. Joseph Machecoul lui avait donné l'accolade, avant les autres frères. Et presque malgré lui, Dussert avait chuchoté qu'il fallait sauver Louis de Taurignan, que Napoléon n'avait pas besoin d'une mort de plus après celle du duc d'Enghien.

— Pourquoi ne plaideriez-vous pas auprès de notre Grand Maître Joseph Bonaparte ? On dit que, parfois, son frère l'écoute.

Dussert avait donc demandé à être reçu par Joseph Bonaparte, mais comment se faire écouter d'un homme qui semblait n'entendre que lui-même et qui ne réussissait pas à cacher qu'il était tenaillé par la jalousie à l'égard de ce frère cadet devenu Empereur ?

Dussert avait essayé d'oublier Louis de Taurignan.

Jamais, autant que dans ces dernières semaines de l'année 1804, il n'avait mieux placé ses pions dans le grand jeu de l'argent.

Il avait versé au Trésor près de trente-deux millions qui étaient comme un énorme appât, lui permettant d'obtenir le droit de conclure un accord avec le roi d'Espagne. Il vendait du blé dans la péninsule, recevait en échange des traites sur l'argent qui devait arriver de Mexico, et il échangeait ses traites incertaines contre de bonnes obligations sur le Trésor français, ce qui le remboursait, et bien au-delà, des trente-deux millions d'appâts.

Mais la manœuvre était trop parfaite et surtout trop fructueuse pour qu'elle ne déclenchât pas des jalousies féroces. Elles faisaient partie du plaisir du jeu et, lors des réunions du Conseil de régence de la Banque de France, Dussert avait savouré les grimaces des régents, leurs allusions et leurs compliments. Ils étaient comme des chiens qui montrent leurs crocs mais n'osent pas mordre.

Lucien Bernard s'était pourtant inquiété. Il rôdait dans Paris à l'affût des intrigues et des ragots. Certains banquiers suggéraient, avait-il rapporté à Dussert, que Napoléon avait toléré l'opération bancaire pour des raisons personnelles, « privées », avait murmuré Bernard. « Napoléon devait, disait-on, vous dédommager. » Mais dans l'entourage de l'Empereur, on l'invitait à sévir pour montrer qu'il n'était en rien mêlé à cette affaire.

— Qui, on ? avait demandé Dussert.

— Maximilien Forestier, qui ne le quitte jamais ces derniers temps.

Vieilles rancunes que rien n'effaçait. Forestier avait pourtant été promu, le jour du sacre, à la dignité de maréchal. Il menait grand train entre son château de Mazenc et son hôtel de la rue de l'Estrapade. On disait qu'il était heureux, ayant eu un enfant, et que dès qu'il le pouvait il gagnait l'Italie avec la marquise et leur fils, s'installant dans la villa Clarvalle au bord du lac de Côme. Mais il était en ce moment à Paris, pour préparer cette invasion de l'Angleterre dont toute la capitale bruissait.

Il fallait donc se méfier de lui, et en se rendant aux Tuileries où il venait d'être convoqué, Dussert avait essayé d'imaginer ce qu'allait être l'attitude de l'Empereur. Que faudrait-il lui concéder s'il s'emportait, menaçait ?

On l'avait introduit dans le bureau de Napoléon, où se trouvait Forestier, avec cet uniforme chamarré qui lui donnait l'allure d'un grand Turc vaniteux. Des cartes étaient posées à même le sol, et Dussert avait reconnu les côtes du nord de la France et de l'Angleterre.

Forestier lui avait lancé un regard hostile et avait commencé à les rouler puis, dédaigneux, il était passé devant Dussert, le bousculant presque.

— Maintenant, vous m'espionnez, Dussert ! avait lancé Napoléon.

Le ton était ironique, mais souvent les colères de l'Empereur commençaient ainsi, par ce qui pouvait sembler un badinage, une plaisanterie.

— Vous m'espionnez, avait-il repris, et la voix s'était durcie. Et vous me volez – il avait crié – ces traites sur Mexico ! Vous croyez que je ne lis pas dans votre jeu espagnol ? Vous êtes un fieffé coquin, monsieur le banquier, monsieur le régent, monsieur le baron !

Chaque titre était jeté comme une insulte, avec mépris.

Dussert s'était contenté de nier d'un mouvement de tête, qu'il avait voulu respectueux et plein d'humilité.

— Volez-moi, Dussert, mais gare à vous. Ne me compromettez pas et surtout – Napoléon avait saisi Dussert par le bras et il le secouait – donnez-moi l'argent nécessaire pour nourrir mon armée. La guerre est là. Je n'en veux pas mais elle s'impose à moi, à la France. L'Angleterre et ces rois couards ne nous accepteront qu'à genoux, ayant fait repentance comme les bourgeois de Calais, comme un autre empereur à Canossa. Ils vont voir ! Les têtes couronnées n'y entendent rien, je ne crains pas la vieille Europe. Payez, Dussert, et vite.

Il avait reconduit Dussert jusqu'à la porte.

— Trouvez-moi les dix millions nécessaires, voyez les autres banquiers. Ils sont avec vous au Conseil de régence de la Banque de France. Ils vous jalousent. Ils vous haïssent. Ils me disent sur vous toutes les diableries possibles. Je ne veux pas de ces divisions, payez ensemble. Mais je sais que vous êtes le plus habile, monsieur le baron Dussert. Je vous connais mieux que vous ne l'imaginez. Je n'oublie jamais ceux qui m'ont aidé. Vous êtes de ceux-là.

Dussert s'était incliné, et tout à coup il s'était mis à parler de Louis de Taurignan malgré les signes d'impatience qu'avait donnés Napoléon.

— Bien, bien, que voulez-vous ? Que je gracie un homme qui a voulu me tuer ?

— Il n'a rien tenté, sire.

Napoléon avait hurlé :

— Faut-il qu'on sorte le poignard et qu'on le plante dans mon dos pour que je punisse ? Je ne ferai rien pour ce conspirateur, cet agent anglais.

Le valet avait ouvert la porte.

— Ma femme, avait dit Dussert, m'a prié de vous présenter cette requête. Sa famille est alliée aux Taurignan. Notre fils Victor-Marie est de cette manière le cousin de Louis de Taurignan.

Napoléon avait eu un mouvement brusque, instinctif de l'épaule gauche, puis il avait fixé Dussert qui avait soutenu son regard et ç'avait été un affrontement silencieux de plusieurs secondes.

Napoléon tout à coup était retourné vers son bureau, il avait lancé :

— Appelez-moi le maréchal Forestier !

Il s'était promené les mains derrière le dos, la tête baissée, faisant la moue, se redressant quand Forestier était entré.

— Taurignan, Forestier, Louis de Taurignan, il est emprisonné à Vincennes. Dites à Fouché de l'envoyer en résidence forcée, et qu'on ne touche pas un de ses cheveux. Forestier – il avait pris le maréchal par l'épaule –, madame la comtesse de Mirmande semble le trouver à son goût et c'est, n'est-ce pas monsieur le baron, une femme de goût, et fort belle de surcroît. Embrassez-la pour moi et rassurez-la.

Au moment où Dussert quittait le bureau, Napoléon avait ajouté :

— Vous êtes un homme heureux, Dussert. Une femme, un fils, que faut-il de plus à un homme ?

Dussert avait ressassé ces derniers mots alors que s'achevait le feu d'artifice au-dessus de la Seine et que, brutalement, la nuit recouvrait les rives.

Il était resté un instant face à l'obscurité. Il avait écouté, Victor-Marie ne criait plus. Puis il avait fermé la fenêtre. Il était retourné s'asseoir à son bureau et avait commencé à feuilleter les registres de comptes que Lucien Bernard lui avait apportés à la fin de cet après-midi du 16 décembre 1804.

Il grelottait. Dans la cheminée, le feu s'était éteint.

CINQUIÈME PARTIE

36. “ Si l’Empereur vous avait vraiment vue une seule fois, il irait vous dénicher là-bas, ma chère marquise… ”

Mariella di Clarvalle s’était engagée sur la passerelle qui, à l’extrémité du parc, s’enfonçait dans le lac.

À peine avait-elle fait quelques pas, imaginant que le bois des lattes était vermoulu, qu’il allait se briser et qu’elle serait précipitée dans les eaux assoupies et sombres d’où s’élevait le soupir léger du flux et du reflux, qu’elle avait entendu la voix de Maximilien.

Mariella s’était immobilisée, retournée, et elle l’avait vu, tenant un candélabre, debout, jambes écartées, sur le perron de la villa. Maximilien l’avait appelée plusieurs fois et le ton était devenu impérieux : « Mariella, revenez ! Voyons, où êtes-vous, Mariella ? »

Il avait lancé des ordres et aussitôt des domestiques portant des torches, des chandeliers, s'étaient répandus dans le parc.

Mariella s'était souvenue de cette nuit, il y avait exactement vingt ans, au mois de décembre 1787, quand on avait cherché sa mère, disparue au milieu d'une réception donnée à la villa. Les salons étaient remplis d'invités, officiers autrichiens, familles venues de Mantoue, de Milan et de Côme, pour célébrer sur les rives du lac la fin de l'année. Ce n'est qu'au matin, quand le brouillard s'était dissipé, qu'on avait retrouvé la marquise Margherita dans le lac, le corps caché par la grande corolle blanche de sa robe qui flottait sur l'eau comme une fleur arrachée, morte. Et personne n'avait su comment elle s'était noyée.

On l'avait enterrée au cimetière de Bellagio, à la pointe du cap qui sépare en deux le lac de Côme. Et lorsqu'en remontant vers la villa Mariella avait interrogé son père, il avait seulement secoué la tête, puis d'une voix lasse il avait dit, posant la main sur son épaule : « On ne dérange jamais les morts. »

Le silence avait ainsi recouvert Margherita di Clarvalle comme l'eau du lac.

Mariella avait fait quelques pas de plus sur la passerelle, et elle avait eu l'impression, alors qu'elle ne se trouvait qu'à une dizaine de mètres de la berge, d'avoir déjà quitté le monde des lumières, des bruits et des éclats de voix, des regards qui blessaient tant ils étaient insistants.

C'était peut-être cela qu'avait voulu fuir sa mère et c'était pour cela que vingt ans plus tard, en ce 22 décembre 1807, Mariella avait quitté la salle de bal, profitant de ce que l'Empereur avait été entouré par des officiers arrivés de Milan. Il avait été contraint ainsi de ne plus la poursuivre, comme il l'avait fait depuis le début de l'après-midi en éloignant Forestier.

« Maréchal, avait-il dit, je veux que vous partiez pour Côme, que vous y prépariez notre venue, ce soir, avec une parade au bord du lac. » Napoléon avait alors entraîné Mariella dans le parc, ne cessant de la harceler. Et elle avait pensé qu'elle ne pourrait que céder, comme tant d'autres l'avaient fait avant elle. Et la liste était si longue !

Julie de Boissier elle-même, lorsqu'elle l'avait rencontrée en Provence, au château de Mazenc où elle était arrivée impromptu, lui avait confié :

— On vous cache à l'Empereur, madame la maréchale… Ainsi c'est vous que Maximilien garde comme son bien secret. Et voilà votre fils !

Elle s'était approchée de Romain, l'avait regardé sans tendresse, comme s'il s'agissait d'un objet qu'elle évaluait.

— Vous savez que j'ai un fils aussi, Victor-Marie, avait-elle repris. Mais je ne le vois guère. Les Françaises ne sont pas comme les Italiennes ou les Corses, qui lèchent leurs enfants toute la journée comme des chattes leurs petits. L'Empereur me disait en confidence – elle avait lancé un regard à Mariella pour saisir l'effet de ses propos –, car je le vois souvent, vous le savez ? Il me disait qu'il doit tout à sa mère. Mon fils ne pourra m'être reconnaissant que de lui avoir donné la vie et un père…

Elle avait ri.

— Romain ? Quel curieux prénom ! Ma foi, c'est le portrait de Maximilien. Voilà un père qui a signé son œuvre !

Au moment de partir, Julie avait lancé :

— Je parlerai de vous à l'Empereur, mais vous ne le croiriez pas, c'est un homme qui s'ennuie. Il lui faut toujours une bataille, une ville à conquérir, des femmes. Et il a du temps pour elles. Je comprends que le maréchal Forestier vous cache dans ce château, en plein mistral, ou bien qu'il vous emmène en Italie. Vous vivez sur les bords du lac de Côme, n'est-ce pas ? Si l'Empereur vous avait vraiment vue une seule fois, il irait vous dénicher là-bas, ma chère marquise.

Mariella n'avait jamais oublié cette visite, ces propos, et lorsqu'elle avait été invitée à Malmaison, aux Tuileries ou au château de Fontainebleau le lendemain du sacre, ou bien lors de ces soirées au Théâtre-Français ou à l'Opéra, elle avait essayé de se tenir à l'écart malgré l'étiquette qui exigeait qu'elle se plaçât au premier rang, parmi les épouses des grands dignitaires et des maréchaux.

Mais à deux reprises, il y avait près de deux ans, elle s'était trouvée face à l'Empereur.

C'était à la fin du mois de janvier 1806, après ces mois de solitude, Maximilien chevauchant au côté de Napoléon sur les routes d'Europe, de Bologne à Ulm, de Vienne à Austerlitz. Mariella avait lu et relu les quelques lettres que Maximilien lui adressait.

Elle avait vécu au château de Mazenc, puis à la villa Clarvalle, mais elle s'était sentie encore plus seule loin de Paris, parce que au moins dans l'hôtel de la rue de l'Estrapade elle pouvait se souvenir, chaque fois qu'elle entrait dans la chambre ou dans les salons, d'une scène vécue avec lui. Et puis il lui avait semblé que son devoir exigeait qu'elle soit à Paris pendant que Maximilien se battait. C'est à Paris qu'elle pouvait être le mieux informée de ce qui survenait. Les nouvelles ne parvenaient au château de Mazenc ou à la villa Clarvalle que longtemps après Paris. Et Mariella n'avait pas supporté cette idée. Elle s'était rendue souvent à Malmaison ou aux Tuileries, parce que Joséphine de Beauharnais était la personne la mieux informée de Paris. L'Empereur lui écrivait parfois plusieurs fois dans la même journée. Et Joséphine lisait ses lettres à ses dames de compagnie, à ses invités, toute heureuse de montrer que Napoléon ne l'oubliait pas, ne se rendant même pas compte qu'il lui écrivait précisément pour qu'elle répète ce qu'il disait :

« Tout mon soin est d'obtenir la victoire avec le moins possible d'effusion de sang, mes soldats sont mes enfants... » Et dans une autre lettre, il avait écrit : « Je suis content de mon armée. Je n'ai perdu que mille cinq cents hommes... »

En entendant ces mots, Mariella avait eu envie de quitter le salon, de rentrer aussitôt rue de l'Estrapade, de serrer son fils contre elle en essayant d'oublier ainsi son angoisse à la pensée que Maximilien pouvait être l'un de ces morts, si peu nombreux selon Napoléon.

Elle savait que Madeleine avait la même inquiétude et qu'elle aussi cajolait son fils, Georges, parce qu'elle voulait essayer de se rassurer, de ne pas penser au sort de Nicolas. Mais Maximilien et Nicolas étaient restés vivants, ils étaient rentrés à Paris en vainqueurs.

Et le mercredi 29 janvier 1806, ç'avait été au Théâtre-Français la première apparition de Napoléon, déchaînant l'enthousiasme des spectateurs.

Mariella, debout près de Maximilien, avait elle aussi applaudi, incapable pourtant de crier « Vive l'Empereur ! », se contentant de remuer les lèvres sans qu'aucun son ne sorte de sa gorge.

Tout au long de cet hiver 1806, elle avait participé à des réceptions, à des spectacles à l'Opéra, au Théâtre-Français encore, ou bien au théâtre de la cour de l'impératrice.

Et Mariella avait essayé de ne jamais être sur le passage de l'Empereur. Deux fois pourtant, elle n'avait pas pu l'éviter. Elle avait baissé les yeux, vite, pour qu'il ne l'interroge pas, qu'il imagine qu'elle n'était qu'une épouse timide. Il ne s'était pas attardé, mais elle avait vu son visage rond, un peu empâté, son corps devenu lourd déjà.

Ils étaient rentrés avec Maximilien rue de l'Estrapade et Mariella, avant de rejoindre leur chambre, s'était rendue auprès de Romain. Mafalda somnolait près de l'enfant que sa mère avait regardé dormir. Elle avait caressé son front, puis elle l'avait embrassé, et lorsqu'elle était sortie de la chambre, Mafalda l'avait rejointe.

— Alors, vous l'avez vu, l'Empereur ?

— Son teint est un peu jaune, avait répondu Mariella en faisant la moue. Il est devenu gras. Ce n'est plus l'homme d'avant.

Mafalda s'était signée, comme si elle avait pu ainsi protéger cet Empereur qu'elle vénérait.

— Que Dieu veille sur lui, avait-elle murmuré.

— C'est peut-être le diable qu'il faut prier, avait dit Mariella en entrant dans sa chambre.

Maximilien était torse nu devant le miroir, regardant cette boursouflure de chair rose qui avait grossi sur son épaule gauche, là où jadis se trouvait l'entaille de la blessure.

Mariella s'était approchée de lui, l'avait pris par la taille.

— Allons-nous en, avait-elle dit.

Il s'était retourné, il avait ri.

— Je ne veux pas qu'on te blesse à nouveau, avait continué Mariella en passant ses doigts puis ses lèvres sur cette cicatrice. En frissonnant au contact de cette peau plus douce, mais comme froissée.

Elle l'avait forcé à se coucher et elle s'était pelotonnée contre lui. Elle avait chuchoté qu'elle rêvait de quitter Paris avec lui, de vivre à la fois au bord du lac de Côme, à la villa, et au château de Mazenc. Ils retrouveraient ainsi l'un et l'autre leur pays d'origine, la Provence et l'Italie, et Romain ne serait pas l'un de ces fils de soldat dont le père n'est qu'un nom, une silhouette aperçue entre deux guerres, puis un tombeau devant lequel, une fois l'an, on va se recueillir.

Maximilien avait dit, en secouant la tête :

— Bonaparte…

Il s'était repris.

— L'Empereur n'acceptera pas. Il a de grands projets. Il faut imposer la paix à l'Europe, contraindre la Russie à cesser de se mêler de nos affaires et de soutenir nos ennemis – l'Angleterre –, et il faut faire plier le genou à la Prusse.

Elle s'était écartée de lui.

— Ça ne finira jamais, avait-elle dit.

Il avait voulu la rassurer. L'armée française, la Grande Armée, pouvait dicter la loi impériale à l'ensemble des nations pour le bien des peuples. Elle était invincible.

— Il m'a distingué, honoré, avait-il ajouté d'une voix plus grave. Je suis maréchal. J'ai des devoirs. Voilà près de quinze ans que je combats près de lui, je ne peux pas être lâche, même pour toi, même pour notre fils. Et puis il m'a promis…

Il s'était levé, avait commencé à marcher dans la chambre.

— Il a demandé au vice-roi d'Italie, Eugène de Beauharnais, de me décerner le titre de comte de Bellagio.

Il avait écarté les bras, gonflé le torse, répété :

— Comte de Bellagio, avec deux cent mille livres de rente, que dis-tu de cela ? Romain Forestier sera le fils de la marquise de Clarvalle et du comte de Bellagio, maréchal de la Grande Armée !

Il s'était assis sur le bord du lit, avait commencé à lui caresser le visage, puis il s'était penché, l'avait embrassée, et elle avait noué ses mains sur sa nuque, se suspendant à Maximilien, l'attirant vers elle cependant qu'il répétait : « *Mia Mariella*, petite fille… »

Elle n'avait donc pas, comme elle l'avait souhaité, vécu cet hiver de 1806 au bord du lac de Côme ou dans le château de Mazenc. Elle y avait fait de longs séjours, comme les mois précédents, mais l'angoisse de ne pas apprendre vite ce que l'on savait à Paris l'avait, après un mois ou deux, ramenée dans la capitale. C'était comme chaque fois un long voyage en berline en compagnie de Mafalda et de Romain, de Madeleine, devenue Madeleine Mercœur, et de son fils Georges.

Les enfants avaient somnolé tout le temps de ce trajet interminable, avec ces cols des Alpes que l'on franchissait au pas, parfois sous des bourrasques de neige et dans le brouillard.

Mariella relisait, à la faible lumière de la lampe à huile accrochée à la paroi de la voiture, les lettres que lui avait adressées Maximilien, et qui avaient mis plusieurs semaines pour lui parvenir.

Elle aurait pu les réciter, mais elle avait envie de sentir le papier sous ses doigts, de déchiffrer l'écriture, d'imaginer ces salles d'auberge, ces tentes où il les avait écrites, alors que quelques-unes avaient été terminées en plein vent, sous une pluie fine, Maximilien appuyé à un affût de canon ou bien ayant choisi un tambour comme écritoire.

Elle regardait par la vitre de la berline ce paysage enveloppé de brouillard, et elle pensait à celui qui avait recouvert les collines enneigées qui entouraient Eylau, là-bas, si loin, aux frontières de l'Empire russe. Pour que Maximilien écrivît, des jours après les combats, que jamais il n'avait vu tel massacre d'hommes, entendu tant de plaintes, il fallait que la bataille ait été la plus sanglante des boucheries.

Dans la marge de la dernière page de sa lettre, il avait ajouté : « Nicolas Mercœur embrasse son fils et sa femme. » Lorsque Mariella avait prononcé le nom de Nicolas, Madeleine s'était caché le visage dans les paumes, commençant à pleurer, murmurant qu'il était sûrement mort, il avait fallu que Mariella la prenne contre elle, pour la rassurer.

Le voyage avait passé ainsi, les cahots de la route jetant les femmes les unes contre les autres, les enfants continuant heureusement de dormir.

Mariella n'avait même pas pu somnoler, tiraillée entre la révolte et l'inquiétude. Quel était ce temps où il fallait vivre séparé de ceux que l'on aimait, craignant pour leur vie ? Elle avait senti monter en elle, en arrivant à Paris, découvrant des arcs de triomphe décorés de drapeaux pour célébrer les victoires de la Grande Armée, la rencontre sur le Niémen, à Tilsit, des deux empereurs, le russe et le français, décidés enfin à conclure la paix et à s'allier, presque de la haine pour ces hommes qui décidaient de la vie et de la mort, du malheur de centaines de milliers d'autres.

Mais elle avait voulu savoir, et elle s'était présentée dès le lendemain aux Tuileries.

C'était la mi-juillet 1807, il faisait chaud. Joséphine et ses dames de compagnie se promenaient dans les jardins, entourées de quelques officiers, et Mariella avait été aussitôt saisie par l'expression amère qui déformait le visage de l'impératrice. Les traits étaient tirés, les rides aux commissures des lèvres profondes, et le teint gris. Joséphine s'était arrêtée devant Mariella, l'avait dévisagée, murmurant, les lèvres à peine entrouvertes : « Vous nous revenez, vous nous annoncez le retour de nos oiseaux volages ? »

Il avait suffi de quelques heures pour que Mariella apprenne que l'Empereur vivait avec une noble polonaise dont on vantait la jeunesse, la beauté, et d'une voix plus basse « la fécondité ». Napoléon l'avait, ajoutait-on, forcée comme un soudard dans une chambre d'un palais de Varsovie, mais la jeune Marie Walewska s'était soumise bien vite, et l'Empereur y était d'autant plus attaché qu'elle lui avait donné un fils.

« Un bâtard de plus », commentait-on. Et l'on énumérait tous ceux qu'il avait laissés, Victor-Marie, le fils de Julie de

Boissier et du comte Dussert, maintenant cet Alexandre Waleswski, là une fille, ici un autre garçon que l'on avait baptisé le comte Léon.

Mariella était rentrée rue de l'Estrapade, désemparée.

Il y avait cette lettre de Maximilien, arrivée le jour même, des mois après la bataille d'Eylau, parce qu'elle avait été adressée à la villa Clarvalle, puis de là au château de Mazenc, ne parvenant à l'hôtel de l'Estrapade qu'au moment où l'on célébrait la paix, la rencontre des deux Empereurs à Tilsit, et où Joséphine, la bouche pincée, ne réussissait pas à cacher sa jalousie et son inquiétude. Et le contraste était si fort entre ce qui préoccupait l'impératrice et sa cour et ce cauchemar qui surgissait, celui qu'avait vécu Maximilien, que Mariella avait éprouvé comme une nausée, lorsqu'elle avait lu : « Imagine, *Mariella mia*, sur un espace d'une lieue carrée, neuf ou dix mille cadavres, quatre ou cinq mille chevaux tués, des lignes de sacs russes, des débris de fusils et de sabres, la terre couverte de boulets d'obus, de munitions, de vingt-quatre pièces de canon auprès desquelles on voyait les cadavres des conducteurs tués au moment où ils faisaient des efforts pour les enlever. Tout cela, *Mariella mia*, fait plus de relief sur un fond de neige : ce spectacle est fait pour inspirer aux princes l'amour de la paix et l'horreur de la guerre. »

Ces derniers mots lui avaient fait espérer que Maximilien s'était enfin décidé à abandonner sa charge auprès de l'Empereur et que, las des batailles, il avait décidé de se contenter d'être le comte de Bellagio et le châtelain de Mazenc. Mais après son retour à Paris, il avait suffi de quelques heures pour qu'elle découvre qu'il était plus que jamais avide d'honneur et de pouvoir.

Il lui avait même semblé que Maximilien avait changé, comme si d'avoir vu ces carnages d'Eylau, puis de Friedland, l'avait rendu indifférent à tout ce qui n'était pas la puissance et la force.

Elle avait été blessée qu'il n'adresse que quelque mots à son fils, qu'il ignore Mafalda et Madeleine, qu'il ne regarde pas le fils de celle-ci qui parfois jouait autour de la fontaine dans la cour pavée.

Était-il devenu insensible ? Il était trop préoccupé par les intrigues, les rivalités autour de l'Empereur, la guerre qui se préparait à nouveau et les commandements que les maréchaux s'apprêtaient à exercer pour distraire un peu de son temps pour Romain ou les femmes de sa maison.

Il ne s'était pas inquiété de ce que Mariella pensait, de ce qu'elle ressentait, de ses désirs, mais il parlait avec une fureur retenue de l'influence du baron Dussert sur le ministre des Finances, de cette catin de Julie de Boissier qui laissait dire partout qu'elle était la mère d'un fils dont Napoléon était le père, des intrigues du sénateur Machecoul qui voulait être anobli, de la jalousie de Fouché vis-à-vis de Talleyrand, des liens qu'entretenait celui-ci avec les ennemis de l'Empereur. Et ce dernier qui ne songeait qu'à trouver un « ventre » princier pour l'engrosser de sa semence, pour avoir un fils et assurer ainsi la survie de sa dynastie.

Mariella avait écouté. Elle disait qu'il faudrait d'abord que Napoléon divorçât d'avec Joséphine, car si celle-ci était devenue une vieille intrigante, amère, elle avait été une alliée de jeunesse, et il n'était pas digne de la rejeter maintenant.

C'était l'intérêt de la dynastie, de la France, avait répondu Forestier. Puis, avait-il ajouté, pour sécher les larmes de Joséphine, il suffirait de lui donner Malmaison, un million et peut-être en sus un château.

— Vous verrez son visage s'éclairer.

Elle avait regardé fixement Maximilien. Était-il possible que la guerre et le pouvoir l'aient à ce point changé, fermé à la peine des autres, les réduisant à leurs mauvais côtés ?

Elle ne lui avait fait aucun reproche, elle n'avait pas essayé de lui dire qu'elle regrettait le Maximilien Forestier d'avant toutes ces victoires, tous ces titres, maréchal, comte. Mais elle s'était installée dans une pièce proche de celle où dormaient Romain et Mafalda. Et elle l'avait entendu tenter d'en ouvrir la porte, la secouant, donnant des coups de pied qui faisaient trembler le panneau de bois, puis le matin la dévisageant d'un regard où se mêlaient la hargne et la surprise.

Elle n'avait pas cédé.

Un soir, il l'avait saisie par la taille dans un couloir et l'avait serrée contre lui.

— Qu'est-ce que vous avez ? Qu'est-ce que cette comédie ? avait-il interrogé d'une voix rauque.

Elle était restée immobile. Elle s'était transformée en une matière inerte, et au bout de quelques minutes Maximilien l'avait repoussée, la dévisageant avec colère et désarroi.

— Prenez garde, avait-il dit, je commande à des milliers d'hommes que j'envoie mourir, je…

Il s'était interrompu, tout à coup décontenancé, murmurant : « *Mariella mia*, qu'est-ce que tu as ? »

Elle s'était contentée de dire qu'elle était lasse, qu'elle n'en pouvait plus, qu'elle voulait regagner l'Italie, la villa Clarvalle, et qu'elle l'y attendrait. Elle avait ajouté : « Je vous suis fidèle, je le jure sur la tête de notre fils. »

L'automne au bord du lac de Côme a les douceurs d'un printemps mélancolique. Le ciel, le soir, au-dessus des massifs qui font face à Bellagio et à la villa, avait les couleurs d'un voile doré, légèrement fané.

Mariella s'était promenée dans le parc avec Madeleine et Mafalda, les enfants couraient, se cachaient dans les massifs de fleurs, derrière les haies de lauriers-roses. Il faisait doux, l'hiver s'avançait mais d'une manière si feutrée que seules les teintes des feuillages et de l'horizon l'annonçaient. Parfois le vent se levait, drossant contre les berges et la passerelle située à l'extrémité du parc de courtes vagues. Les orages bientôt fréquents changeaient l'harmonie des couleurs, le gris et le noir l'emportaient. Les eaux du lac étaient devenues sombres, et les allées étaient couvertes de feuilles mortes.

Puis il avait fait froid, humide plutôt, les domestiques avaient allumé de grands feux dans les cheminées et amoncelé les feuilles en meules au milieu des pelouses du parc. Lorsqu'ils les enflammaient, la fumée se confondait avec la brume qui, chaque soir, s'étendait sur le lac et les collines.

Ce fut le 27 décembre 1807, et tout à coup cet escadron de hussards qui dévalaient la route qui de Côme conduit à Bellagio, ces voitures qui entraient dans le parc de la villa Clarvalle, et Maximilien qui montait en courant les marches, se précipitant sur Mariella.

— Nous arrivons de Venise et de Mantoue, expliquait-il, l'Empereur a passé en revue les garnisons de ses villes italiennes. Ce soir, nous devons coucher à Côme, demain, nous serons à Milan. Il sera là dans quelques minutes. Il se souvenait de la villa Clarvalle. Il a voulu vous voir, voir notre fils. Où est Romain ?

Mais déjà l'Empereur descendait de sa berline de voyage, suivi de ses aides de camp, d'une foule d'officiers qui entraient dans la villa, faisaient sonner leurs éperons sur les dalles de marbre.

Et Napoléon avait pris la main de Mariella et l'embrassait, disant : « Nous sommes en horde, madame, excusez-moi. »

Il s'était incliné, l'avait prise par le bras comme si elle avait été l'une quelconque de ces dames de compagnie de Joséphine, de ces actrices ou de ces demoiselles dont il avait imposé la présence auprès de l'impératrice, qu'il entraînait dans les jardins de Malmaison, se promenant avec elles sous les yeux de toute la Cour, souvent partant en leur compagnie, laissant Joséphine humiliée.

Mariella n'avait pu dégager son bras, lançant un regard à Maximilien qui s'était avancé : « Sire, que pouvons-nous, chez nous, dans notre demeure, pour vous servir ? »

Et Mariella avait aimé qu'il mette la main sur son épaule pour marquer qu'elle était son épouse. Elle avait su qu'elle lui pardonnait pour ce geste tout ce dont elle l'avait accusé.

Napoléon avait ri. Elle l'avait observé. Il avait encore grossi, et sa tête sous la calvitie était ronde, les yeux mobiles et immenses.

— Je suis enchanté par la comtesse de Bellagio, je veux qu'elle me fasse les honneurs de sa villa, puis du parc. Je veux qu'elle me dise qui elle est. Nous dînons chez vous, Forestier, prévenez mes cuisiniers.

Il avait commencé à l'entraîner, puis il s'était tourné vers Maximilien, lui donnant l'ordre de se rendre à Côme pour préparer la halte de la nuit.

Mariella avait espéré que Maximilien refuserait mais il s'était contenté de faire un geste d'impuissance, levant la main en signe de reddition, et il avait lancé tout en s'éloignant dans le vestibule « Je reviens, je reviens » d'une voix tremblante.

Elle avait eu peur. Elle avait voulu se dégager, mais Napoléon lui tenait le bras serré.

— Cette villa Clarvalle, avait-il commencé, en montrant la façade de la demeure, est royale, madame, racontez-moi l'histoire de votre famille.

Elle n'avait pas dit un mot, il avait semblé ne pas le remarquer, lui chuchotant qu'elle était la plus belle femme d'Italie. On lui avait vanté les Vénitiennes, il les avait trouvées plantureuses. À Mantoue, il n'avait vu que des paysannes, lourdes elles aussi, même si elles s'étaient déguisées avec des robes de bal. Il connaissait déjà les Milanaises, espiègles et piquantes, mais elles n'étaient que de pâles copies des Parisiennes. Enfin, il l'avait découverte, elle, au bord de ce lac dont elle incarnait le charme et le mystère.

— Pourquoi vous cachez-vous ici, madame ? Expliquez-moi pourquoi je ne vous vois jamais aux Tuileries, à Malmaison ? Pourquoi me privez-vous de vous ? Croyez-vous que cela soit humain, croyez-vous que je puisse l'accepter, moi qui gouverne le monde ?

Il l'avait entraînée dans les allées que bordaient les arbres nus, et il s'était fait pressant, tentant de lui prendre la taille.

— Vous êtes cruelle. Je ne vais plus pouvoir vous oublier. Pourquoi voulez-vous que je vous laisse ici ? Pourquoi accepterais-je de souffrir ?

Elle avait enfin réussi à dégager son bras, et elle s'était enfuie en courant, rentrant dans la villa, se heurtant aux officiers qui attendaient l'Empereur et dont certains venaient d'arriver de Milan, porteurs de messages venant de Paris.

Elle avait entendu la voix irritée de Napoléon qui criait : « Mais où est-elle ? »

Elle s'était dissimulée derrière une tenture, ne sortant que lorsqu'elle avait vu Napoléon entouré d'officiers. Elle avait alors traversé rapidement la salle de bal et elle avait gagné le parc.

L'ombre des massifs de la rive opposée s'étendait déjà, comme une préface à la nuit qui tombait.

Elle s'était blottie derrière les lauriers, observant le mouvement des berlines devant la villa, écoutant les ordres que lançaient les officiers, voyant dans la lueur des candélabres Napoléon sur le perron qui échangeait quelques mots avec Maximilien. Elle ne l'avait pas vu revenir de Côme, mais il était là et saluait l'Empereur qui montait dans sa berline.

Et tout à coup, le silence s'était établi.

L'obscurité désormais s'était étendue, seules quelques lumières apparaissaient, scintillant au loin sur l'autre rive que la nuit et la brume estompaient.

Mariella s'était engagée sur la passerelle qui se trouvait à l'extrémité du parc. Presque aussitôt, elle avait entendu les appels et remarqué les torches des domestiques qui la cherchaient.

Alors elle s'était souvenue de la nuit de décembre, vingt années auparavant, quand sa mère avait disparu et que l'on avait retrouvé au matin une grande fleur blanche flottant sur le lac.

37. “ Pour qui vous prenez-vous ? L’Empereur m’a dit : ‘Votre femme est une mijaurée !’ ”

Lorsque, près de trois années plus tard, le 16 novembre 1810, Mariella était descendue de la berline devant le perron de la villa et qu’elle avait aperçu la passerelle, dont une partie commençait à disparaître dans le brouillard qui montait du lac, elle avait fait quelques pas dans l’allée vers la berge, vers cette extrémité du parc où elle avait resurgi au milieu de la nuit du 22 décembre 1807.

Elle s’était souvenue de l’étonnement des domestiques qui l’avaient cherchée pendant des heures, et qui l’avaient vue soudain s’avancer comme si elle avait marché sur les eaux du lac que le brouillard dissimulait.

Ils s'étaient rassemblés autour d'elle et l'avaient suivie, tenant haut leurs torches et leurs candélabres, certains avaient crié pour avertir le maréchal Forestier qu'on avait retrouvé la marquise.

Maximilien était alors apparu, silhouette imprécise d'abord qui marchait à leur rencontre dans le brouillard, puis brusquement présent devant elle, furibond, hurlant : « Où étiez-vous ? Vous êtes folle ! »

Il lui avait saisi le bras, l'avait entraînée, et au fur et à mesure qu'ils s'étaient approchés de la villa le brouillard s'était effiloché.

Maximilien s'était arrêté dans le vestibule, il l'avait secouée avec violence.

— Pour qui vous prenez-vous ? L'Empereur m'a fait les reproches les plus vifs. Vous ne le connaissez pas ! Il n'oubliera jamais cet affront. Il m'a dit : « Votre femme est une mijaurée ! »

Mariella, écartant Forestier d'une violente poussée de sa main droite, avait dégagé son bras.

— Je ne connais pas ce mot, avait-elle répondu en s'éloignant.

Forestier l'avait rejointe.

— Mijaurée, avait-il répété, si fort que la voix avait résonné dans le vestibule, prétentieuse, et savez-vous ce qu'il m'a conseillé ? Une femme comme la vôtre, a-t-il dit, on lui donne la fessée.

Mariella s'était arrêtée, retournée, puis elle avait fait un pas, heurtant Maximilien qui avait tenté de la prendre aux épaules, mais elle avait crié, et d'un mouvement de tout le torse l'avait repoussé.

— Touchez-moi et je vous tue ! avait-elle lancé d'une voix aiguë.

Elle s'était dirigée vers l'escalier, avait gravi les premières marches qui conduisaient à sa chambre, mais elle s'était brusquement immobilisée, redescendant, les poings levés à hauteur de son visage, ajoutant la bouche à demi fermée, la voix étranglée :

— Dites-lui que s'il s'approche à nouveau, s'il me touche, je le tue ! Vous entendez, Forestier, votre Empereur, je le tue !

Il avait paru stupéfait, avait balbutié :

— Mariella, Mariella, mais vous êtes folle, qu'est-ce qu'il y a ?

Aurait-elle été capable, à ce moment-là, de dire ce qui grondait en elle, ce désespoir qui s'était mué en colère ? Cette peur qui l'habitait pour Romain, que rien pourtant ne menaçait. L'inquiétude qu'elle éprouvait chaque fois que Maximilien la quittait, cet aveugle et ce sourd ne l'avait ni vue ni entendue. Tant pis pour lui si cette angoisse s'était transformée en ressentiment, voire en mépris.

Est-ce qu'on pouvait à ce point être soumis à un autre homme, fût-il empereur ? Craindre ses reproches, quémander ses louanges et être transfiguré quand il vous les accordait ! Que Maximilien vive avec Napoléon, puisque cet homme occupait toutes ses pensées !

Elle s'était, ce 22 décembre, précipitée dans la chambre de son fils. Elle s'était agenouillée près de son lit, elle l'avait recouvert de son corps en l'embrassant.

Si on laissait l'Ogre continuer de régner, de mener ses guerres comme il l'entendait, un jour, le temps passe si vite, Romain revêtirait l'uniforme et elle ne pourrait pas supporter qu'il soit ce corps offert aux baïonnettes, aux sabres, aux éclats, aux balles.

Elle avait imaginé tout cela. Elle avait vécu, cette nuit-là, le départ de son fils avec l'armée, l'attente des lettres, la peur de savoir, et la nouvelle de sa mort.

Et elle l'avait vu couché entre des tombes, comme ces soldats tombés dans le cimetière d'Eylau et que la neige avait ensevelis si bien qu'on ne les distinguait plus des cadavres dont les boulets avaient brisé les cercueils.

Elle s'était endormie ainsi, et le matin elle avait été surprise par le bleu étincelant du ciel, le miroitement du lac, la douceur de l'air, comme si l'hiver s'était enfui en une nuit.

Maximilien avait quitté la villa Clarvalle dans la nuit pour rejoindre l'Empereur à Côme, le suivre à Milan, puis à Paris.

Il avait laissé une lettre, l'appelant *Mariella mia*, et lui demandant de veiller sur ce « trésor », leur fils.

Elle s'était promenée dans le parc avec Romain, Madeleine et Georges, Mafalda.

Elles avaient ri ensemble des jeux des enfants, puis elles étaient descendues jusqu'à Bellagio.

Elle n'avait pas oublié son désespoir et sa colère de la veille mais elle les avait enfouis, et durant des semaines ils étaient restés ainsi au fond du cratère, si bien qu'elle avait décidé de regagner Paris quand Maximilien le lui avait demandé.

D'abord, tout avait été paisible. Elle n'avait pas quitté l'hôtel Forestier, essayant de ne pas accorder d'importance à ce que Maximilien, certains soirs, assis devant la cheminée, sa bouteille de marc posée près de lui, racontait. Ces bruits qui se répandaient sur le divorce imminent de Napoléon, sur le refus et les exigences de l'impératrice, les manœuvres de Fouché et de Talleyrand, de la famille impériale, chacun jouant sa carte, les uns favorables à un mariage avec une princesse russe, les autres avec une « Autrichienne », une Habsbourg. Et certains, comme Fouché et même le baron Dussert, craignant qu'elle ne devienne une nouvelle Marie-Antoinette, haïe par le peuple.

— Et vous ? avait demandé Mariella.

Maximilien s'était contenté de hocher la tête, de se servir à boire, d'étendre ses jambes, de raconter d'une voix un peu lasse que personne ne pouvait plus influencer l'Empereur, qu'il était donc inutile d'avoir un avis différent du sien, qu'il fallait servir fidèlement Napoléon et – il lui avait lancé un regard – c'était ce à quoi lui, Forestier, était résolu. C'était aussi la sagesse. On ne pouvait pas s'opposer à l'Empereur.

Il avait baissé la voix. « Les espions de Fouché nous surveillent, moi, tous les autres maréchaux, les correspondances sont ouvertes », avait-il ajouté.

Il s'était levé, en titubant un peu et en se retenant au manteau de la cheminée.

— Savez-vous ce qu'il m'a dit ? « Je ne voudrais faire de mal à personne, mais quand mon char politique est lancé, il faut qu'il passe. Malheur à qui se trouve sous les roues. »

Maximilien s'était dirigé en vacillant vers la porte du salon.

— Laissons-le passer, *Mariella mia*, suivons le char, d'ailleurs je ne peux pas, je ne veux pas faire autre chose.

C'est ce soir-là, à la fin de l'hiver 1809, que le volcan en elle s'était remis à gronder, parce qu'elle méprisait cette soumission, ce fatalisme un peu lâche qu'il appelait fidélité.

Quelle fidélité ? Napoléon divorçait d'avec Joséphine, il allait épouser une Habsbourg, devenir ainsi l'arrière-neveu de Louis XVI !

Pourtant ce n'était pas cela qui faisait bouillonner la lave, mais ces guerres qui avaient recommencé.

Elle ne voulait pas l'entendre quand il accusait Talleyrand de trahir Napoléon, de se faire payer par les Anglais, par le tsar Alexandre, de pousser l'Empereur dans le guêpier espagnol. Elle savait seulement que Maximilien était à Madrid quand, les 2 et 3 mai, on avait égorgé les Français, qu'il était à Essling et à Wagram.

Dans les blés enflammés par les explosions, des dizaines de milliers d'hommes avaient péri, pris dans les flammes, la poudre de leurs cartouches prenant feu, les transformant en torches hurlantes, et des centaines de canons avaient tiré à bout portant sur les rangs des fantassins qui avançaient épaule contre épaule.

Maximilien et son sergent-major Mercœur étaient revenus vivants de ces batailles. Mais Mariella avait deviné à leurs yeux vitreux, à la manière dont ils buvaient, ensemble, qu'ils n'oublieraient pas cette moisson sanglante, cette victoire rouge où ils avaient perdu tant de leurs camarades.

Maximilien avait parlé longtemps et elle l'avait écouté, parce qu'elle avait senti qu'il avait besoin de se confier : il avait raconté la mort lente du maréchal Lannes qui, les jambes broyées, avait agonisé plusieurs jours dans la chaleur accablante de ce mois de mai 1809.

— L'odeur, avait répété Forestier, la puanteur de la gangrène, et l'Empereur qui ne voulait pas s'éloigner, qui restait à côté de lui malgré les risques de contagion. Mercœur et moi avons dû le tirer hors de la pièce où Lannes agonisait.

Forestier s'était frotté les yeux du revers de la main.

— L'Empereur pleurait, avait-il dit.

Puis d'une voix plus basse, il avait ajouté :

— Nous avons tous pleuré à Essling, à Wagram.

Mariella s'était levée en disant :

— C'est lui qui aurait dû mourir.

La lave avait commencé de jaillir et il l'avait regardée comme si elle avait perdu la raison.

— Lui, lui..., avait-il balbutié.

— Napoléon, l'Empereur, lui ! C'est lui le mal, c'est lui la gangrène, il vous tuera tous !

Et elle avait une nouvelle fois imaginé que s'il régnait encore dans dix ans, Romain aurait l'âge de mourir.

— Tous, avait-elle répété.

Dans les jours qui avaient suivi le retour de Maximilien Forestier, elle avait essayé de retrouver son calme, de raisonner.

Qui pouvait savoir ce qu'il en serait dans dix ans ?

Elle avait accepté de l'accompagner aux réceptions qui se donnaient à Trianon, au château de Fontainebleau. Elle était restée éloignée de l'Empereur, ignorant l'étiquette, mais elle avait été vite rassurée. Napoléon ne lui avait même pas jeté un regard. Il avançait le menton levé, bedonnant et chauve, semblant ne voir que son image reflétée par les miroirs, dédaigneux à l'égard de tous.

Le soir, dans le fiacre qui les ramenait rue de l'Estrapade, Maximilien avait murmuré que l'Empereur répondait à ceux qui lui parlaient de la peine qu'il avait infligée à Joséphine : « Mon maître n'a pas d'entrailles, et ce maître, c'est la nature des choses. »

Et la lave s'était à nouveau répandue, emportant toutes les prudences de Mariella di Clarvalle.

Un matin, elle avait entendu des éclats de voix, elle avait reconnu le rire de Romain.

Elle était descendue dans le salon et elle avait découvert son fils, revêtu d'un uniforme de dragon, maniant un sabre de bois, et son père le faisant marcher en cadence, lui apprenant à chanter :

R'lan tan plan,
Tire lire en plan,
On va leur percer le flanc,
Ah ! que nous allons rire !

Elle s'était précipitée sur Romain, bousculant Maximilien, hurlant : « Laissez mon fils ! »

— Il grandit dans les jupes des femmes, avait crié Maximilien, il faut qu'il apprenne le métier d'homme !

Elle s'était enfermée avec Romain, elle l'avait cajolé alors qu'il pleurnichait, qu'il réclamait son sabre, et qu'il répétait la chanson, tapant du talon. Et Mariella n'avait pu supporter qu'il fredonne d'une voix joyeuse d'enfant : « *On va leur percer le flanc.* »

Napoléon était un Ogre !

Maintenant, Mariella était heureuse quand Maximilien quittait Paris. Elle n'était plus contrainte de se mêler à ces fêtes où il lui semblait, sous les parfums, sentir l'odeur de chair brûlée qui avait flotté sur les champs de blé de Wagram.

Elle restait seule avec Romain, lui apprenait l'italien, récitant de longs passages de la *Divina Comedia*, et quand Mafalda murmurait qu'il était bien jeune encore pour qu'on lui parlât de l'enfer, de la « *Città dolente* », Mariella répondait que cela valait mieux que l'apprentissage des armes.

Mais Maximilien était rentré, et s'était exclamé en voyant Romain que Mariella en avait fait en quelques mois, comme il le craignait, une fille, et qu'il allait, puisque l'enfant avait sept ans, le faire admettre dans une classe qui préparait aux écoles militaires. L'Empereur avait connu cela à Brienne, et il en avait acquis des qualités qui lui avaient permis de devenir ce qu'il était.

— Il faudra me tuer, avait dit Mariella.

Maximilien avait claqué les portes à les briser. Il avait menacé. C'est alors que tout à coup elle s'était souvenue de ce que, quelques mois plus tôt, il lui avait raconté, lui faisant promettre de ne pas révéler ce secret dont seul Fouché, à Paris, avait été informé parce qu'il était le ministre de la Police.

— Au château de Schönbrunn, à Vienne, avait-il commencé, le 12 octobre 1809 et alors que l'Empereur traversait la cour d'honneur pour assister à la parade, les gendarmes de la garde ont arrêté un jeune homme qui dissimulait sous sa redingote un couteau. Je l'ai tenu entre mes mains. C'était une lame d'un pied et demi de long, tranchante sur ses deux côtés et d'une pointe acérée.

Ce jeune homme voulait tuer l'Empereur et il avait refusé de demander grâce ou de se repentir. On l'avait exécuté, et il était mort avec courage.

— L'Empereur a été frappé, avait ajouté Maximilien, par la détermination, la haine calme de cet assassin, un fils de pasteur.

Il avait regardé longuement Mariella, puis il avait conclu :

— Un fou, un malade, un illuminé.

Mariella s'était levée, ne disant rien, imaginant ce jeune homme dont il avait, d'un haussement d'épaules, refusé de lui révéler le nom.

Et maintenant, allant et venant dans sa chambre, sursautant dès que Maximilien faisait claquer une porte, elle murmurait « Il faut le tuer ». C'était comme si les flancs du volcan s'étaient ouverts, et que la lave en fusion avait commencé de couler dans ses veines.

Elle avait été incapable de penser à ce qui s'ensuivrait, mais elle était habitée par le désir de cet acte, une délivrance. Elle avait serré son fils contre elle. Elle lui avait expliqué qu'elle voulait qu'il aille quelques mois en Italie, que c'était un secret entre elle et lui, qu'il ne fallait donc pas en parler à son père, qu'elle allait ordonner à Mafalda et à Madeleine, qui partaient avec lui, de veiller à ce que le régisseur de la villa lui fasse donner des leçons d'équitation. Et Romain pouvait imaginer la surprise de son père quand, dans quelques mois, il découvrirait que son fils était devenu un bon cavalier.

Elle avait menti sans remords, elle avait dissimulé avec une sorte d'enthousiasme. Et lorsque enfin elle s'était trouvée seule dans la maison, elle avait éprouvé une joie si grande qu'elle ne se souvenait pas d'en avoir connue de semblable.

Elle avait, dans le salon qui s'ouvrait à droite du vestibule et que Maximilien avait transformé en bureau, trouvé une paire de pistolets.

Elle les avait sortis de leur boîte en bois d'ébène, les avait chargés, puis les avait emportés dans sa chambre.

Elle s'était parée comme pour une cérémonie, veillant à chaque détail, choisissant une robe qui laissait voir ses épaules et la naissance de ses seins, prenant un manteau de fourrure et un manchon dans lequel elle avait glissé l'un des pistolets, plaçant l'autre dans une large ceinture de soie qu'elle avait nouée autour de sa taille.

Puis elle s'était fait conduire jusqu'à Fontainebleau, où l'Empereur résidait depuis un mois et où logeait également Maximilien, comme tous les aides de camp et la plupart des dignitaires de la Cour.

Elle s'était laissé bercer par le balancement de la voiture, et à plusieurs reprises elle avait baissé la vitre pour aspirer l'air froid qui sentait le bois et les feuilles mouillées. La route traversait une futaie où les troncs nus et noirs ressemblaient à des soldats morts restés debout.

Dans la cour du château, elle s'était présentée à la garde, disant qu'elle était la marquise de Clarvalle, l'épouse du maréchal Forestier, et qu'elle devait voir l'Empereur.

On l'avait accompagnée dans une longue galerie puis on l'avait fait attendre dans un salon, elle avait refusé de donner son manteau, d'enlever son manchon. Soudain, elle avait vu entrer Maximilien qui, étonné, l'avait dévisagée. Elle avait soutenu son regard.

— Que voulez-vous ? avait-il demandé.

Elle n'avait pas pu répondre, et lorsqu'il s'était approché d'elle, elle avait sorti le pistolet et l'avait braqué sur lui.

— Le tuer, avait-elle dit.

Il lui avait saisi le poignet et le coup était parti, brisant les vitres, résonnant dans les hauts plafonds, roulant comme une vague le long des galeries. De toutes parts, des officiers et des valets étaient accourus, s'arrêtant à la vue de Forestier. D'un geste, il les avait renvoyés.

Il avait tordu le bras de Mariella, dit qu'il allait la faire interner comme folle. Puis il avait ouvert de force son manteau. Il l'avait fouillée, découvrant le second pistolet.

« C'était une folle », avait-il répété.

Il avait appelé des officiers, écrit des ordres de mission pour qu'on la conduise ce jour en Italie, à la villa, et qu'on veille à ne pas la laisser quitter cette demeure. Qu'elle soit, chaque fois qu'elle sortait, fût-ce pour se promener dans le parc, surveillée, suivie de près. Et qu'on lui interdise de recevoir qui que ce soit sans l'autorisation du maréchal Forestier. Qu'on saisisse tout le courrier qui lui était adressé, et qu'elle remette aux officiers les lettres qu'elle écrivait. Ces consignes valaient pour les femmes de sa suite.

— J'imagine qu'elles sont déjà là-bas, avait-il murmuré. Avec mon fils...

Elle n'avait pas répondu.

— Qu'on ramène mon fils ici, avait-il lancé.

Elle avait murmuré :

— Je le tuerai plutôt.

Il avait fait quelques pas dans le salon, puis il avait lancé :

— Qu'on laisse mon fils avec sa mère, à Clarvalle !

Il était revenu vers elle. Il avait posé le bout du canon du pistolet sur la tempe de Mariella.

— Et si je vous tuais ?

Elle l'avait défié :

— Vous avez l'habitude de tuer, plus que moi !

Il avait baissé le canon de l'arme, l'avait giflée si violemment qu'elle en avait chancelé.

Elle lui avait tourné le dos, et les officiers s'étaient approchés d'elle.

Ils l'avaient saisie, chacun par un bras, mais elle les avait repoussés et elle avait marché entre eux, d'un pas altier et si rapide qu'ils avaient semblé la suivre.

SIXIÈME PARTIE

38. « Vidocq a été admirable. Il est impitoyable. Il a la cruauté du crime et la force de la loi. Il a déposé des œufs partout. Ils ont éclos. Et ses mouches volettent autour des personnes les plus honorables... »

— Qui a-t-elle voulu tuer, notre marquise de Clarvalle ? avait demandé Dussert à mi-voix, comme s'il se parlait à lui-même. Puis il avait tourné la tête vers Joseph Machecoul assis non loin de lui, entre Talleyrand et Lucien Bernard.

Il avait souri.

— Mais peut-être ceux qui ont entendu le coup de feu, ceux qui ont vu Forestier désarmer et gifler son Italienne ont-ils rêvé ou menti ?

— En effet, il ne s'est rien passé, mon cher baron, avait murmuré Talleyrand en se levant.

Il était allé lentement – marchant plus difficilement encore qu'à l'habitude, avait pensé Dussert – jusqu'aux portes du salon qu'il avait ouvertes d'un geste vif. Il s'était penché, regardant dans l'antichambre puis dans la cage d'escalier et, refermant les portes, il était revenu s'asseoir.

— J'admire notre police, avait-il repris. Notre Fouché est un homme plein d'inventions. J'ai appris qu'il a fait libérer, il y a peu, le prince des criminels, un certain M. Vidocq, afin d'en faire une sorte de roi des espions. Vidocq a été admirable. Il est impitoyable. Il a la cruauté du crime et la force de la loi. Il a déposé des œufs partout. Ils ont éclos. Et ses mouches volettent autour des personnes les plus honorables. J'en ai quelques-unes chez moi, à l'hôtel de Galliffet. Il doit s'en trouver chez vous. La banque Dussert et Associés a dû les attirer. Et l'hôtel de Mirmande en est sûrement infesté. Vidocq est comme son maître Fouché, ils surveillent tout particulièrement les jolies femmes… On ne peut plus faire un pas dans un salon ou dans une chambre sans qu'une de ces mouches ne tourbillonne autour de nous.

— Le climat orageux les irrite, avait dit Bernard.

Il avait croisé les doigts, puis avait frotté ses mains.

— La récolte est mauvaise, les manufactures de Lyon et de Mulhouse ont renvoyé la plupart de leurs ouvriers, et la Bourse, la Bourse est au plus bas.

— Vous êtes en difficulté ? avait interrogé Talleyrand.

Dussert avait secoué la tête.

— Vous n'avouerez jamais, avait repris Talleyrand.

— Un banquier digne de ce nom prévoit. Il dispose toujours plusieurs ancres pour ne pas dériver. Si une chaîne casse, l'autre tient. Et nous faisons de même avec nos voiles. Quand il y a un risque de tempête, nous réduisons la toile. Et Bernard voit juste, l'orage approche.

Dussert s'était levé, était allé jusqu'à une table sur laquelle des registres et des feuillets étaient entassés. Il les avait montrés à Talleyrand.

— Bernard parlait des manufactures de textile, mais savez-vous que la banque Pierlot, celle d'un régent de la Banque de France, un homme estimable que je voyais jusqu'à ces jours derniers au Conseil de régence, est en faillite ?

Dussert avait écarté les bras.

— Je pourrais me féliciter de la disparition d'un rival mais je crains l'avalanche qui nous emportera tous, même si nous sommes solidement amarrés et si nous avons baissé les voiles. On me dit qu'il y a eu des émeutes ici et là, à Lyon, à Caen...

— L'orage, l'orage, avait répété Machecoul, L'Empereur est un homme avisé. Hier, après avoir convié les sénateurs à admirer son fils...

Machecoul avait hoché la tête. Il avait observé quelques minutes ses interlocuteurs, devinant que chacun revivait ces mois difficiles, les supplications et les larmes de Joséphine, le divorce de l'Empereur puis la recherche d'un « ventre » dans les familles régnantes d'Europe pour qu'un héritier de Napoléon naisse, enfin l'arrivée et le mariage avec Marie-Louise, vierge des Habsbourg.

— Un enfant vigoureux, avait repris Machecoul, et l'Empereur était à la fois fier et attendri.

— C'est un jeune père, un jeune époux, avait commenté Talleyrand. Il passe plus de temps dans le lit de Marie-Louise que dans son bureau des Tuileries. Il se lève plus tard, il se couche plus tôt. Cette jeune Habsbourg lui a échauffé les sangs. Il a dit à Forestier, qui en était tout ébahi et un peu humilié : « Mon cher, vous avez eu tort d'épouser une Italienne, les Allemandes sont les meilleures femmes du monde, douces, bonnes, naïves et fraîches comme des roses. » Et toute la Cour a vu notre Empereur se transformer en lieutenant amoureux, découvrant une femme jeune, belle, soumise et à laquelle, ma foi, il semble avoir tout appris.

Talleyrand avait soupiré.

— Mettez une jeune pucelle dans le lit d'un homme de quarante ans, et il s'imagine être l'empereur du monde.

— Il n'avait guère l'habitude des pucelles, avait ricané Dussert.

Talleyrand avait penché la tête, dit avec indulgence :

— Les catins ont leur charme.

Machecoul avait tapoté l'accoudoir de son fauteuil.

— L'Empereur, croyez-moi, n'a rien perdu de son énergie et de sa clairvoyance. Il nous a donc montré son fils comme s'il s'agissait d'un phénomène. « Voilà le roi de Rome, a-t-il dit, mon fils vivra pour le bonheur et la gloire de la France. Les grandes destinées de mon fils s'accompliront… »

— Le croyez-vous vraiment ? avait coupé Talleyrand.

Il y avait eu un long silence, puis Dussert avait traversé la pièce, ouvert à son tour les portes du salon.

— J'ai cru entendre une mouche de Vidocq, avait-il dit en revenant.

Il avait soupiré en se laissant tomber dans le fauteuil.

— Les grandes destinées, cela dépend de tant de choses, Machecoul. J'ai appris que dans toute l'Europe, en Italie, en Allemagne, en Hollande et même en Pologne, il prend en main l'administration de la guerre, son ministre Lacuée de Cessac a l'ordre d'acheter des chevaux par milliers et des divisions d'infanterie de ligne se sont mises en marche vers le Niémen, la Russie donc.

— Le tsar Alexandre n'est plus aux yeux de l'Empereur, avait repris Talleyrand, ce jeune homme de tous les talents dont il disait, au moment de leurs premières rencontres, être tombé amoureux. Aujourd'hui, il juge Alexandre faux et faible. Il aurait le caractère grec, serait un ambitieux et voudrait la guerre.

— Il faudra beaucoup de chevaux, beaucoup d'hommes, beaucoup d'argent, pour conquérir la Russie, avait murmuré Bernard, et si le peuple a faim…

— L'Empereur sait tout cela, avait dit Machecoul d'un ton irrité. Savez-vous ce qu'il répète au Sénat ? « Ce que je veux, c'est que le peuple ait du pain, c'est-à-dire qu'il en ait beaucoup, et du bon et à bon marché. »

— Il se souvient de la boulangère, du boulanger et du petit mitron que les femmes de la halle sont allées chercher à Versailles, en octobre de cette bonne année 89, avait précisé Talleyrand.

— Le peuple aussi se souvient.

Dussert, tourné vers Machecoul, avait haussé le ton.

— On lui a promis plusieurs fois la paix. On a élevé l'arc de triomphe du Carrousel pour célébrer les victoires. Il y a eu Austerlitz et Wagram, et voilà qu'après les malheurs espagnols, on s'apprête à recommencer. L'Empereur se préoccupe de l'approvisionnement en pain ? À Caen, il y a quelques jours, des émeutiers ont saccagé la ville, et un écorcheur a pris la tête de la populace. Il criait : « Passez-moi le préfet que je l'écorche comme un vieux cheval. » On a fait donner la garde, on a arrêté l'écorcheur et quelques autres enragés. On les a fusillés. Il y avait parmi eux une femme.

Talleyrand s'était étiré, puis il avait posé les mains sur ses genoux.

— Les femmes sont les plus passionnées. Souvenez-vous de Charlotte Corday, ou de cette pauvre Mme Roland. Et nous ne savons toujours pas qui la marquise de Clarvalle voulait tuer…

— Forestier ? avait interrogé Machecoul.

— Qui peut penser qu'aujourd'hui une épouse veuille occire son mari ? avait lancé Talleyrand.

Ils avaient tous baissé la tête, comme s'ils n'avaient pas osé se regarder.

— Nous avons vécu bien des événements depuis une vingtaine d'années, avait repris Talleyrand. Les peuples sont étranges. Ils adorent, ils haïssent, ils vénèrent, puis ils lapident. On acclame un roi, et on lui tranche la tête. Le même peuple applaudit son souverain, puis le bourreau du monarque. Curieux, n'est-ce pas ? Napoléon était – il avait baissé la voix – l'âme du monde, selon un philosophe allemand, Hegel, il me semble. Il est aujourd'hui, si j'en crois Mme de Staël qui l'a écrit un peu partout, l'ennemi du genre humain. Est-ce déjà le temps des régicides et des bourreaux ? J'ai appris de la bouche même de Fouché qu'à Schönbrunn, un jeune homme, le fils d'un pasteur, a voulu tuer l'Empereur avec un coutelas. C'est Forestier qui l'a désarmé. L'affaire a beaucoup inquiété Sa Majesté. Nous connaissons notre Sire, c'est un homme d'intuition. Il a voulu interroger lui-même ce Frédéric Staps, « un petit misérable », a-t-il conclu. Mais le jeune homme s'est obstiné à nier toute conjuration. Il agissait seul, avec l'intention de libérer l'Autriche et l'Europe d'un tyran. Quel vilain mot, n'est-ce pas ? Que de souvenirs il réveille ! Et savez-vous quelle a été la consigne de Napoléon à Fouché ? Ne jamais parler de cette affaire. Naturellement, Fouché s'est confié à moi, et je vous la raconte. Nous devons savoir ce qu'il advient. Nous avons des devoirs. Nous devons essayer de prévoir pour éviter le pire, que nous avons déjà vécu.

Talleyrand s'était interrompu, il avait ri.

— J'avais prévu le pire jadis, et je me suis éloigné de France quelques années, le temps que cela passe. Mais je n'ai plus du tout envie de voyager. Les États-Unis ne me tentent plus. Je les ai visités en 1793, cela me suffit. Et comme ma tête me paraît à sa place sur mes épaules, je veux éviter le pire à la France. Il ne faut pas que revienne le temps des régicides.

Nous devons empêcher cela.

Il avait toussoté.

— L'Empereur a souhaité qu'on fasse passer ce Frédéric Staps pour fou. Un malade mental, c'est moins contagieux qu'un assassin politique. Personne ne veut imiter un fou, mais on transforme vite un régicide en héros, en martyr. Alors, disons…

Il avait levé la main.

— … disons que la marquise Mariella di Clarvalle est seulement une épouse jalouse et irascible.

39. « On avait vu des soldats mutiler un cheval encore vivant pour mâchonner le morceau arraché à sa croupe, et même certains d'entre eux, que le froid et la faim avaient transformés en bêtes sauvages, dépecer des cadavres d'hommes, dont la chair, disaient-ils, les yeux fiévreux, avait un goût sucré… »

Maximilien Forestier avait fait arrêter la berline à la sortie de Bellagio.

Il avait commencé à marcher le long de la route qui borde le lac de Côme, puis s'élève vers le sommet des collines. Après quelques dizaines de mètres seulement, le souffle lui avait manqué. Il avait eu l'impression qu'il allait s'affaisser, ses jambes se dérobant, et il s'était appuyé au muret qui dominait la rive. Il avait fermé les yeux.

Était-ce la lumière de cette fin de matinée de janvier 1813 qui était trop vive, ou bien ses souvenirs qui l'éblouissaient ?

Il avait rouvert les yeux. Il avait aperçu, derrière les arbres du parc, la villa Clarvalle, et il lui avait semblé entendre des voix d'enfants, peut-être celles de Romain et de Georges, le fils de Nicolas.

Et aussitôt il avait revu la scène, ces soldats accroupis autour d'un feu sur la rive est de la Berezina. Près d'eux, des cadavres de chevaux qu'ils avaient éventrés et dont les entrailles fumaient. Certains soldats avaient leurs bras, leur tête enfoncés dans ces ventres, fouillant parmi les viscères, cherchant le foie, arrachant les poumons, les jetant dans le feu. D'autres saignaient l'animal, recueillant le sang chaud dans un seau qu'ils se passaient, buvant à grandes lampées ce liquide rouge sombre et gluant.

Nicolas était assis parmi les « rôtisseurs » qui ne cherchaient même plus à fuir, à traverser le pont pourtant vide, à rejoindre la rive ouest du fleuve et ce qui restait de l'armée après ces semaines de retraite, au cours desquelles on avait vu des soldats mutiler un cheval encore vivant pour mâchonner le morceau arraché à sa croupe, et même certains d'entre eux, que le froid et la faim avaient transformés en bêtes sauvages, dépecer des cadavres d'hommes, dont la chair, disaient-ils, les yeux fiévreux, avait un goût sucré.

Avant, il y avait eu des mois de marche dans la chaleur accablante, avec les chevaux qui se couchaient sur le flanc, mourant le ventre gonflé d'avoir brouté de l'herbe trop verte, tandis que des myriades de mouches formaient autour d'eux des tourbillons noirs.

Avant, il y avait eu Smolensk, les villages incendiés par leurs habitants, et l'Empereur avançant dans la fumée des brasiers, s'écriant : « Qu'est-ce que ces gens qui brûlent leurs maisons pour nous empêcher d'y coucher une nuit ? »

Et au bout de la route, après les champs, les vallons de

Borodino et de la Moskova remplis des morts de la bataille, il y avait eu Moscou en feu, les bonnets à poil de la Garde s'embrasant dans l'air brûlant, chargé d'étincelles.

« Ce sont des Scythes », avait lancé Napoléon.

Mais il avait fallu quitter Moscou, et voir cette cohue de quarante mille voitures, de dizaines de milliers d'hommes, tous charriant ce qu'ils avaient pillé, livres et statues, tapis et tableaux, rideaux et couverts, avançant, se traînant, abandonnant leur butin, et bientôt s'effondrant, se dévorant entre eux, la neige ensevelissant les blessés et les morts cependant que les lances des cosaques surgissaient de la bourrasque comme des éclairs d'acier.

Et puis il y avait eu Nicolas, que Maximilien avait perdu, retrouvé, secoué, tentant de l'arracher à cette torpeur, à ce groupe de « rôtisseurs » hébétés par le sang bu et repus d'entrailles et de viande mal cuites.

Nicolas avait montré ses pieds enveloppés de chiffons, dit qu'ils étaient gelés, qu'ils avaient commencé à pourrir, qu'il ne pourrait plus marcher, et qu'il préférait crever la panse pleine, près d'un feu. Et si les cosaques venaient, on se ferait sauter le caisson, en s'aidant l'un l'autre si besoin était.

Ils avaient tous approuvé, grognant, leurs barbes pleines de débris de viande et de sang coagulé.

Les obus russes avaient commencé à tomber près du fleuve. Et Forestier avait voulu tirer Mercœur par les épaules, mais les autres soldats avaient pointé leurs fusils sur lui.

— Laisse-le, avaient-ils dit. Laisse le camarade et fiche le camp avant qu'on t'étripe !

Nicolas avait dit d'une voix sourde :

— Ne racontez pas ça à Madeleine. Dites-leur, à elle, à Georges, que je suis mort en chargeant les cosaques, en défendant l'Empereur le sabre à la main.

Il s'était mis à rire.

— Racontez-leur n'importe quoi, mais pas la vérité, jamais la vérité, ni pour moi, ni pour tout ça…

Il avait montré les soldats recroquevillés sur la berge autour de leur foyer, certains déjà couchés près des carcasses de chevaux que la neige blanchissait.

— Rien de tout ça, sergent Forestier.

Il avait ricané.

— Sergent, comme avant ! Vous vous souvenez, sur les bords de la Sambre ? Maintenant, on est ici, moi je crève, et cette rivière-là…

Il avait regardé la Berezina.

— Elle est noire comme du sang de cheval.

Il avait pris le seau rempli de sang, l'avait tendu à Forestier.

— Une rasade, monsieur le citoyen maréchal Forestier ?

Forestier lui avait tourné le dos et avait traversé le pont avec la Garde qui était restée en rang.

Il avait retrouvé l'Empereur, engoncé dans une pelisse doublée, un bonnet couvrant ses oreilles, dictant à son aide de camp, Jérôme de Boissier, ce jeune ci-devant rallié comme tant d'autres radiés de la liste des émigrés, le *Bulletin de la Grande Armée*.

Maximilien s'était placé devant la cheminée, dans ce réduit, l'unique pièce d'une maison basse du bourg de Sedlicz.

Il tendait ses mains devant les flammes, et quand l'Empereur avait dicté : « Des hommes, que la nature n'a pas trempés assez fortement pour être au-dessus des chances du sort et de la fortune, parurent ébranlés, perdirent leur gaieté et leur bonne humeur et ne rêvèrent que de malheurs et de catastrophes… », il s'était retourné.

Il avait fixé l'Empereur, ayant tout à coup envie de crier : « Venez voir, Majesté, les "rôtisseurs" sur l'autre rive, ces traînards qui ont renoncé à vivre, qui se gavent d'entrailles et de sang ! Venez voir Mercœur, bon soldat sur la Sambre, à Neerwinden, sergent-major fidèle, venez voir ses pieds dévorés par la gangrène ! »

Mais il s'était tu.

Il avait entendu Napoléon conclure : « La santé de Sa Majesté n'a jamais été meilleure. »

Puis l'Empereur avait dit à Jérôme de Boissier : « Partez immédiatement, vous annoncerez partout l'arrivée de dix mille prisonniers russes, et la victoire remportée sur la Berezina dans laquelle on a fait six mille prisonniers, huit drapeaux et douze pièces de canon. »

Forestier avait baissé la tête.

Rien n'était faux dans ce que disait Napoléon, et pourtant la Berezina charriait des centaines de cadavres. Des six cent mille hommes de la Grande Armée, de ceux que Forestier avait vus sur les bords du Niémen, en juin, cachés dans les forêts, attendant de franchir le fleuve, combien restaient vivants ? Trente, quarante mille ?

— Quand vous serez à Paris, Boissier, saluez votre sœur de ma part et conseillez au baron Dussert de ne pas trop se compromettre avec les quelques misérables fous qui continuent d'imaginer qu'ils vont installer un roi sur mon trône. Un Bourbon ou un Orléans, peu leur importe ! Louis-Philippe d'Orléans serait plutôt du goût de la banque Dussert et Associés et de ces messieurs les régents de la Banque de France ! Le Bourbon est le favori de Talleyrand et de Machecoul. Répétez à ces messieurs que « la santé de Sa Majesté n'a jamais été meilleure ! »

Forestier était sorti. Les ruelles de ce bourg – mais pouvait-on appeler ruelles ces fossés boueux entre des masures ? – étaient envahies par la cohue.

Les hommes roulaient comme des flots fangeux vers l'ouest, vers Vilna.

Forestier avait remonté cette colonne noire pour tenter d'apercevoir la Berezina, les ponts, l'autre rive. Mais le brouillard glacé avait déjà tout enveloppé, et seules quelques lueurs rougeâtres le déchiraient sans que l'on entende le bruit des explosions, étouffé par cette poix noirâtre.

Forestier avait eu les plus grandes peines à rejoindre l'Empereur.

Des soldats se battaient, d'autres tentaient de fuir. On criait que les cosaques avaient traversé le fleuve, des obus tombaient autour du bourg.

Il avait vu les maréchaux sortir les uns après les autres du réduit.

Berthier était en larmes, murmurant qu'il n'avait jamais quitté l'Empereur et qu'il voulait partir avec lui.

— Pourquoi vous, Forestier, et pas moi, son chef d'état-major ?

Forestier avait ainsi appris qu'il accompagnerait l'Empereur et le grand écuyer Caulaincourt.

Il s'était adossé à la masure, au milieu des soldats de la Garde dont certains escorteraient la voiture.

Il n'avait pas pu cesser de penser à Nicolas.

Il avait imaginé le moment où, retrouvant Mariella et Romain, il faudrait qu'il annonce à Madeleine et à Georges que Nicolas Mercœur était resté de l'autre côté du fleuve et que lui l'avait franchi, qu'il avait quitté l'armée avec l'Empereur.

Napoléon avait voulu regagner Paris au plus vite afin d'empêcher que les hommes d'intrigues, comme Talleyrand, Dussert ou Machecoul, et les hommes de Fouché, ne perpètrent un coup d'État. Quelques impatients, des officiers comme le général Malet, avaient déjà il y a quelques semaines fait courir le bruit que l'Empereur était mort… Cela avait suffi pour que le gouvernement tremble, que tout le monde oublie le roi de Rome et l'impératrice. C'était miracle que les fidèles aient pu déjouer le complot. Mais il pouvait renaître, et Talleyrand ou Dussert, Fouché ou Machecoul étaient bien plus dangereux qu'un général Malet. Ils avaient leur fortune et leur place à sauver, et ils étaient prêts à livrer le trône à ceux, les Anglais, les Russes, les Orléans ou les Bourbons, qui leur garantiraient l'avenir.

Forestier avait compris cela, avait jugé que l'Empereur avait raison, et cependant il avait eu le sentiment de trahir Mercœur, et tous ces pauvres morts couchés dans la neige.

C'était maintenant le terme du voyage.

Forestier était là, à Bellagio, au bord de ce lac paisible, dans le soleil d'hiver, brillant et doux, dans la sérénité d'un paysage mesuré où chaque partie semblait avoir été conçue pour souligner l'harmonie de l'ensemble, composer un tableau aux plans multiples, guidant le regard, touche après touche, dans une gradation savante de courbes et de couleurs depuis la rive claire jusqu'aux sommets bleu sombre.

Il avait fait quelques pas et s'était de nouveau arrêté avec la sensation d'être ivre, comme s'il avait été victime d'une hallucination, tant il paraissait incroyable qu'il puisse exister une nature apaisée après celle qu'il avait traversée depuis six mois. Il avait subi la touffeur de la plaine russe, puis la neige et le froid. Et pour finir, il avait dû effectuer ce trajet jusqu'à Paris, avec l'Empereur et Caulaincourt.

L'escorte n'avait pu suivre les voitures à cause du blizzard. Les chevaux et les hommes avaient gelé. L'Empereur, enfoncé dans un sac en peau d'ours, avait exigé qu'on chevauche malgré ce vent glacé qui brûlait les visages. Il voulait atteindre Paris avant que les intrigants, les lâches, les habiles n'agissent comme l'avait fait un Bernadotte, presque un membre de la famille impériale, marié à la sœur de l'épouse de Joseph Bonaparte et qui, devenu roi de Suède, avait trahi l'Empereur en s'alliant aux Russes.

Ils étaient arrivés aux Tuileries le vendredi 18 décembre 1812, un peu avant minuit, cela faisait treize jours qu'ils avaient quitté la Russie, treize jours que Forestier avait la certitude qu'il ne pourrait jamais retirer de son corps ce bloc de glace aux arêtes vives qui le déchiraient depuis qu'il avait traversé la Berezina.

Il était enfin parvenu à l'entrée du parc.

Il s'était retourné pour voir, du sommet de cette colline sur laquelle était bâtie la villa Clarvalle, le lac, les toits de tuile de Bellagio, la pointe du cap et les façades des maisons qui, sur la rive opposée, formaient des taches de couleur ocre, rose et blanc.

Il avait peut-être espéré que cette vision pleine de quiétude le rasséréneraït. Mais elle avait au contraire creusé son désespoir.

Qu'allait-il dire à Madeleine et à Georges ?

Et Mariella et Romain, qu'étaient-ils devenus depuis des mois qu'il ne les avait vus ? Qu'il avait donné l'ordre de les surveiller comme s'ils n'étaient pas sa famille, mais des ennemis ?

Elle avait voulu tuer l'Empereur… Et combien de malédictions contre le fou, le tyran, l'Ogre, avait-il entendues, lancées par les soldats, quand ils marchaient dans la poussière, la boue ou la neige !

Forestier s'était dirigé vers le perron.

Il avait vu ces deux garçons qui se poursuivaient entre les buissons. Puis il avait découvert les trois femmes, Mafalda d'abord, qui était tournée vers lui et qui avait aussitôt porté les mains à sa bouche, Madeleine et Mariella qui s'éloignaient dans l'allée, Madeleine tenant une boîte à ouvrage et marchant à quelques pas derrière.

Et il y avait eu le cri étouffé de Mafalda.

Mariella et Madeleine s'étaient arrêtées, Madeleine la première l'avait aperçu, puis Mariella.

Elles étaient restées figées quelques secondes, et enfin, enfin, Mariella s'était avancée. Elle ne courait pas, pourtant Maximilien avait ressenti l'élan qui la poussait vers lui, les bras à demi levés.

Mais Maximilien n'avait pu bouger. Madeleine le fixait. Elle avait laissé tomber la boîte à ouvrage qui s'était ouverte, répandant brusquement sur le gravier blanc de l'allée les pelotes de fils de couleur qui avaient commencé à rouler.

40. “ Il a été le maître de l’Europe, nous sommes allés avec lui de Madrid à Moscou, nous sommes rentrés en vainqueurs dans Vienne et dans Berlin. Il a été l’Empereur des rois et on lui donne une île, dix, vingt, trente fois plus petite que la Corse ! ”

Julie de Boissier avait ouvert la fenêtre et s’était penchée, regardant vers le Pont-Neuf.

D’abord elle n’avait rien vu, rien entendu, puis elle avait aperçu entre les arbres de la rive droite, sur les quais du Louvre, une foule en marche. Et elle avait deviné que ces taches blanches, mouvantes au-dessus du cortège, comme de grands oiseaux migrateurs, étaient des drapeaux à fleurs de lys, brandis à bout de bras et claquant dans le vent aigrelet de ce printemps 1814.

Au même instant, elle avait distingué dans cette rumeur, que les bourrasques de vent portaient jusqu'au quai de l'Horloge, les mots que la foule criait : « Vive le Roi ! Vive le tsar Alexandre ! Vive Louis XVIII ! »

Elle les avait répétés, d'abord à voix basse, puis elle s'était tournée.

Elle avait vu Jérôme assis, ou plutôt vautré devant la cheminée. Il semblait prêt à glisser du fauteuil, les jambes allongées, les bras tombant de part et d'autre des accoudoirs, les mains frôlant le parquet, le dolman ouvert, la tête baissée, le menton sur la poitrine.

Julie avait crié « Vive le Roi ! Vive le Roi ! ». Son frère n'avait même pas sursauté, levant seulement un peu la tête, la regardant avec une expression si désespérée et si lasse que Julie s'était retournée, avait violemment fermé la fenêtre.

Ainsi la plus grande partie de sa vie, celle qui aurait dû être la plus belle, celle vers laquelle elle croyait se diriger, à dix-neuf ans, en 1789, venait de se terminer. On scandait sur les quais de la Seine « Vive le Roi ! », comme avant, avant qu'on ne dresse la guillotine, avant que Julie n'attende dans une petite chambre d'hôtel, rue Fromenteau, ce Maximilien Forestier auquel elle voulait demander de sauver Jérôme détenu à la prison de la Force.

Vive le Roi ! Les drapeaux blancs à fleurs de lys, revenus de leur long exil, se posaient sur les monuments de Paris, comme avant !

Mais ce n'était plus « avant » pour elle.

Vingt-cinq ans étaient passés, elle était dans sa quarante-cinquième année. Quand elle entrait dans les salles de bal, dans les salons, on ne la désirait plus, mais on murmurait qu'elle était la comtesse de Mirmande, l'épouse du baron Dussert, oui, le banquier, l'un des hommes les plus riches et les plus influents de Paris, et on ajoutait qu'elle avait été la maîtresse de l'Empereur et que le fils qu'elle avait eu, Victor-Marie, pouvait bien s'appeler Dussert, il suffisait de le voir pour comprendre qui était son père.

Vie passée ! Et elle ne pouvait même pas se plaindre !

D'autres, ses amies d'avant, avaient perdu leur tête, on avait dévoré leur cœur puis jeté leur corps dans une fosse remplie de chaux vive. Celles qui avaient survécu et qui allaient maintenant revenir, vieillies elles aussi, avaient traîné leur misère et leurs rancunes dans de petites villes d'Allemagne et jusqu'en Courlande.

Elle, elle avait vécu dans la soie, dans son hôtel de Mirmande, elle avait valsé à Malmaison et monté le petit escalier qui conduisait à l'appartement privé de l'Empereur, aux Tuileries.

Alors, pourquoi cette amertume, ce désespoir même ? Elle n'avait rien à craindre de ce retour du roi.

Elle avait assisté, ici, dans ce salon, à tous les conciliabules entre son époux et Machecoul, Talleyrand, Fouché, Lucien Bernard, et les maréchaux Marmont, Soult, Augereau. Elle les avait entendus découvrir brusquement, comme Machecoul le répétait souvent, qu'« une guerre barbare et sans but engloutit périodiquement une jeunesse arrachée à l'éducation, à l'agriculture, au commerce et aux arts ».

Il fallait donc empêcher l'Empereur de persévérer dans sa folie. Après la Russie, la guerre en Allemagne, la France seule contre toutes les nations d'Europe, puis la campagne de France, il fallait signer la paix. Mais Napoléon s'obstinait, soulevant le peuple, appelant les paysans à égorger dans les campagnes les Prussiens, les Russes, les Autrichiens.

« Bientôt, avait dit un jour Talleyrand, si nous le laissons faire, il fera chanter au peuple le *Ça ira !* »

Et Guillaume Dussert, au nom de ceux qu'il appelait les

« raisonnables », les gens de bien, ceux qui avaient des fortunes à préserver, ceux qui, instruits du passé qu'ils avaient connu, voulaient éviter un nouveau saccage des propriétés, avait dit : « Il faut en appeler à la générosité des hautes puissances alliées. »

Talleyrand avait approuvé, ajoutant qu'il n'avait jamais cessé de penser qu'un jour, pour sauver les intérêts de la France et des citoyens respectables, il faudrait écarter du trône celui qui, après avoir soulevé tant d'espoirs, avait été emporté par son délire. D'ailleurs Napoléon Bonaparte était seul. Les maréchaux, même les plus fidèles, n'aspiraient plus qu'à jouir du repos et de leurs biens.

— Il y a la populace, avait ajouté Lucien Bernard. Le faubourg Saint-Antoine réclame des armes, le peuple veut défendre Paris, crie à la trahison.

— Il faut la paix, vite, tout de suite, avait conclu Guillaume Dussert. Quant à l'Empereur…

Il avait haussé les épaules.

Julie serait donc reçue à la cour de Louis XVIII, et elle y retrouverait Talleyrand, Machecoul et Fouché.

La banque Dussert et Associés prêterait aux Bourbons en attendant de se faire rembourser par le Trésor du royaume de quoi payer les dettes qu'ils avaient contractées dans toute l'Europe durant un quart de siècle. « Trente millions de francs », avaient déjà calculé Dussert et Bernard. La banque Dussert et Associés obtiendrait du ministère des Finances un taux d'intérêt de onze à quinze pour cent !

Qui pouvait être hostile à une telle restauration ?

Dussert avait déjà écrit à Louis de Taurignan, qu'on disait l'un des conseillers les plus proches de Louis XVIII, sans doute l'un de ses futurs ministres.

Il lui avait rappelé comment, à la demande de son oncle, Pierre-Marie – dont le roi allait faire un évêque, peut-être même un archevêque de Paris –, il avait demandé à l'Empereur et obtenu qu'on le sortît de ce cul-de-basse-fosse de Vincennes où il était promis au même destin que le duc d'Enghien.

Et Louis avait répondu qu'il n'était pas dans les habitudes des comtes Chrétien de Taurignan d'oublier les services rendus. D'ailleurs, Sa Majesté Louis XVIII savait elle aussi tout ce que des hommes comme le baron Dussert avaient fait pour que la France, même tombée entre les mains d'un usurpateur, ne sombrât pas dans l'anarchie. Le roi saurait s'en souvenir.

Jamais Julie n'avait vu Dussert aussi serein qu'en ce début d'année 1814, comme s'il avait été sûr, malgré les péripéties de la guerre en Allemagne puis de la campagne de France, de l'issue des événements.

Et lorsqu'un soir, alors qu'il semblait que l'Empereur avait repris le dessus, bousculant les Russes et les Prussiens à Montereau, puis à Méry, elle l'avait interrogé, se demandant si l'Empereur n'allait pas une fois de plus l'emporter, vaincre avec l'aide de cette populace que parfois l'on voyait défiler quai de l'Horloge, chantant *La Marseillaise* et agitant des drapeaux tricolores, Dussert avait secoué la tête, dit d'une voix ironique :

— Je ne sais si vous allez en être désespérée ou satisfaite, mais votre Napoléon ne nous reviendra pas. Il est perdu de toute façon. Ce ne sont que des soubresauts. On laisse encore mourir quelques milliers d'hommes, mais il est seul, ou entouré de quelques fous comme lui, votre Forestier qui semble ne pas avoir assez souffert en Russie, et même votre frère Jérôme, que j'aurais cru plus sage, plus avisé. Mais enfin je suis là, vous êtes là, et vous êtes les Boissier de Mirmande, on ne vous reprochera pas vos infidélités aux Bourbons. Vous êtes de bonne race, et l'on dira que Jérôme de Boissier a fait cela par goût des armes, qu'il est resté jusqu'au bout auprès de l'Empereur par esprit chevaleresque. Quant à vous, ma chère Julie, on pardonne tout aux femmes. On murmurera que vous avez succombé au charme de Napoléon, comme tant d'autres, n'est-ce pas ? Ou bien vous pourrez dire, excusez-moi de la vulgarité du propos, qu'il vous a forcée, comme bien d'autres aussi. Quant à votre fils, il porte heureusement mon nom, et ma foi s'il ressemble à Bonaparte, c'est tout au plus une coïncidence.

Julie avait eu envie de le souffleter mais il ne méritait même pas un geste de colère, seulement un regard de mépris.

Julie s'était assise en face de Jérôme et l'avait longuement regardé.

Pour lui également, la jeunesse était passée. Chaque trait de son visage, les cernes, les rides autour de la bouche disaient la lassitude, le désenchantement.

Et cependant, à son retour de Russie, porteur des sinistres nouvelles, de ce *Bulletin de la Grande Armée* que l'Empereur avait dicté au bord de la Berezina, il était encore plein d'enthousiasme.

Mais une année de plus, les batailles en Allemagne, les trahisons, la conspiration des maréchaux décidés à contraindre l'Empereur à l'abdication, l'avaient transformé comme si, d'un seul coup, toutes les fatigues retenues avaient rompu les digues, envahissant tout le corps.

Julie s'était penchée vers lui avec compassion, et avec une sincère admiration. Jérôme n'était pas de ces habiles comme Dussert et Machecoul, ou pire Talleyrand et Fouché, ou ce rat de Lucien Bernard, l'associé, le rabatteur, l'usurier, le spadassin de Dussert, son exécuteur des basses œuvres.

Il était bien supérieur à elle, ce jeune frère, celui dans lequel leurs parents avaient vu le continuateur de la lignée. Et c'est aussi en pensant à eux, assassinés parmi les premiers, dès 1789, qu'elle avait voulu le sauver, dût-elle se perdre.

Et elle s'était perdue, mais ils étaient tous deux vivants. Pourtant il avait chevauché sur tous les champs de bataille, fidèle à cet Empereur dont il ne lui avait jamais parlé, comme s'il avait craint qu'elle ne lui confie qu'en effet, comme on le murmurait, elle avait été sa maîtresse.

— Que va-t-il devenir ? avait-elle dit.

Jérôme s'était redressé.

— Il a voulu mourir...

La tête levée, son regard se perdait dans le ciel changeant. Semblant se parler à lui-même, il avait poursuivi, ignorant sa sœur :

— À Fontainebleau, nous étions près de lui, Forestier et moi.

Il s'était interrompu, baissant la tête, parlant d'une voix plus sourde.

— Il nous a suppliés de le laisser mourir, de ne pas appeler un médecin puis, quand il a vomi le poison, de lui donner un pistolet. Ni Forestier ni moi n'avons eu ce courage.

Il avait eu une moue de dégoût.

— Nous aurions dû mourir ensemble.

— Non, non, avait répété plusieurs fois Julie.

— Après, il y a eu l'adieu à la Garde dans la cour du château. Nous avons tous sangloté. Il a embrassé le drapeau.

— Ce royaume, cette île en Méditerranée...

Jérôme avait repoussé le fauteuil et avait marché de long en large dans le salon.

— Il a été le maître de l'Europe, nous sommes allés avec lui de Madrid à Moscou, nous sommes rentrés en vainqueurs dans Vienne et Berlin. Il a été l'Empereur des rois et on lui donne une île, dix, vingt, trente fois plus petite que la Corse !

— Il a accepté.

— Puisque Dieu n'a pas voulu qu'il meure d'un boulet ou d'un coup de lance cosaque, qu'il n'a pas réussi à s'empoisonner, quelle autre décision prendre, dites-moi ? Mais – Jérôme avait fermé et brandi le poing – qui pourra le retenir là-bas ? Si on ne le fait pas étrangler ou poignarder, car j'en suis sûr – il avait jeté un coup d'œil rapide à sa sœur – vos Talleyrand, vos Fouché, vos Machecoul et bien sûr monsieur votre mari doivent y penser, inciter le comte d'Artois à payer des assassins. Mais si on le laisse vivre, il ne pourra pas longtemps rester sur ce rocher.

— Revenir pour quoi ? Pour recommencer la guerre, seul contre tous ? Les choses ont une fin, Jérôme.

— Ce n'est pas une vraie fin, elle n'est pas digne de son destin. Ne sentez-vous pas cela ? Tout est petit, la conspiration qui le trahit ici, ce royaume de l'île d'Elbe qu'on lui donne.

Jérôme s'était arrêté devant la cheminée, avait tisonné le feu :

— Il faut une vraie fin…

— Des morts, encore ? Pour rien ! Je voudrais que vous viviez, Jérôme. Il faut un descendant aux comtes de Mirmande.

— Vous avez un fils, ma chère sœur.

Elle l'avait regardé, s'était approché de lui.

— C'est un fils qui porte notre nom qui doit naître.

— On dit que Victor-Marie Dussert…

Elle l'avait interrompu.

— N'écoutez pas.

Jérôme s'était approché de la fenêtre, appuyant son front contre la vitre.

— J'irai le rejoindre là-bas. Forestier l'a accompagné, avec quelques centaines de grenadiers de la Garde.

— Vous êtes fou !

Mais Julie n'avait pu s'empêcher de s'élancer vers son frère et de le serrer contre elle.

41. « Ils ont égorgé des centaines de bonapartistes, à Marseille, en Avignon, à Nîmes… Nous n'aurions pas dû survivre… »

Maximilien Forestier s'était appuyé au parapet de la tour et, face à ce paysage qui s'étendait des toits du village de Mazenc jusqu'aux Dentelles de Montmirail, du mont Ventoux aux contreforts de l'Ardèche, il avait éprouvé un sentiment de paix.

C'était la première fois depuis si longtemps que son corps, enfin, se détendait, qu'il en avait été surpris et presque honteux.

Il s'était penché au-dessus du parapet, s'efforçant de penser à tout ce qu'il avait vécu depuis ce 20 avril 1814 quand, dans la cour du château de Fontainebleau, il avait sangloté en écoutant l'Empereur dire d'une voix étranglée : « Soldats de ma Vieille

Garde, je vous fais mes adieux. Depuis vingt ans, je vous ai trouvés constamment sur le chemin de l'honneur et de la gloire… »

Puis ç'avait été les jours de l'humiliation.

Il s'était souvenu de l'instant où Napoléon avait dû revêtir, non loin d'ici, dans la vallée du Rhône, peu avant Avignon, un uniforme autrichien pour échapper aux bandes d'assassins royalistes qui le guettaient. Puis il avait fallu découvrir, pour empire, au terme du voyage, cette île d'Elbe où les villes étaient des villages qui sentaient le purin, où les cochons et les chèvres envahissaient les ruelles boueuses, pleines de détritus.

Et pour quelques jours de gloire et d'enthousiasme, le temps de fuir l'île d'Elbe, de débarquer à Golfe-Juan et de gagner Paris, il avait fallu subir la défaite, la trahison et la mort de presque toutes les « vieilles moustaches », celles qui avaient combattu de Toulon à Arcole, des Pyramides à Austerlitz, de Wagram à la Moskova, de Leipzig à Montereau, qui se faisaient fusiller par les Anglais à Waterloo ou par les pelotons d'exécution de Louis XVIII, revenu dans les fourgons des armées étrangères.

Les Russes campaient aux Champs-Élysées, et les royalistes de la vallée du Rhône – ceux qu'on appelait les Trestaillons –, quand ils avaient appris que le maréchal Forestier s'était installé dans son château de Mazenc, étaient venus l'assiéger, hurler qu'ils voulaient le juger, l'écarteler, comme ils l'avaient fait dans un hôtel d'Avignon au malheureux général Brune dont on avait retrouvé le corps flottant sur les eaux du Rhône.

Forestier s'était défendu avec l'aide de quelques dizaines de paysans qui avaient servi, qui à Valmy, qui à Neerwinden, à Rivoli ou à Essling. Les royalistes avaient tenté d'incendier le château. Ils avaient pillé le village, pendu trois paysans soupçonnés d'être des Jacobins, puis la gendarmerie, qu'on appelait désormais royale et qui portait la cocarde blanche, les avait dispersés avec beaucoup d'égards. Et les royalistes avaient une dernière fois hurlé qu'ils reviendraient, qu'ils détruiraient le château et qu'ils promèneraient la tête de Maximilien Forestier au bout d'une fourche, comme les sans-culottes l'avaient fait avec tant de leurs victimes. Certains avaient crié qu'ils voulaient venger le comte et la comtesse Chrétien de Taurignan mis en pièces par ces bêtes sauvages qui avaient dévasté les campagnes durant l'été de 1789.

C'était si loin. Si proche !

Les obus tombaient autour de lui, à Valmy, Jemmapes, à Toulon, et c'étaient déjà ceux des Prussiens qui couchaient les rangs des soldats de la Garde à Waterloo. Napoléon était au centre du carré, poussant son cheval vers les boulets, cherchant la mort, et Forestier l'avait entraîné.

En compagnie de Jérôme de Boissier, ils avaient regagné Paris.

Ils avaient entendu les cris du peuple, comme venus d'un autre temps : « Vive l'Empereur ! »

Ils avaient vu les visages crispés des traîtres, Talleyrand, Fouché, Dussert, Machecoul, tous, maréchaux, ministres, banquiers, allant au-devant des étrangers, du roi, pour en finir définitivement, après cent jours, avec cet empereur que le peuple continuait d'acclamer.

Forestier s'était redressé.

Il était étonné de pouvoir revivre tout cela sans avoir la tentation de se jeter dans le vide, comme l'avait fait le maréchal Berthier lorsqu'il avait appris, lui qui avait trahi après avoir été le plus fidèle, que Napoléon avait quitté l'île d'Elbe et volait, tel un aigle, vers Paris.

Mais c'en était fini des retours. On était au bout du destin.

L'Empereur avait dû, au cours de ce mois d'octobre 1815, débarquer dans un îlot du bout du monde dont il ne reviendrait plus.

Et Forestier s'était souvenu de ses derniers mots, sur le pont du *Northumberland* qui allait lever l'ancre et le conduire à Sainte-Hélène :

— Forestier, puisqu'on nous sépare, que ces Messieurs d'Angleterre ne veulent pas que vous m'accompagniez, et c'est peut-être mieux ainsi, pour vous, pour la France, Forestier, soyez fidèle à notre mémoire, ne la laissez pas trahir. Et ils seront nombreux ceux qui voudront déchirer nos drapeaux. Protégez-les, Forestier.

Forestier s'était souvenu aussi de cette accolade, cependant que retentissaient les sifflets aigus des gabiers anglais et que le capitaine du *Northumberland* invitait les visiteurs à descendre dans l'embarcation qui devait les reconduire à terre.

Mais Napoléon s'était avancé, avait lancé quelques mots, comme un adieu.

— Soyez heureux, Forestier. Nous ne nous reverrons plus.

Et alors que Forestier s'était éloigné, se dirigeant vers la coupée, il avait ajouté, plus haut :

— Ma pensée ne vous quittera pas, Forestier, ni vous, ni ceux qui m'ont servi. Dites à la France que je fais des vœux pour elle.

C'était il y a trois mois, le 7 août 1815.

Talleyrand avait gouverné au nom de Louis XVIII, Fouché le régicide avait été nommé ministre de la Police, effaçant le sang de Louis XVI et celui des aristocrates qu'il avait fait couler avec le sang des soldats de l'Empereur, qu'il laissait assassiner.

Mais ces deux aigrefins de la politique avaient trahi pour rien. L'un et l'autre venaient d'être disgraciés par Louis XVIII et, dans l'entourage du comte d'Artois, le frère du roi, certains « ultras » réclamaient leur tête, ou exigeaient qu'ils soient exilés.

C'était Jérôme de Boissier qui avait, quelques jours plus tôt, rapporté ces rumeurs. Il était arrivé au milieu de la nuit devant le château de Mazenc, criant pour qu'on lui ouvre.

Forestier l'avait à peine reconnu tant son visage était tuméfié. Des royalistes l'avaient poursuivi alors qu'il avait quitté Valence pour gagner l'une des propriétés familiales, proche de Crest.

— Ils ont égorgé des centaines de bonapartistes, à Marseille, en Avignon, à Nîmes, avait murmuré Jérôme. Nous n'aurions pas dû survivre...

Il était resté quelques jours au château puis, déguisé en paysan, il avait regagné Paris.

Forestier s'était assis à même le sol, à l'angle de la tour. Le muret était si bas qu'il ne cachait pas le paysage.

La campagne était comme figée. Le mistral qui avait soufflé durant trois jours, ne faiblissant que la nuit, était tombé voilà à peine deux heures. Il avait laissé derrière lui ce ciel de crépuscule, rouge et violet, entaillé par les Dentelles de Montmirail, creusé par l'encoche du mont Ventoux et cisaillé par les cimes de l'Ardèche. L'horizon était, après ces jours de vent, sans mensonge. Aucune brume, aucune illusion ne le masquait. Il n'y avait plus d'empereur, mais un roi. Le drapeau qu'on avait brandi dans la cour des Tuileries et à Valmy, qui avait défilé dans les rues du Caire où – tout à coup Forestier s'était souvenu de cette scène – on avait célébré l'anniversaire de la République le 22 septembre 1798, il y avait dix-sept ans ! Ce drapeau-là, dans lequel on avait enveloppé le corps du maréchal Lannes, à Essling, avait été remplacé par le drapeau des émigrés. Et il faudrait vivre avec cela ! Et c'est ce drapeau-là qu'il faudrait honorer !

Pourtant Forestier était sans amertume, le corps apaisé comme après une blessure qu'on a cru mortelle et qui peu à peu se cicatrise, lorsque l'on sent la vie qui revient.

Il avait pensé à ces jours de convalescence, jours d'amour,

jours de renaissance, passés à la villa Clarvalle alors que son épaule gauche était ouverte par cette large entaille qui, les jours de pluie, le faisait encore souffrir.

Peut-être était-il en paix simplement parce qu'il était resté fidèle et éprouvait le plaisir d'être en vie, de savoir que, dans la villa, un fils de douze ans portait son nom, et qu'il pourrait lui raconter ce qu'ils avaient vécu, eux qui tant de fois – il avait commencé à fredonner le refrain du chant du régiment de Sambre-et-Meuse – « *avaient dormi sur la dure, avec leur sac pour oreiller* ».

Forestier s'était levé et accoudé à nouveau au parapet.

La nuit tombait. Les Dentelles de Montmirail étaient devenues ces formes bleues, comme des silhouettes de soldats marchant au seuil de la nuit.

SEPTIÈME PARTIE

42. “ Malheur à ceux qui ont acclamé le second règne de Napoléon. Louis XVIII ne pardonne pas l’humiliation qu’il a subie et l’effroi qu’il a éprouvé. Il en tremble encore. Ces Cent-Jours ne passent pas… ”

— Tout a changé, avait murmuré Guillaume Dussert.

Il s’était levé, était allé jusqu’à la fenêtre du salon, et d’un mouvement du menton il avait désigné deux hommes en redingote noire qui allaient et venaient sur le quai de l’Horloge. Ils marchaient lentement, balançant haut leurs cannes torsadées et lourdes. Ils s’arrêtaient au bout du quai, observaient la façade de l’hôtel de Mirmande, puis revenaient sur leurs pas, se dirigeant vers le Pont-Neuf. Ils échangeaient quelques mots avec deux autres hommes qui se tenaient là, à l'entrée du pont, accoudés au parapet, semblant suivre des yeux les remous noirâtres de la Seine.

— Tout a changé, avait répété Dussert en venant se rasseoir en face de Jérôme de Boissier. Ce sont les gens comme vous, les héros d'hier, qu'on traque, qu'on emprisonne, qu'on tue.

Mais il avait eu un geste de la main, comme pour marquer le peu d'importance qu'il attachait à ce qui survenait et l'indifférence dans laquelle cela le laissait.

— Napoléon est redevenu Bonaparte, comme au temps de ma jeunesse. Voyez ce qu'on écrit sur votre Empereur, devant lequel les rois s'agenouillaient. Même le Habsbourg a livré sa fille à l'Ogre !

Dussert avait montré quelques livres posés sur un guéridon, placé à gauche de la cheminée où le feu, de temps à autre, crépitait avant de s'assoupir en braises rouges, puis des flammes bleutées jaillissaient.

— On dit qu'il était lâche, voleur, fou surtout, avait continué Dussert, et naturellement cruel, voué au mal, n'ayant qu'une seule intention, avilir, humilier. C'était une créature démoniaque, atteinte des pires et des plus sordides maladies, de mœurs ignobles et, comme il se doit, n'est-ce pas – il avait ricané – impuissant.

— Ils sont méprisables, avait dit Jérôme.

Il avait la tête baissée, les mains jointes sur la poitrine comme s'il avait voulu prier.

— La nation leur fera rendre gorge, plus tôt qu'ils ne pensent...

— Allons, allons, avait interrompu Dussert. Votre Empereur ne reviendra pas de Sainte-Hélène. Et si vous passez le porche de l'hôtel de Mirmande, ces hommes se jetteront sur vous comme des chiens. Vous le savez ! Malheur à ceux qui ont acclamé le second règne de Napoléon. Louis XVIII ne pardonne pas l'humiliation qu'il a subie et l'effroi qu'il a éprouvé.

Il en tremble encore. Ces Cent-Jours ne passent pas. Et vous étiez là, mon cher Jérôme, fidèle à Napoléon. A-t-on idée ! Je ne sais quelle folie vous a tous pris, vous, Forestier, et cette brave bête de maréchal Ney ! On va le fusiller. On a condamné à mort le général Mouton-Duvernet. Le général La Bédoyère a déjà été exécuté, et Forestier a heureusement compris qu'il devait fuir. Il est chez sa femme, me dit-on, sur les bords du lac de Côme. Les Autrichiens vont s'accrocher à ses basques, aboyer, mais il est comte de Bellagio, sa femme est une marquise de Clarvalle, on le surveillera, on l'enfermera quelques semaines dans une forteresse, à Mantoue ou à Parme, puis on le renverra chez la marquise. Alors que vous – Dussert avait tendu le bras vers Jérôme – ici, en ce moment, on vous lapidera si vous vous montrez.

Jérôme avait murmuré :

— Nous n'aurions pas dû survivre.

— Vous répétez cela depuis que vous êtes ici ! s'était exclamé Dussert. Je ne vous comprends pas, mon cher. Vous réussissez à échapper aux assassins, par miracle parce que la vallée du Rhône est pour des gens comme vous le passage le plus dangereux, votre sœur vous accueille, je ne vous dénonce pas, et vous ne cessez de pleurer après la mort qui a refusé de vous prendre par la main. Ne l'implorez pas trop, elle risque de vous entendre !

Dussert avait pris sur le guéridon *Le Journal des débats*, l'avait déplié, agitant les pages, les montrant à Jérôme de Boissier.

— M. de La Bourdonnaye, député, celui que notre grand prophète Chateaubriand appelle le « premier grenadier des royalistes » dit ceci : « Il faut des fers, des bourreaux, des supplices. » Tout cela pour vous, mon cher Jérôme, vous, Forestier et vos semblables. Un autre de ces messieurs, un aristocrate comme vous, de grande lignée, et qui vous est apparenté, Louis Chrétien de Taurignan, que j'ai arraché au fort de Vincennes et qui, en sa qualité de pair de France, est plus précis encore…

Dussert avait chaussé ses lunettes puis commencé à lire : « La guillotine est un instrument compliqué, d'un volume énorme et difficile à transporter. »

Il avait souri.

— Moins qu'il ne croit, mais enfin il est vrai que la machine du docteur Guillotin est un peu encombrante. Alors notre bon Louis de Taurignan estime qu'il faut tuer selon l'ancien mode. Il ne parle pas de la hache, mais écrit ceci : « Où ne trouve-t-on pas un morceau de ficelle, chacun en porte dans sa poche, et partout il existe un clou, une poutre et une branche d'orme où on peut l'attacher. » Voilà donc le retour du gibet ! Et tout cela pour vous, mon cher.

Jérôme s'était dressé, si violemment qu'il avait renversé son fauteuil.

— Je ne veux pas vous compromettre, avait-il dit sur un ton méprisant. Je pars à l'instant.

Il s'était dirigé vers la fenêtre, avait regardé quelques secondes le quai de l'Horloge et le Pont-Neuf.

— Croyez-vous que je puisse craindre ces argousins ?

Il avait haussé les épaules.

— La mort, nous l'avons vue s'avancer tous les jours, durant des années. C'était les escadrons autrichiens, les égorgeurs espagnols, les cosaques ou les Anglais de Wellington, cachés dans les haies de Waterloo. Nous l'avons méprisée, nous avons vu mourir nos amis les plus proches. Croyez-vous que je veuille vivre dans ce royaume tombé aux mains des lâches, de ceux qui ont trahi la patrie et leur Empereur, livré Paris, comme le maréchal Marmont, à l'ennemi ? Je vous laisse, monsieur le baron Dussert.

— Asseyez-vous donc, avait répondu Dussert d'une voix calme.

Jérôme avait fait quelques pas dans le salon.

— On a toujours le temps de mourir, avait ajouté Dussert.

Jérôme l'avait dévisagé, puis avait relevé le fauteuil et s'y était laissé tomber avec une expression de lassitude et même de désespoir.

— Tout a changé, en effet, avait répété Dussert. On nous promet le gibet, et je vois même s'avancer l'Inquisition.

Jérôme de Boissier avait relevé la tête.

— Mais oui, avait repris Dussert. Savez-vous qu'autour du comte d'Artois on conspire contre Louis XVIII, qu'on ne trouve pas assez ultra ! Il y a là quelques « Enragés » comme nous disions en 1794, mais ce sont des gens de l'autre bord, tout aussi dangereux que les disciples de Marat. Le comte de Polignac, le comte de Villèle et votre cousin Louis Chrétien de Taurignan. C'est l'un des plus actifs. Il est à l'origine de la création des Chevaliers de la foi, il est l'un des maîtres de la Congrégation.

Dussert s'était caressé le menton du bout des doigts, avait soupiré.

— Ce sont des franc-maçonneries noires et, sachez-le, je n'y appartiens pas. Je suis un fils de Voltaire, et vos cousins aristocrates des élèves des jésuites. Ce sont ces gens-là qui règnent, avec l'appui de quelques-uns de vos compagnons d'armes, Marmont, dont vous parliez.

— Un traître, avait commencé Boissier.

— Vous savez ce qu'avait l'habitude de dire Talleyrand : « La trahison est une affaire de date. » Mais Talleyrand n'est plus en grâce. Il est grand chambellan, une manière de le remercier pour les services rendus, et Fouché a été exilé. Je crois qu'il est à Dresde, consul ou ambassadeur. Tout a changé, vous le voyez, mais…

Souriant, il s'était levé, approché de Jérôme, lui mettant la main sur l'épaule.

— Tout a changé, et rien n'a changé ! C'est pour cela que commettre l'un de ces actes irréfléchis qui vous prive de l'essentiel, la liberté et la vie, est stupide.

Il s'était approché de la fenêtre.

— Fouché n'est plus ministre de la Police, mais Vidocq est demeuré en place et ses argousins lui obéissent. J'entretiens des relations courtoises, presque amicales avec lui, et je ne suis pas sûr que ces mouches qui bourdonnent sur le quai de l'Horloge et le Pont-Neuf ne soient pas là pour nous protéger, vous et moi, de quelques fanatiques, de quelques Chevaliers de la foi ou membres de la Congrégation décidés à venger les leurs, Cadoudal ou Louis XVI. Il y en a quelques-uns de ce bois-là qui conspirent dans les sociétés secrètes. Je fais pourtant le pari que Louis Chrétien de Taurignan saura les retenir. Je l'ai arraché du fort de Vincennes ! Il hurlera avec les loups, ne me manifestera jamais sa reconnaissance, mais il veillera de loin à ce que l'on me laisse en paix, et vous aussi. Vous êtes un comte de Mirmande, un parent.

Jérôme de Boissier avait fait un geste de dénégation.

— Mais si, et rien n'a changé à cela. Dans quelques années, il faut vous laisser un peu de temps, vous vous retrouverez, vous et les Taurignan. Quant à moi…

Dussert était venu s'asseoir face à Jérôme.

— Les rois ont toujours besoin de numéraire. La banque Dussert et Associés prête à Louis XVIII, au comte d'Artois, et j'ai ouvert un crédit illimité à Louis de Taurignan. Pourquoi voulez-vous que ces gens-là m'étranglent ? On ne serre pas les cordons d'une bourse où on peut puiser.

Il avait croisé les mains, fermé à demi les yeux.

— Je n'ai qu'une seule inquiétude, avait-il poursuivi, mais elle est profonde, c'est que le peuple, celui que nous avons vu brandir des têtes au bout des piques, celui que vous avez entraîné jusqu'à Moscou et qui a continué de crier sur ce quai après Waterloo « Vive l'Empereur ! » en réclamant des armes pour défendre Paris, ne se révolte, qu'il ne supporte pas le duc de Richelieu, le marquis de Villèle, le comte de Taurignan, Louis XVIII et Monsieur son frère, le drapeau blanc et le parti des prêtres. Un peuple qui coupe la tête à son roi s'en souvient. Et je crains que nos braves émigrés aient, eux, oublié cela et qu'ils veuillent régner, recommencer comme si la Bastille était encore debout.

Boissier s'était penché vers Dussert.

— Il y a le roi de Rome. Croyez-vous que le peuple ne garde pas le souvenir de la gloire impériale ?

— Je ne veux ni de la peste, ni du choléra, avait murmuré Dussert.

— Je vous interdis...

— Calmez-vous, Jérôme. Jamais l'empereur d'Autriche ne laissera le duc de Reichstag quitter Vienne et regagner la France. L'Europe a subi le père, elle ne voudra jamais du fils. Mais vous étiez, Talleyrand m'avait rapporté cela, à Altona l'un des familiers du duc d'Orléans. J'ai pour ma part, aussi longtemps que j'ai pu, soutenu Philippe Égalité et pensé que le fils...

Dussert s'était levé.

— Laissons le fleuve aller vers la mer, mais vous et moi som mes sur la même rive.

Il l'avait pris par le bras, se dirigeant vers les portes du salon.

— Comment êtes-vous installé dans votre mansarde ?

Jérôme avait haussé les épaules.

— Évitez de vous montrer dans la journée. Vidocq mais aussi la Congrégation doivent avoir leurs espions ici, peut-être sont-ce les mêmes ? Ne les bravons pas.

Il s'était arrêté.

— Tout a changé, Jérôme, mais les policiers, les prêtres – il avait encore souri – et les banquiers sont restés les mêmes.

43. “ Qui pouvait interdire à un fils de dix-huit ans de partir ? ”

Mon fils !

Maximilien Forestier avait étouffé ce cri, cet appel qui montait en lui.

Il s'était avancé dans le vestibule de la villa Clarvalle et, après quelques pas, il s'était immobilisé. Il avait vu Romain embrassant sa mère cependant que les domestiques chargeaient les malles dans la berline.

Maximilien avait eu la tentation de se précipiter, de retenir Romain, d'envelopper Mariella et son fils dans ses bras.

Mais il n'avait pas bougé, serrant ses mains derrière son dos, comme pour s'empêcher de faire un seul mouvement.

Qui pouvait interdire à un fils de dix-huit ans de partir ? À l'âge de Romain, Maximilien en 1786 était déjà soldat au régiment de La Fère à Valence. Il avait laissé sa mère, détourné la tête pour ne pas voir ses larmes, et il s'était éloigné aussi vite qu'il avait pu pour ne pas entendre ses plaintes, ses « pitié mon Dieu », ses sanglots.

Maintenant, c'était son tour de subir.

Il avait attendu dans la pénombre, regardant Romain sauter d'un seul bond les marches du perron, lancer des ordres, appeler Georges Mercœur qui partait avec lui. Il y avait tant de joie et d'impatience qui faisaient trembler cette voix juvénile que Maximilien en avait été bouleversé, presque affolé.

Enfin, Romain l'avait aperçu, était revenu vers lui.

Romain ressemblait à sa mère. Le front et les tempes couverts de boucles de cheveux noirs, il avait le visage fin et la peau mate.

Brusquement, Maximilien avait pensé à ces jeunes hommes dont le corps avait été percé, déchiré, mutilé, brûlé, gelé, et qu'on n'avait même pas eu le temps d'enfouir dans les terres de France, d'Italie, d'Égypte, d'Allemagne, d'Espagne ou de Russie, qu'on avait ainsi livrés aux détrousseurs de cadavres, puis aux chiens errants qui ressemblent à des loups.

Et Maximilien avait eu peur que Dieu ou les forces qui gouvernaient le destin ne se vengent sur Romain de toutes ces vies interrompues, de tous ces soldats auxquels, lui, sergent, capitaine, chef de bataillon, général, maréchal, avait donné l'ordre d'avancer sous la mitraille, de charger, de former le carré. Il lui était arrivé de pousser avec la pointe de son sabre ceux du deuxième rang afin qu'ils remplacent les hommes de la première ligne, qui ne formaient plus qu'un amas de corps dont parfois des cris de douleur s'élevaient.

Il avait prié pour qu'il soit le seul à subir cette vengeance. Qu'on lui prenne la vie, tout de suite, et qu'on laisse Romain parcourir la sienne ! Et tout en voyant Romain s'approcher, il avait eu la certitude que si l'Empereur avait été privé de son fils, s'il était mort, le 5 mai 1821, sur cet îlot des antipodes sans revoir le roi de Rome, c'était pour qu'il paie le prix de la souffrance de tant de pères, des centaines de milliers, qui avaient perdu leur enfant dans les batailles de la Grande Armée.

Il s'était dit : « Je déraisonne. » Il avait cherché en vain les mots de la prière. Mais il avait eu froid et s'était mis à trembler.

— Père, nous partons, avait déclaré Romain.

D'un geste ample, il avait montré la berline, le fils Mercœur qui se tenait debout sur le marchepied échangeant quelques mots avec sa mère. Madeleine sanglotait, comme Mafalda.

Seule Mariella souriait, droite et fière. Pourtant Maximilien avait vu ses doigts crispés qui tordaient un mouchoir.

Lentement Forestier s'était approché, avait posé les mains sur les épaules de son fils, puis brutalement il l'avait serré contre lui.

— L'Empereur est mort, avait-il murmuré, il ne sert plus à rien de mourir pour lui.

À cet instant, il s'était reproché d'avoir durant toutes ces années passées ici parlé chaque jour de l'Empereur, des victoires, des chants et des drapeaux, et jamais de ces morts qu'on confondait le soir, dans la pénombre, avec des amoncellements de terre, de sable ou de neige.

Il avait eu envie de hurler, mais il était trop tard pour avouer à Romain que sa vie n'avait été qu'une longue traînée sanglante et qu'il aurait dû ne jamais quitter son pays, sa mère, n'être qu'un paysan, pas un soldat.

— Père, ne me demandez pas d'être lâche, avait dit Romain en s'écartant, en le repoussant, le tenant à son tour par les épaules. Je porte votre nom. Il est glorieux, avait-il murmuré.

— Vis, mon fils, vis !

Maximilien avait de nouveau serré Romain contre lui puis, le prenant par le bras, l'avait conduit jusqu'à la berline.

Ensuite, il avait marché seul dans le parc jusqu'à ce tertre au milieu des lauriers d'où l'on apercevait Bellagio et la route que devait suivre la voiture, après avoir traversé le village, pour gagner les Alpes.

C'était une matinée de juin étincelante, d'une lumière presque blanche, légère comme un parfum.

Maximilien avait tenté autant qu'il avait pu, se haussant sur la pointe des pieds, de ne pas perdre de vue cette tache noire qui disparaissait entre les collines, réapparaissant soudain au bord du lac avant de n'être bientôt plus qu'un point noir que l'éclat du soleil effaçait.

Dans quelques heures, la berline atteindrait les cols et s'engagerait sur les chemins qui conduisent en France.

Alors, s'asseyant sur la terre, Maximilien avait imaginé les soldats à cocarde blanche qui, à la frontière, faisaient ouvrir les malles.

Puis les espions de Vidocq s'approcheraient, venant flairer ces deux jeunes gens dont les Autrichiens devaient, depuis Belinzona, leur avoir annoncé le passage. Les policiers feuilletteraient les livres, les secoueraient afin de faire tomber les feuillets qu'ils pouvaient contenir. Ils en recopieraient les titres. Et qui sait si Romain n'avait pas emporté l'un de ces ouvrages défendus, ou bien l'un des pamphlets qu'il avait écrits pour dire son mépris et sa haine des Bourbons ?

C'était folie que de ne pas l'avoir averti, de ne pas en avoir fait l'un de ces prudents qui pensent toujours comme leurs maîtres ! Comment avait-il pu lui inoculer ce poison de la liberté ? Alors que dans toute l'Europe on emprisonnait, on persécutait, on espionnait, on condamnait !

Maximilien s'était levé, avait parcouru les allées du parc.

Il avait péché par vanité. Il avait voulu que son fils l'admire. Il n'ignorait rien pourtant de ce qui se passait en France.

Guillaume Dussert avait séjourné quelques heures à Bellagio, en route vers Gênes, désireux d'embarquer discrètement vers l'Angleterre et d'échapper à la surveillance des espions de la Congrégation. Les Chevaliers de la foi, le parti prêtre, avaient leur police, qui doublait celle de Vidocq. Le comte d'Artois, qui attendait la mort de Louis XVIII pour lui succéder, voulait régner comme Louis XIV... Et les ultras de son entourage, Polignac, Villèle et Louis Chrétien de Taurignan, le confortaient dans ce projet fou.

Forestier avait d'abord écouté Dussert sans lui répondre, l'observant avec méfiance, cherchant à comprendre quel piège cet homme au visage vieilli, au corps lourd, voulait lui tendre. Mais Dussert l'avait peu à peu désarmé.

— J'aurais pu prendre une autre route, avait-il dit, mais j'ai choisi de vous voir. On vous respecte, on vous écoute, Forestier. Vous n'avez jamais trahi. Vous n'étiez pas un courtisan, mais vous étiez auprès de l'Empereur chaque fois qu'il était en danger. Voilà ce que disent les bonapartistes, les « vieilles moustaches ». Et j'ai besoin d'eux, donc j'ai besoin de vous.

Dussert avait hoché la tête.

— Notre alliance ne sera jamais une amitié. D'ailleurs, est-ce nécessaire ?

Il avait haussé les épaules.

— Qu'est-ce que l'amitié ? Je ne crois qu'aux unions intéressées. Venons-en au fait. Je vais à Londres pour expliquer à Wellington et au Cabinet anglais qu'ils doivent aider ceux qui veulent chasser les ultras parce que Monsieur le comte d'Artois, bientôt roi de France, conduit une nouvelle fois le pays à la révolution.

Il avait levé la main.

— Vous et moi, nous savons ce que c'est que la populace dans la rue. L'Empereur lui-même n'en a pas voulu et pourtant, au retour de Waterloo, on réclamait des armes au faubourg Saint-Antoine. Donc, Forestier, je vais expliquer au Cabinet de Londres quelle est la situation. J'ai quelque crédit là-bas... On y respecte les banquiers. Je vais rencontrer le duc d'Orléans, oui, Louis-Philippe, vous l'avez connu. Il était à Valmy, à Jemmapes, aux côtés de Dumouriez. Croyez-moi, Forestier, le duc d'Orléans est notre solution. S'il monte sur le trône, il rendra tous leurs droits aux soldats de l'Empereur qu'on a chassés de l'armée, qui crèvent de misère avec leur demi-solde. Il abandonnera le drapeau blanc. Son père – Dussert avait ricané –, avant d'être guillotiné, a voté la mort de Louis XVI, c'est un gage, vous ne croyez pas ? Sinon...

Dussert s'était dirigé vers sa voiture.

— ... sinon, avait-il repris, ce sera la guerre partout, entre le parti prêtre et les républicains, les bonapartistes. Cela a commencé. On conspire, on assassine, on emprisonne, on exécute sur les places de village, dans les cours de caserne. Et cela ne servira à rien. Je ne m'en mêlerai pas ! Mais voyez-vous, Forestier, avec l'âge je me découvre d'esprit citoyen. Je continue à croire à la rente, mais je me soucie aussi du sort de la nation. Que voulez-vous, j'ai un fils, enfin, un descendant qui porte mon nom. Vous aussi, Forestier. Comment pourrions-nous ne pas essayer de leur éviter le pire de ce que nous avons vécu ?

Après le départ de Dussert, Maximilien n'avait d'abord rien changé à ses habitudes, faisant en compagnie de son fils et de Georges Mercœur de longues chevauchées dans les collines qui bordent le lac de Côme. Il avait remarqué que, depuis la mort de l'Empereur, les espions autrichiens avaient disparu. Mais d'autres silhouettes, sans doute des policiers de Vidocq, avaient commencé à rôder autour de la villa Clarvalle, et c'est peut-être pour cette raison qu'il avait décidé d'agir.

Il s'était rendu à Côme, affrétant un bateau à Bellagio, sûr ainsi de pouvoir échapper à toute surveillance. Il avait vu les hommes en redingote noire courir le long du port, cherchant en vain une embarcation. Comme le vent était vif, l'embarcation avait gagné le milieu du lac avant qu'ils aient pu décrocher leurs amarres.

Forestier avait donc à Côme disposé de plusieurs heures. Il avait écrit à Jérôme de Boissier, l'invitant à séjourner à la villa, « loin des puanteurs de la ville », et parce que depuis « les sommets qui surplombent le lac, la vue est dégagée et permet de voir un large horizon »... « Venez, cher comte, nous parlerons. »

Il avait confié sa lettre à un courrier sûr, puis il avait regagné Bellagio alors que la nuit commençait à tomber.

Boissier était arrivé à la villa Clarvalle quelques semaines plus tard. En s'avançant vers la berline dont les chevaux couverts de sueur hennissaient, Maximilien s'était senti plein de gaieté à l'idée de retrouver l'aide de camp et tant de souvenirs. Il s'était apprêté à crier un « Vive l'Empereur ! » imprudent mais joyeux, que Romain et Georges Mercœur auraient repris. Les voix se seraient perdues dans le parc, auraient roulé jusqu'au lac, et tant pis pour les espions de Vidocq !

Mais à peine Jérôme avait-il ouvert la porte de la berline que, d'un geste, d'une expression sévère du visage, il avait fait comprendre à Maximilien qu'il fallait se taire...

Jérôme s'était effacé, et il avait présenté cette femme qui descendait lourdement de la berline, son épouse, la baronne Élisabeth de Viéville.

Celle-ci avait regardé autour d'elle, dit que la campagne de France était plus belle que celle d'Italie, mais qu'elle avait été défigurée par la Révolution et le règne de cet usurpateur, ce Napoleone Buonaparte, un Corse, un Italien, un étranger, qui l'avait entaillée de routes inutiles.

Elle s'était montrée arrogante, et sa laideur pleine de morgue devenait une expression de son mépris.

Mariella l'avait accompagnée à sa chambre, sans même la regarder, comme si entre les deux femmes, d'emblée, la haine s'était installée.

— Expliquez-moi, avait demandé Maximilien en entraînant Jérôme dans le parc.

— L'occasion, l'herbe même quand elle n'est pas tendre, attire les chevaux affamés, avait-il répondu, esquissant un sourire las, la tête un peu penchée.

Il était resté caché plusieurs mois à l'hôtel de Mirmande, avait-il poursuivi, et Élisabeth de Viéville logeait au troisième étage, celui de Victor-Marie dont elle s'occupait.

Jérôme s'était interrompu, avait changé de ton.

— Dussert s'est enfin décidé à voir son fils. Il l'a nommé au Conseil de la banque pour remplacer Lucien Bernard, mort il y a quelques mois. Victor-Marie Dussert…

Boissier s'était arrêté, avait hoché la tête, jeté un regard à Forestier.

— … a une ressemblance étonnante avec…

Il avait ri.

— Voici Guillaume Dussert prêt à s'allier avec les bonapartistes et à mettre sa banque, rebaptisée Dussert et Fils, au service d'une grande ambition politique, celle de pousser le duc d'Orléans sur le trône, pour éviter que la France ne connaisse une nouvelle tragédie. Il est donc sincèrement, autant qu'il peut l'être, hostile aux Bourbons, même si, comme il se doit, sa banque prête de l'argent aux évêques, aux jésuites, à Louis XVIII, au comte d'Artois, à Louis Chrétien de Taurignan, mais aussi aux constitutionnels, aux partisans du duc d'Orléans. Dussert vient même de fonder un journal, *Le Courrier français.* Il s'est fait imprimeur. Il publie de jeunes talents. Il veut, au soir de sa vie, jouer un rôle national. C'est ainsi ! Mon beau-frère devient audacieux, mais toujours avec prudence ! Les coffres de sa banque le protègent et il est fort des dettes des têtes couronnées d'Europe. Et puis ainsi il s'amuse. Quel plaisir trouver encore à la vie quand on ne peut plus satisfaire une femme ? L'argent ! Il est plus que jamais banquier, et avec quel talent... Il y a aussi le pouvoir secret. Il est franc-maçon, et on dit qu'il a atteint les plus hauts grades du Grand Orient.

Il avait hésité puis, d'une voix plus basse, avait interrogé.

— La Charbonnerie, vous connaissez ?

— J'ai quelques amis à Côme, avait murmuré Forestier. Des Français sont passés, mais je me suis méfié. J'étais très surveillé. On m'a dit qu'ils ont été fort intéressés par l'organisation de cette société en petites sections, ces « ventes » de dix membres, qui ne connaissent, à l'exception de l'un d'eux, leur chef, aucune autre section.

Jérôme avait entouré de son bras les épaules de Forestier.

— Ces sections, ces ventes, ont essaimé un peu partout en France. Dussert a donné l'argent nécessaire. Combien sommes-nous ? Peut-être quatre mille à Paris, disposant chacun d'un fusil et de vingt-cinq cartouches, peut-être soixante mille en France. Je fais partie de la Haute Vente, la vente suprême. Forestier, voulez-vous en être ? Le secret de notre société, jusqu'à aujourd'hui, n'a pas été percé.

— Dussert ?

— Il est trop engagé pour nous livrer.

— Et...

Forestier s'était tourné vers la villa. Sur le perron, Élisabeth de Viéville venait d'apparaître, se protégeant le visage à l'aide d'une ombrelle.

— Dussert et ma sœur trouvent ce mariage utile et plaisant. Je suis désormais lié au parti prêtre et regardé avec sympathie par tout ce que Paris compte d'habits noirs, avait ajouté Jérôme d'un ton amer. Mais que pouvais-je faire ? Je l'ai maladroitement engrossée, et elle m'a menacé, si je ne l'épousais pas, de me dénoncer comme complice de Louvel... Vous savez, cet ouvrier sellier qui a servi l'Empereur à l'île d'Elbe et qui, un soir de février 1820, a poignardé le fils du comte d'Artois sur les marches de l'Opéra. Les hommes de Vidocq sont devenus comme fous. Ils ont arrêté, battu, relâché des dizaines de suspects. Les journalistes à gages ont dénoncé les « libéraux », coupables d'être les inspirateurs du crime. Un écrivain ultra, l'un de ces mauvais imitateurs de Chateaubriand, Charles Nodier, a écrit dans *Le Journal des débats* : « J'ai vu le poignard de Louvel, c'était une idée libérale. » Dussert lui-même a été quelques heures inquiet. On ne parlait que de venger le duc de Berry en châtiant les résidus du bonapartisme, les républicains, les orléanistes. Comment vouliez-vous que je refuse d'épouser la baronne de Viéville ? Elle avait déjà mis sa capeline pour courir chez Vidocq ! Et comme vous le savez, l'hôtel de Mirmande n'est situé qu'à quelques pas de l'hôtel de police... Me voici, cher maréchal, acoquiné à une baronne noire et fort laide, et heureusement père d'une petite Charlotte qui ne lui ressemble pas ! Telle est la France de Louis XVIII, et si son frère le comte d'Artois monte sur le trône ce sera pire, un Marat royal, couronné et sacré à Reims !

Boissier avait commencé à marcher lentement vers la villa à la rencontre de la baronne qui avançait dans l'allée.

— Croyez-moi, Forestier, tout vaut mieux que les Bourbons, que le parti noir, avait-il murmuré.

Et c'est dans ce cloaque qu'allaient être plongés Romain et ce brave Georges Mercœur !

Maximilien s'était arrêté, regardant Mariella venir vers lui. Elle avançait à grands pas, tirant sur le mouchoir qu'elle avait dû, depuis le départ de la berline, lacérer.

Il allait lui dire…

Mais il n'avait pas eu le temps de parler, Mariella lui avait lancé :

— Je rentre à Paris. Nous n'allons pas laisser notre fils seul, là-bas, au milieu de ces loups !

Maximilien l'avait serrée contre lui et elle s'était abandonnée comme elle ne l'avait pas fait depuis des années.

44. “ Dors, nous t’irons chercher ! Ce jour viendra peut-être ! Car nous t’avons pour dieu sans t’avoir eu pour maître ! ”

Louis Chrétien de Taurignan s’était levé. Aussitôt, l’un des deux chambellans qui se tenaient à l’entrée du grand salon des Tuileries, où Sa Majesté le roi Charles X recevait ses conseillers et ses ministres, s’était avancé, un peu courbé, le regard interrogatif.

Taurignan avait toisé cet homme d’une soixantaine d’années.

Que ce faquin retourne à sa place ! Il avait dû servir tous les souverains qui s’étaient succédé dans ce palais, et peu lui importait qu’ils fussent légitimes ou usurpateurs ! Sacrés dans la basilique de Reims ou dans le lit d'une catin des îles ! Peut-être même était-il déjà présent dans cette antichambre en 1792, quand les Tuileries avaient été envahies par la populace ! Et pouvait-on être sûr qu'elle ne recommencerait pas ?

On avait cette nuit même du 24 août 1829 dressé des barricades dans le quartier de la porte Saint-Martin, rue aux Ours. On avait lapidé les maisons qui appartenaient aux partisans du nouveau ministère ultra ! C'était le péché impardonnable ! Sa Majesté Charles X, pour tous les opposants, républicains ou partisans de Louis-Philippe d'Orléans, était resté le comte d'Artois, un émigré, le frère de Louis XVI et de Louis XVIII, le plus intransigeant des Bourbons. On le haïssait... Qu'il ait choisi de se faire sacrer à Reims avait été considéré comme un défi, la preuve qu'il voulait tout effacer de la Révolution et de l'Empire. Et naturellement, la tourbe des gazettes avait, ces derniers jours, excité la foule ! Sa Majesté savait-elle ce qu'écrivait ce Romain Forestier, le fils d'un maréchal d'Empire, dans *Le Courrier français* ? Que le gouvernement de Jules Polignac, de La Bourdonnaye, de Bourmont et de Louis Chrétien de Taurignan, c'était « Koblenz, Waterloo, 1815 : voilà les personnages du ministère. Tournez-le de quelque côté que vous voudrez, il effraie ; de tous les côtés, il irrite. Pressez, tordez ce ministère, il ne dégoutte qu'humiliation ».

Et il fallait tolérer de tels écrits alors que l'on soupçonnait Romain Forestier d'être membre de la Charbonnerie, peut-être l'un des chefs de cette société secrète ? Et qui sait s'il n'y côtoyait pas ce vieil habile, ce corrompu, cet agent du duc d'Orléans, ce banquier propriétaire du *Courrier français,* le baron Dussert, qui avait fait mine sa vie durant de ne pas savoir que son épouse avait enfanté un bâtard de l'usurpateur !

La voilà, la conspiration contre la monarchie légitime : bonapartistes, républicains, orléanistes, ceux-là mêmes qui étaient à l'origine de la Révolution, puis qui avaient rallié l'usurpateur, comme ce Boissier, soupçonné lui aussi d'être affilié à la Charbonnerie et de faire partie du cercle ultime des initiés qu'on appelait la « Vente suprême ». Et autour d'eux, tous ces gazetiers dont le plus perfide, Romain Forestier, qui chaque jour attaquait le trône et l'autel, et pour qui les prêtres, les jésuites, n'étaient que des « hommes noirs, sortant de dessous la terre, moitié renards et moitié loups ».

Comment ne pas s'indigner, ne pas craindre qu'une nouvelle fois cette coalition de la banque, de la plume et de l'aristocratie dévoyée ne renverse le souverain légitime, comme elle l'avait fait en 1789 ? On retrouvait aujourd'hui les mêmes hommes, La Fayette, toujours désireux de jouer un grand rôle, le duc Louis-Philippe d'Orléans, ce fils de régicide, d'un prince qui avait osé se faire appeler Philippe Égalité et qui avait pour toujours trempé son nom dans le sang du roi !

Taurignan s'était éloigné dans la galerie. Il faudrait qu'il parle une nouvelle fois à Sa Majesté qui s'imaginait, parce qu'elle avait été sacrée à Reims comme Clovis, qu'elle serait respectée, que la populace allait rester tapie dans ses bouges ! Alors que les gazetiers l'incitaient chaque jour à en sortir… Les boutiquiers, les artisans, ceux du faubourg Saint-Antoine, lisaient les journaux, répétaient – les mouches de police l'attestaient – ce qu'un Romain Forestier, un Béranger, un Paul-Louis Courier écrivaient : « Koblenz, Waterloo, 1815 ! », voilà le poison qu'on versait dans leur tête !

Il l'avait dit, dans son dernier discours à la Chambre des pairs : « Messieurs, le fléau de l'imprimerie est la seule plaie dont Moïse oublia de frapper l'Égypte. »

Et Dieu sait qu'elle s'était abattue sur la France !

Taurignan s'était arrêté devant la fenêtre de la galerie qui donnait sur la cour d'honneur des Tuileries.

Le soleil, en cette journée d'août 1829, avait séché les flaques des pluies qui, toute la nuit, s'étaient abattues sur Paris, l'orage grondant jusqu'à l'aube, comme si cent pièces d'artillerie avaient bombardé la capitale.

Peut-être faudrait-il un jour ouvrir le feu sur cette ville toujours prête à vomir une meute, un cortège ! Il suffisait que le député libéral Manuel ou le général bonapartiste Foy disparaissent pour que leurs enterrements se transforment en manifestations et que cent mille personnes déferlent sur les boulevards !

Mais n'avait-il donc rien appris, ce peuple oublieux ? Il se gavait de souvenirs de l'Empire. Il s'attroupait autour de lecteurs ambulants qui déclamaient des passages du *Mémorial de Sainte-Hélène* ou chantaient des refrains à la gloire de l'usurpateur ! L'Ogre les avait dévorés par centaines de milliers, et ils le pleuraient, ils imploraient :

Parlez-nous de lui, Grand-mère,
Parlez-nous de lui.

Et même cet Hugo qui se présentait partout comme un royaliste et qui dédiait une ode à Buonaparte :

Dors, nous t'irons chercher ! Ce jour viendra peut-être !
Car nous t'avons pour dieu sans t'avoir eu pour maître !

L'amertume avait envahi Taurignan. C'était une sensation physique, comme si sa salive était peu à peu devenue acide, irritant le palais, les gencives et la langue.

Il avait regardé la section de la garde royale qui, dans la cour d'honneur, relevait les sentinelles. Les demi-tours, le claquement des talons, la présentation des armes, le salut, étaient aussi parfaits que les gestes d'un automate.

Mais qui pouvait avoir confiance dans ces soldats ! Les gardes-françaises en 1789 et 1792 étaient passés du côté de la foule des émeutiers ! Il n'y avait eu que les Suisses et une poignée d'aristocrates pour se faire massacrer ici, dans cette cour des Tuileries, le 10 août, et plus tard en Vendée quelques milliers de chouans !

Et lorsque Jules de Polignac, qui avait été aux côtés de Cadoudal, formait un ministère, Romain Forestier le dénonçait comme un émigré ! Qui lui savait gré d'avoir voulu en 1800, avant les grands massacres de Wagram ou de Russie, arrêter ce fou cruel de Buonaparte ?

Il était « Koblenz » pour le gazetier !

Les soldats d'aujourd'hui ne valaient pas mieux que ceux d'il y avait quarante ans ! L'ordre dans les casernes n'avait pas régné plus de cinq ou six ans après Waterloo ! Et les têtes coupées, celle d'un maréchal Ney, d'un général Brune, de quelques milliers d'autres – un ruisselet de sang, si l'on pensait au torrent rouge qu'avait fait couler la Révolution – avaient vite repoussé.

Et l'hydre était là, à nouveau, avec toutes ses gueules ! Pas un mois, depuis 1822, qu'on ne découvre une société secrète, bonapartiste, républicaine, celles des Amis de la Vérité, des Citoyens de 93, et pour finir cette Charbonnerie dont, si l'on en croyait ces messieurs de Vidocq, bien des officiers faisaient partie.

Mais quand on avait pris sur le fait quatre sergents qui, à La Rochelle, tentaient de soulever leur régiment de ligne, les bougres s'étaient tus et étaient montés à l'échafaud, dressé en place de Grève, en clamant : « On meurt toujours bien quand on meurt innocent. La postérité nous jugera, et nous l'espérons justice sera rendue. »

Louis Chrétien de Taurignan avait serré les dents, revenant vers l'antichambre.

Est-ce que la justice avait été rendue pour son père ? Pour tous ceux dont on avait tranché le cou, arraché les entrailles, simplement parce qu'ils appartenaient à la race noble ?

Et Romain Forestier et ses semblables osaient s'indigner parce que le ministère avait décidé d'accorder vingt-six millions de rente à trois pour cent, près d'un milliard, aux descendants des victimes, non seulement massacrées, mais spoliées de leurs biens !

Un milliard ! Comme si le sang de Philippe Chrétien de Taurignan, son père, avait un prix ! Comme si le baron Dussert n'avait pas installé sa banque Dussert et Fils dans l'hôtel de Taurignan, comme s'il n'était pas devenu légalement possesseur des propriétés et des châteaux des Taurignan !

C'était cela, l'époque !

Taurignan s'était à nouveau assis dans l'antichambre.

Qu'en serait-il de la France, de sa famille, dans quarante ans ? Sa mère, sa sœur Jeanne et lui-même seraient morts !

On ne pourrait même pas placer leurs cadavres au côté de Philippe, dont on avait enfoui les restes dans ce cimetière de Picpus où avaient été rassemblés les ossements des victimes de la Terreur. Car l'endroit était trop exigu pour accueillir les descendants !

Alors les Taurignan iraient au Père-Lachaise, auprès de Pierre-Marie disparu cette année, n'ayant jamais abandonné sa foi ni trahi ses vœux de prêtrise, mort fidèle.

C'était cela qu'il fallait enseigner à Joseph, son fils qui venait de naître, issu de deux familles, celle des Chrétien de Taurignan et celle des Bergue. Les deux lignées avaient vécu toutes ces années sans céder aux tentations du ralliement à l'Empire comme tant d'autres, les Montesquiou, Caulaincourt, Boissier, l'avaient fait.

Quand la race noble renonçait à ses obligations, le royaume chancelait. Sully l'avait écrit, Mme de Staël l'avait redit : « Les révolutions qui arrivent dans les grands États ne sont point un effet du hasard ni du caprice des peuples. » Elles surgissent quand ceux que Dieu a choisis comme les gardiens de l'ordre, ceux qui doivent se tenir à l'entrée de la caverne pour empêcher l'hydre de s'échapper, oublient leur devoir, abandonnent leur poste et trahissent leur mission.

Le chambellan s'était approché après avoir ouvert les portes du grand salon, et il avait lancé d'une voix forte :

— Comte Louis Chrétien de Taurignan.

Taurignan s'était avancé vers Sa Majesté.

Charles X, le visage rose, les cheveux grisonnants soigneusement tirés en arrière, plaqués sur les tempes, lui avait souri.

— Alors, cher comte, donnez-moi des nouvelles de votre jeune fils, et de madame la comtesse Émilie de Bergue. J'espère que la mère et l'enfant se portent à ravir. Comme vous, il me semble, cher Taurignan !

Louis s'était incliné.

— Nous irions mieux, Sire, si le royaume allait bien, avait-il murmuré.

Charles X avait fait une moue ennuyée, puis il avait eu un geste d'impatience et d'irritation.

— Si de coupables manœuvres..., avait-il commencé. Je veux le dire aux pairs de France et aux députés, si l'on suscite des obstacles à ce gouvernement...

Il avait levé la main, était resté quelques secondes silencieux.

— Malgré les prophètes de mauvais augure, dont vous faites toujours partie, Taurignan, donc s'il y a des obstacles, je trouverai la force de les surmonter. Nous maintiendrons la paix publique, Taurignan ! Et je le disais au comte de Polignac, nous utiliserons les moyens nécessaires.

Il avait souri.

— Notre pauvre frère Louis XVI, Dieu l'ait en sa garde, a payé de sa tête son imprévoyance et sa bonté. Je ne commettrai pas les mêmes fautes, Taurignan. Je sais quel a été le sort de votre père, je connais sa fidélité à son roi, et je suis sûr de la vôtre. Sachez qu'un Bourbon, un roi de France, n'acceptera pas une deuxième fois la révolution, cette victoire du Mal.

Taurignan avait ouvert le portefeuille dans lequel il avait placé quelques feuillets.

— Sire, précisément, on vante partout la Révolution. Un François Mignet, un Alphonse Thiers, font paraître leur *Histoire de la Révolution française* en trois ou dix volumes, et des folliculaires célèbrent leurs œuvres. Chaque jour, dans *Le Courrier français*, ce Romain Forestier qui est devenu le journaliste que lisent les étudiants et qu'ils acclament comme leur maître publie un article où il raconte un épisode de la Révolution ou de l'Empire, à la gloire des soldats de Valmy ou de la Moskova.

— Qu'on le censure, qu'on l'arrête ! avait lancé Charles X.

— Il est habile, il prétend célébrer le patriotisme, la liberté, les vertus guerrières des Français. Tout cela l'a rendu populaire. Si on l'emprisonne, on dressera des barricades. Comme le dit M. de Chateaubriand, ces historiens, ces journalistes forment une petite secte de théoristes de la Terreur. Ils sont une école fataliste qui prétend que la Révolution était inéluctable, et donc qu'elle l'est encore ! Les entend-on dénoncer les équarrisseurs de chair humaine que furent ces apôtres des droits de l'homme et du citoyen ? Jamais, Sire.

— Allons, allons, avait murmuré Charles X, nous ferons voter les lois nécessaires pour que ces empoisonneurs de l'opinion ne puissent plus accomplir leur œuvre néfaste.

Le roi s'était levé.

— Mais voyez-vous, Taurignan, il ne faut pas confondre le peuple français avec ces écrivassiers. Le Tiers État, ces gens de la boutique et de l'écritoire, ces affidés des sociétés secrètes, de la Charbonnerie, de la franc-maçonnerie, ne sont pas le peuple mais ses parasites. Le peuple aime son roi, Taurignan !

— Dieu vous entende, Sire, avait murmuré Louis en se retirant.

Le chambellan avait fermé derrière lui les portes du grand salon.

Comme il avait dû le faire tant de fois depuis quarante ans, après les audiences accordées par Louis XVI, Barras ou Cambacérès, Buonaparte, Louis XVIII, et maintenant Sa Majesté Charles X !

Comment pouvait-on faire confiance à cet homme ? À ce peuple-là ?

45. “ Romain Forestier avait imaginé cette foule, ces hommes en redingote et en chapeau brandissant leur fusil, ces femmes dépenaillées, jambes nues, corsage ouvert… ”

Dans le couloir qui conduisait à la chambre où reposait Georges Mercœur, Romain Forestier avait vu Madeleine s'avancer vers lui. Mais en l'apercevant, elle s'était immobilisée.

Romain n'avait pas pu distinguer les traits du visage de Madeleine, elle n'était qu'une silhouette noire découpée dans le rectangle blanc de la fenêtre ouverte au bout du corridor. Puis elle s'était remise à marcher, comme poussée par la lumière dorée de cette fin d'après-midi du 31 juillet 1830.

Romain avait baissé la tête et brusquement, montant de la rue de l'Estrapade ou des ruelles qui entouraient le Panthéon, il avait entendu ces rumeurs de cortège, ces cris : « Vive le duc d'Orléans, vive le roi Louis-Philippe ! », « À bas les jésuites, vive la liberté ! » et, venu de plus loin, peut-être de la rive droite, des abords de l'Hôtel de Ville, ce chant de *La Marseillaise* que le vent du crépuscule parfois déchirait, ou au contraire amplifiait.

Romain Forestier avait oublié où il se trouvait, et n'avait plus pensé à Madeleine qui s'approchait. Il avait imaginé cette foule, ces hommes en redingote et en chapeau brandissant leur fusil, ces femmes dépenaillées, jambes nues, corsage ouvert parce que depuis trois jours il faisait une chaleur étouffante, un temps immuable et serein, un ciel d'un bleu de drapeau, ces ouvriers en blouse, les pieds nus dans leurs sabots, et tout ce peuple armé dont les voix se mêlaient, les unes criant « Vive la République ! » les autres « Vive Napoléon II ! » et se réunissant en une seule clameur quand le duc d'Orléans était apparu sur le balcon de l'Hôtel de Ville et qu'il avait embrassé le vieux La Fayette.

Un immense drapeau tricolore les avait enveloppés l'un et l'autre, et on avait crié « Vive le roi Louis-Philippe ! ».

C'est alors que Romain avait quitté le balcon de l'Hôtel de Ville où il se trouvait avec des dizaines d'autres personnes.

Il avait croisé Guillaume Dussert dans l'escalier. L'homme était rayonnant.

— Je suis du ministère, avait-il dit. Le roi Louis-Philippe veut voir votre père, il veut dès ce premier jour montrer qu'il honore les soldats de la Grande Armée. Il veut effacer ces années de Restauration, de Terreur blanche et de gouvernement des hommes en noir. Dites au maréchal Forestier de se présenter au roi.

Romain était sorti de l'Hôtel de Ville. Il avait fendu la foule qui dansait et d'où parfois s'élevait encore le cri de « Vive la

République ! ». Il s'était demandé à quel moment les hommes comme Dussert, comme l'autre grand banquier Laffitte, ou bien les journalistes habiles comme Thiers, ou encore ce vieux roué de La Fayette, avaient réussi à l'emporter, à faire acclamer par le peuple le duc d'Orléans. Il avait pensé à ces prestidigitateurs qui, sur les boulevards, font glisser des cartes entre leurs doigts et demandent aux badauds de choisir l'une d'elles, de placer un sou là où ils imaginent qu'elle se trouve. Mais la bonne carte est toujours dans l'autre main, et les parieurs bernés s'éloignent.

Romain s'était lentement dirigé vers la rue de l'Estrapade. Tout au long du trajet, dans ces rues qui gravissent la montagne Sainte-Geneviève, il avait croisé des cortèges d'étudiants qui agitaient des drapeaux tricolores, s'arrêtant là pour briser une enseigne décorée de fleurs de lys, ici pour arracher une plaque sur laquelle on célébrait Louis XVIII, Charles X ou Louis XVI. Et des vieux mêlés à cette foule juvénile entonnaient « *Ah! ça ira, ça ira, ça ira! Les aristocrates à la lanterne...* ». Mais il suffisait de quelques rues pour qu'on entende crier « Vive le roi Louis-Philippe ! ».

La carte était passée d'une main à l'autre.

À quel moment ?

Le premier jour de la révolte, c'est Romain Forestier qui avait rédigé le *Manifeste* qu'avaient signé quarante-trois journalistes, protestant contre les ordonnances royales qui dissolvaient la Chambre des députés, rétablissaient la censure.

« Dans la situation où nous sommes placés, avait-il écrit sur un coin de table dans l'imprimerie où l'on s'apprêtait à tirer *Le Courrier français* – interdit pourtant comme les autres journaux –, l'obéissance cesse d'être un devoir. Aujourd'hui donc, le gouvernement a violé la légalité. Nous sommes dispensés d'obéir. Nous essaierons de publier nos feuilles sans demander l'autorisation qui nous est imposée. C'est à la France de juger jusqu'où doit aller sa propre résistance. »

C'était le 26 juillet, et cette nuit-là, avec Georges Mercœur, ils avaient parcouru le quartier de la porte Saint-Martin et de la porte Saint-Denis.

Ils étaient montés sur des bornes, au coin des rues, sur des tables dans les estaminets, sur des établis dans les ateliers.

Ils avaient répété la dernière phrase du *Manifeste* : « C'est à la France de juger jusqu'où doit aller sa propre résistance. »

Et les cris avaient retenti : « À bas 1815, à mort les traîtres ! Vive la liberté, vive la République ! »

Georges Mercœur s'en était allé, au matin du 27, rassembler les adhérents de la Charbonnerie, courant de vente en vente, revenant en fin de journée à l'imprimerie, disant que Paris s'était couvert de barricades. Les insurgés avaient rempli de pierres des diligences pour en faire des obstacles infranchissables par les dragons, les gendarmes et les cuirassiers. Les troupes de Marmont – ils avaient choisi le maréchal Marmont, le traître qui en 1814 avait livré Paris aux Prussiens ! – étaient bombardées de pavés. On vidait les greniers sur leurs têtes, on jetait des bouteilles, des casseroles, des chenets, des tabourets, des armoires, des pots de fleurs, des morceaux de marbre, de l'urine ou de la merde.

Les troupes avaient reculé vers la place Vendôme, le Louvre, la place Louis-XV, et déjà les soldats des 5e et 53e régiments de ligne avaient déserté. Romain avait écrit rapidement le texte d'une affichette qu'il fallait placarder dans les rues où passaient les troupes, ou leur lire depuis les barricades : « *Soldats, pourquoi tireriez-vous sur le peuple ? N'êtes-vous pas le peuple aussi, vous les soldats de la France ?* »

Puis il avait suivi Mercœur dans les ruelles qui forment un labyrinthe entre la Seine et la place Royale, entre l'Hôtel de

Ville et l'ancien emplacement de la Bastille. Pas une qui n'ait eu sa barricade !

Romain avait découvert ces hommes en blouse, demi-nus, ces hommes sans bas et sans veste, ces ouvriers, ces gens de la dernière classe. Et lorsque, au milieu de la nuit, il avait rencontré Guillaume Dussert accompagné de ce revenant, Joseph Machecoul, qui s'était terré à quelques lieues de Paris, fondant une famille, attendant que l'on oublie qu'il avait été régicide et membre des comités, il avait été surpris par l'inquiétude qu'il avait lue sur le visage des deux hommes.

— Les ouvriers sont lâchés, avait murmuré le premier.

— Ils ont un courage de Vendéen ! avait dit le second.

— La populace ne tient guère à la vie…, avait ajouté Dussert.

Puis, prenant Romain par le revers de sa redingote, avec une énergie qu'il dévoilait rarement, il avait déclaré :

— Jeune homme, je paie pour votre journal. Je vous laisse écrire tout ce qui vous semble juste. Mais vous n'avez connu aucune journée rouge, ni le 14 Juillet ni le 10 Août, ni ces jours de Septembre où l'on a massacré, ni le 13 Vendémiaire quand Bonaparte a fait tirer le canon sur les royalistes, ici, à Paris. Et vous ne savez pas que quand le peuple bouillonne, la canaille sort de ses trous et qu'elle pille, qu'elle éventre les honnêtes gens, fussent-ils patriotes. Et, jeune homme, nous qui avons vécu ça, nous ne voulons plus le voir. Alors, cessez de remuer la vase avec vos articles ! Sinon, demain, il n'y aura plus de *Courrier français*, parce que je ne paierai ni l'imprimeur, ni le papier !

Quelques heures plus tard, un autre manifeste avait été publié, que Romain n'avait découvert qu'au moment de le distribuer dans les rues, où on le collait aux carrefours. Il était signé de Thiers, des journalistes du *National*, et de Machecoul, « ancien membre de la Convention nationale ».

De belles envolées pour dire que « le duc d'Orléans est un prince dévoué à la cause de la Révolution, qui tiendra sa couronne du peuple français. Il sera, lui, le combattant de Jemmapes, le roi des Français et non le roi de France. Vive Louis-Philippe Ier, roi des Français, chassons Charles X et les Bourbons ».

Il avait suffi ensuite que le combattant de Jemmapes embrasse dans les plis du drapeau tricolore, sur le balcon de l'Hôtel de Ville, La Fayette, « héros des deux mondes », pour que les cris de « Vive la République ! » ou « Vive Napoléon II ! » s'éteignent peu à peu.

Était-ce cela, le peuple ? Un cyclope maladroit qu'on pouvait tromper, conduire là où on voulait en agitant devant lui des cartes truquées, en lui promettant mille gains... Ensuite, lorsqu'il tendait le doigt pour désigner la carte, on ouvrait la paume, et elle était vide !

Ce 30 juillet, Romain s'était retrouvé seul. Mercœur avait disparu, le visage crispé par l'amertume, disant qu'on avait volé sa victoire au peuple, que les Dussert, les Machecoul étaient de la même espèce que les Polignac et les Taurignan. Romain avait tenté en vain de le raisonner. Mieux valait le drapeau tricolore, La Fayette et le fils de Philippe Égalité, que les fleurs de lys, Marmont, La Bourdonnaye et Charles X !

Mais Mercœur n'avait rien voulu entendre, il s'était éloigné dans les petites rues où s'élevaient toujours les barricades.

On tirait encore. Le pont suspendu qui conduit de la place de Grève à la Cité était sous le feu des troupes de Marmont qui n'avaient pas encore cessé le combat.

Romain avait vu un garçon d'à peine quinze ans, pieds nus, chemise déchirée ouverte sur un torse maigre, s'élancer sur le pont balayé par la mitraille, en criant : « Si je meurs, souvenez-vous que je m'appelle Arcole ! »

Il avait franchi quelques mètres en courant puis il s'était ployé, tenant son ventre. Et c'était comme si Romain avait été blessé, le corps percé. Il s'était souvenu des récits de son père racontant comment Bonaparte s'était avancé sur le pont d'Arcole, son aide de camp Muiron le couvrant de son corps, et comment lui, Maximilien Forestier, avait sauté dans les marais de l'Alpone. « J'ai arraché Bonaparte aux grenadiers croates », avait-il tant de fois répété.

Romain avait eu envie de le voir, de lui dire que le nouveau souverain et que Dussert l'attendaient à l'Hôtel de Ville. Mais quand il était entré dans la cour de l'hôtel Forestier, le silence tout à coup l'avait écrasé.

Il avait vu, dans le petit salon à droite du vestibule, sa mère et Mafalda assises l'une près de l'autre. Elles avaient les yeux fixes, mais quand elles l'avaient aperçu, elles s'étaient précipitées vers lui. Le serrant contre elle, Mariella avait répété « mon fils, mon fils », et Mafalda avait murmuré de la même voix « mon petit ».

Il s'était dégagé, gêné, disant qu'il voulait voir son père, et Mafalda avait expliqué qu'on était venu chercher le maréchal Forestier pour le conduire aux Tuileries où le roi Louis-Philippe voulait le rencontrer.

— Georges est dans la chambre, au troisième étage, avait ajouté Mafalda. Il vivra, Madeleine est avec lui.

Et Mariella avait raconté qu'on avait ramené Georges au début de la matinée. Il avait reçu une balle en plein poitrine, un peu au-dessus du cœur, et c'était miracle qu'il ait survécu. La balle, tirée sans doute à bout portant, avait lacéré les chairs, percé le corps de part en part, sans toucher une artère.

Mais le poumon était déchiré et le médecin qui avait bandé Georges avait confié que la souffrance, à chaque respiration, devait être extrême et que la convalescence serait longue.

Dans le couloir, Romain avait relevé la tête, et il avait vu Madeleine, les poings serrés, brandis.

Elle avait commencé à lui marteler la poitrine.

Comme elle était petite, et comme elle était vieille ! Romain s'était souvenu de toutes les fois où il s'était précipité contre elle, enfouissant son visage dans le plis de ses jupes grises, la suppliant de ne pas rapporter à Mafalda ou à sa mère ce qu'il avait fait, lui avouant qu'il avait entraîné Georges au sommet d'un arbre, ou bien qu'ils avaient volé une barque et avaient ramé jusqu'au milieu du lac, ou bien encore qu'ils avaient détaché les chevaux et que ceux-ci s'étaient enfuis, Dieu seul savait où !

Elle l'avait écouté tant de fois à la villa Clarvalle, dans le parc. Elle appelait Georges, elle les serrait tous deux contre elle, elle les sermonnait. Romain disait « c'est moi » et Madeleine l'empêchait de poursuivre.

« C'est toi, c'est lui. Mais toi, tu es le fils de la marquise, le fils du maréchal Forestier, et lui, mon pauvre petit Georges, qui est-il ? Rien, seulement mon fils et celui d'un mort dont on ne sait même pas ce qu'est devenu le corps. Vous n'êtes pas pareils toi et lui, le coupable ce sera toujours lui, tu n'y peux rien, même si tu es bon. »

Et elle posait à ces moments-là sa main sur la tête de Romain.

Mais elle était devenue si petite et si vieille que les coups qu'elle avait portés sur sa poitrine étaient sans force. Elle avait répété :

— Mais pourquoi vous voulez me le tuer lui aussi ? Qu'est-ce qu'il me reste de la vie ? Vous m'avez pris Nicolas, et maintenant c'est mon fils ! Je lui avais dit : méfie-toi, c'est toujours les mêmes qui meurent, c'est comme ça, c'est l'injustice, c'est la loi.

Puis elle s'était arrêtée de frapper Romain, elle l'avait poussé vers le bout du couloir, vers la lumière et les rumeurs, vers la porte de la chambre.

— Va le voir, va entendre comme il souffre, et dis-moi, Romain, pourquoi ?

Les voix de la rue de l'Estrapade criaient :

« Vive Louis-Philippe, vive le roi ! »

Romain avait fermé doucement la fenêtre.

HUITIÈME PARTIE

46. “ Le peuple, répétait-il, doit se soulever. Il faut lui dire : ‘Dieu ne vous a pas faits pour être le troupeau de quelques autres hommes !’ ”

Quand ce 24 décembre 1848, j’ai vu mon père mort revêtu de son grand uniforme de maréchal d’Empire, le visage d’une blancheur de marbre, tel un gisant, je n’ai pas d’abord ressenti de la peine. Je me suis immobilisé sur le seuil de cette grande salle, située au rez-de-chaussée de la tour de notre château de Mazenc.

La pièce était plongée dans la pénombre, mais les quatre cierges placés aux extrémités de la table couverte d’un drap noir sur laquelle mon père était étendu éclairaient son visage et ses mains posées sur le pommeau de son sabre.

J’ai eu tout à coup plus froid que sur la route.

Aucun feu ne brûlait dans la cheminée. Les flammes des cierges vacillaient car le vent glacé sifflait et s'infiltrait dans la pièce, tourbillonnait avec un souffle rauque entre les chenets, soulevant une poussière de cendres.

Je me suis approché, j'ai distingué la barbe qui commençait à couvrir ses joues. Il était mort. Il m'attendait, depuis quatre jours.

J'avais quitté l'hôtel de la rue de l'Estrapade dès que j'avais appris la nouvelle de sa chute dans l'escalier de la tour et sa perte de conscience.

« Monsieur le Maréchal, votre père, je vous l'ai dit lors de votre séjour, ne voulait pas renoncer à monter chaque jour au sommet, m'avait écrit le régisseur. À quatre-vingts ans, c'était un exploit et le médecin l'avait mis en garde. J'ai tenté plusieurs fois, Monsieur le comte, de l'avertir des dangers de son entreprise. Il n'a jamais voulu m'écouter. Il est à l'agonie. J'attends vos instructions, et j'espère, Monsieur le comte, votre venue. »

J'avais voyagé durant deux jours et deux nuits, empruntant l'une des diligences qui font le service quotidien entre Paris et Lyon, puis j'avais loué un cheval au relais de poste de cette ville et j'avais atteint Mazenc après plus d'un jour et demi de chevauchée, la neige et le vent me faisant cortège.

Je m'étais souvenu tout au long de la route de ces récits de la campagne de Russie, que mon père recommençait sans fin. Il ajoutait chaque fois un nouveau détail, ces bras qui surgissaient de la terre, ces corps que les loups avaient à demi dévorés et que mon père avait aperçus, en repassant après avoir quitté Moscou sur le champ de bataille de la Moskova.

Plusieurs mois s'étaient écoulés depuis les combats, mais les cadavres n'avaient pas été ensevelis et la neige ne réussissait pas à les dissimuler.

Un homme, amputé des deux jambes, avait même survécu dans une carcasse de cheval, et il s'était avancé au-devant de l'armée, vivant et fou. On l'avait chargé sur une voiture que des traînards, plus tard, après avoir tué le cheval afin de le dévorer, avaient incendiée pour se chauffer, et l'homme avait péri dans le brasier.

« À quoi cela lui avait-il servi de survivre ? avait murmuré mon père. Il faut mourir à son heure. »

J'avais si froid en me dirigeant vers Mazenc qu'il m'avait semblé impossible qu'il existât un vent plus violent et glacé.

Et pourtant, mon père m'avait dit que peu avant la traversée de la Berezina, la température avait été si basse que les hommes qui s'arrêtaient de marcher gelaient en quelques minutes.

Mais c'était seulement le 31 juillet 1830, alors qu'il venait de rentrer des Tuileries où le roi Louis-Philippe l'avait reçu, que mon père, après avoir rendu visite à Georges Mercœur blessé lors des combats, m'avait pour la première fois raconté comment il avait dû abandonner, sur la berge de la Berezina, le père de Georges.

Et il avait paru apaisé d'avoir pu enfin se confier.

Il avait ajouté que, lorsque Georges serait rétabli, il lui ferait ce récit sans rien travestir parce que, quelles qu'aient pu être les volontés de Nicolas de cacher les conditions de sa mort, il fallait dire la vérité.

Mais avait-il jamais osé parler à Georges, en avait-il eu l'occasion ?

Georges, après sa guérison, n'avait plus guère donné signe de vie, comme si ces trois journées de juillet, la révolution des Trois Glorieuses, comme l'avaient écrit certains, ces combats qui avaient contraint Charles X à l'exil, avaient tranché dans notre amitié.

Mercœur était, disait-on, devenu l'un de ces « républicains montagnards » qui souhaitaient le retour de 1793, dressaient des barricades et faisaient le coup de feu dès que l'occasion s'en présentait, espérant chasser cette fois Louis-Philippe.

Il avait fait partie de ces sociétés qu'on disait secrètes, mais que la police connaissait et qu'elle peuplait d'espions et de provocateurs. Il avait été aux côtés de Raspail et Blanqui, de la société « Aide-toi le ciel t'aidera », puis de la « Société des saisons » et de celle des « Amis du peuple ». Il avait participé à plusieurs tentatives de complot contre le roi.

On l'avait arrêté, relâché, condamné à mort puis gracié, tout cela en quelques mois.

Sa mère Madeleine était morte rue de l'Estrapade et Georges s'était présenté le jour de l'enterrement, vêtu comme un bourgeois, avec jabot de soie, chapeau haut de forme, canne à pommeau doré.

Il s'était contenté de dire qu'il allait bien, qu'il avait un fils prénommé Auguste, pour honorer Auguste Blanqui.

— Vous connaissez Blanqui le révolutionnaire, monsieur le comte ? m'avait-il demandé, me parlant comme si j'étais devenu un étranger, un ennemi, alors que nous avions passé presque toute notre vie côte à côte.

J'avais balbutié, atterré par cette froideur, cette animosité, presque cette haine. J'avais murmuré que j'avais un fils aussi, Jules.

Il avait souri, le visage pour quelques secondes attendri, puis il s'était durci à nouveau.

— Jules Forestier, comte de Bellagio, avec pour aïeux le maréchal Forestier et la marquise di Clarvalle…

Il avait lentement sorti de l'une des poches de sa redingote un exemplaire du *Journal des débats* où j'avais publié de courts récits sur les guerres de l'Empire, des poèmes, et même un début de roman.

— Votre journal, n'est-ce pas ? m'avait demandé Georges.

J'avais nié, essayant d'expliquer qu'un écrivain se souciait d'abord de faire connaître ses œuvres, et lorsque un journal les acceptait, il les lui confiait. Mes relations avec *Le Journal des débats* n'allaient pas au-delà.

— Sais-tu, Romain..., avait-il dit.

J'avais été heureux du tutoiement revenu, mais Georges s'était repris.

— Savez-vous, monsieur le comte, ce que M. Victor-Marie Dussert, le fils de M. Guillaume Dussert, ministre des Finances de votre Louis-Philippe, et par ailleurs régent de la Banque de France, président de la banque Dussert et Fils, écrit dans le journal où vous publiez vos récits historiques ?... J'imagine que votre père vous a conté tout cela. Le mien n'a rien pu me dire.

Georges avait eu un haussement d'épaules.

— Mais laissons ces souvenirs d'enfance, avait-il continué. Écoutez plutôt la prose de Victor-Marie Dussert : « Les barbares qui menacent la société ne sont point dans le Caucase ni dans les steppes de la Tartarie, ils sont dans les faubourgs de nos villes manufacturières... Il y a au-dessous de la classe moyenne une population de prolétaires qui s'agite et frémit sans savoir ce qu'elle veut, sans savoir où elle ira. Que lui importe ? Elle est mal. Elle veut tout changer. C'est là où est le danger de la société moderne, c'est de là que peuvent partir les barbares qui la détruiront. Il ne s'agit ici ni de République, ni de monarchie, il s'agit du salut de la société. »

Georges avait replié le journal, l'avait glissé dans la poche de sa redingote.

— Moi, je veux détruire, monsieur le comte. Pas vous...

Il avait montré la cour de l'hôtel Forestier.

— La police me traque. Je fais l'acteur, je me grime. Je suis un bon bourgeois. Mais je me méfie. Savez-vous ce qu'a dit le général Bugeaud lors des dernières émeutes, dont j'étais ? Je suis de toutes. « Il faut tout tuer ! » Connaissez-vous la rue Transnonain ? Les soldats de ce général ont fait aussi bien dans cette rue qu'en Algérie, un massacre ! Mais j'ai glissé entre les jambes de leurs chevaux. Comprenez que je ne m'attarde pas ici. La police est fort bien faite. J'embrasse ma mère, avait-il dit conclu sur un ton désinvolte.

Il s'était penché sur le cercueil.

— Sainte femme, toute sa vie soumise, donc toute sa vie servante !

Il avait sans doute deviné que je voulais protester, lui rappeler que dans la villa Clarvalle ou à l'hôtel de la rue de l'Estrapade, ma mère traitait Madeleine comme si elle avait été une proche parente.

— Oh, je sais, vous avez été bons pour elle, si bons que j'en ai la nausée, comme si vous m'aviez gavé de lait trop sucré, avait-il dit. Maintenant je bois de l'alcool.

Il était parti sans même vouloir saluer ma mère et mon père, et je n'avais pas eu le courage de leur dire que Georges Mercœur, qu'ils avaient aimé comme leur propre fils, lui donnant tout ce qu'on me donnait, nous haïssait.

J'avais donc pensé à tout cela en chevauchant vers Mazenc, tenant les rênes tendues pour guider le cheval dont les sabots glissaient sur le sol gelé du chemin.

Souvent je m'allongeais sur l'encolure pour tenter de me protéger du vent, et à plusieurs reprises j'avais dû m'abriter dans des granges pour me réchauffer et frictionner ma monture qui tremblait de fatigue et de froid.

J'allais vers mon père mort, et ce n'est pas à lui que je pensais d'abord mais à moi, à ma vie depuis ces jours de juillet 1830, et c'était comme si le décès de mon père avait fait resurgir tous les morts qui avaient jalonné ces dix-huit années.

Était-ce encore la vie qui remplissait mon corps et mon âme, ou au contraire la mort s'était-elle glissée en moi, jour après jour, deuil après deuil ?

Il m'avait semblé la découvrir, immense et noire, occupant tous les recoins de mon être.

Il y avait donc eu d'abord Madeleine, la mère de Georges, la première morte.

Et puis ces centaines de cadavres que j'avais vus dans les rues du centre de Paris, en 1832, en 1834, en février 1848, les uns couchés sur les pavés, encombrant les escaliers de leurs taudis, les autres chargés dans des tombereaux comme des animaux qu'on mène à l'équarrissage avant de les enfouir dans la fosse.

Ceux-là étaient tombés sur des barricades, parce que Louis-Philippe, ses ministres et ses généraux avaient dit : « Il faut tout tuer ! » Et il y a quelques mois, en février, ils avaient tant tué que Paris tout entier s'était soulevé, chassant le roi, proclamant la République. J'avais moi aussi pris un fusil, je m'étais mêlé à la foule des jeunes gens, et plusieurs fois j'avais cru reconnaître mon fils parmi les polytechniciens et les étudiants qui combattaient aux côtés de ces hommes aux bras nus, ouvriers misérables venus des quartiers proches des barrières. Ils avaient cru, dans les trois derniers jours de juillet 1830, ce que Victor Hugo, naïf comme à l'habitude, leur avait dit :

Juillet vous a donné, pour sauver vos familles,
Trois de ces beaux soleils qui brûlent les bastilles...

Mais au fil des mois ils avaient découvert, et sans doute Georges avait-il été l'un de ceux qui les avaient aidés à comprendre, qu'on leur avait joué une farce, qu'on les avait poussés sur une scène où ils n'étaient que des figurants. Les acteurs se nommaient Guillaume Dussert et son bâtard de fils, Victor-Marie, dont on disait qu'en prenant de l'âge il ressemblait de plus en plus à l'Ogre.

Alors les dupés avaient, dans la rue Montmartre, la rue Montorgueil, la place des Innocents et la rue du Cadran, presque chaque année entre 1830 et 1848, planté au sommet de leurs barricades de grands drapeaux noirs et rouges sur lesquels on pouvait lire en lettres blanches : « La liberté ou la mort ! », « Du pain ou des balles ! », « La mort plutôt que la faim ! »

Comme la mort avait été présente tout au long de ces dix-huit années !

Et il y avait quelques mois encore, en juin 1848, elle avait engrangé sa plus belle moisson, fauchant des milliers d'hommes dans Paris insurgé.

J'avais erré dans les rues que parcouraient les régiments de ligne et les escadrons de cuirassiers, ceux que le peuple à voix basse nommait les bouchers bleus de Cavaignac. On disait ce général républicain, mais selon lui il fallait bien que la République se défende contre ces barbares qui voulaient du travail ou la mort !

J'avais erré, retournant les corps. J'avais visité les hôpitaux où les policiers venaient chercher les insurgés blessés. J'avais marché au même pas que ces prisonniers enchaînés qui, en rangs compacts, encadrés par des soldats, traversaient Paris pour gagner Nantes où on les embarquerait vers les bagnes d'Algérie.

Journées de juin 1848, journées lugubres. Mon fils avait disparu, mes amis se divisaient.

L'un disait : « Je suis navré, je ne crois plus à l'existence d'une République qui commence par tuer ses prolétaires. »

Mais un autre se félicitait que les « barbares » n'aient pas détruit la civilisation et qu'on n'ait pas vu renaître les temps de 1793.

Mon fils, lui, enfin revenu, amaigri, les yeux brillants, racontait la mort de ses plus proches camarades.

Il me parlait de l'espoir qu'avaient soulevé la Révolution de février, la fuite de Louis-Philippe, la naissance de la IIe République qui reconnaissait le droit au travail, créait des ateliers nationaux pour les prolétaires misérables et sans ouvrage.

Et puis, ces républicains d'ordre fermaient les ateliers nationaux. Que pouvaient faire les prolétaires, sinon crier « Du travail ou la mort » ?

Jules voulait être avec eux. Un chrétien ne pouvait ignorer la misère. La révolte contre l'injustice était dans l'Évangile. Il me faisait lire *Paroles d'un croyant*, d'un prêtre, Lamennais, qu'il admirait.

Jules mêlait l'imprécation à la prière. Il s'exaltait, évoquant le progrès, ces machines, ces locomotives qui allaient changer la vie de l'homme. Il disait : il faut le « socialisme », et il me faisait découvrir ce mot nouveau. Le peuple, répétait-il, doit se soulever. Il faut lui dire : « Dieu ne vous a pas faits pour être le troupeau de quelques autres hommes ! »

Je l'écoutais, je tentais de l'assagir. J'avais en cet été 1848 quarante-cinq ans déjà ! Et marchant près de moi, ce cortège de morts qui, depuis 1830, m'accompagnait.

Il y avait eu les morts des barricades, et aussi la mort de ma mère et de Marie ma femme, qui n'avait même pas pu voir notre fils grandir. Le choléra les avait emportées l'une et l'autre au printemps de 1832, mois d'émeutes mais également d'épidémie.

À peine avais-je eu le temps d'aimer Marie, de la regarder bercer Jules, qu'elle était devenue ce corps jeune et exsangue couché à côté de celui de ma mère, et qu'il nous fallait abandonner, parce que pour sauver Jules – il avait à peine quelques mois – nous devions comme des milliers d'autres fuir Paris le temps que cette malédiction qui s'était abattue sur le pays cesse. Et certains pensaient, peut-être Mercœur était-il de ceux-là, que des empoisonneurs avaient souillé l'eau des fontaines pour que la mort s'avance, saccage, nettoie la capitale de son trop-plein de pauvres !

Ni ma mère ni ma femme, ni Casimir Perier, n'étaient des prolétaires, des barbares, mais ils étaient morts, eux aussi victimes de cette épidémie.

Nous nous étions installés à Mazenc, et la campagne ne m'avait jamais paru, malgré les épreuves du deuil, aussi majestueuse.

J'avais marché dans les champs de lavande avec mon père.

Il n'avait alors, en cette année 1832, que soixante-quatre ans. Il avançait d'un pas si rapide que j'avais peine à le suivre. Il parlait, évoquait cette entrevue qu'il avait eue, le 31 juillet 1830, à la fin de l'après-midi, avec le nouveau roi Louis-Philippe. Le souverain l'avait accueilli, bras ouverts, dans le salon des Tuileries, et avait commencé à lui raconter ses batailles avec l'armée des Volontaires, en 1792, à Valmy, à Jemmapes.

— Je lui ai dit… – mon père s'était arrêté – « Mais Sire, vous avez déserté avec Dumouriez. Vous êtes passé à l'ennemi, et j'ai fait ouvrir le feu sur vous quand vous vous éloigniez de nos lignes ! »

Mon père avait repris sa marche. Il avait ri.

— L'Orléans n'a pas aimé ce souvenir. Il s'est tourné vers Dussert comme pour l'interroger, lui demander ce qu'il devait faire de ce maréchal insolent. Et Dussert, patelin, m'a proposé de devenir ministre de la Guerre pour bien montrer que le nouveau souverain voulait continuer la République et l'Empire. Sais-tu ce que j'ai répondu, Romain ?

Il s'était à nouveau arrêté.

— « Pourquoi alors avoir choisi d'être roi, vous, duc d'Orléans ? Pourquoi ne pas appeler le fils de Napoléon Ier, ou refaire la République ? »

Mon père avait ri encore au souvenir de cette provocation. Comme il se doit, on ne l'avait plus jamais convié aux Tuileries. Mais le duc de Reichstag, celui que mon père parfois appelait Napoléon II, était mort à Vienne.

C'était un autre mort de l'année 1832. Et j'avais vu mon père s'enfermer dans sa chambre le jour où il avait appris la nouvelle de la disparition du fils de l'Empereur.

Nous étions à Mazenc. L'automne était chaud et sec, comme si l'été s'accrochait au mont Ventoux, aux Dentelles de Montmirail, et de l'autre côté du Rhône à l'Ardèche, pour rendre la terre dure et jaunir les feuilles de vigne. Le vin serait épais et corsé.

Je m'étais inquiété de la longue absence de mon père, et au moment où je m'apprêtais à frapper à la porte de sa chambre, il était apparu, revêtu de son grand uniforme, les yeux un peu vagues. J'avais un instant pensé qu'il avait perdu la raison. Mais il avait la démarche assurée, descendant lentement l'escalier, puis allant et venant dans le parc qui entourait le château et que les vignes cernaient.

Il s'était arrêté devant moi.

— J'ai voulu une dernière fois, pour saluer la mémoire de l'Empereur et de son fils, leur offrir cette parade.

Il s'était interrompu.

— Mon épouse est morte… De Valmy à aujourd'hui, quarante années. Que demander de plus ? Je suis vivant, j'ai un fils, tu as un fils. La chaîne continue.

Il avait fait quelques pas.

— Je n'avais rien, il y a quarante ans. Seulement grand faim et grand soif. Nous voulions la liberté, la justice, l'égalité.

Nous avons connu quelques années la fraternité de ceux qui combattent ensemble. Et puis tout cela s'est brisé comme du pain durci qui s'émiette. Chacun a eu sa part. Les uns sont morts, les autres ont trahi. Moi j'ai un fils et un petit-fils, et ceci – il avait d'un mouvement du bras montré le château et les vignes –, mais je suis mort aussi.

J'avais secoué la tête.

— Mort dedans, avait-il dit, même si la vie se prolonge.

Il était rentré dans le château.

— Aujourd'hui est ma cérémonie funèbre. Je ne porterai plus jamais cet uniforme de mon vivant. Mais je veux qu'on m'en revête quand mon corps sera froid. Et qu'on me dépose ainsi en grande tenue dans la caisse. Gardez les médailles. Les enfants aiment jouer avec ces colifichets.

Il avait ri.

— Ainsi, dit-on, parlait le général Napoléon Bonaparte devenu empereur, lorsqu'il créa la Légion d'honneur.

— Père, tu vas vivre, ai-je dit.

— Longtemps peut-être, trop longtemps, avait-il murmuré. Il faut savoir ne pas survivre à son temps.

Il avait passé ses dernières années à aller de l'une de ses résidences à l'autre, de la villa Clarvalle au château de Mazenc, de celui-ci à l'hôtel de la rue de l'Estrapade.

Il continuait de me raconter des épisodes de ses guerres, mais d'une voix détachée et lasse, et peu à peu sa mémoire a paru se tarir, ses yeux s'assombrir.

J'ai essayé de le retenir alors qu'il me paraissait glisser dans ce gouffre sombre. Je lui parlais de ce Louis Napoléon Bonaparte, ce fils de Louis, frère de Napoléon, et d'Hortense de Beauharnais, à moins qu'il ne fût, la rumeur en courait, un bâtard qui tentait de soulever la garnison de Strasbourg, qui débarquait à Boulogne, qu'on emprisonnait, qui s'évadait, qui se faisait élire député et, ce 10 décembre 1848, président de la République, avec plus de cinq millions de voix. Raspail le républicain, que mon fils admirait et qui était un saint homme, dévoué à la cause du peuple, n'avait recueilli que trente-six mille voix.

Et Lamartine, qui m'honorait de son amitié, à peine dix-sept mille ! Quant au général Cavaignac dont les troupes avaient massacré les insurgés de juin, pour sauver, disait-il, la République des barbares, il n'avait obtenu qu'un million sept cent mille voix.

Mais mon père avait paru ne même pas comprendre ce que je lui rapportais.

J'avais essayé de lui dire, pour éveiller son intérêt, que Victor-Marie Dussert, qui avait succédé à son père, mort en 1840, avait joué un rôle majeur dans l'élection de Louis Napoléon, rassemblant autour de lui tout ce que la France comptait de banquiers et de manufacturiers. Dussert avait mis à la disposition du candidat des sommes considérables, en échange, écrivait-on, de promesses concernant le développement des lignes de chemin de fer. Victor-Marie était en effet le propriétaire des compagnies qui, dans le Nord, la région d'Orléans, le Centre, autour de Saint-Étienne, avaient commencé à étendre leurs réseaux.

Avait-il même entendu ? Le nom de Dussert évoquait-il encore quelque chose pour lui ?

Nous étions à la mi-décembre.

Je m'apprêtais à regagner Paris, me promettant de revenir à Mazenc à la fin du mois, et peut-être d'y résider en permanence car j'avais perdu le goût d'écrire pour un peuple versatile. J'espérais bien que mon fils m'accompagnerait, même si mon père paraissait indifférent à sa présence.

Au moment où je quittais la tour, traversant la cour du château, lui que j'avais cru enfermé dans sa chambre m'avait crié du haut de la tour :

— À ton retour, fils, tu me verras en uniforme.

La voix était forte et assurée, non pas celle d'un vieillard, mais d'un homme allègre à l'idée qu'il allait enfin mourir.

47. « Je ne veux plus rien. Je veux rester seul... »

Je me suis agenouillé, le front posé contre le rebord de la table sur laquelle mon père était étendu.

Le régisseur s'est approché. Il a placé sur mes épaules une couverture, puis il s'est penché, murmurant qu'il pouvait m'apporter un bol de bouillon chaud, et tout en chuchotant il remontait la couverture sur ma nuque, bordait mes jambes afin de me protéger de ce vent glacé qui glissait sur les dalles gelées du sol.

J'ai pensé tout à coup : C'est mon abri, c'est ma crèche, et cette nuit est celle de la Nativité.

Est-ce mon père mort que je veille, ou un nouveau-né qui est entré dans une autre vie ?

J'ai joint les mains. J'ai dit au régisseur :

— Je ne veux plus rien. Je veux rester seul.

C'étaient les mots que mon père avait prononcés presque chaque jour, ces dernières années.

Était-ce la mort de ma mère qui l'avait à ce point blessé, séparé de la plupart des choses et même de ceux qui s'avançaient vers lui, les mains tendues ?

J'avais essuyé ses refus. Il avait même paru oublier qu'il avait un petit-fils. Il ne répondait pas à Mafalda, la survivante qui lui parlait de Jules, et à la fin elle avait été si peinée de son attitude qu'elle avait regagné l'Italie. Nous avions appris qu'elle était morte à la villa Clarvalle, au début de l'année 1840.

Cette année-là fut pour mon père l'année des dernières tentations, et j'ai espéré qu'il succomberait aux propositions que Joseph Machecoul, Victor Hugo ou Jérôme de Boissier étaient venus avec solennité ou affection lui présenter.

Je me souviens de Machecoul, pair de France, arrivant rue de l'Estrapade avec deux de ses collègues.

Il avait péroré. Le maréchal Forestier, avait-il dit, était l'un des derniers héros des guerres nationales, de Valmy à Montereau, de 1792 à 1814, et encore à Waterloo. Il avait défendu la nation. Sa place était à la Chambre des pairs... Sa Majesté Louis-Philippe et tous les pairs de France insistaient pour qu'il accepte ce titre auquel les services rendus à la France lui donnaient droit.

Machecoul, les mains croisées sur le ventre, la tête un peu rejetée en arrière comme pour mieux respirer, échapper à la pesanteur de son estomac barré de chaînes d'or, avait ajouté que, personnellement, comme président de cette Chambre haute, il aurait été ému d'accueillir un homme qu'il connaissait depuis ces temps terribles mais fondateurs de la Révolution.

— Je vous en prie, Maximilien Forestier, monsieur le maréchal, venez parmi nous !

Mon père avait fait la moue.

— Je ne veux plus rien, avait-il murmuré, je veux rester seul.

J'avais reconduit Machecoul et les deux pairs de France, et à leurs regards, à leur silence, j'avais deviné qu'ils me rendaient responsable de l'attitude de mon père. N'étais-je pas l'un de ces écrivains qui, dans les journaux, sur les scènes des théâtres, dans leurs romans, caricaturaient le roi citoyen en roi bourgeois, et attisaient les jalousies de toutes les classes barbares qui par le désordre voulaient le gain sans le travail, l'aisance sans l'épargne ?

Et il était vrai que souvent je défendais mon ami Daumier quand ses dessins étaient censurés, quand les tribunaux le condamnaient à six mille francs d'amende, et qu'il représentait Louis-Philippe en poire trop mûre.

Mais Machecoul n'avait pas compris que je souhaitais que mon père restât amarré à la vie. J'aurais désiré qu'il acceptât tout ce qui pouvait l'y raccrocher, un titre de pair de France, une décoration, la participation à une cérémonie. Or 1840 fut une année de célébrations auxquelles on avait voulu l'associer.

Victor Hugo nous rendit visite rue de l'Estrapade. Il avait, dit-il, de l'admiration pour le maréchal Forestier. Il était lui-même fils de général d'Empire. Et il souhaitait que mon père participât à l'inauguration, place de la Bastille, de la colonne de Juillet au sommet de laquelle se dresserait le génie de la Liberté. C'était un hommage à tous ceux, volontaires de 92, soldats de la Grande Armée, qui avaient chanté *La Marseillaise* et le refrain de *Sambre-et-Meuse.*

J'ai cru quelques instants que mon père allait se laisser convaincre par la ferveur de Hugo, son enthousiasme quand il récitait :

> *Ceux qui pieusement sont morts pour la patrie*
> *Ont droit qu'à leur cercueil la foule vienne et prie.*
> *Entre les plus beaux noms leur nom est le plus beau*
> *Toute gloire près d'eux passe…*

Mais mon père avait levé la main.
— Je ne veux plus rien. Je veux rester seul.

Il avait prononcé les mêmes mots quelques jours plus tard, mais d'une voix plus basse, presque désespérée, pour répondre à Jérôme de Boissier.

Ils s'étaient pourtant donné l'accolade, ces deux vieux hommes. Ils avaient marché dans la cour en se tenant par le bras, veillant à rester du côté du soleil. Et j'étais ému de les voir côte à côte, eux qui avaient servi l'Empereur avec fidélité et que tant de liens unissaient.

Boissier avait voulu autrefois que mon père fût le parrain de sa fille Charlotte, mais il avait dû retirer sa proposition devant les réticences d'Élisabeth, son épouse.

En 1840, c'était là de vieilles histoires d'il y avait vingt ans déjà…

Boissier venait maintenant au nom de Sa Majesté Louis-Philippe demander au maréchal Forestier de présider avec le roi, aux côtés de tous les anciens généraux et maréchaux de la Grande Armée, aux cérémonies du retour des cendres de Napoléon Ier en France.

— Votre place est parmi nous, au premier rang, avait-il dit. C'est un hommage rendu à tous les morts glorieux. Songez à nos camarades !

Mon père était resté de longues minutes silencieux. Il avait entraîné Boissier dans le salon et là, devant moi, il avait prononcé les mots rituels de son refus. Il ne voulait plus rien. Il voulait rester seul.

Quelques semaines plus tard, Machecoul et Boissier allaient rejoindre le cortège des morts.

Et peu après, mon père avait décidé qu'il passerait la plus grande partie de l'année au château de Mazenc.

Sans doute ai-je somnolé, mais le battement des cloches et la lointaine mélopée des chants de Noël m'ont réveillé. Le vent les portait, les rapprochait, les éloignait.

J'ai écouté, guetté. Les cierges s'étaient éteints, l'obscurité avait noyé la pièce sous une épaisseur noire et froide. Le souffle du vent était comme la respiration rauque, haletante, irrégulière, sifflante d'un immense corps qui enveloppait le monde et qui parfois chantait, et les cloches battaient à toute volée dans la nuit.

Ce devait être celles de la petite église de Mazenc ou bien des chapelles des châteaux de Crest et de Taurignan, ou même de Grignan, car le vent qui tourbillonnait entre les massifs mêlait les bruits et les portait loin.

Puis ce fut à nouveau le silence. La messe de minuit était terminée. L'enfant reposait dans la crèche, vivant.

C'est alors que les mots de la prière sont venus, ceux qu'avaient chuchotés et que m'avaient appris les femmes qui m'avaient serré contre elles, ma mère, Mafalda, Madeleine, Marie mon épouse, mère de mon fils, si vite partie.

Avec elles, je m'étais agenouillé dans l'église Saint-Étienne-du-Mont proche de la rue de l'Estrapade, et dans celle de Bellagio où nous descendions par des sentiers abrupts qui paraissaient plonger dans le lac.

J'avais cru que ces mots s'étaient effacés. Les églises

n'avaient plus été pour moi que les repaires du parti noir, des tanières de jésuites. C'est là que grouillaient les ennemis de la liberté, les Chevaliers de la foi, les ultras de la Congrégation, et quand nous nous réunissions à quelques-uns pour conspirer contre Charles X, nous maudissions le parti prêtre, le poison qu'il inoculait dans l'âme du peuple pour le tenir en esclavage.

J'avais écrit cela dans *Le Courrier français*, et Dussert m'avait alors approuvé. Il était voltairien, répétait-il.

Puis j'avais découvert, en écoutant mon fils, que l'absence de foi en Dieu peut aussi conduire à la sécheresse du cœur, et qu'au nom de la raison on peut laisser mourir de faim les pauvres.

J'avais lu *Paroles d'un croyant* de Lamennais.

J'étais devenu un peu le fils de mon fils. Ainsi vont les pensées.

J'ai donc, les mains jointes, blotti dans cette couverture comme dans un lange serré, retrouvé les mots de l'enfance, le nom de ma femme.

Je vous salue, Marie pleine de grâces
Le Seigneur est avec vous...

Puis, comme si je m'adressais à ce corps couché là, dont le vent me semblait parfois être la voix, j'ai récité :

Notre père, qui êtes aux cieux
Que votre nom soit sanctifié
Que votre règne arrive
Que votre volonté soit faite sur la terre
Comme au ciel...

Au fur et à mesure que je priais, tous les morts se rapprochaient, se confondaient en ce seul corps, et bientôt tous les vivants, ceux auxquels je pensais, étreint par l'inquiétude, et d'abord mon fils Jules, mais aussi Georges Mercœur et son fils Auguste que je ne connaissais pas, tous ceux-là, morts et vivants pour qui je priais, et qui m'entouraient de leur présence, se sont rejoints et je me suis dissous en eux.

Le jour s'est enfin levé, d'un bleu d'acier. Le soleil a envahi d'un coup toute la pièce. Je me suis éloigné de la table, j'ai ouvert la porte, aussitôt ébloui par l'insolente et impassible lumière qui paraissait jaillir des pavés de la cour, couverts de gelée blanche.

Et j'ai pris mon père dans mes bras.

Il était si léger qu'un instant j'ai eu la sensation qu'on avait bourré de paille cet uniforme aux parements dorés pour faire croire que mon père l'habitait encore, alors qu'il s'était enfui ailleurs, au cours de cette nuit.

J'ai détourné les yeux quand on a cloué la planche de chêne.

Puis nous avons suivi, le régisseur et moi, cette charrette qui portait le cercueil jusqu'au cimetière.

La fosse était ouverte.

La terre gelée, de part et d'autre de la cavité, qui me parut un abîme sans fond, était un amoncellement de gros grumeaux rouge sombre. Les fossoyeurs ont déposé la caisse dans le trou, et ils ont commencé à la couvrir de terre.

Au début, il y a eu comme un bruit de mitraille, une grêle de chocs sourds, un dernier écho de vie, vite étouffé par le glissement de la terre qui s'entassait, comblant la fosse.

Noël n'est pas un jour pour la mort.

J'ai donné à chaque fossoyeur un louis d'or. Ils sont partis joyeux, leurs doigts serrés sur cette pièce.

J'ai renvoyé le régisseur. Et j'ai marché seul dans la campagne.

Le soleil était déjà haut. Rien ne ternissait le bleu du ciel, et le vent qui avait soufflé si fort était à peine un souvenir.

TABLE

Troisième partie

Septième partie

Huitième partie

CHRONOLOGIE HISTORIQUE

5 mai 1789 • Ouverture des États Généraux à Versailles.

20 juin 1789 • Serment du Jeu de Paume.

14 juillet 1789 • Prise de la Bastille.

26 août 1789 • Déclaration des droits de l'homme et du citoyen.

14 juillet 1790 • Fête de la Fédération au Champ-de-Mars.

21 juin 1791 • Arrestation de Louis XVI à Varennes.

3 septembre 1791 • Proclamation de la Constitution.

20 avril 1792 • La France déclare la guerre à l'Autriche.

mai 1792 • Première coalition européenne contre la France.

10 août 1792 • Prise des Tuileries.

2 septembre 1792 • Verdun se rend aux Prussiens.

2-7 septembre 1792 • Massacres de Septembre.

20 septembre 1792 • Victoire de Dumouriez à Valmy.

21 septembre 1792 • Abolition de la royauté.

22 septembre 1792 • Première séance de la Convention, naissance de la République.

21 janvier 1793 • Exécution de Louis XVI.

11 mars 1793 • Soulèvement de la Vendée.

5 avril 1793 • Trahison de Dumouriez.

13 juillet 1793 • Assassinat de Marat par Charlotte Corday.

17 septembre 1793 • Début de la Terreur.

19 décembre 1793 • Prise de Toulon par l'armée de la Convention.

5 avril 1794 • Exécution de Danton.

8 juin 1794 • Fête de l'Être suprême, présidée par Robespierre.

26 juin 1794 • Victoire du général Jourdan à Fleurus.

28 juillet 1794 • Exécutions de Robespierre et Saint-Just. Fin de la Terreur.

18 septembre 1794 • Séparation de l'Église et de l'État

20-22 mai 1795 • Journées de Prairial : les sans-culottes envahissent la Convention.

22 juillet 1795 • Traité de Bâle, fin de la première coalition.

5 octobre 1795 • Bonaparte, sur les ordres de Barras, écrase un coup de force royaliste.

26 octobre 1795 • Instauration du Directoire.

2 mars 1796 • Bonaparte est nommé général en chef de l'armée d'Italie.

9 mars 1796 • Bonaparte épouse Joséphine de Beauharnais.

15 mai 1796 • Entrée de Bonaparte à Milan.

17 novembre 1796 • Victoire de Bonaparte et Augereau à Arcole.

4 septembre 1797 • Coup d'État du 18 fructidor.

17 octobre 1797 • Traité de paix de Campoformio avec l'Autriche.

19 mai 1798 • Bonaparte embarque à Toulon pour l'Égypte.

2 juillet 1798 • Prise d'Alexandrie.

21 juillet 1798 • Victoire de Bonaparte aux Pyramides.

1er août 1798 • Destruction de la flotte française par Nelson.

septembre-octobre 1798 • Deuxième coalition contre la France.

7 mars 1799 • Bonaparte conquiert Jaffa (épidémie de peste).

17 mai 1799 • Bonaparte lève le siège de Saint-Jean-d'Acre.

23 août 1799 • Bonaparte quitte l'Égypte.

9-10 novembre 1799 • Coup d'État du 18 brumaire, fin du Directoire.

15 décembre 1799 • Régime du Consulat, Bonaparte Premier consul.

26 avril 1802 • Amnistie pour les émigrés.

18 mai 1804 • Napoléon proclamé empereur des Français.

2 décembre 1804 • Sacre de Napoléon Ier à Notre-Dame.

juillet-août 1805 • Troisième coalition.

21 octobre 1805 • Nelson bat la flotte franco-espagnole à Trafalgar.

2 décembre 1805 • Victoire de Napoléon à Austerlitz.

26 décembre 1805 • Traité de Presbourg, fin de la troisième coalition.

septembre-octobre 1806 • Quatrième coalition contre la France.

14 octobre 1806 • Victoire française à Iéna.

27 octobre 1806 • L'armée française entre à Berlin.

21 novembre 1806 • Signature à Berlin d'un blocus continental qui ferme les ports européens à l'Angleterre.

19 décembre 1806 • Napoléon entre dans Varsovie.

1er janvier 1807 • Napoléon rencontre Marie Walewska.

8 février 1807 • Victoire à Eylau.

14 juin 1807 • Victoire de Friedland.

7-9 juillet 1807 • Traité de Tilsit, fin de la quatrième coalition.

9 juillet 1807 • Paix avec la Prusse.

23 avril 1808 • Murat entre dans Madrid.

avril 1809 • Cinquième coalition, anglo-autrichienne.

13 mai 1809 • Napoléon occupe Vienne.

22 mai 1809 • Défaite française à Essling.

5-6 juillet 1809 • Victoire à Wagram.

14 octobre 1809 • Traité de Vienne avec l'Autriche, fin de la cinquième coalition.

15 décembre 1809 • Divorce de Napoléon et de Joséphine.

2 avril 1810 • Napoléon épouse Marie-Louise d'Autriche.

20 mars 1811 • Naissance du fils de Napoléon et Marie-Louise.

24 juin 1812 • La Grande Armée franchit le Niémen.

7 septembre 1812 • Victoire de la Grande Armée à Borodino (la Moskova).

14 septembre 1812 • Napoléon entre dans Moscou en feu.

19 octobre 1812 • Retraite de Russie.

27-29 novembre 1812 • Passage de la Berezina.

février-mars 1813 • Sixième coalition.

12 août 1813 • L'Autriche déclare la guerre à la France.

16-18 octobre 1813 • Défaite française à Leipzig.

janvier 1814 • Napoléon entreprend la Campagne de France.

13 mars 1814 • Victoire de Napoléon à Reims sur l'Autriche.

30 mars 1814 • Capitulation de Paris devant l'armée des coalisés.

6 avril 1814 • Abdication de l'empereur. Première Restauration. Louis XVIII au pouvoir.

11 avril 1814 • Napoléon souverain de l'île d'Elbe.

30 mai 1814 • Traité de Paris signé entre les Alliés et la France.

4 juin 1814 • Louis XVIII signe la Charte constitutionnelle.

1er mars 1815 • Napoléon débarque à Golfe-Juan, Louis XVIII fuit à Gand.

20 mars 1815 • Début des Cent-Jours.

18 juin 1815 • Défaite à Waterloo.

22 juin 1815 • Napoléon abdique.

28 juin 1815 • Seconde Restauration.

9 octobre 1818 • Congrès d'Aix-la-Chapelle, la France obtient le départ des troupes étrangères.

5 mai 1821 • Mort de Napoléon à Sainte-Hélène.

16 septembre 1824 • Mort de Louis XVIII, Charles X lui succède.

27-29 juillet 1830 • Les Trois Glorieuses : Paris se soulève.

10 août 1830 • Charles X ayant abdiqué, Louis-Philippe devient roi des Français.

mars 1832 • L'épidémie de choléra atteint Paris.

24 février 1834 • Projet de loi interdisant les associations, qui débouche sur une insurrection à Lyon (9-12 avril).

12-14 avril 1834 • Émeutes à Paris, violemment réprimées par Bugeaud.

12 mai 1839 • Tentative d'insurrection d'Auguste Blanqui et Barbès, qui sont arrêtés, condamnés puis graciés.

6 août 1840 • Complot avorté de Louis Napoléon Bonaparte. Il est enfermé au fort de Ham.

15 décembre 1840 • Retour des cendres de Napoléon aux Invalides

22 mai 1846 • Louis Napoléon Bonaparte s'évade.

22 février 1848 • Émeutes à Paris.

24 février 1848 • Louis-Philippe abdique et prend la fuite. Gouvernement provisoire, avec Lamartine aux Affaires étrangères.

25 février 1848 • Proclamation de la IIe République.

23-25 juin 1848 • Nouvelles barricades dans Paris. Le général Cavaignac écrase l'insurrection.

4 novembre 1848 • Vote d'une nouvelle Constitution.

10 décembre 1848 • Louis-Napoléon Bonaparte président de la République.

DU MÊME AUTEUR

ROMANS

Le Cortège des vainqueurs, Robert Laffont, 1972.
Un pas vers la mer, Robert Laffont, 1973.
L'Oiseau des origines, Robert Laffont, 1974.
Que sont les siècles pour la mer, Robert Laffont, 1977.
Une affaire intime, Robert Laffont, 1979.
France, Grasset, 1980 (et Le Livre de Poche).
Un crime très ordinaire, Grasset, 1982 (et Le Livre de Poche).
La Demeure des puissants, Grasset, 1983 (et Le Livre de Poche).
Le Beau Rivage, Grasset, 1985 (et Le Livre de Poche).
Belle Époque, Grasset, 1986 (et Le Livre de Poche).
La Route Napoléon, Robert Laffont, 1987 (et Le Livre de Poche).
Une affaire publique, Robert Laffont, 1989 (et Le Livre de Poche).
Le Regard des femmes, Robert Laffont, 1991 (et Le Livre de Poche).

SUITES ROMANESQUES

La Baie des Anges :
I. *La Baie des Anges*, Robert Laffont, 1975 (et Pocket).
II. *Le Palais des Fêtes*, Robert Laffont, 1976 (et Pocket).

III. *La Promenade des Anglais*, Robert Laffont, 1976 (et Pocket). (parue en un volume dans la coll. « *Bouquins* », Robert Laffont, 1998.)

Les Hommes naissent tous le même jour :

I. *Aurore*, Robert Laffont, 1978.

II. *Crépuscule*, Robert Laffont, 1979.

La Machinerie humaine :

- *La Fontaine des Innocents*, Fayard, 1992 (et Le Livre de Poche).
- *L'Amour au temps des solitudes*, Fayard, 1993 (et Le Livre de Poche).
- *Les Rois sans visage*, Fayard, 1994 (et Le Livre de Poche).
- *Le Condottiere*, Fayard, 1994 (et Le Livre de Poche).
- *Le Fils de Klara H.*, Fayard, 1995 (et Le Livre de Poche).
- *L'Ambitieuse*, Fayard, 1995 (et Le Livre de Poche).
- *La Part de Dieu*, Fayard, 1996 (et Le Livre de Poche).
- *Le Faiseur d'or*, Fayard, 1996 (et Le Livre de Poche).
- *La Femme derrière le miroir*, Fayard, 1997 (et Le Livre de Poche).
- *Le Jardin des Oliviers*, Fayard, 1999.

POLITIQUE FICTION

La Grande Peur de 1989, Robert Laffont, 1966.
Guerre des gangs à Golf-City, Robert Laffont, 1991.

HISTOIRE, ESSAIS

L'Italie de Mussolini, Librairie Académique Perrin, 1964.
L'Affaire d'Éthiopie, Le Centurion, 1967.
Gauchisme, Réformisme et Révolution, Robert Laffont, 1968.
Histoire de l'Espagne franquiste, Robert Laffont, 1969.
Cinquième colonne, 1939-1940, Plon, 1970, 1980, éd. Complexe, 1984.
Tombeau pour la Commune, Robert Laffont, 1971.
La Nuit des Longs Couteaux, Robert Laffont, 1971.
La Mafia, mythe et réalités, Seghers, 1972.
L'Affiche, miroir de l'Histoire, Robert Laffont, 1973, 1989.
Le Pouvoir à vif, Robert Laffont, 1978.
Le XXe siècle, Librairie Académique Perrin, 1979.
La Troisième Alliance, Fayard, 1984.
Les idées décident de tout, Galilée, 1984.

Lettre ouverte à Robespierre sur les nouveaux Muscadins, Albin Michel, 1986.
Que passe la Justice du Roi, Robert Laffont, 1987.
Les Clés de l'histoire contemporaine, Robert Laffont, 1989.
Manifeste pour une fin de siècle obscure, Odile Jacob, 1989.
La gauche est morte, vive la gauche, Odile Jacob, 1990.
L'Europe contre l'Europe, éditions du Rocher, 1992.
Jè. Histoire modeste et héroïque d'un homme qui croyait aux lendemains qui chantent, Stock, 1994.
L'Amour de la France expliqué à mon fils, Le Seuil, 1999.

BIOGRAPHIES

Maximilien Robespierre, histoire d'une solitude, Librairie Académique Perrin, 1968 (et Pocket).
Garibaldi, la force d'un destin, Fayard, 1982.
Le Grand Jaurès, Robert Laffont, 1984, 1994 (et Pocket).
Jules Vallès, Robert Laffont, 1988.
Une femme rebelle. Vie et mort de Rosa Luxemburg, Presses de la Renaissance, 1992.
Napoléon :
I. *Le Chant du départ*, Robert Laffont, 1997 (et Pocket).
II. *Le Soleil d'Austerlitz*, Robert Laffont, 1997 (et Pocket).
III. *L'Empereur des Rois*, Robert Laffont, 1997 (et Pocket).
IV. *L'Immortel de Sainte-Hélène*, Robert Laffont, 1997 (et Pocket).
De Gaulle :
I. *L'Appel du destin*, Robert Laffont, 1998 (et Pocket).
II. *La Solitude du combattant*, Robert Laffont, 1998 (et Pocket).
III. *Le Premier des Français*, Robert Laffont, 1998 (et Pocket).
IV. *La Statue du Commandeur*, Robert Laffont, 1998 (et Pocket).

CONTE

La Bague magique, Casterman, 1981.

EN COLLABORATION

Au nom de tous les miens de Martin Gray, Robert Laffont, 1971 (et Pocket).

Achevé d'imprimer en décembre 1999
sur presse Cameron
par ***Bussière Camedan Imprimeries***
à Saint-Amand-Montrond (Cher)

Édition exclusivement réservée aux adhérents du Club
Le Grand Livre du Mois
15 rue des Sablons
75116 Paris
réalisée avec l'aimable autorisation de XO Éditions

ISBN : 2-7028-5103-7

Dépôt légal : décembre 1999.
N° d'impression : 995363/1

Imprimé en France